DROEMER

GILLIAN
BEST

Martha und das Meer

ROMAN

Aus dem Englischen
von Claudia Feldmann

DROEMER

Die englische Originalausgabe erschien 2017 unter dem Titel »The Last Wave«
bei Freight Books, Glasgow, sowie bei House of Anansi Press, Toronto.

Canada Council for the Arts | Conseil des arts du Canada

Wir danken dem Canada Council for the Arts für seine Unterstützung.
We acknowledge the support of the Canada Council for the Arts.
Nous remercions le Conseil des arts du Canada de son soutien.

Besuchen Sie uns im Internet:
www.droemer.de

FSC
www.fsc.org
MIX
Papier aus verantwortungsvollen Quellen
FSC® C083411

Deutsche Erstausgabe Mai 2019
Droemer Taschenbuch

Ein Imprint der
Verlagsgruppe Droemer Knaur GmbH & Co. KG, München

Redaktion: Laura Lichtblau
Das Zitat auf S. 60 stammt aus der Lutherbibel, revidierter Text 1984,
durchgesehene Ausgabe, © 1999 Deutsche Bibelgesellschaft, Stuttgart.
Covergestaltung: Sabine Kwauka
Coverabbildung: iStockphoto / bellanatella; shutterstock / Sooa
Satz: Adobe InDesign im Verlag
Druck und Bindung: CPI books GmbH, Leck
ISBN 978-3-426-30713-7

2 4 5 3 1

Für Mom, Dave und Kerri –
die besten Bests

Und für den Künstler Richard Stone,
der einen Roman in sein Bild gepackt
und den ersten Entwurf auf Raten gelesen hat

Die letzte Welle

JOHN, 2014

Ich streckte die Hand nach meiner Frau aus, berührte die Stelle, wo ihre Schulter hätte sein sollen. Dann vergrub ich mein Gesicht in ihrem Kopfkissen und spürte, wie ein paar Sandkörner meine Wange streiften. Ihr Körper war nicht da, aber ich konnte trotzdem genau sagen, wo ihre Hüften liegen sollten.

Ich wusste nicht, wo sie war, aber es war nicht schwer zu erraten. Schließlich hatte sie immer lieber in den Wellen gelegen.

Meine geistigen Schnappschüsse von ihr waren voller Wasser. Ihr Haar war nie trocken, über den Heizkörpern hingen immer nasse Handtücher, und nachdem sie schwimmen war, tropfte ihre Nase noch ungefähr eine Stunde lang, als versuchte das Meerwasser, an seinen angestammten Platz zurückzukehren.

Die Schwimmanzüge – alle dunkel und praktisch –, die Badekappen und das Wollfett, das sie benutzte, damit die Haut sich nicht aufscheuerte, folgten ihr überallhin. Sie schwamm immer nur im Meer, nie im Schwimmbad und nie in geheiztem Wasser. Das Meer ist lebendig und weit, ein Schwimmbad tot und beengend. Das Meer ist Freiheit. In einem Schwimmbad ist nichts: keine Strömung, keine Gezeiten, keine Wellen und vor allem keine Geschichte. Schwimmbäder sind antiseptisch und kalt in ihrer Perfektion. Scheußlich.

Sie schwamm bei jeder Gelegenheit, bei jedem Wetter und jeder Temperatur. An den kältesten Tagen machte ich mir Sorgen, dass sie zu lange im Meer blieb, denn einmal hatte eine Unterkühlung sie gezwungen, an Land zurückzukehren. Im tiefsten Winter, wenn es wirklich zu kalt war, saß sie, um nicht verrückt zu werden, zitternd am Strand und blickte auf die schäumenden Wellen, voller Sehnsucht, in sie einzutauchen.

Sie sagte oft: Das Meer ist schon immer hier gewesen. Es hat alles gesehen.

»Martha«, rief ich.

Unten in der Küche stapelte sich schmutziges Geschirr, überall lagen Krümel, und ich dachte bei mir, dass das selbst für ihre Verhältnisse ein bisschen viel war. Ihre Liebe zum Wasser hielt sie normalerweise nicht davon ab, das Haus in Ordnung zu halten. Als ich das Geschirr in die Spüle räumte und die Krümel mit der Hand auf den Boden fegte, kam Webb angehumpelt. Das Fenster stand offen, und es wehte ein kräftiger Wind. Die geblümten Vorhänge flatterten wie die Flaggen der Rettungsschwimmer im Sommer am Strand und konnten jeden Moment die Muscheln von der Fensterbank fegen.

Webb stupste mit dem Kopf gegen mein Bein, und ich tätschelte ihn. »Guter Junge.«

»Wir verpassen die Flut«, sagte ich zu der geschlossenen Badezimmertür.

Webb bellte, und ich gab ihm ein übrig gebliebenes Stück Toast von der Arbeitsfläche, das er gierig hinunterschlang. Er grinste mich an, und Sabber troff ihm aus dem Maul.

»Beeil dich, Martha«, sagte ich. »Sonst hast du keine Zeit mehr zu frühstücken.« Ich wartete an der Tür auf eine Antwort, doch es kam keine, und so suchte ich im Küchenschrank nach dem Porridge, das sie jeden Morgen aß. Ich konnte es nicht finden.

Wieder kam ein Windstoß herein, und als ich mich umdrehte, sah ich auf dem obersten Regal die alte Teedose, in der ich meinen Tabak aufbewahrte. Ich nahm sie herunter, und gerade als ich das Papier zusammenrollen wollte, fegte erneut der Wind durch die Küche, und die halb fertige Zigarette flog zu Boden. Webb schnüffelte neugierig daran.

»Nein«, sagte ich und schob sein Maul mit dem Fuß weg. »Böser Hund.« Doch er ließ nicht locker, und ich musste ihn energischer wegschieben. Er verlor das Gleichgewicht, stürzte mit einem Jaulen zu Boden, und ich kam mir vor wie ein Ungeheuer. Er war älter als ich und noch wackeliger auf den Beinen, weil ihm eins fehlte.

Ich hob die Zigarette auf und versuchte erneut, sie zu rollen, doch es war mühsam; meine Finger waren nicht mehr so gelenkig wie früher.

»Martha, wir verpassen die Flut«, rief ich noch einmal zur geschlossenen Badezimmertür.

Es war Anfang September, aber das Wetter sah eher nach November aus; der Himmel war trüb wie Hochzeitssilber, das seit Jahren nicht mehr benutzt worden war.

Als ich zum Rauchen in den Vorgarten trat, sah ich unseren Nachbarn Henry. Furchtbar neugierig, der Kerl. Er winkte, aber ich reagierte nicht darauf. Martha würde das unhöflich finden, aber ich hatte keine Lust, mit ihm zu reden. Er stellte zu viele Fragen, und ich hatte nicht die Absicht, auch nur eine davon zu beantworten.

Ich gab das mit der Zigarette auf und ging nach oben ins Schlafzimmer, wo Martha vermutlich ihre Schwimmsachen zusammensuchte. Doch sie war nicht da.

Als ich am Fenster vorbeikam, sah ich, dass die Eingangspforte offen stand. War sie eben nicht noch geschlossen gewesen? Ich lief nach unten, um nach Martha zu suchen. Da bemerkte ich, dass ich meine Hausschuhe anhatte und es regelrecht schüttete.

Wer ging denn an so einem Tag schwimmen?

Martha.

Aber sie war nirgends zu sehen. Ich schlurfte bis zur Pforte und spähte durch den Regen die Straße hinunter bis zur Kurve; das war der Weg, den sie immer nahm, wenn sie zum Meer wollte.

Henry rief mir von seinem Fenster aus etwas zu, und ich fragte: »Haben Sie Martha gesehen?«

Er antwortete, aber die Worte drangen nicht bis zu meinen Ohren durch, da der prasselnde Regen und der Dunst seine Stimme dämpften. Mittlerweile klingen die meisten Dinge, als befände ich mich unter Wasser.

Gut, würde Martha sagen. So sollte ich auch klingen.

Henry tauchte in der Haustür auf, den Kragen seiner Trainingsjacke hochgeschlagen. »John«, sagte er. »Ist alles in Ordnung?«

Ich machte mir Sorgen um ihn: keine Frau, keine Kinder, ein Mann in den besten Jahren, der ganz allein lebte. Sein ständiger Drang zu helfen hatte etwas Abstoßendes. Henry war der Typ von Mann, der beim Tanken in der Seitenscheibe überprüfte, ob seine

Frisur noch saß. Entweder stand er kurz vor der Midlife-Crisis, oder er war schon mittendrin.

»Alles bestens«, sagte ich und verschwand eilig wieder im Haus. Er hatte die Angewohnheit, sich auf eine Tasse Tee einzuladen, und obwohl ich Unhöflichkeit nicht schätzte, hatte ich keine Lust, mich mit ihm zu befassen.

»Martha?«, rief ich. »Liebling?« Ich öffnete die Badezimmertür. Dann ging ich nach oben. »Liebste?«

Doch sie war nicht da. Auf der weißen Bettdecke waren ihre Kleider ausgebreitet: ein schwarzes mit langen Ärmeln, ein dunkelblaues mit weitem Rock und ein grünes aus Tweed. Ich konnte sie mir in keinem davon vorstellen; so etwas trug sie normalerweise nie. Sie waren nicht praktisch.

Ich hörte ein Klopfen an der Haustür und stellte mir vor, wie Martha auf der Schwelle stand, verlegen zugab, dass sie ihren Schlüssel vergessen hatte, und sich dafür entschuldigte, dass sie ohne mich und Webb losgezogen war. Hoffentlich bedauerte sie es, dass sie sich ein klein wenig mehr Zeit im Meer gestohlen hatte, indem sie ohne uns gegangen war.

Doch als ich mich aus dem Fenster lehnte, sah ich, dass es Henry war. Rasch zog ich den Kopf wieder ein.

»John«, rief er. »Machen Sie auf.«

Ich knallte das Fenster zu und schloss den Vorhang, in der Hoffnung, dass Henry den Wink verstehen würde. Mir war noch nie jemand begegnet, der so aufdringlich war. Wie hatte Martha es geschafft, sich an ihm vorbeizuschleichen? Wenn er sie gesehen hätte, hätte sie sich verpflichtet gefühlt, ihn hereinzubitten, und dann säßen sie immer noch in der Küche, und Henry würde über die Löcher in seinem Dach plappern oder über Füchse oder Biber.

Die Scharniere unserer Haustür quietschen auf eine ganz bestimmte Weise, und zwar schon seit dem Tag, an dem wir das Haus gekauft haben. Dieses Geräusch würde ich überall und jederzeit erkennen.

»John«, rief er, nun aus dem Innern unseres Hauses.

»Gehen Sie«, rief ich.

Henrys Schritte auf der Treppe klangen selbstsicher, als sei er überzeugt, er habe das Recht zu tun, was immer er wollte, und sich in unserem Haus zu bewegen, als gehöre es ihm.

»Was ist los?« Er stand auf der Schwelle, wo die Dielen im Flur auf den taubengrauen Teppich unseres Schlafzimmers trafen, die eine Hand in der Hosentasche, die andere am Türrahmen. Eine Pose, wie man sie vielleicht im Pub einnahm, wenn man lässig wirken wollte.

Ich kehrte ihm den Rücken zu. »Dringen Sie immer einfach so bei anderen Leuten ein?«

»John«, sagte er.

Ich wandte mich ihm zu, dabei fiel mein Blick auf den Schrank, und da sah ich ihn: den Koffer, den ich bei ihren Durchquerungen immer dabeigehabt hatte. Er war nicht da, wo er hingehörte. Ich bewahrte ihn eigentlich unten auf, neben ihrer Schwimmtasche. Martha musste ihn bei einer ihrer Aufräumaktionen hierhin gestellt haben.

Ich nahm ihn hoch und strich über das abgenutzte Leder, spröde und rissig vom häufigen Kontakt mit Salzwasser. Er war nur so groß wie eine Aktentasche und weich, ohne harte Kanten. Und obwohl die Schnallen ihren Glanz verloren hatten und sich in einer Ecke ein Loch zu bilden begann, war er perfekt. Manche Dinge werden mit dem Alter immer besser, ihre Geschichte überlagert den Glanz frisch gekaufter Schönheit.

Ich öffnete ihn, um mich zu vergewissern, dass alles an Ort und Stelle war: das Glas mit den Kieselsteinen, die Land- und Seekarten, die Dose mit dem Fett. Eine Thermosflasche für Hühnerbrühe und ein Päckchen altbackener Kekse. Hätte Henry nicht neugierig hinter mir gestanden, hätte ich das Kieselsteinglas aufgemacht. Der Geruch des Meeres ist hartnäckig, er dringt in alles ein, was mit ihm in Berührung kommt, sogar in Stein, und an den Tagen, an denen sie gerne hineingegangen wäre, aber nicht konnte, brachte sein Geruch sie dorthin. Wenn sie den Duft einatmete, schloss sie immer die Augen.

»Webb«, rief ich und schob mich an Henry vorbei. Ich ging nach unten, der Hund kam in die Küche, und um den Anschein zu wahren, befestigte ich ein Stück Seil an seinem Halsband.

Als ich Henry die Treppe herunterkommen hörte, beeilte ich mich. Den Koffer in der einen Hand, die »Leine« in der anderen, stieß ich die Tür auf und steuerte auf die Pforte zu. Doch er folgte mir.

»Bitte, John, Sie werden es bereuen.«

Ich drehte mich halb um und sah ihn fragend an, doch er gab keine Erklärung dazu ab. Webb und ich setzten uns wieder in Bewegung.

Als wir durch die Pforte gehen wollten, legte er mir die Hand auf die Schulter.

»Fassen Sie mich nicht an! Wir kommen ohnehin schon zu spät.«

»Zu spät wofür, John?«

Jeden Tag dasselbe. Wo wollen Sie hin? Was machen Sie da? Wollen Sie zum Abendessen rüberkommen? Wie wär's nachher mit einem Tee? Brauchen Sie Hilfe? Und er schnüffelte auch dauernd herum, in den Schränken und im Kühlschrank. Er dachte wohl, ich merke es nicht.

»Heute ist ein Trainingstag«, sagte ich.

»Was denn für ein Training?«

Es war, als spräche man mit einem Dreijährigen.

»Es regnet«, sagte er. »Wollen Sie heute nicht lieber aussetzen?«

Ich stand im Regen, also wusste ich, dass es regnete. Er schien mich für einen Idioten zu halten.

»Ich muss los«, sagte ich und bog auf den Gehweg ab. »Will sie nicht warten lassen.«

Ich stellte sie mir im Meer vor: starke Arme, die durch das Wasser kraulten, die Ellbogen hoch erhoben, und in regelmäßigen Abständen ihr Gesicht mit der Schwimmbrille, wenn sie den Kopf zum Atmen drehte, während sie parallel zum Ufer schwamm. Das war besser, als wenn sie hinausschwamm, weil ich dann in gewisser Weise mit ihr gehen konnte. Ich war ihr Leuchtturm, aber ich war weniger dazu da, sie vor Gefahren zu schützen, als dazu, sie zurück an Land zu locken.

»John, ich glaube, Sie sollten besser nicht gehen.«

Ich drehte mich zu ihm um. »Um ehrlich zu sein, Henry, interessiert es mich nicht die Bohne, was Sie glauben.«

Wieder legte er mir die Hand auf die Schulter, fest diesmal. »Sie ist nicht da.«

»Woher wollen Sie das wissen? Können Sie jetzt plötzlich hellsehen?«

»Warum kommen Sie nicht zu mir? Ich mache uns ein Feuer, und es ist noch ein bisschen von dem Kuchen da, den meine Schwester mir am Wochenende mitgebracht hat.«

»Wie reizend«, sagte ich zähneknirschend.

»John, Martha ist gestorben.«

Trotz der Regentropfen auf meiner Brille sah ich das Mitgefühl auf seinem Gesicht. »Wie können Sie so etwas sagen!«

Ich zerrte an Webbs improvisierter Leine, und wir setzten uns wieder in Bewegung. Henrys Rufe gingen im Regen unter.

Als wir am Meer ankamen, fielen mir zwei Dinge auf: dass der Wind ablandig war, was bedeutete, dass Martha nicht nur gegen die Strömung ankämpfen musste, sondern auch gegen den Wind, und dass ich immer noch meine Hausschuhe anhatte. Ich hielt Ausschau nach ihrer gelben Badekappe.

Obwohl es erst Nachmittag war, sah es aus, als hätte bereits die Dämmerung eingesetzt, aber das machte nichts. Martha schwamm sogar lieber, wenn der Himmel bedeckt war. Die Sonne verwandelte das Wasser in einen Spiegel. Ich will unter die Oberfläche sehen, sagte sie. Ich will wissen, womit ich es zu tun habe.

Schon seit wir jung waren, sah ich oft zu, wie sie im Schaum und in den Wellen verschwand, aus denen sie zwei oder mehr Stunden später wieder auftauchte, vollkommen erschöpft. Ich legte die Arme um sie, wir setzten uns auf den Kiesstrand, und sie nannte mir ihre Zahlen: in der ersten halben Stunde bei jedem fünften Zug atmen, in der zweiten halben Stunde bei jedem dritten, dann zwanzig Minuten Brustschwimmen. Es war genau berechnet und wiederholte sich ständig. Sie sagte, das endlose Zählen sei meditativ. Eins, zwei, drei, atmen. Beinschlag, Armzug, gleiten, atmen. Konzentration. Nicht daran denken, wie kalt es ist, wie weit es noch ist, wie die Arme schmerzen oder wie das Salz brennt. Einfach schwimmen.

Es war schwer zuzusehen, wie sie da draußen war, hin- und hergeworfen von den Wellen, die sich über ihr brachen. Ich wollte sie bei mir an Land haben, aber ich wusste, wenn ich das versuchte, würde ich sie erst recht ins Meer treiben. Stattdessen freute ich mich auf den Moment, wenn sie aus dem Wasser kam, genoss es zuzusehen, wie ihre Gestalt sich aus den Wellen erhob und direkt auf mich zukam. Und ohne ihre Schwimmabenteuer hätte ich nicht das Vergnügen gehabt, sie in meine Arme zu schließen, wenn sie sich an mich lehnte und ihre Haare mich durchnässten. Ich war froh, dass ich zumindest dabei sein durfte, eine Aufgabe hatte. Ich gab ihr zurück, was das Meer ihr nahm, ihre Wärme und ihre Kraft.

Die Kieselsteine am Strand waren kalt und hart; der Regen ebenso. Es war niemand zu sehen außer ein paar Heranwachsenden, die auf halber Strecke unter einem Felsvorsprung hockten; mit Anoraks, Getränkedosen und blecherner Musik, die vom Regen gedämpft wurde.

Ich setzte mich auf die Steine und versuchte herauszufinden, wo Martha sein konnte. Webb lief bellend im Kreis um mich herum.

»Aus!«, sagte ich. Normalerweise machte er so etwas nicht.

Ich sah zu den Jugendlichen hinüber, und irgendetwas an der Szenerie kam mir vertraut vor. Ich hatte das Gefühl, dass ich schon mal hier gewesen war, mit einer Gruppe von Leuten, aber vielleicht näher am Pier. Ich spürte ein Echo – keine richtige Erinnerung – von fürchterlichem Wetter, Marmite und Käse.

Die Bewegung des Meeres hatte etwas Beruhigendes, obwohl der Wind die Wellenkämme zu Sprühregen zerstäubte, und ich dachte, vielleicht war das der Grund, warum ich sie nicht sehen konnte, vielleicht verbarg das Wasser sie, versteckte sie vor mir. Ich musterte den Horizont, schaute mit offenen Augen und ohne zu blinzeln Richtung Frankreich, doch sie war nicht da.

Aber wenn sie nicht hier war und auch nicht zu Hause, wo war sie dann? Das waren ihre Orte. Man konnte sich darauf verlassen, dass sie sich zu jedem beliebigen Zeitpunkt an einem von beiden befand. Es sah ihr nicht ähnlich, das Schwimmen ausfallen zu lassen oder gar zu verschwinden.

Ich stand auf und ging zu den jungen Leuten, suchte dabei aber weiter. Was, wenn ihr etwas zugestoßen war? Wenn sie sich überschätzt hatte? Oder die Bedingungen unterschätzt? Was, wenn sie Hilfe brauchte?

»Habt ihr sie gesehen?«, rief ich. »Meine Frau Martha? War sie hier?«

Ein Mädchen von etwa vierzehn Jahren kam mir entgegen und lächelte, als würde sie mich kennen.

»Sie schon wieder?«

»Hast du sie gesehen? Kinnlanges Haar, ungefähr eins siebzig groß. Gelbe Badekappe.«

Sie blickte zu Boden. »Nein, heute nicht.«

»Das ist unmöglich. Sie muss hier sein.«

»Sind Sie sicher?«

»Warum wäre ich sonst hierhergekommen?«

Sie nahm ihre Kapuze ab, als würde sie etwas suchen, aber ich wusste nicht, was. »Ich habe Sie hier schon öfter gesehen.«

»Martha kommt jeden Tag hierher. Anfang September versucht sie wieder die Kanaldurchquerung.«

»Es ist schon fast November«, sagte sie.

Ich blickte Richtung Land. Die Stelle, wo die Zuschauer stehen, ist ein mit verfilztem Gras bewachsener Vorsprung. Ich hatte noch nie Anlass, dort zu stehen, denn wenn Martha schwamm, war ich im Begleitboot, aber ich konnte mir vorstellen, wie der Ausblick von dort oben war, beziehungsweise wie es war, dort zu stehen.

Und dann saß ich zu Hause mit den drei ausgebreiteten Kleidern, und es war jemand bei mir in unserem Schlafzimmer. Vielleicht unsere Tochter. Ich blinzelte, und ich stand im Regen und hörte zu, wie Henry etwas sagte. Alles war ein Durcheinander aus jetzt und damals, vorher und nachher, Vergangenheit und Gegenwart.

Die Kieselsteine taten mir weh, als ich in meinen Hausschuhen darüberschlurfte, und meine Zehen waren taub vor Kälte. Da wusste ich, wo sie war. Ich fiel auf meine Knie und klappte den Koffer auf. Alles, was Martha ausmachte, war da: das Fett, die Ohrstöpsel, die Badekappen, ihre alte Schwimmbrille und die Kieselsteine. Ich zählte sie, es waren zehn. Einer für jeden Versuch.

Ich betrachtete sie in meiner Hand, und sie sahen genauso aus wie die, auf denen ich kniete, rostfarben mit weißen und schiefergrauen Einsprengseln. Ich strich mit dem Finger darüber, und da sprang Webb aus dem Wasser und lief auf mich zu.

Sein Fell, das dieselbe Farbe hatte wie einige der Steine, war klatschnass, und als er sich schüttelte, spritzte sandiges Wasser in alle Richtungen. Ich schob ihn weg, sobald er versuchte, mir das Gesicht abzulecken, aber er spürte, das etwas nicht stimmte, und stupste mich immer wieder an, bis mir die Steine aus der Hand fielen.

Ich brüllte ihn an und versuchte, die richtigen wieder aufzuheben, aber es war unmöglich zu erkennen, welche ihre waren und welche nicht.

Ich schaute in den Koffer. Das war alles, was von ihr noch übrig war. Alles und nichts. Webb bellte mir vom Flutsaum aus zu, und mit dem Koffer in der Hand jagte ich ihn ins Meer. Es war der einzige Ort, wo wir sie finden, wo wir bei ihr sein konnten.

Das Wasser war so kalt, dass es brannte. Das Meer war in Bewegung. Es ist lebendig, hatte sie oft gesagt. Lebendiger als jeder von uns.

Es war beunruhigend. Der steinige Boden veränderte sich mit jeder Welle, und die Strömung zog mich vor und zurück, bis ich das Gleichgewicht verlor und ins Wasser fiel. Ich zappelte mit Armen und Beinen, um wieder hochzukommen, und bei dem Versuch, den Kopf aus dem Wasser zu kriegen, glitt mir der Koffer aus der Hand. Ich schrie auf, als ich ihn davonschwimmen sah.

Ich schnappte nach Luft, atmete stattdessen jedoch Wasser ein. Ich konnte nicht schwimmen. Es war töricht, so nah am Meer zu leben und es nicht zu lernen, aber was das anging, war ich abergläubisch: Damit sie gut schwimmen konnte, durfte ich es nicht können.

Es fühlte sich an, als würde das Meer mich zu ihr bringen, wenn ich es zuließ, doch dann schlangen sich Arme um mich, und ich hörte Gebell. Ich wurde ans Ufer gezogen, und sobald ich wieder festen Boden unter den Füßen hatte, setzte ich mich hin, den Kopf zwischen die Knie, und hustete, keuchte, spuckte Wasser. Das Mädchen setzte sich neben mich, völlig durchnässt.

»Was soll das werden?«, fragte sie. »Wollen Sie sich umbringen?«

Ich sah, wie sie nach dem Koffer schaute.

»Lass nur. Er gehört ihr.«

»Wem?«, fragte sie. »Da draußen ist niemand.«

»O doch.«

Ich wandte mich zu dem Vorsprung um, und ein paar Erinnerungen kamen zurück. Sie hatte um eine Seebestattung gebeten, und ich hatte es ihr versprochen. Ich sah meine Tochter oder meinen Sohn, und jemand sagte etwas von Gefahr, von Herumirren, von verdammt knapp.

Ich hatte ihre Asche in die Wellen gestreut, schimmernd wie Makrelenschuppen.

Das Mädchen saß rechts von mir, Webb ließ sich zu meinen Füßen nieder, und wir schauten alle hinaus auf den Ärmelkanal.

Ich dachte an Marthas Stimme, daran, wie sie meinen Namen gesagt hatte. Die Worte in meinem Kopf waren alle zerknüllt und schwer wie nasse Handtücher. Ich versuchte mich zu erinnern, wann ich zum ersten Mal gehört hatte, wie sie ihn sagte. War es, als sie mit ihrem Fahrrad zwischen den Beinen dastand, nachdem ich mich vorgestellt hatte? Ich war mir nicht sicher, aber ich sah das Ganze vor mir, als wäre es gestern gewesen. »John«, hörte ich sie sagen. Es war wie mit so vielen Dingen, an die ich mich nicht erinnern konnte, die ich nur fühlte. Ich wusste genau, was ich empfand, wenn sie es sagte. Ich hätte nie gedacht, dass es so aufregend sein könnte, meinen Namen zu hören, aber so war es. Ihre verschiedenen Tonfälle verrieten mir alles, was ich wissen musste. Kurz und scharf, wenn sie sich ärgerte; in der Mitte lang gezogen, wenn sie zärtlich war.

Je mehr ich mich bemühte, es noch einmal zu hören, desto mehr entfernte es sich, wie das ablaufende Wasser.

»Ist sie je dort angekommen?«, fragte das Mädchen.

»Wo?«

»Auf der anderen Seite.«

»Cap Gris-Nez«, sagte ich.

Im Begleitboot hatte ich Hühnerbrühe in einen Becher gegossen, der an einer langen Stange befestigt war, und versucht, ihn ruhig zu halten, während sie gegen die Wellen kämpfte. Sie musste Wasser treten, um mit dem Kopf oben zu bleiben. Meerwasser zu trinken ist keine gute Idee, hatte sie gemeint. Die Kraft in ihren Beinen war nicht zu leugnen. Ich sah die roten Stellen an ihren Schultern, am Hals und unter den Armen, wund vom Salz. Wenn die Veranstalter nicht schockiert gewesen wären, wäre sie nackt geschwommen, hatte sie gescherzt.

»Warum hat sie es getan?«, fragte das Mädchen.

»Weil sie es wissen wollte«, antwortete ich.

Webb hob den Kopf, als wollte er bellen, gab jedoch nur ein gedämpftes Wuffen von sich, und ich sah zu dem Felsvorsprung hinüber, von wo die Freunde des Mädchens ihr Zeichen gaben.

Sie spähte in die Ferne, doch in Anbetracht des Wetters war da nicht viel zu sehen: das trübe Wasser, das vor- und zurückrollte, die Schaumkämme der Wellen, wie Zuckerguss auf der Horizontlinie, alles in Bewegung, tosend und schäumend.

Sie stand auf und ging darauf zu, mit hocherhobenem Kopf, unbeirrt vom Wetter. Ohne zu zögern ging sie ins Wasser. Sie machte ein paar Schritte, nur bis es ihr über die Knie schwappte, bückte sich und fischte den Koffer heraus. Dann kehrte sie wieder um.

Der Abstand zwischen uns betrug vielleicht vier, fünf Meter, und meine Augen waren noch recht gut. Es hätte alles Mögliche sein können, die Art, wie sie ging, ihre Zielstrebigkeit, ihr Selbstvertrauen, oder vielleicht nur der Anblick des Koffers in ihrer Hand. Oder vielleicht waren es noch ganz andere Dinge.

Es gibt Momente, da ist das Warum nicht mehr wichtig. Warum verlieben wir uns? Warum leben wir, und warum sterben wir? Irgendwann wissen wir plötzlich, dass es nur darum geht, überhaupt etwas zu sein: verliebt, lebendig oder auch tot. Den Jungen ist der

Luxus des Warum geschenkt, den Alten die Weisheit zu erkennen, dass das Warum letzten Endes egal ist.

»Den können Sie nicht hier lassen. So was gilt als Müll«, sagte sie und stellte den Koffer neben Webb.

»Wie war das Wasser?«, fragte ich.

Sie stutzte. »Nass.«

Ich musste lächeln und dachte an die Badewanne, das kalte Wasser und das Salz, das ich für sie geholt hatte. Das kannst du mir nicht abschlagen, hatte Martha gesagt.

Ihre Freunde riefen nach ihr, und sie drehte sich zu ihnen um. Das Mädchen hatte die Hände in die Taschen gestopft, ihre Zähne klapperten, und auf ihrem Gesicht klebten ein paar Haarsträhnen.

»Ich komme schon zurecht«, sagte ich, um sie von dem Gefühl der Verpflichtung zu befreien, doch sie ging nicht.

»Warum sehen Sie mich so an?«, fragte sie.

Ich wollte ihr sagen, dass sie aussah wie meine Frau. Die Art, wie sie aufs Meer hinausschaute, die Augen ein wenig zusammenkniff, wenn sie etwas aufmerksam musterte, und wie das nasse Haar auf ihren Wangen lag. Ich wollte ihr sagen, dass sie mich, wenn auch unabsichtlich, quälte und das hohle Gefühl in meinem Innern, das mich ständig begleitete, noch verstärkte. Ich vergaß oft den Grund für dieses Gefühl, und wenn er mir dann wieder einfiel, war es so schmerzhaft wie beim ersten Mal. Es war ein Gefühl, das mir den Atem aus der Lunge sog, ein Gefühl, das sich anfühlte, als würde ich ertrinken.

»Geh«, sagte ich. »Bitte.«

Als sie weit genug den Strand hinuntergegangen war, drehte ich mich zu der Stelle, wo sie gesessen hatte, und grub ein Loch in den Sand unter den Kieseln. Als es groß genug aussah, öffnete ich den Koffer und nahm heraus, was noch darin war: die Kekse und die Land- und Seekarten. Ich schüttete die Kieselsteine, die ich vor Webbs Übermut gerettet hatte, obendrauf, überlegte es mir im letzten Moment jedoch anders. Ich hob diejenigen auf, von denen ich meinte, dass es ihre waren, und gab noch ein paar dazu, sodass es wieder zehn waren.

Zehn Steine für zehn Durchquerungen.

Ich betrachtete die handschriftlichen Notizen auf der einen Karte. Da stand etwas über die Strömungen, und an der schmalsten Stelle zwischen England und Frankreich hatte Martha »Straße von Dover« dazugeschrieben.

Unser Küchentisch war oft mit diesen Karten bedeckt gewesen. Wenn sie eine Durchquerung plante, fuhr Martha zahllose Male mit dem Finger über die Route, die sie schwimmen wollte – die kleinen Sandkörner unter ihren Nägeln hatten die Oberfläche mattiert wie die Schale eines Eis –, prägte sich den genauen Verlauf ein und schrieb jedes noch so winzige Detail daneben, das sie aus den häufigen Gesprächen mit den Fischern aufgeschnappt hatte. Hier Felsen, dort Algenknäuel. Alles war in blauer Tinte und ihrer ordentlichen Schreibschrift notiert, derselben Schrift, die auf den Karten war, die sie mir zu Geburts- und Jahrestagen gab und manchmal auch einfach so, als überraschendes Zeugnis ihrer Zuneigung. Ihre Schrift war auf zahllosen Listen, Erinnerungszetteln und Nachrichten, die sie auf die Rückseite alter Briefumschläge geschrieben oder auf dem Tisch liegen gelassen hatte, und jedes Mal, wenn ich daran dachte, sah ich: Lieber John. John, Lieber.

Ich grub die Finger in den Sand und die Kiesel und schaufelte beides in das Loch im Boden. Dann trat ich mit den Füßen noch mehr Sand und Kiesel auf das, was von ihr übrig war, um sie aus den Augen zu bekommen.

»Du musst hierbleiben«, sagte ich.

Als ich aufstand, folgte Webb mir, und wir gingen gemeinsam nach Hause. Ich machte mir nicht die Mühe, das Seil wieder an seinem Halsband zu befestigen; wir waren zwei alte Männer, die im Regen heimwärts trotteten.

Es war schon fast dunkel, als wir in unsere Straße einbogen, und Webb bellte ungeduldig, während ich vor der Tür stand und nach dem Schlüsselbund suchte. Er war in keiner von meinen Taschen, weder im Mantel noch in der Hose, und ich fragte mich, wie ich es fertiggebracht hatte, ohne ihn loszugehen. Und dann sah ich nach unten und stellte fest, dass ich noch meine Hausschuhe anhatte.

Ich blickte nach nebenan und betete, dass dort Licht brannte und Henry einen Zweitschlüssel hatte. Der Gedanke, mich mit ihm unterhalten zu müssen, erschöpfte mich, aber mir blieb nichts anderes übrig; entweder das, oder ich würde im Garten schlafen müssen.

Der flackernde bläuliche Schein des Fernsehers war zu sehen, begleitet nur von einem schwachen Lichtschimmer irgendwo in der Küche.

Ich klingelte, und als er die Tür aufmachte, sagte ich nur: »Schlüssel?«

»Kommen Sie erst mal ins Trockene«, sagte er und trat zur Seite. »Gehen Sie durch ins Wohnzimmer, John, ich bringe Ihnen eine Tasse Tee.«

Ich wollte mich nicht hinsetzen, und ich wollte auch keinen Tee, aber Webb schien das Angebot eines warmen, trockenen Zimmers, in dem er sich niederlassen konnte, sehr einladend zu finden und schob sich an mir vorbei in die Dunkelheit. Obwohl unsere Häuser den gleichen Grundriss hatten, herrschte in unserem eine Helligkeit, die Henrys nicht aufwies. In seinem Haus hatte man den Eindruck, dass es selbst an einem strahlenden Sonnentag noch dunkel wirken würde. Es war vollgestellt, kalt und ungemütlich.

Ich schaute mich um, sah aber keine Fotos von einer Frau, Kindern oder sonstigen Verwandten. Es gab überhaupt keine Fotos. Martha sorgte dafür, dass die Gesichter unserer Familie nie weit weg waren. Henry hatte einen großen Spiegel über dem Kaminsims, in dem ich mich erblickte. Ich war krummer, als ich mich in Erinnerung hatte. Wenn ich an mich selbst dachte, sah ich mein Gesicht als eine Mischung aus der Zeit, als Martha und ich geheiratet hatten, und aus der einige Jahre später, als die Kinder noch zur Schule gegangen waren, aber mein Spiegelbild sagte etwas anderes. Meine Augenbrauen hatten sich selbstständig gemacht und wucherten über meiner Brille hervor wie ungepflegte Hecken, die wenigen Haare, die ich noch hatte, klebten mir vom Regen auf dem Kopf, und die natürliche Schlankheit, mit der ich immer schon gesegnet war, ließ mein Gesicht hager und ausgemergelt wirken.

Henry kam mit einem Tablett voll Teesachen herein und stellte es auf dem Tisch ab. Er sah mich erwartungsvoll an.

»Geben Sie mir Ihren Mantel«, sagte er und kam auf mich zu, als wollte er mir heraushelfen.

»Lassen Sie nur, das geht schon so.«

»Er ist völlig durchnässt.«

Das stimmte, aber ich hatte nicht die Kraft, den Mantel selbst auszuziehen, und wollte nicht, dass Henry mir half. Ich setzte mich in einen Sessel und er sich aufs Sofa.

»Sie waren also wirklich am Strand«, sagte er.

Offenbar sah ich verwirrt aus, denn er zeigte auf meine Hausschuhe, die mit Sand bedeckt waren. Es ist eine Sache, sich selbst bei einem peinlichen Versehen zu ertappen, aber eine ganz andere, wenn es jemand wie er tut.

»Hab ich auch schon gemacht«, sagte Henry. »Bin während der Halbzeit zu dem kleinen Laden gegangen, um noch ein paar Bier zu holen. Hätte es gar nicht gemerkt, wenn ich nicht in Kaugummi getreten wäre. Hätte mir fast den Teppich ruiniert, aber immerhin hat Arsenal gewonnen.«

So, wie er lachte, hatte ich den Eindruck, er hatte sich das nur ausgedacht. Ich wollte nicht hier in seinem Haus sitzen. Ich konnte nicht. Ich hatte das Gefühl, dass es etwas Dringendes zu erledigen gab. Der Raum kam mir immer beklemmender vor, und ich stützte mich auf die Sessellehnen, um aufzustehen.

»Bleiben Sie doch«, sagte er.

»Ich muss gehen.«

»Warum?«

»Da ist etwas, das ich erledigen muss.«

»Nämlich?«

Stotternd suchte ich nach den richtigen Worten, die mich aus seinen Klauen befreien würden. »Martha braucht mich.«

Henry füllte zwei Becher mit Tee und gab Milch hinzu. »Zucker?«

Ich antwortete nicht, und er reichte mir einen Becher.

»John«, sagte er. »Sie ist nicht …« Er seufzte und lehnte sich auf dem Sofa zurück. »Trinken Sie Ihren Tee.«

»Sie hat bestimmt schon das Abendessen auf dem Herd.« Ich rückte meine Krawatte zurecht. »Ich werde zu Hause gebraucht.«

»Ich möchte es Ihnen nicht noch mal sagen müssen.«

»Sagen? Was denn? Wie reden Sie überhaupt mit mir?«

Er stellte seinen Becher hin und rieb sich mit beiden Händen übers Gesicht, als hätte er meinetwegen Kopfschmerzen bekommen. Als wäre ich anstrengend.

»Ich habe nicht darum gebeten, hier reingezerrt zu werden, um Ihnen Gesellschaft zu leisen.«

»Sie wurden nicht hereingezerrt. Sie haben bei mir geklingelt. Sie haben sich mal wieder ausgesperrt.«

»Falls ich tatsächlich meinen Schlüssel verlegt habe, was sonst nie vorkommt, wird meine Frau mich reinlassen.« Ich stand auf und klopfte mir auf den Oberschenkel, als Zeichen für Webb, dass er mitkommen sollte. Der Raum war so eng und dunkel, dass ich kaum sehen konnte, wo es hinausging, aber Webb kannte den Weg, und ich folgte ihm den Pfad runter zur Straße, einmal um die Ecke und wieder rauf, bis wir vor unserem Haus standen.

Ich klingelte, und Webb bellte.

»Ich glaube nicht, dass jemand zu Hause ist«, sagte Henry von hinten in selbstgefälligem Tonfall. »Es ist nirgendwo Licht an.«

»Es ist sicher spät. Sie ist bestimmt schon zu Bett gegangen.« Ich trat einen Schritt zurück, hob einen Kieselstein auf und warf ihn gegen das Schlafzimmerfenster. Er landete daneben. »Martha!« Ich wartete ein paar Sekunden, dann rief ich erneut. »Martha!«

Alles blieb dunkel. Sie kam nicht an die Tür.

»Was ist passiert?«, fragte ich Henry. »Es muss etwas passiert sein. Sie waren doch hier. Haben Sie nichts gesehen?« Ich blickte mich um, suchte nach einem Hinweis, doch ich sah nur unser Haus, unseren Garten und unsere Straße, verlassen und reglos in der Dunkelheit.

Er legte mir die Hand auf die Schulter, steckte den Schlüssel ins Schloss und öffnete die Tür. »Gehen wir rein«, sagte er.

Drinnen war es kalt und dunkel. Henry schaltete das Licht ein, und wir sahen schmutziges Geschirr in der Spüle, halb volle Teller mit Suppe und ein allgemeines Durcheinander, wie ich es von Martha nicht kannte.

»Liebling?«, rief ich.

»John«, sagte er. »Sie ist nicht hier.«

Ich ließ ihn stehen und suchte in allen Zimmern im Erdgeschoss, machte überall Licht und rief ihren Namen. Henry wartete in der Küche, bis ich erfolglos zurückkam.

»Sie ist gestorben, John«, sagte er. »Sie war krank, sie hatte Krebs. Sie haben sich um sie gekümmert. Sie ist letzten Monat hier gestorben, bei Ihnen. Es gab eine kleine Trauerfeier, dort, wo sie immer geschwommen ist. Sie haben ihre Asche ins Meer gestreut.«

»Lügner!«, sagte ich und stieß ihn beiseite. »Verschwinden Sie!«

»Es ist schwer, sich an so etwas erinnern zu müssen.«

»Sie lügen!«

Er sah mir unverwandt in die Augen, etwas geschah zwischen uns, und auf einmal sah ich die drei Kleider auf dem Bett und schmeckte die Sandwiches mit Käse und Marmite. Ich stolperte und zog mir einen Stuhl heran, als die Erkenntnis wieder einsickerte.

Henry half mir aus dem Mantel. »Haben Sie Hunger?«

»Nein.«

»Haben Sie heute schon was gegessen?«

»Wo ist Martha? Sie sollte hier sein, es ist schon spät. Sie schwimmt nie im Dunkeln. Was, wenn etwas passiert ist? Was, wenn sie mich braucht?« Ich ging zu Tür und drückte das Gesicht an die Scheibe.

»John, bitte. Beruhigen Sie sich.«

»Nein, ich beruhige mich nicht! Es ist mitten in der Nacht, und meine Frau ist nicht da.«

Er griff nach meinem Arm und versuchte, mich wieder zum Tisch zurückzuführen.

»Lassen Sie mich los!«

»Sie regen sich auf.«

»Wo ist Martha?«, brüllte ich, so laut ich konnte.

Er schloss die Augen. »Martha ist tot, John.«

Ich schwankte und sank zurück auf den Stuhl. Er öffnete den Küchenschrank und nahm eine Dose Bohnen heraus. »Ich mache die mal heiß.«

Während er einen Topf abwusch, schaute ich mich in der Küche um. Wie konnte sie tot sein? Sie war doch heute Morgen noch im Bad gewesen. Die Tür war zugeknallt. Die Muscheln hatten auf der Fensterbank gelegen. Die Gummihandschuhe, die sie immer zum Abwaschen überzog, hatten über dem Rand der Spüle gehangen.

»Martha ist bestimmt nur kurz weggegangen. Vielleicht hat sie beim Einkaufen was vergessen.«

Henry sagte nichts. Das Plätschern des Wasserhahns war das einzige Geräusch im Haus, bis er ihn zudrehte. Dann gab es nur noch die leisen, fernen Stimmen in meinem Kopf. Er öffnete die Dose, schüttete den Inhalt in den Topf und schaltete den Herd ein.

»Toast?«, fragte er.

Ich antwortete nicht, und als er sich umdrehte, sah ich, dass seine Augen feucht glänzten. Er wandte sich rasch wieder ab und blickte zur Decke.

Das Scharren von Porzellan auf Fliesen durchbrach die Stille. Webb schob mir seine Schale hin. »Du hast kein Wasser mehr«, sagte ich.

Henry verteilte die Bohnen auf zwei Teller, brachte sie zum Tisch und reichte mir eine Gabel. »Sie müssen was essen.«

»Ich warte auf meine Frau, sie ist bestimmt bald wieder da.«

Wenn sie nach Hause kam, während er noch hier war, würden wir ihn gar nicht wieder los. Er würde darauf bestehen, ihr Hallo zu sagen, was zu einem Gespräch darüber führen würde, warum sie so spät zurückkam, was sie gemacht hatte und bei wem sie gewesen war. Und daraus würde sich ein banales Geplauder über Gärten und andere Nachbarn entwickeln. Henry war ein Mann, der alles tat, um nicht in sein leeres Haus zurückkehren zu müssen.

Er ließ den Kopf hängen und starrte auf die Bohnen. »Sie sind in letzter Zeit oft am Strand.«

»Martha trainiert.«

Ich schob meinen unberührten Teller weg und trat ans Fenster. Ich reckte den Hals und blickte die Straße hinunter, aber es regnete stark, und ich konnte nichts sehen, erst recht nicht die Gestalt, nach der ich so verzweifelt Ausschau hielt.

»Es sieht ihr gar nicht ähnlich, so lange wegzubleiben«, sagte ich.

Als ich mich umdrehte, tippte Henry auf seinem Telefon herum.

»Soll ich jemanden anrufen? Harriet vielleicht?«

Ich schüttelte den Kopf. »Bei ihr ist Martha nicht.«

»Möchten Sie, dass ich hierbleibe?«

»Wozu?«

Ich spürte, wie sein Blick sich in meinen Hinterkopf bohrte, während ich aus dem Fenster sah, und ich begriff nicht, wieso er meinte, ich wäre derjenige, der Hilfe brauchte.

Sein Handy summte, und ich ließ ihn seine Nachricht lesen, während ich die Teller in die Spüle stellte.

»Die sollten besser wieder sauber sein, wenn sie zurückkommt«, sagte ich.

Henry seufzte, und ich wusste, dass ich kein guter Gastgeber war, aber es war mir egal, was er dachte. Wichtig war nur, dass die Küche nicht aussah wie ein Schlachtfeld, wenn meine Frau nach Hause kam.

»Ich weiß nicht, was ich machen soll«, sagte er halb zum Telefon und halb zu mir.

Ich zog mir die Gummihandschuhe an. »Es ist spät. Ich sage ihr, dass Sie hier waren.«

Endlich ging er zur Tür. »Kommen Sie zurecht?«

»Natürlich.« Ich machte mir Sorgen um ihn, ganz allein da nebenan. Es war nicht richtig, und er schien mir nicht besonders patent zu sein.

»Denken Sie dran, die Tür abzuschließen«, sagte er.

»Gute Nacht, Henry.«

Ich wusch die Teller ab, und er tat mir leid, so ganz ohne Familie, ohne jemanden, der ihn zu Hause erwartete. Aber es gab nichts, was ich tun konnte. Ich ließ für Martha das Licht in der Küche an und ging nach oben. Webb folgte mir, was ungewöhnlich war; normalerweise wartete er bei der Tür, bis alle da waren. Aber ich nahm es nicht weiter wichtig. Wahrscheinlich hatte Henry den Hund nervös gemacht; er hatte diese Wirkung.

Ich schaute ein letztes Mal aus dem Fenster, aber unsere Straße lag verlassen da, und so legte ich mich ins Bett und zog die Decke bis zum Kinn. Ich drehte mich auf die Seite und legte die Hand auf den leeren Platz, wo Martha sein sollte. Und als ich die Augen zumachte, nahm ich einen Hauch von ihrem Duft wahr, dieser unverwechselbaren Mischung aus Seife, frisch gewaschener Wäsche und dem Meer. Ich sog ihn tief ein, und es war fast so, als wäre sie da.

Reinfall

MARTHA, 1947

Richard«, hörte ich meine Mutter in der Küche sagen, in dem Ton, der nicht zu Fragen ermutigte. »Nimm sie mit.«

»Martha interessiert sich nicht fürs Angeln«, erwiderte mein Vater. »Sie ist ein Mädchen und erst zehn. Beim letzten Mal –«

»Sie hockt schon viel länger hier im Haus, als ihr guttut. Und sie geht mir auf die Nerven.«

Die Nerven meiner Mutter sorgten oft für Ärger. Ihre Stimmung schwankte schnell, und man wusste nie, welche Seite man erwischte. Aber es gab Zeichen, die mein Vater und ich zu deuten gelernt hatten. Wenn sie sich schwer auf die Arbeitsfläche stützte, um den Verdruss über unsere Unzulänglichkeit zu ertragen, oder wenn ihre Stimme höher klang als sonst – wie es häufig der Fall war, wenn sie von einem Besuch bei einer ihrer besser gestellten Freundinnen zurückkam –, wussten wir, dass die Wahrscheinlichkeit, ihre schlechte Seite zu erwischen, ungefähr so hoch war wie die, dass es an einem Feiertag regnete. Oft schienen mein Vater und ich sie in dem Bild, das sie von unseren zahlreichen Mängeln hatte, nur noch mehr zu bestätigen. Wenn wir besonders lästig waren, saßen mein Vater und ich meist still im Wohnzimmer und lasen.

»Schick sie doch zum Spielen in den Garten«, sagte mein Vater.

»Richard«, warnte meine Mutter ihn in einem Tonfall, den ich nur zu gut kannte.

Ich sah vor mir, wie mein Vater den Kopf hängen ließ, als er antwortete. »Gut, Liebes.«

Obwohl mir die Art nicht gefiel, wie meine Mutter meinem Vater befohlen hatte, mich mitzunehmen, freute ich mich auf den Ausflug. Meine nackten Füße machten kaum ein Geräusch auf den Dielen, als ich von meinem Lauschplatz am oberen Treppenabsatz in mein Zimmer zurücklief. Auf diesem Posten hatte ich den Großteil dessen erfahren, was ich über die Gedanken meiner Eltern wusste. Zumindest über die, die sie miteinander besprachen. Ich nehme an, ihre intimsten Gedanken bewahrten sie in dunkleren, verborgenen Nischen auf, die sie selbst kaum aufsuchten.

»Martha!«, hörte ich meinen Vater von unten rufen. »Zieh dir Schuhe an und nimm dir eine Jacke mit.«

Ich schaute aus dem Fenster meines Zimmers über die Dächer, die sich bis zum Glitzern des Meeres am Horizont erstreckten. Es war zwar nicht so blau wie auf den Ansichtskarten, aber der Himmel war klar. Der Sommer hatte bereits begonnen, und es sah so aus, als wäre es warm genug, um ohne eine Jacke loszuziehen, die wahrscheinlich nur vergessen oder verloren gehen würde. Doch ich tat, was man mir gesagt hatte, und nahm die, die ich am wenigsten mochte – eine quietschgrüne mit einem Bubikragen, die ich nicht leiden konnte, weil sie aussah wie Wackelpudding mit einem Klecks Sahne obendrauf –, in der Hoffnung, dass sich bei dem Ausflug eine glaubwürdige Gelegenheit finden würde, sie loszuwerden.

Ich interessierte mich wirklich nicht fürs Angeln, aber die Aussicht, das eng begrenzte Reich von Haus, Garten und Straße zu verlassen, war aufregend. Solche Fluchtgelegenheiten gab es nur selten, selbst jetzt, wo der Krieg vorbei war, und ich wusste, je besser ich mich benahm, desto größer war die Chance, dass die Einladung wiederholt wurde.

Mein Vater stand bereits an der Tür, die Angel in der Hand und neben sich die metallene Proviantkiste, in der die Haken und Würmer waren, für die er meine Hilfe brauchte. Ich fragte mich, wie er zurechtkam, wenn ich nicht dabei war, aber wahrscheinlich war das Angeln nur ein Vorwand, um aus dem Haus zu kommen. Ich stellte mich vor ihn hin und salutierte, Füße zusammen, Rücken gerade. Das hatte ich mir angewöhnt, seit er aus dem Krieg zurückgekommen war. Ich hoffte, es würde ihn davon überzeugen, dass ich respektvoll und informiert genug war, damit er mir von seinen Abenteuern in Frankreich erzählte. Vor allem wollte ich natürlich hören, wie er seinen rechten Arm verloren hatte. Das war etwas, worüber ich meine Mutter noch nie sprechen gehört hatte. Dass sie darüber schwieg, war bemerkenswert, denn sonst war für sie kein Thema tabu.

»Du trägst die Kiste«, sagte er und trat zur Seite, damit ich die Tür für ihn aufmachen konnte.

Er ging an mir vorbei und blieb nicht mal stehen, um sich zu vergewissern, dass ich die Tür wieder richtig zugemacht hatte. Die Botschaft war klar: Er und ich gingen nicht zusammen angeln; ich war ein unerwünschtes Anhängsel und würde selbst zusehen müssen, wie ich zurechtkam.

Ich ging, so schnell ich konnte, musste jedoch bald in ein unbeholfenes Laufen wechseln, um mit ihm Schritt halten zu können. Die Metallkiste, die ich in der Hand trug, schlug bei jedem Schritt gegen meine nackten Knie. Ich würde lauter blaue Flecken haben, wenn ich nach Hause kam, und bestimmt würde meine Mutter genervt anmerken, dass ich mich absichtlich so ungeschickt anstellte. Sie hielt es einfach nicht für möglich, dass ein Mädchen so unweiblich sein konnte, und in dieser Hinsicht – wie auch in vielen anderen – war ich eine Enttäuschung für sie. Ich wusste, dass sie lieber eine Tochter wie meine Freundin Cath gehabt hätte, die zwar ihre Haare nicht selbst flechten konnte, aber die Art von Kleidern liebte, in denen ich mich eingeengt fühlte und die lauter überflüssige Rüschen und Spitzen hatten.

Wir wohnten ganz oben auf dem Hügel. Wenn ich mich auf die Zehenspitzen stellte, konnte ich vom Küchenfenster aus die Fähren sehen, die jetzt, wo der Krieg vorbei war, wieder fuhren. Von meinem Zimmer aus waren da, wo keine zwischen den Eichen und Platanen standen, Teile der gewundenen Straße zu sehen, die zum Meer hinunterführte. Sie sah aus wie eine Schlange und machte jeden Weg länger. Aber ihre vielen Kurven gaben der langweiligen Straße, die nichts weiter zu bieten hatte als lauter fast gleich aussehende Häuser, etwas Fröhliches.

Der Hafen am Fuß des Hügels war kaum zu sehen, sodass mein Vater und seine Anglerfreunde versteckt waren, falls meine Mutter auf die Idee kommen sollte, ihm nachzuschnüffeln. Aber ich wusste, dass sich auf der anderen Seite des Hafens, näher bei den Docks, ein leicht gebogener Wellenbrecher befand, der wie ein Finger auf den Pier zeigte. Dort standen auch manchmal Männer und angelten, aber nie die Freunde meines Vaters.

»Es wird nicht geredet«, sagte mein Vater, als ich ihn eingeholt hatte.

Ich nickte. Jetzt wurde es ernst.

»Du spießt jeweils einen Wurm an jeden Haken. Nicht mehr und nicht weniger.«

Wieder nickte ich.

»Pass auf, dass dir der Wurm nicht runterfällt. Ich will nicht den Rest des Tages von toten Würmern umgeben sein.«

Ich nickte erneut.

»Und du hüpfst und tanzt nicht herum. Nicht wie beim letzten Mal.«

Beim letzten Mal hatte ich mich daneben benommen. Ich hatte in der Woche davor ziemlich viel Radio gehört und mir einen komplizierten Tanz ausgedacht, den ich meinem Vater und seinen Freunden unbedingt zeigen wollte. Mein Vater war nicht beeindruckt gewesen, aber das hatte mir nichts ausgemacht. Ich war so fasziniert vom Geräusch meiner Schritte auf dem Pier gewesen, das sich mit dem der Wellen vermischte, die dagegenschlugen, dass ich vor Aufregung fast geplatzt wäre und überhaupt nicht mehr an seine Ermahnungen gedacht hatte.

»Bleib mir aus den Füßen«, sagte mein Vater. »Und sei still.«

Diese letzte Anweisung war die wichtigste. Zum Pier zu gehen war eine der wenigen Gelegenheiten für meinen Vater, seine Freunde zu sehen – vor allem die, die meine Mutter nicht mochte – und über Dinge zu sprechen, von denen ein junges Mädchen nichts wissen sollte. Seine Anweisung, still zu sein, galt nicht nur für den Tag, der vor uns lag, sondern auch für den Abend, wenn wir nach Hause kamen. Soweit es meine Mutter anging, waren wir angeln gewesen und sonst nichts. Es wurde nicht darüber geredet, welche von seinen Freunden wir getroffen hatten, und erst recht nicht darüber, dass wir nachmittags einen Abstecher zum Bowls Club gemacht hatten, wo mein Vater und seine Kumpel heimlich einen Flachmann hatten herumgehen lassen. Dieser Teil des Nachmittags war so heikel, dass wir nicht einmal unter uns darüber sprachen.

Mein Vater, so nahm ich an, hatte viele Geheimnisse, und dass er mich für zuverlässig genug hielt, Dinge für mich zu behalten, selbst wenn es nur um einen heimlichen Schluck Alkohol ging, bedeutete mir sehr viel. Als er mir das Zeichen gab, dass wir zum Bowls Club gehen würden, sah er mir einen Moment länger in die Augen, und ich hatte das Gefühl, dass er etwas in mir erkannt hatte, das meine Mutter niemals sehen würde.

Als wir um die letzte Kurve gingen, streckte mein Vater den Arm aus, damit ich nicht einfach über die Straße lief. An der Kreuzung kamen die frisch aus Frankreich angekommenen Autofahrer regelmäßig durcheinander, weil sie den Linksverkehr nicht gewohnt waren, und mein Vater war lieber zu vorsichtig als zu wenig. Er schaute einmal und noch einmal, und als er sicher war, dass niemand kam, überquerten wir die Straße und gingen hinter dem Seaview Hotel mit seinen cremeweißen Mauern und den schmiedeeisernen Balkonen entlang, das exotische Orte erahnen ließ, an denen ich nie gewesen war.

Als wir am Ufer angekommen waren, sah ich zur Linken die Promenade, die sich bis zu den Docks mit ihren Kränen und Schiffen erstreckte. An unserem Ende war alles in einem kleinen Maßstab gehalten, und je weiter man zu den Docks ging, desto größer wurde alles, bis man sich neben den Fähren und Dampfern vorkam wie ein Zwerg. Doch der Teil interessierte mich nicht, und ich stand auf der Seite meines Vaters, der nur selten in diese Richtung blickte. Dort gab es immer noch ausgebombte Gebäude, Schutt und Staub und überall Löcher. Dorthin gingen wir nie. Der Grund dafür war mir nie erklärt worden, aber ich begriff, dass dieser Teil der Stadt nicht für Leute wie uns gedacht war. Außerdem war es da, wo wir standen, schöner, und man konnte so tun, als wäre alles wieder normal. Wenn man die Augen ein wenig zusammenkniff, konnte man sich vorstellen, wie das Seaview Hotel eigentlich aussehen sollte; man konnte an den Teilen vorbeigucken, die kaputt waren, wie bei meinem Vater. Und ein Stück weiter draußen lag der

Wellenbrecher, der uns unter anderem vor Winterstürmen beschützen sollte.

Aber das Faszinierendste war der Pier, gesprenkelt mit Männern und ihren Angeln. Solange ich denken konnte, war der Pier gesperrt gewesen, aber jetzt, wo der Krieg vorbei war, gehörte er uns. Die Männer standen in zwei Gruppen zusammen – vielleicht wegen besserer Fangaussichten oder weil sie eine Stelle der anderen vorzogen –, eine näher zum Ufer, die andere kurz vor dem Ende.

Der Pier hatte etwas Solides, Vertrauenerweckendes, das mir gefiel. Selbst während der Luftangriffe, als wir in die Höhlen gehen mussten, hatte ich das Gefühl, dass der Pier selbst dann noch stehen würde, wenn sonst nichts mehr übrig war. Und jetzt wurde er wieder zu seinem eigentlichen Zweck genutzt, als Vergnügungspier.

Ich hatte mittlerweile gelernt, dass es etwas Besonderes war, in diesen Kreis der Männlichkeit aufgenommen zu werden, etwas, das man nicht leichtnehmen durfte. Ich war oft Gast in der Welt meiner Mutter gewesen, hatte zugehört, wie sie und ihre Freundinnen über Frisuren und Diäten und Hausmittel gegen hartnäckigen Schimmel redeten, aber diese Art von Gesprächen war so langweilig, dass ich nicht mal so tun konnte, als würden sie mich interessieren. Ab und zu gab es mal etwas halbwegs Interessantes, das auf die Möglichkeit einer Intrige hindeutete oder auf ein Leben, das verlockender schien als das, was mich erwartete, wenn ich erwachsen war und mein sogenanntes häusliches Glück begann. Doch selbst der Hauch eines Skandals, wie zum Beispiel eine vermutete Affäre, kam seltener vor als Weihnachten.

Die Männer auf dem Pier erzählten Geschichten, die an Orten spielten, die weit entfernt waren von Dover, England und unserem alltäglichen Leben. Die meisten Geschichten handelten vom Krieg, aber sie waren nicht halb so schrecklich, wie meine Mutter es immer darstellte. Zu meinen Lieblingsgeschichten gehörten die von Peter dem Taubenmann, der für den Nachrichtendienst der Armee gearbeitet hatte.

Und es waren nicht nur die anderen Männer dort auf dem Pier, die erzählten, sondern auch mein Vater. Wenn die Männer mich vergaßen und das Gefühl hatten, dass sie unter sich waren, erfuhr ich manches von dem, was er durchgemacht und was er im Krieg gesehen und getan hatte. Ich spitzte die Ohren, stets auf der Suche nach Hinweisen, was mit seinem Arm passiert war.

Als wir weitergingen, endete das Pflaster, und wir traten auf die Holzplanken, die von den Stürmen des Ärmelkanals verwittert waren. Mein Vater begann sich nach einer passenden Stelle umzusehen und hielt Ausschau nach vertrauten Gesichtern und Kumpeln, mit denen er vielleicht plaudern wollte. Je nachdem, in welcher Stimmung er war, saßen wir neben jüngeren, gesprächigeren Männern oder – wenn er seine Ruhe haben wollte – neben den älteren, schweigsameren. Für mich war beides gut: Die Jüngeren erzählten oft lustige Geschichten, die völlig ungeeignet für meine jungen Ohren waren, und die Älteren solche, die ich mir niemals hätte vorstellen können.

Mein Vater nickte zwei jüngeren Männern zu, und ich nahm es als Zeichen, dass er gute Laune hatte. Wir stellten uns zu ihnen, und sie unterhielten sich kurz, dann lehnte mein Vater seine Angel ans Geländer. Das war mein Zeichen.

Ich öffnete die Proviantkiste und holte erst die Butterbrote heraus, die meine Mutter uns geschmiert hatte, und dann den Behälter mit den Würmern, und während mein Vater sich über die neuesten Anglernachrichten informierte, spießte ich den ersten Wurm auf den Haken und gab ihm die Angel zurück.

Er wandte sich um und nickte mir schweigend zu. Das bedeutete, dass ich mich jetzt zurückziehen sollte.

Das Ganze folgte einem Rhythmus, und es war wichtig, so schnell wie möglich hineinzufinden. Wurm an den Haken, Angel zurückgeben und dann für eine Weile Abstand halten, während er sein Glück versuchte. Ich durfte tun, wozu ich Lust hatte, solange ich aufmerksam blieb und ihm rechtzeitig einen neuen Wurm aufspießte.

Ich nahm an, dass ihm sonst seine Freunde halfen, ohne dass er darum bitten musste, so wie er mir immer wieder gezeigt hatte, wie man die Schnürsenkel band, indem er mir half, wenn er sah, dass ich alleine nicht weiterkam. Aber wenn ich dabei war, spielten alle mit:

Das mit dem Wurm war die Aufgabe eines Kindes, und indem er mir gestattete, ihm zu helfen, tat er mir einen Gefallen und brachte mir etwas bei, das mir später vielleicht noch nützlich sein würde.

Er warf die Angel aus, und ich trat zurück, zufrieden, dass meine Aufgabe erledigt war und ich nun Zeit für mich hatte. Ich hüpfte zum Ende des Piers.

Das war einer meiner Lieblingsplätze. Dort angelte niemand, und ich konnte so viel singen und tanzen, wie ich wollte, ohne jemanden zu stören. Hier konnte ich mich laut mit meiner imaginären Freundin Charlotte unterhalten und einige von meinen ausufernden Fantasien durchspielen. Diese Fantasien basierten auf Orten, über die ich in der mehrbändigen Enzyklopädie gelesen hatte, die meine Mutter gekauft hatte, um mich während der langen Kriegsjahre, als wir kaum aus dem Haus kamen, beschäftigt zu halten. Ich las mit unterschiedlichem Interesse darin: Ich zog das Exotische dem Alltäglichen vor, das Ferne dem Vertrauten, die Antilopen und Alpakas den Ameisen und Albatrossen. Vor Kurzem hatte ich mit dem Band »H« angefangen, den Eintrag zum Hadrianswall übersprungen und stattdessen immer wieder begeistert den zu Hawaii gelesen. Es war eine Insel wie die, auf der ich lebte, es hatte einst eine Königin gehabt, und östlich davon befand sich ein großer Kontinent. Obwohl das auch schon alle Ähnlichkeiten waren, genoss ich es, mir im Laufe der Wochen und Monate eine neue Reihe von Möglichkeiten für mich auszumalen.

An dem Tag war etwas an dem Wasser anders als sonst. Die Sonne schien, und das Licht spiegelte sich an einigen Stellen so gleißend im Meer, dass man kaum hinsehen konnte. Es war ruhig, die Wellen schwappten träge vor sich hin, aber direkt vor dem Ende des Piers war eine Stelle, an der sich ein kleiner Strudel gebildet hatte. So etwas hatte ich noch nie zuvor gesehen: Das Wasser wechselte von einem metallischen Blau zu einem schlammigen Braun, und die Riffeln kamen und gingen in unterschiedliche Richtungen. Ich stellte mir vor, dass sich darunter ein brodelnder, blubbernder Kessel befand und vielleicht sogar der Eingang zu einer geheimen Welt, das Tor zu Atlantis oder zu Neptuns Königreich.

Ich wollte mir das genauer ansehen, aber ich hatte eine ungünstige Größe, zu klein, um über die obere Stange des Geländers hinwegzusehen, aber wiederum zu groß, um mich über die untere zu beugen. Also ging ich in die Hocke und kroch unter dem Geländer hindurch, um näher an den Rand zu gelangen, den Blick die ganze Zeit auf den Strudel unter mir gerichtet. Ich fragte mich, ob mein Vater und seine Freunde von diesem Strudel wussten und ob sie mir mehr darüber erzählen konnten. Ich wollte wissen, wie es sich anfühlte, die Oberfläche zu berühren, dort, wo das Wasser hochsprudelte, wie es war, wenn die Strömungen über meinen Körper strichen. Doch daraus würde wohl nichts werden, da ich nicht schwimmen konnte.

Ganz in meine Gedanken versunken, kroch ich vorwärts, wobei meine nackten, blau geschlagenen Knie bei jeder Bewegung auf dem splitterigen alten Holz wehtaten. Auf einmal hörte ich, wie mein Vater mich rief. Ich fuhr hoch und knallte mit dem Kopf gegen das Geländer. Instinktiv hob ich die Hand, um es wegzuschieben, und in dem Moment verlor ich das Gleichgewicht.

Alles schien wie in Zeitlupe abzulaufen. Selbst als ich abends in meinem Bett lag und das Ganze noch einmal in Gedanken durchging, hatte ich das Gefühl, es müsste doch jede Menge Zeit gewesen sein, mich irgendwo festzuhalten; ich hätte es, wie meine Mutter mir vorhielt, als wir nach Hause kamen, schaffen müssen, trocken zu bleiben.

Aber ich schaffte es nicht. Das war das erste Mal, dass ich nass wurde.

Ich fiel mit dem Kopf voran, und es passierte so schnell, dass ich nicht einmal Zeit hatte, vorher Luft zu holen. Ich weiß noch, wie ich auf dem Wasser aufschlug und mich wunderte, dass es so wehtat. Es fühlte sich an, als wäre ich gegen etwas Festes, Hartes geprallt. Dieser Moment veränderte meinen Blick auf das Meer für immer. Vorher war es eine Weite gewesen, die nichts mit mir zu tun hatte. Es war da, und es war kalt, und abgesehen von ein paar lustlosen Spritzern, um meinen Freundinnen einen Gefallen zu tun, blieb mein Desinteresse unerschütterlich. Ein paar Mal, als ich bis zu den Knien hineingegangen war, hatte ich gespürt, wie das Wasser um mich herumfloss und mir Platz machte. Aber als ich an dem Tag auf dem Wasser aufschlug, begriff ich, dass es mehr als nur ein Gesicht hatte.

Offenbar hatte ich geschrien oder um Hilfe gerufen, denn kurz bevor ich aufschlug, hörte ich, wie jemand meinen Namen rief.

Der Aufprall war so hart – wie ich später erfuhr –, dass ich leicht eine Gehirnerschütterung oder Schlimmeres hätte davontragen können. In dem Moment jedoch wusste ich nur, dass ich vom kalten, dunklen Meer verschlungen wurde. Es war überall, ich hatte schreckliche Angst, und das Schlimmste war, dass ich nicht wusste, wo oben und wo unten war. Alles war schwarz, dunkler als eine mondlose Nacht. Und die salzige, trübe Brühe war überall, in meiner Nase und in meinen Ohren. Ich sehnte mich verzweifelt danach, Luft zu holen, aber irgendwie schaffte ich es, den Mund geschlossen zu halten.

Während ich wild mit Armen und Beinen ruderte, um die Oberfläche zu erreichen oder irgendetwas, das mich retten könnte, hatte ich das Gefühl, in einer Kiste gefangen zu sein, die von Sekunde zu Sekunde kleiner wurde. Das Meer schien immer dunkler zu werden und sich um mich zu schließen, und meine Brust fühlte sich an, als würde sie gleich platzen. Ich war wütend auf mich, weil ich so dumm gewesen war und mich so weit vorgebeugt hatte. Aber diese Gedanken galten nicht mir, sondern meinem Vater, der nach Hause gehen und alles würde erklären müssen.

Die Strömung erfasste mich, und nach einer gefühlten Ewigkeit – wahrscheinlich war es höchstens eine Minute – spürte ich, wie mein Körper sich entspannte. Ich traute mich, die Augen zu öffnen und hatte mit einem Mal keine Angst mehr. Ich fühlte mich nicht länger vom Meer gefangen, sondern von ihm getragen und ließ mich mit der Strömung treiben. Und bevor ich merken konnte, dass mir kälter war als je zuvor in meinem Leben, sah ich etwas auf mich zukommen. Ich wusste nicht, was es war oder was es von mir wollte, aber ich empfand keine Angst. Immer noch unter Wasser, wurde ich vom Meer gehalten und wartete ab.

Dann schlangen sich plötzlich Arme um mich, und ich wusste, es war nicht mein Vater und auch keine Meerjungfrau. Ich wurde nach oben gezogen, dann durchbrach mein Kopf die Oberfläche, und ich konnte wieder atmen. Gierig sog ich die Luft ein, das Gesicht zum Himmel gewandt, während ich an Land zurückgebracht wurde, und sobald ich festen Boden unter den Füßen hatte, brach ich in Tränen aus, ich schluchzte und hustete und spuckte Wasser.

Ich wurde den Strand hinaufgetragen, wo mein Vater und seine Freunde alle auf mich warteten. Den Ausdruck auf dem Gesicht meines Vaters hatte ich noch nie zuvor gesehen, und ich sah ihn danach auch nie wieder. Er drückte mich an sich, ohne jeden Gedanken daran, dass ich seine Kleider nass machte, und so fest, dass ich kaum noch Luft bekam.

Als er mich schließlich losließ, legte er mir seine leichte Jacke über die Schultern, und ein paar von den anderen Männern legten ihre noch darüber, und so gingen wir zum Bowls Club. Niemand sagte etwas.

Sobald wir im Klubhaus waren, machte jemand ein Feuer im Kamin, obwohl es Juni war, und sie setzten mich davor. Jemand brachte mir eine alte Pferdedecke und legte sie mir über die Beine.

»Trink das«, sagte ein Mann zu mir. Seine Haare waren nass.

Ich nahm den Becher und musterte ihn. »Sind Sie der …?«

Er nickte. »Du hast deinen Vater fast zu Tode erschreckt.«

Ich trank einen Schluck und rümpfte die Nase.

Er lachte. »Da ist nur ein Tropfen Whisky drin. Der wärmt dich auf.«

Ich nickte und wunderte mich, warum es nicht mein Vater war, der mir etwas Heißes zu trinken gab.

»Ich bin Jim«, sagte er und reichte mir seine Hand.

Ich schüttelte sie, obwohl ich nicht so ganz verstand, weshalb er sich so förmlich benahm.

»Setz dich näher ans Feuer«, sagte er. »Du bist ganz ausgekühlt.«

Ich gehorchte.

Er sah mich forschend an, und es fühlte sich an, als würde er in mir nach etwas oder jemand anderem suchen. Er war klatschnass, das Hemd klebte an seinem schmalen Körper, und seine Hose hing schwer vom Wasser nach unten. Seine Haut war so weiß wie die der Hähnchen, die wir jeden Sonntag zu Mittag aßen, und obendrein wirkte sie fast durchscheinend. Hätte er kein Hemd angehabt, hätte ich bestimmt sein Herz schlagen sehen können.

Ich blickte mich um und suchte nach meinem Vater, doch er war nirgends zu sehen. Der Raum war geradezu unheimlich still; alle außer meinem Retter und mir waren verschwunden.

»Wo ist mein Vater?«, fragte ich zähneklappernd.

»Nur kurz rausgegangen«, erwiderte er und bedeutete mir zu trinken.

Die Decke auf meinen Beinen rutschte hinunter, und Jim bückte sich rasch, um sie wieder über mich zu breiten. Er strich sie glatt, dann setzte er sich vor mich auf den Boden und sah mich an. Er war jung, wahrscheinlich noch keine zwanzig, aber ich spürte, dass er sich jetzt persönlich für mich verantwortlich fühlte. Während wir einander ansahen, dachte ich, dass er zwar nicht gut aussah, aber nett und hilfsbereit war.

Nach einer Weile stand er auf. »Soll ich deinen Vater holen?«

Ich nickte, und er ging hinaus in den Garten, sodass ich allein im Klubhaus zurückblieb. Ich war noch nie dort gewesen, wenn es leer war, und die Dinge, die ich sonst interessant und gemütlich fand, wirkten plötzlich bedrohlich. Vor allem, weil ich wusste, dass draußen ein warmer Sommertag war, während ich hier eingemummelt hockte, als wäre es Mitte Februar. Das Knacken der Dielen, wie es in alten Häusern öfter vorkam, ließ mich zusammenfahren, und die Schatten, die das flackernde Feuer an die Wände warf, machten mich ganz nervös.

Schließlich hielt ich es nicht mehr aus und rannte zur Hintertür. Selbst wenn mein Vater nicht dort war, wäre ich wenigstens wieder im Hellen. Gerade als ich die Tür aufstoßen wollte, hörte ich Stimmen durch das offene Fenster. Ich blieb stehen und lauschte. Da war die Stimme meines Vaters, aber er weinte. Bis zu dem Augenblick wäre ich nie auf die Idee gekommen, dass mein Vater jemals weinen könnte – oder dass es irgendetwas auf der Welt gab, das schlimm genug war, um ihn dazu zu bringen.

Vorsichtig spähte ich durch das Fenster. Seine Schultern bewegten sich nicht, wie sie es bestimmt getan hätten, wenn er richtig geschluchzt hätte, aber obwohl ich ihn nur von der Seite sehen konnte, wirkte er unglücklicher als alle, die ich je zu Gesicht bekommen hatte, einschließlich der Trauergäste bei der Beerdigung meiner Großtante im Jahr zuvor. Ich betrachtete ihn noch einen Moment, dann ging ich zurück zu meinem Platz am Kamin. Die Scham, die mein Vater empfinden würde, wenn er wüsste, dass ich ihn in diesem Zustand gesehen hatte, würde er niemals überwinden. Diese Verantwortung konnte ich nicht auf mich nehmen.

Ich setzte mich wieder, griff nach dem Becher, der inzwischen kalt war, und stellte die Füße so nah wie möglich ans Feuer. Dem Garten kehrte ich den Rücken zu. Die Vorstellung, dass jemand von den Männern auch nur vermutete, ich hätte etwas davon mitbekommen, war schon schlimm genug – aber der Gedanke, dass ich der Grund für dieses Unglück war, war kaum auszuhalten.

Nach einer Weile wurde es in dem Klubraum dann doch ganz gemütlich, wie an einem Wintertag, wenn man warm eingekuschelt auf dem Sofa liegt. Ich ließ den Kopf ein wenig zur Seite sinken, damit ich es mir in dem Sessel bequemer machen konnte, und da merkte ich, dass ich eine Art Echo im Ohr hatte. Ich steckte meinen kleinen Finger hinein und versuchte, das, was darin steckte, herauszuholen.

»Das hat keinen Zweck«, sagte Jim.

Seine Stimme, die wie ein Torpedo durch die Stille schoss, erschreckte mich.

»Halte den Kopf schräg und hüpf auf und ab.« Er machte es mir vor, aber ich rührte mich nicht. So, wie er lächelte, dachte ich, er wollte mich auf den Arm nehmen.

»Probier's aus, du wirst schon sehen.«

Ich schüttelte halbherzig den Kopf, doch ohne Erfolg.

»Fester«, sagte er.

Ich folgte seiner Anweisung, überzeugt, dass es unmöglich funktionieren konnte, doch dann spürte ich auf einmal, wie der Druck nachließ und ein wenig Wasser aus meinem Ohr rann, was mir einen Schauer über den Rücken jagte. Ich schob mir wieder den Finger ins Ohr.

»Nicht«, sagte er. »Da kann das Trommelfell kaputtgehen.«

Ich wischte mir den Finger am Bein ab und sah an ihm vorbei. »Wo ist –«

Er drehte sich nach rechts, Richtung Garten, und da stand mein Vater. Ich wäre am liebsten zu ihm gerannt und hätte die Arme ganz fest um seinen Bauch geschlungen, damit er wusste, dass es mir gut ging. Aber mir war klar, dass so ein Verhalten, ganz gleich von wem, nicht geschätzt wurde.

»Komm, Martha«, sagte er, legte mir den Arm um die Schultern und bedeutete mir aufzustehen. »Deine Mutter wartet sicher schon.«

Ich lehnte mich an ihn, und gemeinsam traten wir hinaus in die Nachmittagssonne. Wir gingen langsam, weil wir uns beide davor fürchteten, meiner Mutter zu erzählen, was passiert war. Sie würde uns bestimmt auf unbekannte und unerwartete Weise bestrafen. Ich hatte gehofft, dass er mir vielleicht einen Rat geben würde, wie wir am besten mit der Situation umgehen sollten, doch unser Heimweg verlief schweigsam, und ich genoss ihn.

Mein Haar war fast trocken, als wir zu Hause ankamen, aber meine Kleider nicht. Ich sah aus, als wäre ich in einen heftigen Regenguss gekommen, und da mein Vater knochentrocken war, konnten wir nicht das Wetter vorschieben.

Als wir durch die Haustür traten, hörten wir, dass das Radio lief und meine Mutter vor sich hin summte. Summen war ein gutes Zeichen.

Ich folgte meinem Vater, der auf das Wohnzimmer zusteuerte, doch plötzlich blieb er stehen und drehte sich zu mir um.

»Dir ist doch sicher kalt – warum gehst du nicht rauf und ziehst dich um?«, sagte er zärtlich und so leise, dass meine Mutter es nicht hören konnte.

Ich schlich die Treppe hinauf in mein Zimmer und zog ein frisches Kleid an, eins, das ich hasste, weil es voller Rüschen und anderer Scheußlichkeiten war, aber meine Mutter mochte es sehr. Als ich fertig war, ging ich zurück zur Treppe, blieb aber auf dem Absatz stehen. Ich war noch nicht gerufen worden, und mir kam der Gedanke, dass es vielleicht besser war zu warten, bis ich gezwungen wurde, meine Version der Ereignisse zu schildern. Ich versuchte mitzubekommen, was unten vor sich ging, doch ihre Stimmen waren nur ein leises Gemurmel, was ich als gutes Zeichen deutete. Wenn sie sich angebrüllt hätten, hätte ich es laut und deutlich gehört.

Ich lauschte noch eine Weile, und da ich nichts hörte, kehrte ich in mein Zimmer zurück, legte mich aufs Bett und ließ die Geschehnisse Revue passieren. Kurz dachte ich daran, wie knapp ich dem Tod entronnen war, aber was mich wirklich beschäftigte und meine Fantasie anregte, bis es Abendessen gab, war das Meer. Immer wieder dachte ich an die Momente kurz vor meiner Rettung zurück, als ich erkannt hatte, dass das Wasser etwas Magisches war. Ich war überrascht, dass mir bei dem bloßen Gedanken an das, was passiert war, nicht der kalte Schweiß ausbrach.

Das Abendessen verlief still, und weder meine Mutter noch mein Vater erwähnten den Zwischenfall. Bedeutete das, dass mein Vater ihr nichts davon erzählt hatte? Falls ja, hatten wir jetzt ein gemeinsames Geheimnis – mein Vater und ich und das Meer. Ich war ein Teil seiner Welt, seiner Gruppe von Freunden, die meine Mutter nicht kannte und auch nicht kennenlernen wollte. Die Möglichkeiten, die diese Entwicklung eröffnete, waren ebenso aufregend wie meine neue Sicht auf das Meer.

Am nächsten Morgen klopfte es an der Tür. Meine Mutter war einkaufen gegangen, und mein Vater arbeitete im Garten. Genau genommen arbeitete er nicht, obwohl wir es immer so nannten, sondern saß mit dem Rücken zum Haus da und starrte in die Ferne. Er hatte das Klopfen nicht gehört, und so öffnete ich die Tür.

Jim grinste breit. »Na, bisher keine weiteren Unfälle?«

Ich hatte keine Ahnung, was er wollte, aber allein sein Auftauchen hier war aufregend. »Dad ist im Garten«, sagte ich.

»Gut. Ich will nämlich etwas mit dir besprechen.«

Ich ließ ihn herein. Normalerweise bekam ich keinen Besuch, und schon gar nicht von den Freunden meines Vaters. Vielleicht wollte er sich nur vergewissern, dass es mir gut ging, aber da war so ein Funkeln in seinen Augen.

Jim ging in die Hocke. »Wegen gestern.«

Ich erschrak und wappnete mich für einen Vortrag über Gesundheit und Sicherheit und darüber, dass ich meinem Vater nicht solche Sorgen und solchen Kummer bereiten sollte. Jims Miene war sehr ernst.

»Du kannst nicht schwimmen, stimmt's?«

Die Antwort darauf erschien mir offensichtlich, deshalb antwortete ich nicht.

»Möchtest du es lernen?«

Ich nickte heftig und konnte mein Glück kaum fassen.

»Dann gehen wir am besten zu deinem Dad und sagen es ihm.«

»Was denn?«

»Dass ich es dir beibringe.«

Es gab keinen Zweifel daran, dass das eine gute Idee war und dass ich es unbedingt lernen wollte, aber was ich nicht so recht verstand, war, was ihn dazu gebracht hatte, hier aufzutauchen. Hatte mein Vater ihn gestern Abend angerufen und ihn gebeten, es mir beizubringen? Und wenn ja, warum hatte er mir nichts davon gesagt?

»Hast du einen Badeanzug?«

Ich nickte. Eigentlich hatte ich ihn gar nicht haben wollen – er war knallbunt und hatte ein albernes exotisches Blumenmuster – , aber jetzt war ich froh darüber.

»Dann zieh ihn dir mal an«, sagte Jim und richtete sich wieder auf. Ich ließ ihn im Flur stehen und lief nach oben in mein Zimmer, um in dem Karton mit den Sommersachen zu suchen, die noch nicht ausgepackt worden waren.

Ich hatte angenommen, dass Jim nach draußen zu meinem Vater gegangen war, während ich mich umzog, doch als ich wieder hinunterging, stand er noch an derselben Stelle. Ich hielt mein Handtuch hoch, wie die Männer es am Pier machten, wenn sie einen großen Fisch gefangen hatten.

Er lächelte, und dann ging er Richtung Garten. Ich war erleichtert, denn ich wusste natürlich, dass ich nicht einfach mit diesem Mann weggehen konnte, ohne meinem Vater Bescheid zu sagen, und folgte ihm mit dem Handtuch unter dem Arm. An der Hintertür blieb Jim stehen und sah durch die Scheibe zu meinem Vater, der ein kleines Stück vom Haus entfernt auf dem Rasen saß. Ich blickte hoch zu Jim mit seinen schmalen Wangen und den Augen, die blau waren, aber ebenso durchscheinend wie seine Haut. Sie hatten dieselbe Kraftlosigkeit wie das Sonnenlicht im tiefsten Winter. Sein Kinn zuckte, und auf seinem Gesicht lag ein Ausdruck, den ich noch nie gesehen hatte: Alle Gefühle schienen sich in den Augen zu sammeln. Einen Moment lang sah es so aus, als würde er dasselbe anstarren wie mein Vater, etwas in der Ferne ihrer Erinnerung, das unerreichbar war.

Jim trat hinaus in den Garten, und ich folgte ihm.

»Richard«, sagte er leise.

Die Schultern meines Vaters spannten sich kurz an, und ich hörte, wie er scharf einatmete, bevor er sich zu uns umdrehte.

»Jim«, erwiderte er.

Sie sahen sich an, und in ihren Blicken lag wortloses Verstehen.

»Wird Zeit, dass die Kleine schwimmen lernt«, sagte Jim.

»Gute Idee«, erwiderte mein Vater.

»Dann bist du sie auch für ein, zwei Stunden los.«

»Die Bewegung wird ihr guttun.«

Meine mangelnde Bewegung war schon öfter Thema gewesen, insbesondere im Zusammenhang mit dem Draußensein. Meine Mutter nahm wohl an, dass es meine Widerborstigkeit mildern würde, wenn ich gezwungen war, mich den Elementen auszusetzen, und dass ich mich eher fügte, wenn jemand anders mir Befehle gab.

»Ich bringe ihr die Grundlagen bei, alles, was sie über das Meer wissen muss«, sagte Jim.

»Gut.« Mein Vater drehte sich um und wandte den Blick wieder auf das Unsichtbare, das offenbar seine ganze Konzentration erforderte.

Jim verstand den Wink, und wir kehrten ins Haus zurück.

»Nimm dir einen Pullover mit, für hinterher«, sagte er.

Jim passte seinen Schritt meinem an und schien den Spaziergang zu genießen. Er war vollkommen anders als mein Vater, der immer stur geradeaus oder zu Boden sah, wenn wir irgendwohin gingen. Jim schaute sich um, wandte seine Aufmerksamkeit einer Ringeltaube zu, die auf einem dünnen Ast mit dem Gleichgewicht kämpfte, oder er legte den Kopf schräg, als ein Auto vorbeifuhr, als versuche er sich zu erinnern, wo er den Fahrer schon mal gesehen hatte.

»Wir gehen zum Hafen, aber wenn du so weit bist, kann ich dir eine bessere Stelle zeigen, wo nicht so viel los ist. Gleich da drüben«, sagte er und zeigte nach Westen. »Ist ein Stück weiter. Aber es lohnt sich.«

Ich folgte seinem Finger mit dem Blick, konnte aber außer den Häusern nicht viel erkennen, obwohl wir noch weit genug oben waren, dass ich das Meer sehen konnte.

»Wo?«, fragte ich.

Er sah zu mir hinunter, dann wieder hoch, und als er das Problem erkannt hatte, hob er mich hoch und hielt mich so, dass ich in die richtige Richtung schaute. »Da«, sagte er. »Shakespeare's Bay.«

Dann drehte er sich ein wenig, sodass ich in der Ferne die Docks sehen konnte. »Und da drüben, am Fuß der Klippen, gibt es auch einen Weg hinunter zum Wasser, wenn du da schwimmen willst, aber denk an die Gezeiten. Lass dich nicht von der Flut überraschen.«

Nachdem er mich wieder abgesetzt hatte, gingen wir in entspanntem Schweigen weiter. Ich wollte ihn fragen, wo dieser Weg war und wie es kam, dass er davon wusste, aber er begann zu pfeifen, und ich ließ es bleiben. Stattdessen blickte ich nach vorne und fragte mich, was wohl jenseits des Wellenbrechers lag, den ich jetzt sehen konnte, und was das Meer mir beibringen würde, wenn ich erst mal schwimmen konnte.

Als wir unten am Hafen ankamen und der Strand vor uns lag, blieb er stehen und legte die Hand auf meine Schulter. »Also«, sagte er. »Du musst dich schnell bewegen, dir Mühe geben. Das Schwerste ist, sich an die Kälte zu gewöhnen, aber das wirst du.«

Das klang wie ein Befehl.

»Das Wichtigste ist das Atmen. Gleichmäßige Atemzüge, das ist das Geheimnis. Atme genauso lange ein, wie du ausatmest. Am Anfang fühlt es sich so an, als würde das Wasser gegen deine Brust drücken und die Luft herauspressen. Kämpf nicht dagegen an. Lerne, es zu verstehen.«

Ich verstand nicht, was er meinte. Ich konnte mich nur an das Gefühl erinnern, wie das Meer mich eingeschlossen hatte, und bei der Erinnerung ging mein Atem schneller.

»Die Strömungen sind hier nicht so stark, aber dazu kommen wir auch noch. Ein andermal.«

Ich nickte, und als wir uns wieder in Bewegung setzten, stolperte ich über meine eigenen Füße. Das kam ziemlich oft vor, und ich nahm es kaum wahr, aber sofort schoss Jims Hand vor und hielt mich am Arm fest, damit ich nicht fiel. Sie war fest, und ich wusste, er hatte alles im Griff. Ich konnte mich auf ihn verlassen.

Wir schlängelten uns durch die Menschenmenge auf der Promenade, und als wir auf den Kiesstrand traten, sah ich, wie zwei Damen neugierig zu uns herüberschauten, während sie ihre Sandwiches aßen. Ich wandte mich ab und schob das Kinn vor, wie ich es von meiner Mutter kannte, in der Hoffnung, entschlossen auszusehen. Dann suchten wir uns einen Weg zum Wasser, zwischen Leuten hindurch, die auf ihren Handtüchern ausgestreckt lagen, Kindern, die lärmend umherliefen, und Gruppen von Männern, die ihre Hosenbeine hochgekrempelt hatten und so aussahen, als hätten sie gar nicht vorgehabt, ans Meer zu gehen.

Die Promenade zog sich in einem Bogen um den Hafen, wie meine Hand sich um einen Becher mit heißem Tee legte, und obwohl sie jetzt hinter mir lag, spürte ich, wie sie das Wasser umarmte, als bräuchte es Schutz. Der Ausblick von hier war ein anderer als der, den ich hatte, wenn ich meinen Vater begleitete; da sah ich nur Wasser, wenn ich hinausschaute, doch jetzt merkte ich, dass das nicht stimmte. Nun, da das Meer einen Ausgangspunkt hatte, gab es mir eine andere Perspektive: In beide Richtungen erstreckte sich die Küste über das hinaus, was ich als die Grenze des Piers ansah; zur einen Seite lag die Burg und zur anderen etwas, dessen Namen ich nicht kannte. Ich blieb stehen und drehte mich um, und da sah ich, dass selbst die Stadt auf das Wasser hinauszuschauen schien – alles ging aufs Meer hinaus. Die Stadt schien mit dem Meer zu sprechen, als ob alle etwas wüssten, das ich gleich herausfinden würde.

Während wir über die kupferbraunen Kieselsteine des Strandes gingen, wünschte ich, wir wären irgendwo anders hingegangen, wo nicht so viele Leute waren. Der ganze Hafen konnte mich sehen, und je näher wir zum Wasser kamen, desto befangener wurde ich. Normalerweise kümmerte es mich nicht, was andere über mich dachten, aber ich machte mir Sorgen, dass mich jemand von dem Zwischenfall gestern wiedererkannte und missbilligend den Kopf schüttelte, weil ich nun wieder hier war.

»Na dann«, sagte Jim, zog sein Hemd aus und legte es ordentlich zusammengefaltet auf den Boden.

Dann sah er mich erwartungsvoll an.

»Du bist gestern mit deinen Kleidern im Wasser gewesen, und wenn du willst, kannst du es heute genauso machen, aber in einem Badeanzug ist es viel einfacher.« Er zog seine Hose aus, unter der er eine Badehose trug, und stand wartend da, die Hände in die Hüften gestemmt.

Ich zog Schuhe und Kleider aus, dann stellten wir uns Seite an Seite ans Wasser. Ich hatte das Gefühl, dass uns alle anstarrten. Dover war eine kleine Stadt, und die Leute redeten. Was würden sie denken? Bestimmt, dass ich leichtsinnig war, mich erneut in Gefahr zu begeben, und noch dazu mit einem fremden Mann. Und was würde meine Mutter denken, wenn sie hörte, dass ich nur in Begleitung eines der unpassenden Freunde meines Vaters am Meer gewesen war?

Jim watete hinein, und ich sah zu. Er reagierte überhaupt nicht auf den Temperaturunterschied, aber meine Haut erinnerte sich noch gut an die Kälte, und ich zuckte an seiner Stelle zusammen. Er ging weiter, bis er bis zum Bauch im Wasser war, dann drehte er sich um und bedeutete mir, ihm zu folgen. Schon bis zum Rand zu kommen, war schwierig; die Kieselsteine rutschten unter meinen nackten Füßen weg, und einige waren ziemlich spitz, noch nicht von den Wellen abgeschliffen. Ich spürte seinen Blick auf mir, und weil ich das Gefühl hatte, ihn zu enttäuschen, drückte ich den Rücken durch und versuchte, selbstsicher auszusehen. Als ich mit beiden Füßen drin war, blieb ich stehen.

Die Kälte brannte. Es fühlte sich sogar noch kälter an als am Tag zuvor, und am liebsten wäre ich sofort wieder hinausgerannt. Aber ich wollte nicht, dass Jim dachte, ich wäre zu feige.

Die Wellen schwappten sanft um meine Knie, dann um meine Oberschenkel, und je tiefer ich hineinging, desto kälter wurde es, bis ich meine Füße nicht mehr spürte. Das vertraute Gefühl war verschwunden, und stattdessen passierte etwas Seltsames: Meine Füße bewegten sich, wie sie es immer getan hatten, aber ich fühlte keine Verbindung mehr zu ihnen. Als das Wasser mir bis zum Bauch ging, blieb ich stehen, obwohl Jim noch ein Stück von mir entfernt war.

Er kam etwas näher und sagte: »Hol tief Luft. Und dann tauch unter.«

Ich tat nichts dergleichen. Dazu würde ich niemals den Mut aufbringen.

Er tauchte rasch unter und kam mit einem erschrockenen Gesichtsausdruck wieder hoch. Das Ganze war verrückt.

»Je länger du wartest, desto schwerer wird's. Du darfst nicht zulassen, dass dein Kopf es dir ausredet. Nicht denken, machen. Wenn du deinen Muskeln etwas Neues beibringen willst, musst du mit dem Gehirn anfangen. Dann lernst du, etwas anders zu machen.«

Ich versuchte mich zu überzeugen. Ich hatte es gestern getan, wenn auch aus Versehen, also konnte ich es heute auch tun. Ich holte tief Luft und tauchte unter.

Als ich wieder hochkam, lächelte Jim voll Stolz. »Siehst du? So schlimm war's doch nicht.«

Ich gewöhnte mich an das Meer, wie man sich an einen neuen Freund oder einen Welpen gewöhnte. Ich begann zu lernen, was ich vom Wasser erwarten konnte, wie es schmeckte – nicht besonders gut, wie ich fand – und wie es sich bewegte. Es war zu kalt, um lange drinzubleiben, aber es genügte, um mich zu faszinieren.

Als wir wieder an Land waren, gingen wir mit unseren Sachen zum Pier, und dort, im Schutz der Pfähle, hielt er sein Handtuch hoch, damit mich niemand sah, während ich mich umzog. Dann schlang er sich das Handtuch um die Hüften, und ich drehte mich um, damit er sich umziehen konnte. Als wir fertig waren, sagte er: »Martha, ich bin jeden Morgen hier, falls du wieder schwimmen möchtest.«

Er rollte seine Badehose in das Handtuch ein.

»Es wird deinem Vater besser gehen, wenn er weiß, dass du schwimmen kannst. Verstehst du?«

Ich verstand nicht, aber sein Tonfall ließ mich vermuten, dass es etwas mit dem Krieg zu tun hatte. Mein Vater sprach manchmal genauso, und dann wusste meine Mutter, dass sie ihn besser in Ruhe ließ. Ich musste nicht wissen, warum. Es genügte mir zu wissen, dass mein Vater am Tag davor vor seinen Freunden geweint hatte, und wenn die Tatsache, dass ich schwimmen lernte, verhindern konnte, dass das noch mal passierte, dann würde ich es lernen.

»Also, sehen wir uns morgen?«

»Ja«, sagte ich.

Ich ging allein nach Hause, am Rand der Stadt und an den Sozialwohnungen vorbei und dann durch ein Viertel, in dem einige von meinen Schulfreundinnen wohnten. Die Sonne trocknete meine Haare, und das Salz bildete eine dünne Schicht auf meiner Haut, die bei jedem Windhauch kitzelte. Je näher ich unserem Haus kam, desto öfter drehte ich mich nach dem Meer um. Innerhalb von zwei Tagen hatte es sich in etwas völlig anderes verwandelt als das, wofür ich es immer gehalten hatte. Vorher war es einfach nur etwas gewesen, das da war, und ich hatte keinen Grund gehabt, es zur Kenntnis zu nehmen. Aber das war jetzt anders.

Ich stand oben an der Straße und sah durch das leicht diesige Licht nach unten. Das Meer floss bis zum Horizont und über die Linie hinweg, als würde es dort über den Rand hinabrauschen. Ich wollte ganz genau wissen, wie weit man ihm folgen konnte und wohin es führte. Zum ersten Mal in meinem Leben fühlte ich mich von Wasser umgeben – ich spürte körperlich, dass England eine Insel war, und wohin ich auch gehen würde, immer wäre am Ende das Meer.

Als ich nach Hause kam, rührte meine Mutter in der Küche in einem Topf, die Haare mit einem Schal umwickelt, und sang zu der Melodie aus dem Radio. Der Geruch dessen, was unser Abendessen sein würde, erfüllte das Haus. Es war das Übliche: Fett mit einem Hauch Fleisch und Kartoffeln.

Ich öffnete die Brotdose, und sie fuhr so erschrocken herum, dass sie beinahe den Topf vom Herd gerissen hätte.

»Wie oft hab ich dir gesagt, dass du dich nicht so anschleichen sollst?«

Den Vorwurf bekam ich immer wieder zu hören, und ich wusste, dass es klüger war, nicht darauf zu antworten. Ich griff nach dem Brotmesser, und sie runzelte die Stirn.

»Du isst uns noch die Haare vom Kopf«, sagte sie.

Ich schnitt die Scheibe dünner, als ich vorgehabt hatte, strich dafür aber großzügig Butter darauf.

»Dein Vater sagt, du warst schwimmen«, sagte sie. Es war zugleich eine Frage und eine Feststellung und ein Vorwurf, eine Spezialität von ihr.

Ich nickte und biss in das Brot, wobei ich extra langsam kaute, damit ich länger etwas davon hatte.

»Da gehst du mir nicht noch mal hin.«

»Warum nicht?« Auch das kannte ich schon: Wenn ich etwas Neues entdeckte, das mir Spaß machte, wurde es sofort von ihrer Liste erlaubter Tätigkeiten gestrichen. Ich ließ mir nicht anmerken, wie sehr ich mich darüber ärgerte.

»Ich will nicht, dass du dich mit einem Fremden abgibst.«

»Er ist ein Freund von Dad.«

Sie drehte sich zu mir um und stemmte die Hände in die Hüften. »Du bist kein kleines Mädchen mehr, Martha.«

Ich würde in ein paar Monaten elf werden, aber ich verstand nicht, was das damit zu tun hatte.

»Das gehört sich nicht. Ich will nicht, dass du noch mal zum Hafen gehst.«

Ich nahm meinen Rest Brot und machte mich auf die Suche nach meinem Vater, der mir hoffentlich helfen würde, sie davon zu überzeugen, dass es gut war, wenn ich schwimmen lernte. Die Liste der

Dinge, die sich nach Ansicht meiner Mutter nicht gehörten, wurde mit jedem Tag länger, und sie schloss mehr oder weniger alles ein, was mir Spaß machen könnte. Die entsprechende Liste der Dinge, die ich tun sollte, umfasste solche Höhepunkte wie in die Kirche gehen, den Alten helfen und Bücher über das Kochen und gute Haushaltsführung lesen.

Mein Vater war nicht im Wohnzimmer, und da die Sonne noch schien, schaute ich im Garten nach. Er saß unter der Eibe, den Rücken an den Stamm gelehnt. Ihr Schatten war bis auf seine Beine gekrochen, und es sah aus, als wollte er ihn verschlingen. Ich schloss die Tür extra laut, damit er nicht dachte, ich würde mich anschleichen.

Dann setzte ich mich zu ihm und streckte meine Beine neben seinen aus. Ich sah hoch zu seinem Gesicht, wandte den Blick aber rasch wieder ab. Er schien wieder geweint zu haben, was schon schlimm genug war, aber obendrein war meine Mutter nicht hier bei ihm, um ihn zu trösten. Warum war sie drinnen und rührte in einem Topf, dessen Inhalt ohnehin keiner von uns essen wollte?

Ich zupfte nervös am Gras und hoffte, er würde mich fragen, wie es gewesen war, damit ich nicht diejenige sein musste, die das Schweigen brach. Nach einer halben Ewigkeit, die wahrscheinlich nur ein paar Minuten dauerte, sagte ich: »Es war kalt.«

Ich wandte halb den Kopf, um zu sehen, wie er reagierte, aber sein Gesichtsausdruck veränderte sich nicht.

»Ich hatte keine Angst«, fügte ich hinzu, in der Hoffnung, ihn damit aus der Reserve zu locken.

Er holte sein Taschentuch heraus und wischte sich damit über die Augen.

»Jim hat gesagt, er ist morgen auch wieder da und ich kann mitkommen, wenn ich möchte.«

Endlich bekam ich eine Reaktion. Er legte seine Hand auf mein Knie und drückte es.

»Mum sagt, ich darf nicht, weil sich das nicht gehört. Mit Jim dahin zu gehen.«

Mein Vater umfasste sanft mein Kinn und drehte meinen Kopf zu sich.

»Wenn du schwimmst, bist du sicher«, sagte er.

Ich nickte ernst und wartete darauf, dass er weitersprach, doch es kam nichts mehr. Er wandte sich wieder dem Unsichtbaren zu, das er vorher angeschaut hatte, seine Hand fest auf meinem Knie, und so saßen wir da, bis meine Mutter uns zum Abendessen reinholte.

Wir aßen um Punkt fünf, damit meine Mutter hinterher ihre Lieblingssendungen im Radio hören oder zu den Nachbarn hinübergehen und Karten spielen konnte. Sie füllte die Pampe auf unsere Teller und sprach das Tischgebet. Sie war die Erste, die zur Gabel griff; ich glaube, sie mochte das, was sie zusammenkochte, tatsächlich.

Beim Abendessen bekamen wir stets unsere Anweisungen für den nächsten Tag.

»Richard«, sagte sie. »Der Wasserhahn in der Küche tropft schon wieder.«

»Ich schaue es mir an«, erwiderte mein Vater.

»Martha, Sally hat sich bereit erklärt, dir ein Kleid zu nähen, deshalb müssen wir morgen um elf bei ihr sein.«

Ungefähr zu der Zeit wollte ich eigentlich mit Jim schwimmen gehen.

»Du kennst doch ihre Tochter Ellie, oder?«

In der Tat, und ich konnte sie nicht ausstehen. Einen ganzen Tag bei ihr zu Hause zu verbringen, wo es dunkel war und voller Zigarettenrauch, war so ziemlich das Schlimmste, was ich mir vorstellen konnte, aber es hatte keinen Zweck zu widersprechen.

Ich sah Hilfe suchend zu meinem Vater, aber er starrte auf den grauen Hügel vor sich, den er aufessen musste, bevor das Abendessen beendet werden konnte.

Meine Mutter aß immer sehr schnell, als ginge es darum, wer zuerst fertig war – eine Angewohnheit, die dadurch erleichtert wurde, dass man ihre Gerichte meist nicht kauen musste. Sobald sie ihre Gabel hingelegt hatte, gab sie uns zu verstehen, dass wir uns beeilen sollten: Sie trommelte mit den Fingernägeln auf den Tisch und sagte, wie sehr sie sich auf ihre Sendung freute, die in genau fünfzehn Minuten beginnen würde, oder dass sich die Mühe, die sie sich mit dem Essen machte, kaum lohnte, wenn wir es kalt werden ließen.

Kaum war die letzte Gabel beiseitegelegt – an diesem Abend die meines Vaters –, räumte sie die Teller in die Spüle, schaltete die Musiksendung im Radio ein und begann mit dem Abwasch. Wenn sie die Hände im Spülwasser hatte und dazu Musik lief, summte sie meist leise vor sich hin und bewegte die Füße im Rhythmus hin und her. Mein Vater und ich kommentierten das nicht, aber wir wechselten einen Blick. Und ich wusste, wir waren beide froh, dass sie etwas hatte, das ihr Freude machte.

Bevor ich an dem Abend schlafen ging, schaute ich aus dem Fenster. Die letzten Strahlen der Sonne klammerten sich an den Horizont – die Sonne war auch noch nicht bereit, schlafen zu gehen. Ihr Licht, das sich im Meer spiegelte, schimmerte wie die Schuppen der Makrelen, die mein Vater und seine Freunde fingen.

Und als ich im Bett lag, dachte ich wieder an das Wasser. Aber es bestürmte und bedrängte mich nicht wie bei meinem Sturz, es drohte nicht, mich zu überwältigen, sondern es war ruhig und einladend, es lockte mich zu sich.

Am nächsten Morgen lauschte ich aufmerksam auf die Schritte meiner Mutter auf den Holzdielen. Während ich ihre Bewegungen verfolgte, zog ich meinen Badeanzug an, stopfte ein Handtuch in die Tasche, und sobald ich hörte, wie die Haustür ins Schloss fiel, wusste ich, dass sie zum Einkaufen in die Läden gegangen war, die in entgegengesetzter Richtung zum Wasser lagen. Ich schlüpfte in meine Schuhe und lief zum Meer.

Springflut

MARTHA, 1965

Das grelle Küchenlicht beleuchtete alles, was ich zu verbergen versucht hatte: das schmutzige Geschirr in der Spüle, den Stapel gewaschener Sachen, die gebügelt werden mussten, die Socken und die Unterwäsche, die über den Heizkörpern hingen, und die verstaubten Muscheln auf der Fensterbank, die zu säubern ich weder die Zeit noch die Energie hatte.

Ich belud die Waschmaschine und stellte sie an, setzte einen Topf mit Wasser auf, um die Eier zu kochen, und steckte für die Kinder, die bald herunterkommen würden, zwei Scheiben Brot in den Toaster. Dann räumte ich die sauberen Teller weg und wusch die schmutzigen, die in der Spüle standen. Das Wasser sprudelte aus dem Hahn, und ich starrte geradeaus, während ich mechanisch schrubbte und spülte.

Es lag ein Rhythmus darin, und ich merkte, dass ich mitzählte: eins, zwei, drei, spülen, eins, zwei, drei, spülen, und immer so weiter, und ich hörte Jims Stimme damals im Meer, als er mir beibrachte, wie ich atmen sollte. Eins, zwei, drei, atmen. Das Spülwasser war eine aufgewühlte See, die Seifenberge Schaumkronen auf den Wellen, während das Besteck zum Ufer schwamm.

Im trüben Dämmerlicht des eisigen Nebels, der draußen vor dem Fenster hing, setzte ich Teewasser auf. Diese wenigen Morgenminuten, bevor meine Familie aufwachte, waren die einzigen, die ich für mich allein hatte, und ich nannte sie Morgenminuten, weil seit zehn Jahren jeder Morgen genau gleich begann: Um halb sieben stand ich leise auf, schlüpfte in meinen Morgenmantel und begann, Frühstück zu machen.

Obwohl ich schon so viel Geschirr abgespült hatte wie ein Küchenmädchen, war mir die Verbindung zum Meer bisher noch nie in den Sinn gekommen. Es war so lange her, seit ich zuletzt durch die Brecher gekrault war, dass ich nicht wusste, ob ich es überhaupt noch konnte, und obwohl das Schwimmen in meine Muskeln, in das Gedächtnis meines Körpers eingegraben sein musste, zählte nicht nur der Bewegungsablauf. Um im Meer zu schwimmen, brauchte man eine Konzentration, die ich nicht länger aufbringen konnte.

Das Haus war ein einziges Chaos, und ich würde wahrscheinlich den ganzen Vormittag, wenn nicht sogar länger brauchen, um alles aufzuräumen, bevor Johns Chef zum Abendessen zu uns kam. Allein die Vorstellung war einschüchternd und demoralisierend, und ich hätte mich am liebsten ein paar Minuten hingesetzt und mich bemitleidet. Aber ich hörte nichts, was darauf hinwies, dass meine Kinder sich anzogen und für die Schule bereit machten, also würde mein Selbstmitleid warten müssen.

»Harriet«, rief ich und lief die Treppe hinauf. »Zeit aufzustehen, Süße.« Ich wartete auf eine Antwort, und als keine kam, schaltete ich das Licht an. Ich hörte sie stöhnen. »In zehn Minuten bist du angezogen, gebürstet und unten am Frühstückstisch.«

Ich klopfte an Iains Tür, öffnete sie, und da saß er und spielte mit seinen Rennautos. »Bitte räum das jetzt weg und zieh dich an. In zehn Minuten gibt's Frühstück.«

Er ignorierte mich. »Iain«, sagte ich, »wenn du nicht sofort damit aufhörst, nehme ich sie dir weg.«

»Mum«, quengelte er.

»Ich mein's ernst.«

»Ich will kein Frühstück.«

»Doch, willst du. Du hast Hunger, glaub mir.«

»Ich will aber spielen.«

»Iain, ich will dich nicht noch mal bitten müssen.«

Er starrte mich wütend an und stapfte zu seinem Schrank. »Ich hasse dich. Warum musst du so gemein sein?«

Ich schloss die Tür, ohne seine Worte zu beachten. Ich hatte keine Zeit, verletzt zu sein. Außerdem wusste ich, dass er das Ganze längst vergessen haben würde, wenn er unten ankam. Dann ging ich in unser Schlafzimmer und bewegte mich leise, aber nicht zu leise, sodass

John sanft geweckt werden würde. Ich zog die Vorhänge auf. Das gab mir genug Licht, um nach den Kleidern zu greifen, die ich schon gestern getragen hatte, und mich anzuziehen. Bevor ich wieder nach unten ging, stupste ich John an. Er gab nur ein Schnaufen von sich und drehte sich auf die andere Seite.

Ein paar Minuten später kochten die Eier, ich schnitt den Toast in Streifen und rief den Kindern zu, dass sie sich beeilen sollten.

»Ich kann meine Krawatte nicht finden«, sagte Iain, als er sich hinsetzte.

Ich stellte ihm seinen Teller hin. »Liegt sie vielleicht auf deiner Kommode? Hast du nicht noch eine im Schrank?«

»Ich hasse Eier«, maulte er.

»Sie dich auch, mein Schatz.«

»Ich will Toast mit Marmite.«

»Das ist eklig«, sagte Harriet und zog quietschend ihren Stuhl vom Tisch.

»Harry, bitte. Der Fußboden. Heb den Stuhl an. Wie oft habe ich dir das schon gesagt!«

»Kann ich am Wochenenende mit Katie nach Canterbury? Ihre Mum hat mich eingeladen. Sie wollen einkaufen gehen.«

»Darüber reden wir später.« Ich gab ihr ihren Teller.

Sie schob ihn von sich. »Ich hab keinen Hunger.«

»Würdet ihr beide bitte einfach euer Frühstück essen?«

»Tut, was eure Mutter sagt«, befahl John. Er setzte sich auf seinen Platz am Kopfende des Tisches und schlug die Zeitung auf. »George und ich kommen um sechs, Martha. Ich habe mich erkundigt, und er trinkt nach dem Essen gerne einen Scotch.« Ohne von der Zeitung aufzusehen, streckte er die Hand aus und tastete nach der Tasse Tee, die ich vergessen hatte.

Ich setzte erneut Wasser auf und stieß dabei meinen eigenen, inzwischen kalt gewordenen Tee um. Die braune Flüssigkeit lief über die Arbeitsfläche und tropfte zu Boden. Niemand erbot sich, mir beim Aufwischen zu helfen.

John spähte über seine Zeitung hinweg. »Das ist ein sehr wichtiges Abendessen.«

»Ich weiß«, erwiderte ich, während ich den ausgelaufenen Tee aufwischte.

Das Frühstück ging schnell vorüber. Die Kinder zankten sich, aber leise genug, dass ich nicht eingreifen musste, und John war in seiner eigenen Welt versunken, sodass ich ungestört überlegen konnte, wie ich die Liste meiner Aufgaben am besten organisieren sollte.

»Er erwartet bestimmt ein erstklassiges Essen«, sagte er auf dem Weg zur Tür. Ich sah zu, wie er durch den Garten ging und dann wieder umkehrte. Er steckte den Kopf zur Tür herein und sagte: »Wenn du es schaffst, kümmere dich doch noch ein bisschen um den Garten, ja?«

Es war ein ganz normaler Tag, eine Erledigung nach der anderen. So waren die Tage und Monate und Jahre ins Land gegangen, so waren meine Zwanziger wie in einem Nebel verschwunden, und so passiert es uns, dass wir die Einzelheiten der Versprechen vergessen, die wir geben.

Während Iain und Harriet in der Schule waren, hatte ich zwischen der Wäsche und dem Aufräumen tatsächlich ein wenig Zeit, und so beschloss ich, mal einen Blick in den Garten zu werfen. Es war kein guter Tag dafür; es sah aus, als würde sich der Nebel jeden Moment in Schneeregen oder Schlimmeres verwandeln. Das Wetter konnte in die eine oder in die andere Richtung kippen – was wohl auch auf alles Folgende zutraf.

Ich zog meine Gummistiefel an und packte mich entsprechend ein: mein alter Fischerpullover, an dem der oberste Knopf fehlte, ein Wollschal undefinierbaren Ursprungs und eine Regenjacke in einem besonders ordinären Grünton. Als ich hinausging, verjagte das trübe Wetter die Dumpfheit der Hausarbeit aus mir. Die Szenerie hatte etwas Inspirierendes: das halb verrottete Laub, das den gefrorenen Matsch bedeckte; der Geruch nach Erde. Hier hatte ich das Gefühl, ich könnte etwas verändern, wenn ich mir Mühe gab. Mit zwei kleinen Kindern und einem Ehemann, die versorgt werden mussten, gab es Tage, an denen ich nur innerhalb der Grenzen unserer vier Wände existierte, und draußen zu sein belebte mich. Die Feuchtigkeit, die sichtbar in der Luft hing, weckte etwas tief in meinem Innern, das im Winterschlaf gewesen war.

Ich hatte nie ein Händchen fürs Gärtnern gehabt, aber zumindest unternahm ich einen Versuch, was John gefallen würde, vor allem, wenn jemand von unseren Nachbarn vorbeikam. In unserem Haus wurden Resultate ersetzt durch demonstrative Bemühungen.

Ich begann mit dem Myrtenstrauch und schnitt die Zweige zurück. Wahrscheinlich war es dafür die falsche Jahreszeit, aber es war die naheliegendste Stelle, um anzufangen, und meine Leistung wäre sofort zu sehen. Es war noch zu früh im Jahr für Knospen, ganz zu schweigen von Blüten, aber die Blätter waren hübsch, und ich nahm einen kleinen Zweig mit hinein.

Ich könnte gar nicht genau sagen, was mich dann packte. Vielleicht war es die Wärme im Haus, die im Vergleich zu der Kälte draußen erstickend wirkte. Oder die unterschiedlichen Gerüche: drinnen die Spuren von zahllosen Abendessen, die regelrecht im Haus festzusitzen schienen; draußen die Würze der Erde – und, verborgen in der Luft, die vom Meer heranwehte, der vertraute Duft von Algen und Salz.

Draußen hatte ich das Gefühl, etwas zu entkommen, einer wachsenden Enge, die mir die Luft zum Atmen nahm. Meine Gedanken wanderten zurück zum tröstlichen Zählen meiner Armschläge, während ich schwamm.

Der Myrtenstrauch war ein Souvenir aus längst vergangenen Tagen, aus der Zeit, als ich frisch verheiratet war und mich noch nicht in diesem Haus verloren hatte. Ich hatte ihn gepflanzt, um John und mich an einen Augenblick der Liebe zu erinnern, doch nun erinnerte er mich mehr und mehr daran, was ich aufgegeben hatte.

In der Küche füllte ich ein Glas mit Wasser, und als ich den Zweig hineinstellte, sah ich, dass tatsächlich eine kleine rosafarbene Blüte daran hing. Ich blickte auf die Frühstücksteller, die neben der Spüle standen und darauf warteten, abgewaschen zu werden. Es gab einen Haufen zu bügeln, und die Waschmaschine musste ausgeräumt werden. Johns Chef würde zum Abendessen kommen, was bedeutete, dass das ganze Haus gründlich geschrubbt und auf Hochglanz poliert werden musste. Der Rinderbraten musste rechtzeitig in den Ofen, die Kartoffeln mussten geschält und die Kinder gefüttert, gewaschen und nach oben geschickt werden, sobald sie aus der Schule kamen.

Ich stellte die Myrte auf den Tisch und drehte sie so, dass die Blüte zu mir schaute. Erinnerungen können auf verschiedene Weise ausgelöst werden, durch einen Geruch, einen Klang, einen Satz. Vielleicht war es die Form der Wolken, die an dem Tag aussahen wie mächtige Wellen, die aufsteigen und dann brechen, oder es war der auflandige Wind, der nach Salz und Algen roch. Ich kehrte zur Tür zurück, riss sie auf und atmete tief ein. Er war schwach, aber zutiefst vertraut: der unverkennbare Geruch des Meeres.

Wir wohnten nicht weit von der Küste entfernt, und während der Sommerferien fuhren wir mit den Kindern zum Hafen, wo ich schwimmen gelernt hatte, damit sie im Wasser planschen konnten, aber das war nicht das Meer, das mir bis ins Mark gedrungen war. Es war wie der Unterschied zwischen einem Schwimmanzug und einem Badeanzug. Unsere Kinder trugen einen Badeanzug und spielten im seichten Wasser, während ich einen Schwimmanzug trug und mich so weit wie nur möglich vom Land entfernte. Wir fuhren mit ihnen an den Strand, aber ich ging schwimmen. Ihre Vorstellung vom Meer war eine hübsche Ansichtskarte. Das Meer, das ich kannte, war riesig und launisch und immer in Bewegung. Es war kalt und nass und stark, auf eine Weise Teil der Welt, wie ich es nicht war, wenn ich in meinem Haus hockte und das Leben einer pflichtbewussten Ehefrau und guten Mutter führte.

Dieser Winter war der kälteste seit Jahrzehnten gewesen. Weißer Schnee war von den Kalkfelsen heraufgeweht, hatte die Kiesel und die Burg bedeckt und alle Geräusche um uns herum gedämpft. Anfangs war es eine hübsche Abwechslung gewesen, aber die bittere Kälte hielt wochenlang an. Nun, da die Temperatur endlich gestiegen war, wenn auch nur ein wenig, sehnte ich mich nach einem Anzeichen von Frühling.

Als ich jung war, hatte ich Seite an Seite mit den Kanalschwimmern schwimmen gelernt. In den Sommerferien drapierten sich meine Freundinnen auf dem Kieselstrand und trugen die neueste Bademode zur Schau, aber ich konnte nicht dasitzen und mich sonnen, wenn das Wasser so verlockend nah war.

Meine Mutter hatte mich gescholten, weil ich so viel Zeit im Wasser verbrachte, und mich daran erinnert, dass muskulöse Schultern und Arme bei einer jungen Frau unattraktiv, wenn nicht gar abstoßend waren. Es war ein ständiger Kampf, meine Kraft gegen die Kleidersäume.

Die Feuchtigkeit in der Luft belebte mich, und ich dachte an etwas, das ich während des Gottesdienstes gehört hatte – zu dem John und ich nur gingen, damit alle sahen, dass wir anständige Gemeindemitglieder waren. Wir glaubten nicht an Gott, aber an das Urteil der Leute.

Denn ein Baum hat Hoffnung, auch wenn er abgehauen ist; er kann wieder ausschlagen, und seine Schösslinge bleiben nicht aus. Ob seine Wurzel in der Erde alt wird und sein Stumpf im Boden erstirbt, so grünt er doch wieder vom Geruch des Wassers und treibt Zweige wie eine junge Pflanze.

Ich rechnete nicht damit, Zweige zu treiben, aber ich merkte, wie ich mit immer schnelleren Schritten Richtung Meer ging. Als ich unweit der Shakespeare's Bay ans Ufer kam, schäumte die Brandung an den Strand. Immer höher leckten die Wellen, bis über meine Stiefel, und ich wusste, die Flut kam, um mich zu begrüßen wie einen lange vermissten Freund.

In den Monaten vor unserer Hochzeit war ich fast jeden Tag geschwommen, und alle anderen hatten es genauso gemacht, oder zumindest hatte ich den Eindruck. Die Leute kamen von überallher – aus Amerika, aus Europa und sogar aus Ägypten –, um die Kanaldurchquerung zu versuchen, aber zum Glück trainierten die meisten von ihnen im Freibad im nächsten Küstenort und übten nur dann im Meer, wenn ihr Zeitfenster nahte.

Die Saison begann offiziell im Juli und ging bis Ende September, und es herrschte ein solcher Andrang, dass mein Vater sich beschwerte, alle guten Fischer hätten das Fischen drangegeben und steuerten stattdessen die Boote, die die Schwimmer begleiteten. Dover war nicht auf diese Flut von Schwimmern eingestellt, aber sie waren so viel angenehmer als Soldaten und Bomben, dass man sie mit offenen Armen willkommen hieß.

Es war unmöglich, dem Ganzen zu entkommen. Das Ufer war belagert von Neugierigen, Journalisten und Anfeuerern. Aber ich hatte mit alldem nichts zu tun, ich war nur ein junges Mädchen, das schwamm. Eine Kanaldurchquerung ernsthaft in Betracht zu ziehen war absurd. Das bestätigte mir die Art, wie die Leute – einschließlich der Schwimmer – darüber redeten. Sie sprachen davon, den Kanal zu bezwingen, das Meer zu besiegen, etwas Außergewöhnliches zu vollbringen. Ich begnügte mich damit, in meiner Fantasie mit dem Gedanken zu spielen, und sträubte mich gegen die Vorstellung von Herrschaft und Bezwingung. Dazu war das Meer nicht da.

Eines Morgens kam ich aus dem Wasser und ging zu meinem Handtuch, das ich immer unter einen Myrtenstrauch ein Stück vom Flutsaum entfernt legte. Während ich mich abtrocknete, bemerkte ich einen Mann in einem zerknitterten Jackett, der mich beobachtete. Ich bedeckte mich und wandte mich ab, in der Hoffnung, dass er verschwinden würde, damit ich mich umziehen konnte. Ich musste pünktlich zu Hause sein, um zu einer Anprobe meines Hochzeitskleides zu gehen, das schon wieder im Rücken ausgelassen werden musste. »Wenn du doch bloß mit dieser ewigen Schwimmerei aufhören würdest«, hörte ich im Geist meine Mutter sagen. »Du solltest dich lieber darauf konzentrieren, deine Zukunft als Mrs Roberts zu planen. Eine gute Ehefrau zu sein ist nicht so leicht, wie es aussieht.«

Ich blickte über die Schulter, und der Mann war immer noch da. Hätte es noch mehr Büsche gegeben außer dem, vor dem ich stand, hätte ich das Gefühl gehabt, er lauerte mir auf. Er wirkte vollkommen fehl am Platz, wie er dastand und so tat, als wollte er nichts, und schließlich verlor ich die Geduld.

»Kann ich Ihnen helfen?«, fragte ich.

Er drehte sich um, als wäre er nicht sicher, ob ich ihn meinte oder jemand anderen.

»Ja, Sie. Kann ich irgendwas für Sie tun?«

Er kam näher und nahm den Hut ab. »Sind Sie eine Schwimmerin?«

Ich stand in meinem Schwimmanzug da und war gerade aus dem Wasser gekommen, und so sah ich statt einer Antwort nur hinunter auf meine nassen Beine.

»O natürlich. Entschuldigung, natürlich sind Sie das.«

»Und?«

»Ich arbeite für die *Post,* Miss, und ich hab mich nur gefragt, ob Sie eine von den Frauen sind, die dieses Jahr den Kanal durchschwimmen.«

Ich konnte nichts dagegen tun; das Lachen, das aus mir herausbrach, war nicht als Spott über seine offensichtliche Unbeholfenheit gedacht, es war eine spontane Reaktion, die ich mit den Händen zu verbergen versuchte.

»Es ist nur so, ich, äh, ich hab Sie da draußen gesehen«, sagte er und zeigte auf das Wasser.

»Ich war auch da draußen.«

»Sind Sie schon bei einer anderen Zeitung unter Vertrag? Ich will natürlich nicht, dass Sie Ärger kriegen oder so, aber, na ja, ich dachte mir, wenn Sie eine Kanalschwimmerin sind und noch nicht von einer anderen Zeitung unterstützt werden, vielleicht mögen Sie ja mit mir reden? Ich meine, über das Schwimmen«, sagte er.

»Tut mir leid, Sie zu enttäuschen, aber ich habe nicht die Absicht, nach Frankreich zu schwimmen. Wenn ich dahin will, nehme ich eines der üblichen Fortbewegungsmittel.«

Ich sah, wie er etwas in sein Notizbuch schrieb. »Darf ich das zitieren?«

»Bitte?«

»Ich muss bis heute Abend fünfhundert Wörter abgeben, und keiner will mit mir reden.«

»Lungern Sie immer so herum? Das könnte vielleicht der Grund für die mangelnde Gesprächsbereitschaft sein.«

Er lächelte verlegen und blickte auf seine Schuhe. Ich wartete darauf, dass er sich verabschiedete und ging, aber er tat nichts dergleichen, und mir wurde kalt, also trocknete ich mich, so gut es ging, ab und zog meine Shorts und meinen Pullover wieder an. Ich hasste es, den nassen Schwimmanzug unter trockenen Sachen anzubehalten, es war so kalt und klamm, und ich würde den ganzen Weg bis nach Hause tropfen.

»Warum nicht?«

»Was?«, fragte ich, als mein Kopf aus dem Pullover auftauchte.

»Warum schwimmen Sie nicht durch den Kanal? Verstehen Sie mich nicht falsch, aber ich habe Sie da draußen beobachtet, und Sie wirken ziemlich stark. Stärker als manche von den anderen Mädchen.«

»Es interessiert mich nicht.«

Was natürlich gelogen war. Das Kanalschwimmen war in dem Sommer allgegenwärtig, und in einem verborgenen Winkel meines Kopfes, wo ich meine geheimsten Geheimnisse aufbewahrte, hatte ich mir durchaus schon vorgestellt, alle einundzwanzig Meilen zu schwimmen. Aber da musste diese Vorstellung auch bleiben. Da war sie sicherer, in meinen Gedanken.

Was hätte es denn auch bewiesen? Was würde es ändern? Ein paar Minuten im Rampenlicht wären nicht von Belang für das Leben, das vor mir lag, und die Enttäuschung hinterher wäre nur umso größer – immer vorausgesetzt, dass ich die Durchquerung überhaupt schaffte. Mein Leben lag genauso vor mir ausgebreitet, wie mein Hochzeitskleid bald auf dem Bett meiner Kindheit liegen würde: Es war auf mich zugeschnitten, ich musste es nur anziehen. Welchen Sinn hätte es, meine Meinung zu ändern, von einer anderen Zukunft zu träumen? Sosehr ich auch mit der Begrenztheit des Lebens rang, das ich akzeptiert hatte, wusste ich doch, dass es besser war, dankbar für das zu sein, was ich hatte, als auf etwas anderes zu hoffen.

»Glauben Sie nicht, dass Sie es schaffen könnten?«

»Natürlich könnte ich das.«

»Warum versuchen Sie es dann nicht?«

Ich lächelte kurz. »Tut mir leid, aber ich muss jetzt gehen.«

Seine Frage war so amerikanisch, dachte ich, als ich mein Handtuch, die Badekappe und die Schwimmbrille aufhob und in meine Tasche stopfte. Und ich musste an ein Gespräch denken, das ich als Kind mit angehört hatte. Eine Freundin meiner Mutter hatte nach dem Krieg etwas mit einem amerikanischen Soldaten angefangen. Sie hatte sich ausführen und vorzeigen lassen und sich auf eine Weise aufgespielt, die meine Mutter und ihre anderen Freundinnen peinlich fanden. Diese Frau hatte davon gesprochen, nach Amerika auszuwandern, aus Dover wegzugehen, und sie hatte kein Geheimnis daraus gemacht, wie klein und provinziell sie das Leben ihrer Freundinnen fand. Doch dann war der Soldat aus heiterem Himmel – so erzählten sie es zumindest – verschwunden und hatte sie mit leeren Händen zurückgelassen. Ihr Fehler lag natürlich nicht darin, dass sie sich mit dem Soldaten eingelassen hatte, sondern darin, dass sie mehr gewollt hatte; dass das, was sie hatte, ihr nicht gut genug gewesen war. Damit hatte sie die anderen vor den Kopf gestoßen. Ich hütete mich davor, öffentlich auf etwas zu setzen, das mir nicht sicher war. Träume zu haben war ja schön und gut, aber damit sie keinen Schaden nahmen, blieben sie besser geheim.

Ich hörte die Schritte des Reporters hinter mir auf den Kieseln. »Wo wollen Sie denn hin?«

Ich war noch nie einem so aufdringlichen Menschen begegnet. In der Stadt war nicht wenig darüber gemurrt worden, wie dreist die Amerikaner waren, aber bis zu diesem Moment hatte ich es nicht geglaubt.

»Ich wüsste nicht, was Sie das angeht.«

»Sie gehen also nicht zu Ihrem Lotsen?«

»Was?« Ich blieb abrupt stehen.

»Ihr Lotse. Sie glauben doch nicht im Ernst, dass ich Ihnen das abnehme, von wegen kein Interesse. Woher soll ich wissen, dass Sie nicht eine Art Außenseiterin sind, eine Geheimwaffe, mit der die Briten uns zeigen wollen, wo es langgeht?«

Seine Schmeichelei war nicht ungeschickt, und ich bin sicher, dass ich rot wurde. »Ich muss zu meiner Schneiderin.«

»Zu Ihrer Schneiderin?«

»Ja.«

»Tja, irgendwas müssen Sie wohl tun.«

»Wie meinen Sie das?«

»Nun ja, die Stadt ist klein. Durchaus hübsch, mit der Burg da oben über dem Meer. Und die weißen Klippen, die sind schon beeindruckend. Aber sonst ist hier nicht viel los. Nicht so wie in New York City.«

»Im Vergleich dazu wirkt Dover sicher wie ein Nest.«

»Nicht nur Dover.«

Ich ging weiter heimwärts, und er folgte mir erneut. »Hören Sie«, sagte ich. »Ich will ja nicht unhöflich sein, aber wie Sie selbst bemerkt haben, ist das hier eine kleine Stadt. Ich muss Sie leider bitten, mir nicht weiter hinterherzulaufen.«

Er zuckte die Achseln. »Falls Sie Ihre Meinung ändern, ich bin im White Horse Inn.«

Ich hatte seit Jahren nicht mehr an diese Begegnung gedacht, aber an diesem Vorfrühlingstag, als der Schaum meine Stiefel bedeckte und das Meer sich um meine Knöchel schlang, erinnerte sich mein Körper viel deutlicher an diese Zeit in meinem Leben als mein Kopf. Er ließ sich nicht von den Fakten in meinem Gehirn behindern. Im Lauf der Jahre, die ich im Wasser verbracht hatte, hatten sich Gewohnheiten herausgebildet: das Ausschütteln der Hände, um meine Handgelenke zu lockern, das Rollen der Schultern, um die Muskeln zu lösen, die sich sofort wieder verspannen würden, sobald ich zurück an Land kam. Ich ertappte mich dabei, wie ich unbewusst diese Bewegungen machte, als übte das Meer eine Macht über mich aus, der ich nicht widerstehen konnte.

Ich zog die Stiefel aus und warf sie hinter den Flutsaum, dann ließ ich das eisige Wasser meine Zehen abkühlen, bis ich sie nicht mehr spürte – und mich dadurch nicht länger an die Erde gebunden fühlte. Ich spürte, wie die Wellen mich riefen, mich mit dem Angebot eines vor langer Zeit gegebenen Versprechens in die kalten Tiefen lockten.

Ein wenig später in dem Sommer, als mein Hochzeitstag näher rückte, hatte ich den gesunden Menschenverstand beiseitegeschoben und war zum White Horse Inn gegangen, um mit der Zeitung des Journalisten einen Vertrag abzuschließen. Ich würde ihnen das exklusive Berichterstattungsrecht geben, und sie würden dafür meine Kosten für die Kanaldurchquerung übernehmen – den Lotsen, die Teilnahmegebühr der Channel Swimming and Piloting Federation und den Diesel für das Boot. Aber das Mädchen am Empfang sagte, er wäre vor einer Woche abgereist. Ich hatte meine Chance verpasst. Noch eine ganze Weile musste ich jedes Mal, wenn ich am White Horse Inn vorbeikam, daran denken. Wir sind nicht alle dazu bestimmt, im Scheinwerferlicht zu stehen.

Zehn Jahre später – zehn Jahre außerhalb des Wassers – und voll bekleidet ging ich in die Wellen und wurde fast augenblicklich umgeworfen. Ich hatte vergessen, wie viel Kraft sie hatten, wenn sie brachen, und wie stark die Strömung war, wenn das Wasser wieder zurückfloss. Es schlug mir die Luft aus der Brust, und ich stürzte hart mit den Knien auf den steinigen Boden. Das Wasser schäumte, als wäre es wütend auf mich, weil ich mich ihm in den Weg stellte. Oder vielleicht war es aufgebracht, weil ich so lange fort gewesen war. Mein Herzschlag hallte in meinen Ohren wider, und meine nassen Kleider drückten mich nieder, während meine Hände verzweifelt in der Flut nach einem Halt tasteten.

In dem Moment fühlte ich mich im Meer nicht sicher, sondern genau wie damals als Kind, als ich vom Pier ins Wasser gestürzt war: panisch, wie gelähmt vor Angst. Meine Brust krampfte sich zusammen, und ich musste gegen den Drang ankämpfen, den Mund zu öffnen und um Hilfe zu rufen. Ich versuchte, so ruhig wie nur möglich zu bleiben, stemmte die Füße in den Boden, um mich aufzurichten, und wappnete mich gegen den nächsten Angriff der Wellen. Als ich mit dem Kopf durch die Oberfläche stieß, rang ich nach Luft, doch sofort warf mich die nächste Welle wieder um.

Es war ein Kampf, ein Test.

Halb kriechend, halb schwimmend versuchte ich mich an Land zu schleppen, in Sicherheit, aber das Meer wollte mich nicht so leicht gehen lassen und zerrte mich wieder zurück. Die Gewalt des Wassers war die Strafe für die Entscheidung, die ich vor Jahren getroffen hatte; das Meer ertrug es nicht, auf den zweiten Platz verwiesen zu werden. Und sein Zorn war umso stärker, als ich John genau hier, an dieser Stelle, gewählt hatte, während es unsere Füße umspülte.

In dem Sommer hatte ich all die Dinge bekommen, die angeblich so erstrebenswert sind. Das Problem war nur, dass ich durch mein »Ja«-Sagen zugleich auch »Nein« gesagt hatte. Ich hatte »Ja« zu John gesagt, nachdem er hier, an diesem Strand, auf mich gewartet hatte, während ich schwamm. Er hatte mich gebeten, für ihn aus dem Wasser zu kommen, und obwohl er es nicht wörtlich gemeint hatte, war das Ergebnis dasselbe gewesen.

Es war ein wunderschöner Nachmittag gewesen. Ich hatte nicht gewusst, dass er mich an diesem Tag fragen würde, aber es hatte in der Luft gelegen. Es war die logische Konsequenz der Monate, die wir zusammen verbracht hatten, und es wurde erwartet, niemals infrage gestellt. Da war ich, gerade fertig mit der Schule, kurz davor, ein wunderbares Leben zu beginnen, und ich machte mir keinerlei Gedanken. Es kam mir nicht in den Sinn, dass ich mich zwischen zwei Lieben würde entscheiden müssen oder dass ich es überhaupt könnte.

John wollte mich an dem Abend zum Essen ausführen, richtig schick, hatte er gesagt. Aber als ich an dem Nachmittag ins Meer watete, um zu schwimmen, beschäftigte mich nicht die Frage, die er mir vielleicht stellen würde, sondern die des Journalisten. Anstatt parallel zum Ufer zu schwimmen, wie ich es normalerweise tat, merkte ich, dass ich nach Osten schwamm, auf Frankreich zu.

Fast völlig untergetaucht durch das Wasser zu gleiten war für mich immer wie ein Rückzug in eine andere Welt gewesen. Wenn ich kraulte, war ich vollkommen nach innen gewandt, alles andere existierte nicht mehr, und die absolute Stille, die mir das Schwimmen schenkte, war einzigartig. Bei keiner anderen Form des Alleinseins – weder in der Bibliothek noch wenn ich irgendwo auf einer Bank saß – konnten meine Gedanken so frei umherziehen, die Wildnis meiner Fantasien durchstreifen und die Hunderte von anderen Leben, die ich mir für mich ausgemalt hatte. Das ging nur, wenn ich im Wasser war.

An dem Nachmittag hatte ich nicht vorhabt, über den Kanal

nachzudenken, ich wollte einfach nur den Kopf freibekommen und eine Stunde oder so für mich haben. Ich wusste, dass John in dem Restaurant reserviert hatte und dass wir nicht zu spät kommen durften. Doch nicht zum ersten Mal verlor ich beim Schwimmen jedes Zeitgefühl, und es hatte etwas Inspirierendes, auf ein Ziel zuzusteuern. Mit jedem Schwimmzug kam ich Frankreich ein klein wenig näher, und mit jedem Atemzug wurde die Vorstellung, den Kanal zu durchschwimmen, greifbarer. Und drängender.

Ich weiß nicht, wie lange John auf mich wartete, während ich meinen Fantasien und er seinen Sorgen nachhing, denn er hat es mir nie verraten. Aber ich weiß noch, wie erleichtert er aussah, als ich aus dem Wasser kam und ihn am Ufer erblickte. Er war leicht zu erkennen, und in seinem Anzug und den guten Schuhen wirkte er genauso fehl am Platz, wie er sich gefühlt haben musste. Nachdem er mir so weit entgegengekommen war, wie er sich traute, trafen wir uns im knietiefen Wasser.

Er legte mir seinen Arm um die Schultern, um mich an Land zurückzuführen.

»Martha«, sagte er. »Komm aus dem Wasser.«

Und das tat ich. An dem Tag kam ich für ihn aus dem Wasser, und als wir verheiratet waren, blieb ich fast zehn Jahre an Land. Es war nicht so, dass ich nicht zurückwollte. Aber das Leben kam dazwischen, wie es so seine Art ist. Eine Hochzeit, ein Haus, ein Baby und dann noch eins, und schon waren zehn Jahre vorbei.

Ich überlebte den Angriff des Meeres an diesem rauen Frühlingsnachmittag. Doch als ich dort im Schaum saß und zusah, wie das Wasser um mich herumwirbelte, wusste ich, dass zehn Jahre zu lang gewesen waren und dass ich die Strafe verdient hatte.

Das Einfachste wäre gewesen, nach Hause zu gehen und so zu tun, als wäre nichts geschehen. Meine Haut war so weiß wie die eines Suppenhuhns, meine Fingerspitzen waren blau, und meine Zähne klapperten unaufhörlich. Noch länger hier draußen zu bleiben wäre nicht nur leichtsinnig, sondern gefährlich. Ich fühlte nichts mehr, und gleichzeitig fühlte ich alles.

Ich konnte es nicht erklären. Ich wusste nicht, woher der plötzliche Drang kam – ob es die Hoffnung des Baumes war, wie ich es im Gottesdienst gehört hatte, oder irgendeine andere Kraft. Aber ich spürte ihn ganz deutlich in meinen Armen, Schultern und Händen. Zum Schwimmen brauchte man körperliche Kraft, aber es schenkte einem auch geistige Energie.

Außer mir war niemand am Strand, und so zog ich mir die nassen Sachen aus, bis auf BH und Schlüpfer, und ging zum ersten Mal seit Jahren wieder schwimmen. Diesmal bewegte sich mein Körper durch das Meer, wie er es immer getan hatte, und in gewisser Weise fühlte es sich an, als wäre ich nie außerhalb des Wassers gewesen. Ich lauschte auf das vertraute Gluckern in meinen Ohren, schmeckte das Salz, das mir in die Zunge biss und in den Augen brannte, und ließ mich von der Kraft des Meeres tragen.

Ich fühlte die Kälte und den brennenden Schmerz lange nicht benutzter Muskeln, aber vor allem fühlte ich, dass ich hier frei war.

Als ich nach Hause kam, hörte ich Stimmen und ging ins Wohnzimmer, wo mein Mann mit seinem Chef George saß. Ich sah vermutlich aus, als wäre ich gerade um ein Haar ertrunken, und ich begrüßte sie mit dem überdrehten Lächeln einer Süchtigen, die endlich ihre ersehnte Droge bekommen hatte.

»Wo warst du?«, fragte John.

Ich stand da und tropfte. »Schwimmen.« Ich konnte nicht aufhören zu grinsen.

Er nahm mich am Arm und ging mit mir in die Küche. »Bin gleich wieder da, George«, sagte er.

Er schloss die Tür. »Bitte sag mir, dass es einen guten Grund für das hier gibt.« Er deutete auf meinen meerjungfrauenähnlichen Zustand. »Bitte sag mir, dass du gerade jemanden vor dem Ertrinken gerettet hast.«

Ich wollte schon »Nein« sagen, doch dann fiel mir auf, dass es vielleicht wirklich so gewesen war. »Ich habe heute Nachmittag tatsächlich jemanden gerettet.«

Sofort änderte sich sein Gesichtsausdruck. »Wirklich? Wen denn?«

Doch gerade als ich antworten wollte, schnitt er mir das Wort ab.

»Nein, nicht jetzt. Geh und zieh dich um, und dann kannst du es uns beiden zusammen erzählen. Das ist wahrscheinlich das Einzige, was diesen Abend noch zum Guten wenden kann.«

»Ich habe mich selbst gerettet, John«, sagte ich, gerade als er die Tür zum Wohnzimmer wieder aufmachen wollte.

»Wie bitte?«

»Ich habe mich selbst gerettet.«

»Martha, ich hatte einen langen Tag, und ich habe keine Lust auf Spielchen. Hast du nun jemanden gerettet oder nicht?«

Es war nicht der richtige Zeitpunkt für dieses Gespräch, aber es gab Dinge, die gesagt werden mussten, und Dinge, die gehört werden mussten.

»Der Kanal, John. Ich werde den Kanal durchschwimmen.«

»Was hat das denn damit zu tun?«

»Ich habe die letzten zehn Jahre lang jeden Tag Abendessen gemacht und Mittagessen und Frühstück. Das sind –« Ich hielt inne und rechnete. »Das sind fast elftausend Mahlzeiten.«

Er sah mich verwirrt an.

»Ich habe geschrubbt und gefegt und gewaschen und getrocknet und gebügelt. Jeden Tag, zehn Jahre lang.«

Er blickte nervös über die Schulter. »Und du hast ausgerechnet heute beschlossen, ohne Vorwarnung damit aufzuhören? Martha, mein Chef, der Mann da nebenan, sollte jetzt eigentlich darüber nachdenken, wie er mir sagt, dass er mich befördert, während wir nach einem hervorragenden Essen zusammen einen Scotch trinken. Stattdessen sitzt er vermutlich mit knurrendem Magen da und fragt sich, warum er mich überhaupt eingestellt hat.«

Ich schlang die Arme um mich und konnte plötzlich an nichts anderes mehr denken als daran, wie kalt mir war.

»Mir reicht's, John. Endgültig.«

»Was denn?«

»Ehefrau und Mutter und Haushälterin zu sein. Ich will mehr.«

»Mehr wovon? Was um alles in der Welt fehlt dir denn? Ich habe dir ein schönes Haus und zwei Kinder geschenkt. Wir haben alle

Annehmlichkeiten des modernen Lebens.« Er zeigte auf die Waschmaschine. »Die da ist nagelneu, das beste Modell. Wie viele Leute kennst du, die so eine Maschine haben?«

»Ich frage andere Leute für gewöhnlich nicht nach ihren Haushaltsgeräten.«

»Du hast alles, was man sich nur wünschen kann.«

»Etwas fehlt.«

»Herrgott noch mal, was sollte das denn sein? Abgesehen natürlich von dem Abendessen, das du kochen solltest.«

»Ich versuche, ein ernsthaftes Gespräch zu führen.«

»Das ist mir klar, aber das ist weder der richtige Ort noch der passende Zeitpunkt dafür.« Er schüttelte den Kopf.

Und dann veränderte sich sein Tonfall, der Ärger verschwand aus seiner Stimme, und er wandte das, was ich liebte, gegen mich.

»Du hast mir mal erzählt, am Strand, nach dem Schwimmen, wie wichtig das Timing für deine Atmung ist. Dass du sie an den Rhythmus der Wellen anpassen musst, weil du sonst Wasser einatmest statt Luft. Erinnerst du dich?«

Ich nickte. Und ich erinnerte mich auch an den Bericht über einen Tsunami in Hawaii, den ich als Kind gelesen hatte. Ich hatte darüber gestaunt, dass sich aus dem Pazifik eine Wasserwand erhoben hatte, die so hoch war wie ein dreizehnstöckiges Haus. Und darüber, dass das Wasser vom Land weg und hinaus ins Meer gesogen worden war, bevor die Riesenwelle zuschlug.

»Wir können so viele ernsthafte Gespräche führen, wie du willst, aber nicht jetzt. Wir können bis zum Umfallen darüber sprechen, was dir deiner Meinung nach im Leben fehlt – und zwar morgen.« Seine Hände umklammerten die Lehne des Stuhls, der vor ihm stand. Er war aufgebracht, wütend, frustriert, genau wie ich. »Nicht wenn mein Chef nebenan sitzt und sich fragt, was zum Teufel hier vor sich geht.«

Als die Welle die hawaiianische Stadt Hilo traf, riss sie alles mit sich fort, was ihr im Weg war, und dort in meiner Küche verstand ich mit einem Mal besser, welche Kraft sie gehabt hatte. Da war etwas in mir, das durch die Kälte und Erschöpfung brach. »Du hast recht«, sagte ich. »Es ist völlig unangemessen, dieses überaus wichtige Gespräch zu führen, während George nebenan sitzt. Das Timing ist ganz falsch.« Ich sah meinem Mann unverwandt in die Augen. »Deshalb solltest du ihn bitten zu gehen. Mir ist heute Abend nicht danach, Gäste zu bewirten.«

Seine Augen weiteten sich. Dann packte er mich so fest am Arm, dass ich zusammenzuckte, und seine Finger gruben sich in meine Muskeln, die einst so stark gewesen waren. So hatte ich meinen Mann noch nie erlebt. »Was immer dich beschäftigt, es muss warten. Geh und mach dich präsentabel, und ich versuche derweil, diesen Abend zu retten, den du ruiniert hast.«

Man nahm an, dass der Tsunami durch ein Erdbeben unter dem Meer ausgelöst worden war, durch zwei tektonische Platten, die sich aneinander gerieben und darum gerungen hatten, wer die stärkere war.

»Immerhin ist es nur ein Abendessen«, sagte ich.

»Nur ein Abendessen? Es ist das wichtigste Abendessen, das wir je hatten. Unsere gesamte Zukunft hängt davon ab, dass ich diese Beförderung bekomme, und du hast es geschafft, das ein für alle Mal zu vermasseln.«

Sein Griff wurde noch fester, bis ich ihm meinen Arm entriss.

»Was ist mit *meiner* Beförderung?«

»Was für eine Beförderung? Du hast keine Arbeit, Martha.«

»Ich will nicht nur Mrs John Roberts sein. Oder Mummy.« Meine Stimme wurde mit jedem Wort lauter, gewann an Geschwindigkeit und Höhe wie eine Welle, und er starrte mich wütend und verständnislos an.

»Ich will nicht nur jemand sein, der Abendessen macht und das Haus putzt und die Kinder zur Schule bringt und zu Schulaufführungen geht und sich um andere kümmert, wenn sie krank sind, und Dinnerpartys gibt.«

»Und ich will nicht tagein, tagaus zur Arbeit gehen, um das Geld für diese Familie zu verdienen«, entgegnete er, bebend vor Zorn. »Aber ich tue es trotzdem. Im Leben geht es nicht darum, was du willst, sondern darum, was getan werden muss.«

»John«, sagte ich und sah zu ihm hoch, zu seinen eins neunzig mit den zornfunkelnden Augen und den zusammengebissenen Zähnen. »Ich will etwas Außergewöhnliches tun. Ich will den Kanal durchschwimmen.«

»Was hat das mit alldem zu tun? Hast du nicht gehört, was ich gesagt habe? Es geht nicht darum, was du willst!« Er fuchtelte mit den Armen, als wollte er unsere Küche, unser Haus, unser Leben umfassen. »Was zum Teufel ist bloß in dich gefahren?«

Er drehte sich um zu George, der hinter der Glastür saß und so tat, als könnte er uns nicht hören. »Das mit der Beförderung kann ich jetzt vergessen. Wie soll ich eine ganze Abteilung von Männern leiten, wenn ich nicht mal meine eigene Frau im Griff habe?«

»Eine Frau ist nicht dazu da, sie im Griff zu haben«, sagte ich. »Ich will nicht nur die Wäsche machen. Ich will etwas Größeres tun.« Ich wollte an ihm vorbeigehen, um mir die nassen Sachen auszuziehen, aber er ließ mich nicht.

Er sah so zornig aus – ob auf mich oder auf sich selbst, wusste ich nicht.

»Ich gehe jetzt nach oben und ziehe mir etwas Trockenes an. Dann komme ich wieder herunter und mache dir und George etwas zu essen. Und dann, John, dann schwimme ich durch den Kanal.«

»Was ist so verdammt wichtig daran, durch den Kanal zu schwimmen?«, brüllte er.

»Mein Leben hängt davon ab.«

Das Meer hat viele verschiedene Gesichter, und wenn man weiß, worauf man achten muss, merkt man, wenn es kabbelig wird. Johns Gesichtsausdruck in dem Moment ähnelte den Aufnahmen von den Wellen, die Hilo und Haena zerstört hatten: brodelnd vor Zorn, der über die Zeit und die Entfernung hinweg immer mehr Energie und Geschwindigkeit angesammelt hatte. Diese Energie musste irgendwohin.

Doch woran man sich vor allem erinnerte, war das Geräusch. Die Hawaiianer erzählten den Reportern, die heranrollenden Wellen hätten sich angehört wie Güterzüge. Seine Hand, die mein Gesicht traf, hörte sich an wie das Klatschen damals, als ich vom Pier ins Wasser gefallen war.

Er starrte mich an, als könnte er nicht fassen, was er gerade getan hatte. Ich berührte mein Gesicht; die Stelle, wo er mich getroffen hatte, fühlte sich heiß an.

Ich ging nach oben und zog mich um. Im Spiegel meinte ich die Anfänge eines Blutergusses zu erkennen, und ich fragte mich, wie er George das erklären würde. Ich erwog kurz, die Stelle mit Make-up abzudecken, aber die Zeiten waren vorbei. Wir waren keine Viktorianer, die in Badekarren verborgen ins Wasser gingen; wir waren FKK-Anhänger, die nackt und ungeschönt herumliefen.

Nachdem die Welle fort war und halb Hilo mit sich gerissen hatte, bauten die Leute alles wieder auf, und das Leben ging weiter. Normalerweise erfolgte die Veränderung in kleinen Schritten, das Meer trug die Klippen nach und nach ab, bis sie zu Sand wurden. Doch in unserem Haus war die Klippe in einem einzigen Augenblick ins Meer gestürzt.

Ich ging hinunter in die Küche, nahm das Schneidebrett heraus und begann, der Macht der Gewohnheit folgend, Paprika und Zwiebeln zu hacken, schlug Eier auf und schaltete den Gasherd an. Als ich die Eier in die heiße Pfanne goss, kam John in die Küche und setzte sich an den Tisch.

»Nicht nötig. Er ist gegangen.«

Ich drehte mich nicht zu ihm um. »Aber ich habe Hunger. Und du doch sicher auch.«

Ich trug die Pfanne zum Tisch und setzte mich ihm gegenüber an meinen üblichen Platz.

»Soll ich das Tischgebet sprechen?«, fragte er.

Ich schüttelte den Kopf und füllte uns auf. »Ist doch niemand hier, der uns sieht.«

Als ich den ersten Bissen im Mund hatte, merkte ich, wie hungrig ich war, und ich schaufelte das Essen regelrecht in mich hinein, während wir in unbehaglichem Schweigen dasaßen. In einer Küche ist es nie ganz still, es gibt immer Hintergrundgeräusche. Das Summen des Kühlschranks, der Boiler, der sich mit einem Klicken ein- und ausschaltet, das Klirren der Gabeln auf dem Teller.

Irgendwann räusperte sich John. »Was ist das?«, fragte er mit einem Blick auf den Zweig, den ich am Morgen auf den Tisch gestellt hatte.

»Myrte«, sagte ich. »Aus dem Garten.«

Er nahm ihn aus dem Glas und betrachtete ihn genauer. »Kommt mir irgendwie bekannt vor.«

»Sie wächst am Meer.«

Ich hatte gehofft, er würde sich erinnern. »An dem Tag, als du mir den Antrag gemacht hast, hast du einen solchen Zweig von dem Busch gerissen, unter dem meine Sachen lagen.«

Der Anflug eines Lächelns erschien auf seinem Gesicht. »Er war schwer abzukriegen.«

»Die Myrte bekommt ihre Kraft vom Meer.«

Er drehte den Zweig zwischen seinen Fingern. »Du hast noch nie etwas vom Kanal gesagt.«

Ich stellte mir vor, wie ich dort schwamm, und spürte, wie mein Gesicht weicher wurde.

»Warum?«, fragte er.

Ich lehnte mich in meinem Stuhl zurück und seufzte. Trotz allem, was zwischen uns vorgefallen war, hatte mich das Essen gewärmt, und die Schwere der Müdigkeit breitete sich in meinen Gliedern aus. »Weil es mir fehlt.«

»Du kannst doch schwimmen, ohne den Kanal zu durchqueren.«

»Früher hat mich der Wellenbrecher nie gestört. Ich dachte, er beschützt mich. Aber heute bin ich zur Bucht gegangen und einfach geradeaus geschwommen. Vor mir war nichts außer Wasser, bis zum Horizont. Ich habe mich noch nie so frei gefühlt.«

Er knibbelte an dem Schmutz unter seinen Fingernägeln. »Frei? Du wirst doch hier nicht gefangen gehalten.«

Und da hatte ich mit einem Mal das seltsame Gefühl, dass er und ich vielleicht nicht gleich waren, aber doch ähnlich. Dass er in meiner unbeirrbaren Liebe zum Meer etwas gefunden hatte, das ihn vor seinem eigenen Starrsinn rettete, und umgekehrt.

»Vor zehn Jahren bin ich für dich aus dem Wasser gekommen. Das war meine Entscheidung. Aber jetzt muss ich wieder reingehen.« Ich räumte den Tisch ab. »Sonst kann ich nicht weitermachen.«

Ich hatte nicht vor, ihm Angst einzujagen, aber ich tat es wohl. Es fiel mir schwer, mein Bedürfnis in Worte zu fassen, weil es nichts war, was ich dachte, sondern etwas, das ich fühlte. Aber als ich ihn ansah, hatte ich den Eindruck, dass er mich verstand – vielleicht nicht den Grund, aber zumindest die Tatsache, dass es geschehen würde, mit seiner Unterstützung oder ohne sie.

Am nächsten Morgen lief alles ab wie immer, und als die Kinder endlich angezogen am Tisch saßen, gab ich ihnen ihr Frühstück.

»Mummy«, fragte Iain. »Was ist mit deinem Gesicht passiert?«

Ich berührte meine Wange und merkte, dass ich nur sehr selten in den Spiegel sah, und wenn, dann erst später am Tag, wenn sie gegangen waren.

»Iss deinen Toast und die Eier, bevor sie kalt werden«, entgegnete ich.

»Eure Mutter ist gestern schwimmen gegangen«, sagte John, als er sich dazusetzte. »Wahrscheinlich war ein Stück Treibholz im Wasser, das sie nicht gesehen hat.« Er sah mich nicht an, während er sprach, und das nahm ich ihm übel.

Doch dann stand er auf, stellte sich neben mich und legte den Arm um meine Schultern. »Und sie wird heute wieder schwimmen gehen.«

»Aber es ist doch noch so kalt«, sagte Harriet.

»Stimmt«, sagte John. »Aber eure Mutter lässt sich von nichts aufhalten.«

Die Kinder sahen ihn völlig verdattert an.

»Eure Mutter«, sagte er mit einer Mischung aus Stolz und Angst, »wird den Ärmelkanal durchschwimmen.«

Die beiden machten große Augen. Sie wussten ungefähr, was das bedeutete, weil sie während der Sommerferien gesehen hatten, wie andere im Hafenbecken dafür trainierten.

»Oder, Martha?«, fragte er.

Ich nickte nur. Seine plötzliche Unterstützung kam überraschend. Ich fragte mich, ob ein schlechtes Gewissen dahintersteckte, ob es eine Art Entschuldigung war oder ob es seine Art war, mir zu sagen, dass er mich liebte.

Als ich meinen Schwimmanzug aus der untersten Kommodenschublade nahm, wo ich die Sachen aufbewahrte, die ich nicht mehr brauchte, aber trotzdem nicht wegwerfen mochte, fragte ich mich, ob es überhaupt zu schaffen war. Der dunkelblaue Anzug, den ich als junge Frau getragen hatte, war aus der Form gegangen, die elastischen Fasern hatten sich aufgelöst. Meine zweite Haut hatte ihre Kraft verloren, genau wie meine Arme, Schultern und Beine. Als ich den traurigen Zustand des Anzugs sah, mischte sich eine Spur von Angst in meine Entschlossenheit. Wenn ich erst einmal damit anfing, würde ich es auch zu Ende bringen müssen. Es würde kein Zurück geben, bis ich drüben ankam, in Frankreich.

Coming-out

HARRIET, 1999

In jeder Familie gibt es Geheimnisse, Geschichten, die für sich behalten werden, versteckt in den Nischen eines Hauses oder Lebens, und erst nach Jahren wieder in der Erinnerung auftauchen. Manche schrumpfen und werden weich, lösen sich beinahe auf, sodass sie schließlich irgendwo zwischen Wahrheit und Legende schweben.

Aber andere wachsen und werden scharf, und ihre Fakten reifen zu perfekten Spitzen: Küchenmesser, die mit der Klinge nach oben wartend in der Schublade liegen.

»Ich würde sie gerne kennenlernen«, sagte Iris, während sie den Salat über den Tisch reichte.

Ich griff nach dem Salz und schüttelte den Kopf.

Sie schob den Salzstreuer knapp aus meiner Reichweite.

»Sie halten nichts von alldem –« Ich machte eine ausholende Armbewegung, die unser Zuhause, unser Leben und alles andere umfasste, was uns wichtig war.

»Die Zeit heilt alle Wunden.« Sie wischte einen Ölspritzer weg, so klein, dass ich ihn gar nicht bemerkt hatte.

Ich stocherte in der Gemüsepfanne mit braunem Reis auf meinem Teller herum und hoffte, sie würde das Thema fallen lassen.

»Schämst du dich meiner?«, fragte sie.

»Ja, fürchterlich, deshalb lebe ich mit dir zusammen und trage unser Kind im Bauch.«

»Du hast doch meine Eltern auch kennengelernt.«

»Deine Eltern sind ja auch sehr nett.«

Sie spießte ein Stück Spargel auf ihre Gabel und kaute langsam, ohne den Blickkontakt zu lösen. Das war ihre Version der Schweigestrafe.

»Kannst du das Thema nicht mal abhaken?«, fragte ich.

Sie schluckte, ohne zu blinzeln. Ich wusste, dass sie das länger durchhalten würde als ich, und senkte den Blick auf meinen Teller.

»Iris. Es wird nicht so sein, wie du es dir erhoffst. Sie ändern sich nicht mehr, und sie können nicht zugeben, dass sie einen Fehler gemacht haben.«

»Ich bin deine Frau. Schwiegereltern gehören nun mal dazu.«

»Streng genommen bist du nicht meine Frau«, sagte ich.

Iris funkelte mich an und gab mir einen Klaps auf die Hand.

»'tschuldigung«, sagte ich lächelnd. Dann lehnte ich mich zurück und legte die Hand auf meinen Bauch.

»Ich möchte, dass sie wissen, wer ich bin«, sagte sie leise.

Wir gingen zu unterschiedlichen Zeiten zu Bett, und als sie unter die Decke kroch, wartete ich darauf, dass sie den Arm um mich legte, sodass ihr Handgelenk an seinem Lieblingsplatz zwischen meinen Brüsten ruhte, doch sie drehte mir den Rücken zu, und der Abstand zwischen uns blieb.

Später, als der Morgen langsam näher rückte, hatte ich das beunruhigende Gefühl, zu träumen und nicht aufwachen zu können. Es war kein richtiger Albtraum, aber trotzdem beängstigend. Ich dachte, ich bewegte den Mund und spräche mit jemandem, aber es war nicht klar, mit wem – mit mir selbst im Traum, mit meinen Eltern oder mit allen zusammen. Das Gefühl dabei war mir vertraut: Ich wurde von der Strömung, der ich zu entkommen versuchte, mitgerissen und immer tiefer in den Traum gezogen.

Der Traum löste sich schließlich auf, aber zusammen mit Iris' hartnäckigem Wunsch, meine Eltern kennenzulernen, hatte er Erinnerungen hochgespült.

Es war der zweite Weihnachtstag; mein Bruder Iain und ich waren Heiligabend zusammen von London runtergefahren. Wir waren beide erfüllt von der Hoffnung und Glückseligkeit unseres Starts ins Leben. Ich hatte es geschafft, ein paar Artikel in den Londoner Zeitungen unterzubringen, und Iain hatte eine vielversprechende Stelle bei der HBSC-Bank ergattert. Die Stimmung im Auto auf dem Weg nach Hause war die zweier Sieger: Wir hatten Erfolg gehabt und unseren Eltern Grund gegeben, stolz auf uns zu sein.

Iain hatte über die Feiertage eigentlich in London bleiben und ins Pub gehen wollen, aber ich hatte darauf bestanden, dass er mit mir nach Dover kam. Mein letzter Besuch zu Hause war ein paar Jahre her, und ich hatte ein schlechtes Gewissen. Durch den Abstand war es mir gelungen, meine Eltern in einem toleranteren Licht zu sehen, aber der wesentliche Punkt war, dass ich Iris kennengelernt hatte.

Iain machte keinen Hehl daraus, dass er keine Lust hatte, aber als wir im Auto saßen, drehten wir die Musik laut auf und sangen mit, wie in alten Zeiten, und das bestärkte mich noch in meiner Entschlossenheit. Schließlich war Weihnachten, sagte ich mir, alle würden fröhlicher sein als sonst, bereit, sich Mühe zu geben und einander mit offenen Armen zu empfangen – was sollte also schiefgehen?

Dass ich überhaupt solche Gedanken hatte, zeigte, wie mutwillig naiv ich war. Die Vorstellung, ich könnte einfach so in das Haus meiner Eltern stolzieren, verkünden, dass ich eine Frau liebte, und freudige Akzeptanz ernten, war eine Ausgeburt der Verzweiflung.

Wir waren gerade mit dem Essen fertig, und ich hatte mir mit ein paar Gläsern Wein Mut angetrunken. Ich holte tief Luft, und als sich eine Lücke im Gespräch auftat, platzte ich mit den Worten *lesbisch, Freundin, gemeinsame Wohnung* und *schon seit einer Weile* heraus. Ich hielt kurz inne, und bevor irgendjemand etwas sagen konnte, schloss ich mit: *Ich kann nichts dafür* und *So bin ich nun mal.*

In meiner verklärten Vision war das der Moment, in dem meine Mutter mich in die Arme schloss und im Namen der ganzen Familie erklärte, dass sie mich trotzdem liebten. Um meine Eltern etwas realistischer zu gestalten, hatte ich mir vorgestellt, dass mein Vater ein Weilchen vor sich hin grummeln würde, bis meine Mutter ihn so beschämte, dass er sich dreinfügte. Doch selbst Iains Achselzucken Jahre zuvor in einem Pub war besser gewesen als das, was dann kam.

Alle erstarrten. Es herrschte absolute Stille. Meine Worte hatten ein Vakuum geschaffen, einen furchtbaren, lautlosen Schock wie in dem Augenblick, in dem man erfährt, dass ein nahestehender Mensch gestorben ist, und es nichts zu sagen gibt, weil die einzig mögliche Reaktion darin besteht, der Abwesenheit Raum zu geben.

Mein Vater brach das Schweigen und sagte *unnatürlich, widerwärtig* und *falsch*. Sein Gesicht lief rot an, und in seinen Mundwinkeln sammelte sich Spucke, als er fortfuhr, *ein echter Mann, der Richtige* und *Du wirst niemals glücklich sein*. Den krönenden Abschluss seiner Hetzpredigt bildeten *verheiratet, Kinder* und *normales Leben*, und dann starrte er mich mit einem Ausdruck an, den ich bis zu jenem Tag nur einmal bei ihm gesehen hatte.

Ich muss neun gewesen sein, als Mum ein wichtiges Abendessen ruiniert hatte. Ich erinnerte mich gut an den Tag, weil sie nicht zu Hause war, als wir aus der Schule kamen, und Dad hatte jemanden von der Arbeit mitgebracht. Er gab Iain und mir eine Scheibe Toast und schickte uns nach oben. Er ermahnte uns, leise zu sein, und fragte, wo Mum sei. Als ich unten in der Küche ihre Stimme hörte, schlich ich mich zum Treppenabsatz und lauschte. Ich hatte mit ein bisschen Tratsch gerechnet, aber was dann kam, war ein schrecklicher Streit. Von meinem Beobachtungsposten aus sah ich das Gesicht meines Vaters, und darin lag eine so kalte Verurteilung, dass ich hoffte, dass sie sich nie gegen mich richten würde. Aber es war nicht nur sein Gesichtsausdruck, sondern alles an ihm: die Art, wie er sich über meine Mutter stellte, unfähig, eine andere Sichtweise in Betracht zu ziehen.

Als er mich an diesem Weihnachtstag über den Tisch hinweg anbrüllte, sah ich zu meiner Mutter, auf der Suche nach Unterstützung oder Ermunterung, einem Zeichen, dass sie die Notwendigkeit anerkannte, über das hinauszugehen, was innerhalb dieser vier Wände möglich war, doch auch sie verriet mich an diesem Tag. Sie blickte auf den kalten Truthahn, die Soße vom Vortag und den aufgewärmten Rosenkohl, während mein Vater sich weiter in seine Rage hineinsteigerte, bis er schließlich mit der Faust auf den Tisch hieb, dass die Gläser klirrten. »Nicht meine Tochter!«, donnerte er und stand so energisch auf, dass sein Stuhl umkippte.

Als ich Iris das Ganze erzählte, den Kopf auf ihrem Schoß, auf unserem gemeinsam erstandenen Sofa in unserer gemeinsamen Wohnung, sagte ich wahrheitsgemäß, dass ich in dem Moment nichts gefühlt hatte. In manchen Situationen sind Gefühle zweitrangig, und meine Reaktion auf den Ausbruch meines Vaters war körperlicher Natur: Mir wurde speiübel.

Mein Vater schleuderte mir seinen Zorn entgegen, und ich musste an den Abend denken, als er und Mum sich in der Küche gestritten hatten und ich gehört hatte, wie seine Hand ihre Wange traf. In dem Moment hatte sein Gesicht denselben hässlichen Ausdruck gehabt, die Zähne gebleckt, die Nasenlöcher gebläht und die Augen zu kleinen Schlitzen zusammengekniffen. Es war schwer zu sagen, was ihn mehr aufbrachte: dass ich lesbisch war oder dass ich so unverschämt gewesen war, es zu verkünden. In den Jahren danach hatte ich mich manchmal gefragt, ob wir weiter so miteinander ausgekommen wären wie vorher, wenn ich es für mich behalten hätte.

Zitternd stand ich auf und ging hinauf in mein Zimmer, das genauso aussah wie immer. Meine Sachen und die Überreste des Menschen, der ich gewesen war, waren nur noch verstaubte Museumsstücke.

Alles an dem Haus war abgestanden. In den Jahren, seitdem ich das letzte Mal dort gewesen war, hatte sich nichts verändert, was gleichermaßen tröstlich und deprimierend war. Zeit war vergangen, nicht mehr und nicht weniger, doch offensichtlich waren die Wandlungen, die das Leben mit sich brachte, hier nicht willkommen. Fortschritt war nicht erwünscht, und ich ebenso wenig.

Ich setzte mich auf die Bettkante und ärgerte mich, weil ich noch weiter in dieses Haus hineingegangen war, in dem man mich nicht haben wollte; stattdessen hätte ich aus der Tür stürmen und direkt nach London zurückfahren sollen. Die Wände schienen immer näher zu kommen, und ich fühlte mich wie in der Falle. Ich verstand jetzt, warum meine Mutter ins Meer geflohen war.

Ich brauchte eine Weile, bis ich den Mut hatte zu gehen. Als ich schließlich so weit war und mich auf den Weg nach unten machte, hatte ich nicht die Absicht, mich zu verabschieden. Doch die knarzenden Stufen, die mich schon als Teenager verraten hatten, wenn ich spät nach Hause kam, ließen mich erneut auffliegen. Als ich nach dem Türknauf griff, tauchte mein Vater im Flur auf. Ruhig erklärte er: »Es fällt mir nicht leicht, das zu sagen, aber wenn du darauf bestehst, diesen Lebenswandel fortzuführen, lässt du mir keine andere Wahl.« Er verstummte und blickte auf seine Füße. Dann sah er mich wieder an. »Leb wohl. Leg deinen Schlüssel auf den Tisch, bevor du gehst.«

Dann kehrte er mir einfach den Rücken zu und verschwand im Wohnzimmer. Ich war wie gelähmt, meine Füße gehorchten mir nicht, und ich wusste nicht, was ich tun sollte. Ich war zu perplex, um zu reagieren.

Schließlich öffnete ich die Tür, hängte mir die Tasche über die Schulter, und dann ging ich langsam zur Pforte. Bevor ich auf die Straße trat, schaute ich mich noch einmal um und sah meine Mutter im Türrahmen stehen, die Strickjacke eng um den Körper geschlungen. Sie sah mich an. Ich wartete darauf, dass sie etwas sagte, vielleicht, dass sie mich liebte und immer lieben würde, obwohl wir in unserer Familie so etwas nie aussprachen. Ich wollte, dass sie mir sagte, ich sei immer willkommen, aber das konnte sie nicht, weil es nicht ihr Haus war, nicht so richtig jedenfalls. Bei uns war der Mann der Herr im Haus, und die Frauen machten die Wäsche. Meine Mutter hatte eine Ausnahme bewilligt bekommen, und immer wenn sie etwas Wichtiges zu besprechen hatte, bestand sie auf einem Strandspaziergang.

Meine Mutter drehte sich um und verschwand im Haus, und ich dachte, das war's und dass sie mich offenbar so abstoßend fand, dass sie mir nicht einmal Lebewohl sagen konnte. Iain saß mittlerweile schon im Auto und drückte auf die Hupe. Ich öffnete die Beifahrertür und warf meine Tasche auf den Rücksitz.

»Harry!«, rief meine Mutter.

Ich drehte mich um. Sie hatte die Gartenschere in der Hand und lief zu dem Busch am Ende des Gartens. Ich sah, wie sie etwas davon abschnitt, und fragte mich, was das sollte.

Sie kam auf mich zu und reichte mir einen feuchten braunen Zweig mit lauter abgestorbenen Blüten.

»Myrte«, sagte sie. »Sie hat mir Kraft gegeben, als ich sie am meisten brauchte.«

Als wir am Sonntagmorgen aufwachten, war es ungewöhnlich sonnig und Iris – eine pathologisch gut gelaunte Frühaufsteherin – voller Tatendrang.

»Komm schon«, sagte sie und zog mir die Decke weg. »Lass uns irgendwohin fahren. Einen Ausflug aufs Land und Mittagessen in einem netten Pub.«

Sie stand in T-Shirt und Schlüpfer in unserem Schlafzimmer, und ihre Haut schimmerte im Sonnenlicht, das durch die Fenster hereinfiel. Sie merkte, dass ich sie ansah, und lächelte, genoss meinen Blick.

»Komm wieder ins Bett«, sagte ich. »Es ist noch nicht mal neun Uhr.«

»Das ist Tagesverschwendung.« Sie warf die Decke in die hinterste Ecke des Zimmers.

Wir brauchten über eine Stunde, bis wir aus London raus waren, aber sobald wir zwischen grünen Feldern hindurchfuhren, gesprenkelt mit Bäumen und Büschen, und die Natur so richtig prahlte, schlief ich ein. Als das Auto hielt und ich mich mühsam aus dem Schlaf schälte, erinnerte ich mich nur noch an ein Schaf, das gefährlich nah an der Autobahn gestanden hatte. Iris hatte die Hand auf meine Schulter gelegt, deshalb sah ich, als ich die Augen öffnete, nicht als Erstes nach draußen, sondern in ihr strahlendes Gesicht; das Gesicht der Frau, in die ich mich Jahre zuvor verliebt hatte.

»Wir sind da«, sagte sie.

»Und wo ist da?« Dann sah ich es. »Dreh um«, sagte ich.

»Jetzt sind wir hier. Was soll denn passieren?«

»Ich will das nicht.«

»Schön, dann stelle ich mich eben selbst vor.«

»Iris, nicht.«

Sie legte die Hand auf den Türöffner und sah mich fragend an. Ich schüttelte den Kopf, aber das hielt sie nicht davon ab. Sie stieg aus und ging den Weg zur Haustür hinauf. Ich folgte ihr nicht sofort, in der Hoffnung, dass sie ohne mich wieder umkehren würde und wir unbemerkt verschwinden konnten. Doch sie ließ sich nicht beirren, und so blieb mir nichts anderes übrig. Das ist das Problem bei Familien: Es geht nicht darum, was du willst. Der Wille hat nichts damit zu tun.

Die Haustür war in glänzendem Schwarz lackiert, genau wie beim letzten Mal, als ich hier gewesen war, nur der weihnachtliche Kranz fehlte. Der Myrtenstrauch wirkte größer und stand tatsächlich gerade in voller Blüte. Alles sah picobello aus; ich hatte auch nichts anderes erwartet, denn so hatte mein Vater es gerne. Wenn es nach meiner Mutter gegangen wäre, hätte sie vermutlich alles außer der Myrte vernachlässigt.

Iris legte den Finger auf die Klingel, und unmittelbar bevor sie daraufdrückte, flüsterte ich: »Noch können wir verschwinden.« Doch sie ließ sich nicht beirren, und ein lautes Schrillen ertönte im Flur.

Ich betete, dass sie in der Kirche waren oder bei irgendeinem Freund zum Kartenspielen oder wo auch immer, Hauptsache, nicht zu Hause.

Ich hörte Geräusche aus der Küche und spähte durch das Fenster neben der Haustür. Da saß mein Vater, eine Tasse Tee in der Hand, und meine Mutter stand daneben und betrachtete ihn mit ihrer üblichen Mischung aus Gereiztheit und Traurigkeit. Ich sah, wie sie sich die Hände an einem Küchenhandtuch abtrocknete und kopfschüttelnd zur Tür ging. Sie blickte nicht nach draußen, um zu sehen, wer es war, aber selbst wenn sie es getan hätte, hätte sie mich nicht bemerkt, weil ich mich hinter Iris geduckt hatte.

Sie öffnete die Tür, und meine Frau schenkte ihr ihr herzlichstes, strahlendstes Lächeln. Ich wusste, es würde nicht ausreichen.

»Ja?«, sagte Mum.

Ihre Stimme. Mir war nicht klar gewesen, wie sehr sie mir gefehlt hatte. Ein einziges Wort nur, und schon war ich zurück an ihren Tisch und in meine Kindheit befördert worden. In eine Zeit, bevor ich gelernt hatte, meine eigenen Entscheidungen zu treffen, und nachdem sie so mutig gewesen war, die ihren zu treffen.

Instinktiv legte ich die Hand auf den Bauch, als ich meine Mutter ansah. Sie war gealtert, aber nicht sehr; ihre Schultern waren immer noch breit und stark, und sie hielt sich immer noch kämpferisch gerade. Die Haut an ihren Wangen war lockerer, und ihr Gesicht wirkte weicher, aber sie sah immer noch so aus, wie ich sie in Erinnerung hatte. Ich wollte mich in ihre Arme werfen und an sie klammern. Ich wollte in Tränen ausbrechen, und sie sollte mir übers Haar streichen, mir eine Tasse heiße Schokolade machen und sagen, dass alles gut werden würde. Ich wollte wieder das kleine Mädchen sein, das sie geliebt hatte, und mich auf ihrem Schoß zusammenrollen.

»Ich bin Iris.« Meine Frau reichte ihr die Hand.

Mum nahm sie, dann sah sie mich an, und als der Groschen gefallen war, ließ sie Iris' Hand los.

»Hi«, sagte ich.

Dad tauchte hinter ihr auf, und alles in mir spannte sich an. Er sah erst Iris an und dann mich.

»Habe ich vergessen, dass ihr kommt?«, fragte er.

Sein Gesicht war wie ein Spiegel, denn äußerlich kam ich nach ihm: groß, mit schmalem Gesicht und heller Haut, die bei der geringsten Sonneneinstrahlung verbrannte – ganz anders als die Haut meiner Mutter, die einen schönen Oliventon annahm.

»Geh wieder rein«, sagte meine Mutter zu ihm.

»Oder hast du vergessen, es mir zu sagen?« Er sah sie vorwurfsvoll an.

»John, geh rein. Trink eine von den Tassen Tee, die du dir gekocht hast.« Sie stieß ihn sanft an.

»Tut mir leid, dass wir erst jetzt kommen«, sagte Iris.

Mum ignorierte sie und wandte sich stattdessen an mich. »Das ist kein guter Zeitpunkt.«

»Tut mir leid. Ich wusste nicht, dass ihr beschäftigt seid«, sagte ich.

»Wie auch? Du rufst ja nie an.«

»Aber jetzt sind wir hier«, sagte Iris mit der gnadenlos fröhlichen Stimme, die sie sich sonst für ihre Schüler aufhob. »Wie schön, dass wir Sie zu Hause antreffen. Wir dachten uns, wir schauen einfach mal auf einen Tee vorbei.«

»Von London schaut man doch nicht einfach mal vorbei«, entgegnete Mum.

Ich verkniff mir ein Schmunzeln.

»Aber wo ihr schon mal da seid«, sagte sie und trat zur Seite, »könnt ihr genauso gut reinkommen.«

Wir setzten uns ins Wohnzimmer, das sich nicht verändert hatte. Das braune Sofa mit den beiden passenden Sesseln, die beigefarbenen Kissen, die so aussahen, als wären sie noch nie benutzt worden, mit dem ordentlichen Knick in der Mitte. Die Tapete, die schon immer so ausgesehen hatte, als käme sie aus einem Pub, löste sich an den Rändern, aber das störte offensichtlich niemanden. Eine ansprechende Einrichtung hatte meine Mutter nie interessiert.

Möbel sehen alles: In ihnen verlieben und entzweien wir uns, verkünden gute und schlechte Nachrichten, halten uns an der Hand oder in den Armen. Sie stehen still da, schauen zu, ohne zu urteilen, und bewahren Erinnerungen in ihrem Material. Der Rotweinfleck von dem Moment, als die Arme vor Freude hochgeworfen worden waren, der Soßenfleck von dem letzten Weihnachten, als wir alle zu Hause gewesen waren, und das Brandloch von der Zigarette, als wir als Teenager heimlich eine Party veranstaltet hatten. Es war alles noch da, wie ein Stillleben.

Mein Vater saß in seinem Sessel, wo ich ihn auch immer vor meinem inneren Auge sah, wenn ich an ihn dachte. Er war ein lebendes Foto, immer in derselben Uniform aus Wollhose, Cordweste, kariertem Hemd und Krawatte, alles in Erdtönen. Mein Vater trug nie Blau, denn das war die Farbe meiner Mutter. Er verkörperte die Hügel, sie das Meer. Der einzige Unterschied an diesem Tag waren seine Füße. Während er früher immer lederne Schnürschuhe getragen hatte, hatte er jetzt Hausschuhe aus Stoff an. Das zeigte deutlicher als alles andere, dass die Dinge im Haus sich nicht verändert hatten, ihr Leben aber sehr wohl, zumindest in einer Hinsicht. Die Hausschuhe bedeuteten, dass das Leben außerhalb dieser vier Wände nichts mehr für ihn war. Mum hingegen hatte ihre Schuhe an.

Iris fasste meine Hand, und ich versteifte mich. Ich hatte in diesem Haus noch nie mit jemandem Händchen gehalten. Meine Eltern, die seit über vierzig Jahren verheiratet waren, zeigten ihre Zuneigung nie mit körperlichen Gesten, und die Male, als ich gesehen hatte, wie sie sich küssten, konnte ich an einer Hand abzählen. Berührungen, welcher Art auch immer, waren etwas für andere Leute.

»Sie haben einen sehr schönen Garten«, sagte Iris zu meinem Vater.

Er starrte auf unsere verschränkten Finger.

Mum kam mit dem Tee herein und hätte fast das Tablett fallen gelassen, als sie uns sah. Ich versuchte mich aus Iris' Griff zu befreien, aber sie hielt meine Hand fest. Es wäre viel schlimmer gewesen, wenn sie losgelassen hätte.

»Milch?«, fragte meine Mutter.

»Ja danke«, antwortete Iris.

»Du trinkst deinen immer noch schwarz, nehme ich an?«, sagte sie zu mir.

Es war eine so kleine, alltägliche Frage, dass sie eigentlich kaum als Frage zählte, aber da war sie, meine Kindheit. Aus diesen paar Worten konnte ich heraushören, wie verletzt sie war, weil ich nie angerufen hatte, dass sie mich vermisste und dass sie sich immer noch an mich erinnerte.

Die Minuten, während derer sie die Tassen verteilte und den Tee einschenkte, fühlten sich länger an als jede einzelne ihrer Kanaldurchquerungen.

Mum setzte sich auf die Kante ihres Sessels. Das war nicht der erste ungeplante Nachmittagstee, den sie servierte, und es würde vermutlich auch nicht der letzte sein. Mein Vater hatte schon immer die Angewohnheit gehabt, nach der Kirche Leute mit nach Hause zu bringen, nicht weil er sie gerne um sich hatte, sondern weil er mit ihnen gesehen werden wollte.

»Wie ist das Leben in London?«, fragte meine Mutter.

»Gut«, sagte ich.

Iris warf mir einen Blick zu. »Es ist wunderbar. Letzte Woche waren wir im Theater, und wir haben Karten für die neue Ausstellung in der Tate Gallery nächsten Monat.«

»Ich war noch nie im Theater«, sagte meine Mutter.

»Wie schrecklich! Kommen Sie doch mal mit, vielleicht übers Wochenende. Wir würden uns sehr freuen.«

Meine Mutter lächelte gezwungen. »Was für ein nettes Angebot.«

»Ich konnte mit dem Theater nie was anfangen«, sagte Dad. »Weiß nicht, wozu das gut sein soll.«

»Manchen Leuten gefällt es«, murmelte ich.

»Wie bitte?«, fragte er.

»Nichts.«

»Und was machen Sie gerne?«, fragte Iris in ihrer schönsten Lehrerinnenstimme.

»Ich glaube, wir sind uns noch nicht vorgestellt worden.« Seine Stimme war wie aus Eis.

»Ich bin Iris«, sagte sie.

»Und woher kennen Sie Harriet?«

Bevor eine von uns antworten konnte, sagte meine Mutter: »Sie ist eine Freundin von Harriet aus London.«

»Sie ist meine –«

»Arbeitskollegin«, warf Mum dazwischen. Sie schloss die Augen und schüttelte den Kopf. »John, holst du uns bitte die Kekse?«

»Was?« Er konnte den Blick nicht von Iris abwenden, die meine Hand noch fester umfasste.

Ich hatte vergessen, wie es war, wenn er einen auf diese Art anstarrte.

»John, die Kekse. Leg sie einfach auf einen Teller.«

Er runzelte die Stirn – zweifellos widerstrebte es ihm, Frauenarbeit zu übernehmen –, ging jedoch zu meiner Überraschung ohne ein Wort in die Küche.

Als er weg war, drehte sich meine Mutter um und sah mich unverwandt an. »Warum jetzt?«, fragte sie.

Es war eine gute Frage, aber ich konnte ihr nicht sagen, dass Iris mich praktisch entführt hatte, und ich konnte ihr auch nicht sagen, warum es anders nicht gegangen wäre. Ich konnte mir ja kaum selbst eingestehen, was ich dachte. Ich sah meine Mutter an und wagte es, zumindest im Stillen zu formulieren, was ich antworten würde, wenn ich könnte: Ich habe euch jahrelang nicht gesehen, Mum, meine Frau hat euch nie kennengelernt, und ich bin schwanger mit unserem ersten Kind, und der Abstand hat meine schlechten Erinnerungen verblassen lassen, und ich frage mich, ob du noch an mich denkst. Ich frage mich, ob du mich noch liebst und ob du mich noch als deine Tochter ansiehst, denn manchmal muss ich plötzlich an dich denken, und ich wünschte, ich könnte dir sagen, dass du mir fehlst. Obwohl sie zu meinem Vater gehalten hatte, als er mich hinauswarf, liebte ich sie immer noch.

Doch selbst wenn ich in der Lage gewesen wäre, ihr diese Dinge mitzuteilen, und selbst wenn sie bereit gewesen wäre, sie sich anzuhören, wäre es falsch gewesen, sie im Wohnzimmer zu sagen. Diese Antworten gehörten ans Meer.

Dad kam mit einer frischen Tasse Tee herein und wirkte überrascht, uns zu sehen, versuchte jedoch, es sich nicht anmerken zu lassen.

»Wo sind die Kekse, John?«

»Bitte?«

Mit einem Seufzer ging Mum zu ihm und flüsterte: »Kekse. Ich hatte dich in die Küche geschickt, um Kekse zu holen.« Sie wollte ihm die Tasse abnehmen, doch er ließ nicht los.

»Was soll das?«, fragte er.

»Du hast schon eine Tasse.« Sie deutete auf den Sofatisch.

Er schaute darauf und dann auf die Tasse in seiner Hand. »Die ist kalt.«

»Nein, ist sie nicht.«

»Woher willst du das wissen?«

»John, bitte.« Sie strich sich die Haare aus der Stirn. »Die Kekse.«

Er versuchte, es mit einem Lachen abzutun. »Wie dumm von mir. Braucht jemand noch heißes Wasser?«

Ich schüttelte den Kopf, und Mum drehte ihn Richtung Küche. Es sind die kleinen Details, die uns verraten.

»Was ist hier los?«, fragte ich.

»Nichts. Alles in Ordnung.«

Aus der Küche ertönte ein Poltern, als wäre etwas aus dem Küchenschrank gefallen, und dann die Stimme meines Vaters. Ich stand auf, doch Mum bremste mich.

»Lass ihn.«

»Ich will bloß mal schauen, ob er Hilfe braucht.« Ich hätte nie gedacht, dass ich diesen Satz mal aussprechen würde. Aber da kam er bereits zurück ins Wohnzimmer. Ohne uns zu beachten, ging er an uns vorbei und die Treppe hinauf. Trotz der Bemerkung meiner Mutter folgte ich ihm.

»Alles in Ordnung, Dad?«, fragte ich von unten, während er sich am Geländer festhielt.

Er brummelte etwas, das ich nicht verstand.

Als ich mich wieder umdrehte, hatte meine Mutter die Augen geschlossen, ihre Schultern hingen herab, und sie sah alt und müde aus. Das war die Frau, die meinen Bruder und mich großgezogen hatte, die durch den Ärmelkanal geschwommen war. Mit dieser Körpersprache war sie nicht wiederzuerkennen.

Aus dem Augenwinkel sah ich, wie Iris den Kopf wandte und die Bewegungen meines Vaters aufmerksamer verfolgte als zuvor.

»Was macht er denn jetzt?«, fragte ich.

Mum lehnte sich erschöpft zurück. »Ich weiß es nicht.«

Ich senkte den Blick und wünschte, wir wären nicht hergekommen.

Mum zog ihre ausgeleierte graue Strickjacke fester um sich. »Er ist in letzter Zeit nicht immer er selbst. Neulich, als ich vom Schwimmen zurückkam, hatte er sämtliche Tassen im Haus benutzt. Und als Erstes fragte er mich, wieso es keine sauberen Tassen gäbe. Sie standen überall.« Während sie sprach, blickte sie hinaus in den Garten.

Iris holte Luft, und ich wusste, sie wollte meiner Mutter ein paar tröstende Worte sagen, doch ich trat zu ihr und drückte fest ihre Hand. Im gleichen Moment ging mir durch den Kopf, dass wir uns in all den Jahren, die wir nun schon zusammen waren, vermutlich noch nie so lange an den Händen gehalten hatten.

»Das Haus wird allmählich zu groß«, sagte Mum. »Mit dir in London und Iain in Sydney –« Sie ging zum Kaminsims und strich über den Rahmen, in dem eines der wenigen Familienfotos steckte, die es von uns gab. Es war unten an der Shakespeare's Bay aufgenommen worden, am Tag nachdem Mum das erste Mal versucht hatte, nach Frankreich zu schwimmen, und es nicht geschafft hatte. Mein Bruder und ich lächelten, aber man konnte sehen, dass wir es nur für die Kamera taten. Mein Vater hatte beschützend den Arm um Mums Schultern gelegt, und meine Mutter sah fix und fertig aus.

»Warum steht das hier?«, fragte ich.

»Dein Vater erinnert sich gerne an die guten alten Zeiten«, antwortete sie.

Ich wusste nicht, ob ich gerührt sein sollte, weil es da stand, oder verletzt und wütend, weil mein Vater nur mein altes Ich vermissen konnte.

»Wie geht's Iain?«, fragte ich, um Konversation zu machen und meine Gedanken von einer Richtung abzulenken, die den Nachmittag nur noch schwerer machen würde, als er es ohnehin schon war.

»Gut, nehme ich an. Er hat sich länger nicht gemeldet.«

Und genau das war das Problem. Sie saßen hier und warteten darauf, dass die Neuigkeiten zu ihnen kamen. Sie wären nie auf die Idee gekommen, den Hörer in die Hand zu nehmen, um zu plaudern und in Kontakt zu bleiben. Das war nicht ihre Aufgabe. Wenn es etwas Berichtenswertes gab, würde man sie schon anrufen.

»Er hat viel zu tun«, sagte sie.

Sie wandte sich von dem Foto ab, und als sie sich setzte, ertönte von oben ein fürchterliches Krachen.

Sie sprang auf, rief den Namen meines Vaters und stürzte los. Wir folgen ihr, und es hatte etwas Tröstliches zu sehen, wie sie die Treppe hochlief.

Dad saß im Schlafzimmer auf dem Fußboden, umgeben von Kleidern, Kartons und Koffern.

»Was ist bloß los mit dir?«, fauchte meine Mutter.

»Ich habe etwas gesucht.«

Sie begann, die Sachen aufzuheben, und warf sie achtlos in den Schrank, was ihr gar nicht ähnlich sah. »Das muss aufhören. Wir haben das doch schon besprochen. Wenn du etwas haben willst, frag mich, und ich gebe es dir.«

»Rede nicht mit mir, als wäre ich ein Kind.«

»Dann hör auf, dich wie eins zu benehmen.«

Als ich diesen intimen Moment zwischen meinen Eltern mitbekam, wäre ich am liebsten so schnell wie möglich zurück nach London geflüchtet. Er brachte mich auf die Frage, was sie sonst noch für ihn tat und was sie künftig für ihn würde tun müssen. Ich war noch nicht bereit dafür, dass meine Eltern anfingen, sich zu verlieren.

Mit einem verlegenen Lachen sagte mein Vater: »Tja, so wirst du mich jetzt wohl in Erinnerung behalten, was?«

Ich konnte nichts darauf erwidern.

Mum half ihm aufzustehen. »Wer ist denn deine Freundin?«

»Das ist Iris, Dad.«

Er lächelte. »Hübscher Name.« Er verhielt sich, als hätte die vergangene Stunde nicht stattgefunden. »Na, wie wär's mit einer schönen Tasse Tee?« Ohne auf die Antwort zu warten, ging er nach unten.

Ich berührte meine Mutter am Arm. »Was ist mit ihm?«

Sie schwieg, bis Iris hinausging, um Dad mit dem Tee zu helfen.

»Stress«, sagte sie dann.

»Wirklich?«

Sie faltete die alte blaue Decke zusammen und legte sie auf das Fußende des Bettes. Es war dieselbe Decke, die ich ihr um die Schultern gelegt hatte, nachdem wir sie bei dem ersten Kanaldurchquerungsversuch ins Boot gehievt hatten.

»Ein hübscher Name? Ist das alles, was ihm einfällt?«

Mum nickte. »Das ist das erste Mal, dass ich darin auch einen Vorteil sehe.«

Ohne nachzudenken, fragte ich: »Worin?« Ich wollte, dass sie der Sache einen Namen gab.

Doch ihr musste klar gewesen sein, was ein Name bedeuten würde, denn sie erwiderte nur: »Im Altwerden.«

»Ist mit ihm alles in Ordnung?«

Sie zuckte die Achseln auf dieselbe Art wir früher, wenn ich sie gefragt hatte, wie es war, so weit zu schwimmen – gleichgültig, als wollte sie mir sagen, darum geht es gar nicht.

»Bist du schwanger?«, fragte sie.

Ich wurde rot und legte eine Hand auf meinen Bauch. Dabei war noch gar nichts zu sehen.

All das war zu viel für mich, und als sie mich ansah und auf eine Antwort wartete, hatte ich das Gefühl, ich würde gleich in Tränen ausbrechen. Ich wollte das Unmögliche: dass wir noch einmal zu dem Weihnachtsessen zurückkehrten und sie anders reagierten.

Sie schob die Kartons nebeneinander in den Schrank und ließ ihre Hand einen Moment dort liegen, als müsse sie sich wappnen für das, was nun kam.

»Folsäure. Du brauchst Vitamine.«

»Ich nehme ein Multivitaminpräparat.«

Ich hob einen abgewetzten Lederkoffer auf und hielt inne. »Hat er den gesucht?«

Sie lächelte. »Das ist eine von seinen Marotten.«

»Was meinst du damit?«

»Meistens sind es nur die Tassen mit Tee, aber es macht mich wahnsinnig.« Sie seufzte. »Ich mache mir mittlerweile Sorgen, wenn ich ihn zu lange allein lasse.«

»Warum?«

Sie zog ihre Strickjacke zurecht und strich den Rock glatt. »Ich weiß einfach nie, was mich zu Hause erwartet.« Ihre Stimme klang angespannt, und sie stopfte die restlichen Sachen in den Schrank, ohne sie zusammenzulegen. Offensichtlich rechnete sie damit, das bald erneut machen zu müssen.

Ich dachte an Iris und ihre Familie, an die wöchentlichen Telefonate und daran, wie ihr Gesicht aufleuchtete, wenn sie ihre Stimmen hörte. Wie sie miteinander lachten und einander neckten und einander von Grund auf kannten. Ich kannte die Telefonnummer meiner Eltern und sonst so gut wie nichts.

Meine Mutter legte den Koffer auf ihren Schoß und strich über das salzgefleckte Leder, als wäre es ein alter Freund.

»Den nimmt er immer mit. Aufs Boot, wenn ich schwimme.« Sie klappte ihn auf und kramte in den Sachen, die für einen Uneingeweihten aussahen wie nutzloser Krempel, nahm ein altes Einmachglas mit Kieselsteinen heraus und hielt es in das Licht, das durchs Fenster hereinfiel.

»Ein Kiesel für jede Durchquerung«, sagte sie zu sich selbst.

Ihren ersten Versuch, den Kanal zu durchschwimmen, würde ich nie vergessen. Ich hatte darum gebettelt, dass ich zusammen mit meinem Vater im Begleitboot mitfahren durfte. Ich wollte dabei sein – sie hatte so viel Zeit im Meer verbracht, dass ich überzeugt war, sie mochte es lieber als uns. Ich wollte sehen, wie es da draußen war, weg von Dover, das nach ihr rief.

Mitten in der Nacht, eine Stunde vor Hochwasser, waren wir zum Hafen hinuntergefahren, und meine Mutter hatte ihre letzten Vorbereitungen getroffen: noch mal alles mit dem Lotsen durchgesprochen, meinen Vater beruhigt und sich mit einem stinkenden Fett eingerieben. Ich stand am Flutsaum und schaute hinaus auf den Kanal, aber ich sah nur eine große Schwärze. Das Wasser und der Nachthimmel verschmolzen miteinander und schienen alles zu verschlingen. Ich hatte keine Ahnung, wie wir meine Mutter im Auge behalten sollten, wenn man absolut nichts sah.

Ich stieg mit meiner Mutter, meinem Vater, dem Lotsen und einem Mann von der Federation ins Boot, und wir fuhren zur Shakespeare's Bay. Als wir ungefähr fünfzig Meter vom Ufer entfernt waren, glitt meine Mutter ins Wasser, und wir warteten, bis sie ans Ufer geschwommen war. Sobald sie zehn Schritte vom Flutsaum entfernt war, winkte sie, und der Mann von der Federation winkte zurück, und das war das Zeichen für den offiziellen Beginn der Durchquerung.

Ich hörte, wie sie sich im Wasser bewegte; ihr Körper machte ein rhythmisches Geräusch, als sie zu schwimmen begann. Es klang ähnlich wie das der Wellen, die gegen den Rumpf des Boots schwappten, aber gleichmäßiger. Ich saß mit dem Rücken an die Reling gelehnt da und hörte zu, wie sie schwamm, bis der Himmel sich heller färbte und ich sie im Meer sehen konnte. Ihre Arme bewegten sich in einem fort, und wenn sie den Kopf Richtung Boot wandte, um Luft zu holen, sah sie glücklich aus, friedvoll.

Im Wasser war sie ein anderer Mensch. An Land konnte sie manchmal ungeschickt sein, aber im Wasser hatte sie Kraft und Eleganz. Iain hatte oft gemeint, sie wäre eine Meerjungfrau, und als ich sah, wie sie durch die Wellen glitt, fragte ich mich, ob er damit vielleicht recht hatte.

Doch wie sich zeigte, war die Tätigkeit als Helferin bei einer Kanaldurchquerung nicht so spannend, wie ich es mir in meiner zwölfjährigen Fantasie ausgemalt hatte. Im Wesentlichen bestand sie darin, einen Becher mit Tee oder Brühe am Ende einer Stange zu befestigen und ihn ihr hinzuhalten, als wäre sie ein zahmer Seehund. Das Einzige, was ich sonst noch zu tun hatte, war, mich zu vergewissern, dass sie nicht zu erschöpft war oder anfing zu frieren. Das erschien mir nicht allzu schwer, nachdem der Lotse meinem Vater und mir erklärt hatte, worauf wir achten sollten.

Gewissenhaft schaute ich immer wieder auf die Armbanduhr, die meine Mutter mir extra zu diesem Zweck gegeben hatte. Wir waren schon seit Stunden auf dem Boot, als die Sonne aufging, und ich staunte über die riesigen Tanker am Horizont.

»Mum!«, rief ich über die Reling und wedelte mit den Armen.

Sie kam näher ans Boot, wobei sie jedoch sorgsam darauf achtete, es nirgends zu berühren, denn dann würde sie sofort disqualifiziert.

Es war wunderschön da draußen, mit nichts als Wasser in allen Richtungen und der Sonne, die die Unterseite der Wolken in all den Orange-, Rosa- und Gelbtönen aufleuchten ließ, die ich sonst nur am Abend zu sehen bekam.

»Wie ist es?«, fragte ich sie.

Sie schob ihre Schwimmbrille hoch und ließ sich auf dem Rücken treiben. Die Brille hatte die Haut innerhalb der Gummiränder so stark angesogen, dass sie richtige dunkellila Flecken hinterließ.

»Wie fühlst du dich?«, fragte mein Vater, der neben mir stand. »Es ist Zeit, etwas zu essen.«

Sie hatte es nicht eilig, unseren Forderungen zu entsprechen, und ließ sich von den leichten Wellen umspielen. Doch schließlich richtete sie sich auf und schwamm zu der Stange, die jetzt mein Vater in der Hand hielt .

»Wie heißt die Straße, in der du aufgewachsen bist?«, fragte er.

»Mir geht's gut, John.«

»Sag mir den Namen der Straße.«

Ich sah, wie sie langsam mit den Armen ruderte, und wusste, dass sie mit ihren Gedanken anderswo war.

»Ardent Road.«

»Wann haben wir geheiratet?«

»Nachmittags.«

»Martha.«

Sie sagte: »Du warst doch dabei, weißt du das etwa nicht mehr?«

»Ich frage dich nicht zu meiner eigenen Erbauung«, entgegnete er. »Ich frage dich, um mich zu vergewissern, dass du fit genug bist, um weiterzumachen.«

»Das entscheide ich schon selbst.«

Mein Vater hielt sich an der Reling fest, beugte sich so weit vor, wie es ging, und spähte mit zusammengekniffenen Augen in ihr Gesicht, während er ihr den Becher mit der Brühe hinhielt. Doch meine Mutter ignorierte das alles und blickte geradeaus nach Frankreich.

»Martha«, sagte mein Vater in dem Tonfall, den er sich sonst für meinen Bruder und mich aufsparte, wenn wir seine Geduld besonders hart auf die Probe stellten. Er schwenkte die Stange und versuchte, Mums Aufmerksamkeit auf sich zu lenken.

»John«, erwiderte sie. »Wir haben im Herbst geheiratet, und du hattest einen dunkelblauen Anzug mit einer gelben Krawatte an und neue Schuhe, von denen du Blasen gekriegt hast, und als wir von der Kirche zum Empfang gefahren sind, hast du deine Schuhe und Socken ausgezogen, und ich habe dir Pflaster an die Fersen geklebt. Und wir haben gelacht, weil deine Socken Löcher hatten.«

»In welchem Jahr war das?«, rief er über die Reling.

Sie griff nach dem Becher, doch ihre Finger berührten ihn nur kurz, dann entglitt er ihr. Mein Vater hielt die Stange so ruhig, wie es nur ging, aber das Meer veränderte sich, und der Wellengang wurde stärker.

»Mum!«, rief ich, so laut ich konnte.

Sie streckte erneut den Arm aus, und es sah aus wie in Zeitlupe. Vorher war ihr Arm aus dem Wasser geschossen wie ein Hai, der seine Beute angreift, und die Brühe war innerhalb von Sekunden in ihrem Mund, aber jetzt schwamm sie langsam und achtlos; die Zielstrebigkeit ihrer Bewegungen war verschwunden.

Wieder rief ich ihren Namen, und als sie nicht reagierte, wandte ich mich zu meinem Vater um, der so weiß war wie die Kalkfelsen, die über das Ufer von Dover wachten. Selbst wenn uns beiden die Eleganz, die meine Mutter im Wasser besaß, nicht so vertraut gewesen wäre, hätten wir gewusst, dass da etwas nicht stimmte.

Zwei Möwen kreisten um das Boot und forderten kreischend Nahrung, als ich sah, wie der Kopf meiner Mutter – nur von einer gelben Badekappe geschützt – unter der Oberfläche verschwand. Ich wartete darauf, dass er wieder auftauchte, und zählte lautlos die Sekunden, und dann merkte ich, dass ihre Beine sich nicht mehr bewegten.

»Mum!«, schrie ich.

Ich spürte, wie mir die Säure aus dem Magen hochkam, und dachte, ich müsste mich übergeben. Ich starrte auf das Wasser und versuchte, nicht an das Schlimmste zu denken, aber immer wieder stellte ich mir vor, wie meine Mutter im Meer verschwand.

»Tu doch was!«, brüllte ich meinen Vater an, der wie angewachsen dastand und aufs Wasser starrte.

Gischt spritzte aufs Deck, durchnässte uns und machte es unmöglich, irgendetwas zu erkennen. Viel schlimmer war jedoch, dass wir bei dem Tuckern des Motors und dem Klatschen der Wellen gar nicht hören würden, wenn meine Mutter um Hilfe schrie.

»Wir müssen Mum retten!«

»Lauf und hol den Lotsen.«

Ich rannte los, und kurz darauf standen wir alle an der Reling, riefen und hielten Ausschau nach meiner Mutter. Und dann sah ich den gelben Punkt ihres Kopfes.

»Mum!«, schrie ich und zeigte in die Richtung.

Der Lotse schnappte sich den Rettungsring und warf ihn ihr zu, doch anstatt darauf zuzuschwimmen, paddelte sie davon.

»Martha, halte dich fest!«

Als sie uns weiter ignorierte, fing mein Vater an, mit den verschiedenen Behältern mit Tee und Brühe nach ihr zu werfen, aber sie schwamm weiter, bis eine davon sie fast am Kopf traf.

»Was machst du denn?«, rief sie undeutlich.

»Komm raus«, befahl er.

Sie schüttelte den Kopf.

»Du wärst fast ertrunken!«

Sie schnappte nach Luft, dann tauchte sie mit dem Gesicht wieder unter und schwamm weiter, aber es sah so aus, als käme sie überhaupt nicht vom Fleck.

»Martha, stopp!«

Er sah sich nach weiteren Dingen um, die er werfen konnte, fand jedoch nichts, und ein paar Züge später hielt meine Mutter tatsächlich inne und wartete darauf, dass er etwas sagte.

Diesmal wählte er seine Worte sorgfältig. »Du bist zu langsam.«

»Alter Nörgler.«

Er musterte sie und suchte nach einem Grund, aufzugeben und aus dem Wasser zu kommen, den sie akzeptieren würde. »Ist dir kalt?«

»Mir geht's gut.«

Ihre Stimme klang, als wäre sie betrunken, und es war offensichtlich, dass sie sich auf nichts mehr konzentrieren konnte.

Mein Vater beugte sich zu mir hinunter. »Sag dem Lotsen, sie kommt jetzt raus. Er soll das Boot so nah wie möglich an sie heransteuern.«

Ich tat es, und das Boot bewegte sich langsam auf sie zu.

»Martha, du musst jetzt rauskommen.«

Sie schüttelte den Kopf.

»Das ist gefährlich.«

Sie sah uns mit benommener Miene an, und Dad beugte sich hinunter und streckte ihr die Hand entgegen. Sie schwankte ohne jede Kontrolle hin und her, und ich hatte die schreckliche Ahnung, dass sie untergehen und von uns wegtreiben würde. Es sah nicht so aus, als hätte sie genug Kraft, um sich aus dem Wasser zu ziehen, selbst wenn sie es gewollt hätte.

Dad konnte nicht schwimmen, und der Lotse musste das Boot steuern, also tat ich, was meiner Ansicht nach unsere letzte Chance war. Ich zog Schwimmweste, Schuhe und Pullover aus, doch gerade als ich über die Reling klettern wollte, packte mein Vater mich am T-Shirt und zog mich wieder zurück auf das Deck.

»Was machst du denn?«

»Sie braucht Hilfe!«

Dann hörten wir sie vom Fuß der Leiter rufen. Dad beugte sich hinunter, fasste sie unter den Achseln und hievte sie an Deck, als wäre sie ein riesiger Fisch, mit dem er gerade gekämpft hatte. Er fiel rückwärts, und sie landete halb auf ihm. Sie rang keuchend nach Luft, und ich half ihm, den Rest von ihr mit auf das Boot zu ziehen. Noch nie hatte ich Haut berührt, die so kalt war. Ihre Hände anzufassen war, wie etwas aus dem Eisfach zu holen.

Worauf ich nicht gefasst war, waren die Abschürfungen. Da, wo die Träger ihres Schwimmanzugs die Haut berührt hatten, klafften schreckliche Wunden, die aussahen wie Knie, die immer wieder aufgerissen worden waren, ohne zwischendurch heilen zu können. Ihre Lippen waren geschwollen, und sie hatte rote Stellen im Gesicht, die, wie ich später erfuhr, von einer Qualle stammten, die ihr gleich am Anfang in den Weg geraten war.

Gemeinsam halfen Dad und ich ihr zu dem Berg aus Fischernetzen, wo wir sie hinlegten und in Decken hüllten. Ich kuschelte mich eng an sie, um sie so gut wie möglich zu wärmen.

Das Erste, was sie sagte, war nicht: Danke. »Wie weit bin ich gekommen?«

»Ein Drittel der Strecke«, antwortete mein Vater.

Sie erwiderte nichts darauf, aber als wir nach Hause fuhren und ich mit dem Kopf auf ihrer Brust lag, froh, ihren Herzschlag und das Tuckern des Motors zu hören, spürte ich, wie ihr Körper bebte, und ich wusste, dass sie weinte.

Ein paar Tage später, als sie mir Zöpfe flocht, fragte ich sie, warum sie es getan hatte.

»Weil ich es wissen wollte«, sagte sie, als wäre es offensichtlich, als wäre das, was in diesen kleinen Wörtern verborgen war, so einfach, dass selbst jemand in meinem Alter es verstehen konnte.

»Aber du wärst beinahe ertrunken«, sagte ich.

»Bin ich aber nicht.«

»Aber was, wenn du ertrunken wärst?«, entgegnete ich und riss ihr meine Haare aus der Hand. »Was, wenn du tot wärst?«

Sie drehte mich zu sich herum, legte die Hände auf meine nackten Knie und sah mir direkt in die Augen.

»Harry«, sagte sie. »Ich hoffe, eines Tages spürst du, wie es sich anfühlt, wenn man etwas absolut und unbedingt wissen will.«

Als alles, was Dad aus dem Schrank gezogen hatte, wieder verstaut war, lehnte meine Mutter sich an das Bett.

»Weißt du es jetzt?«, fragte ich.

»Hm?«

»Damals nach deinem ersten Versuch habe ich dich gefragt, warum du es getan hast, und du hast gesagt, weil du es wissen wolltest.«

Unter dem Schrank lugte eine alte Postkarte hervor, auf der etwas Französisches stand. Sie hob sie auf, betrachtete sie einen Moment und lächelte. »Ja.«

Ich hätte sie gerne gefragt, was sie wissen wollte und ob es die Strapazen wert gewesen war, aber unten wurden die Stimmen lauter, und so gingen wir nachsehen. Wir fanden Iris und Dad auf dem Sofa vor, lachend über ein altes Fotoalbum gebeugt.

»Das ist Harriet auf ihrem Fahrrad«, sagte Dad.

Mum und ich standen in der Wohnzimmertür, und ich glaube, wir trauten beide unseren Augen nicht. Offensichtlich hatte Iris als Grundschullehrerin wirklich ihre Berufung gefunden; sie lauschte den Geschichten meines Vaters, als wären sie das Faszinierendste, was sie je gehört hatte. Die Szenerie war auf gefährliche Weise schön, denn in Gedanken sah ich ihn bereits unser Baby im Arm halten, während Iris nach dem sonntäglichen Mittagessen in den Fotoalben blätterte.

Es war ein zerbrechlicher Moment, und ich wusste, das Beste war, ihn einfach zu genießen, solange er dauerte. Es sah aus wie die ehrliche, moderne Variante einer Familie. Ohne nachzudenken, glaubte ich daran und umarmte Iris und küsste sie auf die Wange. Anscheinend empfand sie dasselbe, denn sie wandte den Kopf zu mir, und wir küssten uns auf den Mund.

Es war leichtsinnig, und es war der beste Kuss meines Lebens.

Das Geräusch, wie mein Vater japsend nach Luft und Worten

rang, zerstörte den Zauber des Augenblicks und verwandelte ihn in etwas Vertrautes. Dad stand auf und stolperte rückwärts, und Iris streckte die Hand aus, um ihn festzuhalten, doch er stieß sie weg und fiel hin. Der Ausdruck von Überraschung, Schock und Verletztheit auf seinem Gesicht hatte nichts mit dem Sturz zu tun.

Ich wusste, was jetzt kam, und weil ich Iris das ersparen wollte, fasste ich sie an der Hand und zog sie Richtung Haustür.

»Harriet!«, brüllte mein Vater, als ich die Tür öffnete.

Auf dem Weg durch den Vorgarten zum Auto legte ich den Arm um Iris' Schultern, um sie vor alldem zu beschützen, was ich mir nie wieder antun wollte.

Ich öffnete die Beifahrertür. »Steig ein.«

»Harry«, sagte sie sanft.

Ich antwortete nicht, sondern drehte mich noch einmal zum Haus, um es mir, wie ich dachte, ein letztes Mal anzusehen. Ich zwang mich, an die schönen Zeiten zurückzudenken, als wir gelacht und einander so akzeptiert hatten, wie wir waren. Damals, als ich zu jung war, um eine Enttäuschung zu sein.

In dem Moment kam meine Mutter aus der Tür gelaufen, eine Schaufel und eine Plastiktüte in der Hand. »Warte!«

Sie lief zum Myrtenstrauch, bückte sich und fing an zu graben.

»Mum«, sagte ich und ging zu ihr.

Sie riss einen Zweig mit kleinen rosa Blüten aus dem Boden, und Erde rieselte aus seinen Wurzeln, als sie ihn hochhielt. Sie gab mir die Tüte und bedeutete mir, sie aufzuhalten.

»Was machst du da?«

»Iris ist das, was du wissen wolltest, nicht?«

»Ich weiß nicht, wovon du sprichst.«

»Du hast mich doch damals gefragt, warum ich durch den Kanal schwimmen wollte.« Sie biss sich auf die Unterlippe. »Es geht um sie, stimmt's?«

Ich brauchte einen Moment, aber dann verstand ich: Es war damals nicht um das Meer gegangen, sondern um einen Teil von ihr. Ich konnte nur nicken. Sie fingerte an einer der Blüten herum. »Dann weißt du es also, nicht?«

»Martha!«, donnerte mein Vater von der Haustür.

Ich sah zu ihm, aber sie griff mich sanft am Kinn und drehte meinen Kopf wieder zu sich.

»Jedes Mal, wenn ich schwimmen gehe, lege ich meine Sachen unter denselben Myrtenstrauch. Er kriegt seine Kraft vom Meer.«

»Genau wie du«, sagte ich.

Ihre Augen wurden feucht. »Und du kriegst deine Kraft von Iris.«

Ich nickte.

»Nimm das hier mit«, sagte sie. »Für den Fall, dass du dich je fragst, ob es die Strapazen wert ist.«

Wir standen da, mit der Pflanze zwischen uns, zwischen meinem Vater und meiner Frau und der Vergangenheit und der Zukunft, und für einen kurzen Moment waren meine Mutter und ich gemeinsam in der Gegenwart, zwei Frauen, die wussten, was es hieß, wenn man etwas unbedingt tun musste.

»Wann kommt das Baby?«

»Im September.«

»Harriet«, sagte sie und umarmte mich kurz. Ich spürte, wie die winzige Wölbung meines Bauchs gegen ihren drückte, und schlang die Arme um sie.

Ich zwang mich, nicht zu weinen, als ich ins Auto stieg. Ich hörte, wie sie etwas zu meinem Vater sagte, verstand aber nicht, was, und ich musste an den Abend zurückdenken, bevor sie wieder mit dem Schwimmen angefangen hatte, als ich oben an der Treppe gesessen und gehört hatte, wie die beiden in der Küche stritten; damals war sie für sich eingetreten und für das, was ihr am wichtigsten war.

Meine Eltern standen im Eingang meines einstigen Zuhauses, sahen zu uns herüber und warteten darauf, dass wir aufbrachen. Wenn jemand in dem Moment vorbeigefahren wäre, hätte er eine normale Familie beim Abschied gesehen. Nur wir wussten, dass das nicht so Normale in den Tiefen unserer Schränke versteckt und in der Erde am Ende unseres Gartens vergraben war.

Ich hatte die Hand schon am Zündschlüssel und wollte losfahren, aber etwas ließ mich innehalten. Ich hatte das Gefühl, dass ich es meiner Mutter nach all den Jahren schuldig war, mich auf ihre Seite zu stellen, gegen die Ansichten meines Vaters darüber, was richtig und was falsch war.

Ich stieg noch einmal aus und lehnte mich über das Dach unseres Autos. »Denk dran«, sagte ich. »Wir sind gekommen, weil wir es wissen wollten.«

Als wir die Straße hinunterfuhren, sah ich zu Iris hinüber, legte meine Hand auf ihre und drückte sie. »Danke.«

Bei unserer Ankunft zu Hause war es dunkel, und wir waren hungrig und erschöpft. Während Iris etwas fürs Abendessen zusammenkochte, topfte ich den Myrtenzweig ein, in der Hoffnung, dass er wachsen und die Tradition der Frauen in unserer Familie weitertragen würde.

Meine Hände waren voller Erde, und als ich die Pflanze anschaute, sah ich den Gesichtsausdruck meiner Mutter während unseres Aufbruchs vor mir; es war derselbe, wie wenn sie aufs Meer hinausblickte.

John fragt

JOHN, 1955

Das Mädchen, das im Blumenladen hinter dem Tresen stand, grinste, als ich das Ansteckstäußchen abholte.

»Ein besonderer Tag?«, fragte sie mit der wissenden Erregung, die offenbar alle Frauen in bestimmten Situationen verspürten. Es machte mich nervös; es war, als wären sie alle über unsichtbare Drähte miteinander verbunden, oder über eine Frequenz, die Männern nicht zur Verfügung stand. Bei so einem Anlass wussten sie genau, was zu tun war, was man dazu anzog und was geschehen würde. Wir Männer hingegen – und ich noch mehr als die meisten anderen – schienen uns irgendwie durchzuwurschteln und landeten immer wieder in verwirrenden Situationen, unfähig, auch nur die grundlegendsten gesellschaftlichen Feinheiten aufzunehmen. Das, so hatte ich von meinem Vater gelernt, war einer der Vorzüge der Ehe.

»Seien Sie vorsichtig, wenn Sie es an ihrem Kleid befestigen. Mein Freund hat mich dabei schon gestochen.«

Ich starrte auf meine Schuhe und betete, dass sie aufhören würde zu reden, damit ich gehen konnte.

»Was ist es denn für ein Anlass?«

Ich legte meine Brieftasche auf den Tresen, und sie gab mir das Sträußchen: eine rote Rose, umgeben von genau der richtigen Menge Schleierkraut. Instinktiv schnupperte ich daran, und da wurde mir bewusst, dass dieser Abend die erste Erinnerung an Martha sein würde, bei der sie nach etwas anderem roch als nach dem Meer.

Der Fußweg zum Haus von Marthas Eltern würde nicht so lange dauern, wie ich eingeplant hatte, selbst wenn ich einen Umweg nahm und so langsam ging wie nur möglich. Es war erst vier Uhr nachmittags, und in meiner Wohnung fiel mir die Decke auf den Kopf; dorthin wollte ich nicht zurück. Also machte ich mich trotzdem auf den

Weg zu Marthas Eltern und versuchte, mich nicht darum zu scheren, dass ich zu eifrig oder zu ungeduldig wirken könnte.

Während ich die Straße entlangging, betrachtete ich alles aufmerksamer als sonst, denn wenn alles so lief wie geplant, würde dieser Weg nicht länger ein Teil meines Lebens sein. Ich zwang mich, Dinge wahrzunehmen, die Martha vielleicht auffallen würden: die Wäsche, die bei den Thomas zum Trocknen hing, was bedeutete, dass es Mrs Thomas offenbar wieder besser ging und die Familie nicht mehr so viel Hilfe brauchen würde. Bei den Andersons stapelten sich die Tageszeitungen vor der Haustür, was bedeuten könnte, dass er wieder zu einem unsittlichen Wochenende nach Blackpool gefahren war. Welchen Tratsch würden Martha und ich künftig austauschen? Was würde die neue Nachbarschaft uns bringen, wenn wir verheiratet waren und unser eigenes Zuhause hatten?

Allein die Vorstellung war aufregend. Zu wissen, dass ich, wenn ich mich von meiner Arbeit unten in der Hafenverwaltung auf den Heimweg machte, nicht von etwas weg-, sondern auf etwas zugehen würde; dass zu Hause die Frau wartete, die ich liebte.

Als ihre Mutter die Tür aufmachte, sah sie überrascht aus. »John«, sagte sie. »So früh hatten wir dich gar nicht erwartet.«

Es war ungewöhnlich, dass sie mich nicht sofort hereinbat, aber ich versuchte, darin kein schlechtes Omen zu sehen. »Es ist so schönes Wetter, Mrs Munro. Ich dachte mir, Martha und ich könnten vielleicht noch einen Spaziergang machen, bevor wir essen gehen.«

Marthas Mutter biss sich auf die Unterlippe und blickte nervös über die Schulter.

»Ist alles in Ordnung?«, fragte ich.

»Hmm, ja«, sagte sie und nestelte an ihrem Armband herum. »Alles bestens. Nur leider ist Martha noch nicht zurück.«

»Wie bitte?«

Mrs Munro lächelte gezwungen. »Sie ist kurz weggegangen.«

»Weggegangen?«

»Sie ist bestimmt bald wieder da. Kommen Sie rein.« Sie hielt mir die Tür auf und bedeutete mir, ins Wohnzimmer zu gehen, wo Marthas Vater vermutlich wie immer auf dem Sofa saß und in eine ungewisse Ferne starrte.

Ich betrat den Raum mit den zugezogenen Vorhängen und der abgestandenen Luft und setzte mich auf die Kante des braunen Cordsofas.

»Richard«, sagte Marthas Mutter. »John ist zu früh gekommen.«

Sie hatte verschiedene Stimmen für mich und ihren Mann. Wenn sie mich meinte, sprach sie in einem Singsang, bei dem ich mir immer vorkam wie ein Kind. Aber wenn sie mit Richard sprach, veränderte sich ihr Tonfall, und alles, was ich hörte, waren Jahre voller Ermahnungen und Frustration.

Richard sah zu mir und nickte mit der Sparsamkeit eines Mannes, der nicht mehr Energie verschwenden wollte als unbedingt nötig. Martha hatte mir erzählt, dass er endlose Stunden in diesem Zimmer saß und durch einen schmalen Spalt zwischen den Vorhängen in den Garten hinausschaute. Letztere hatte er, weil es wärmer geworden war, vor Kurzem ausgetauscht; statt schwerer Wolle hing jetzt Spitze vor dem Fenster, was den Raum in ein besonderes, traumartiges Licht tauchte.

Das Wohnzimmer war sein Reich. Marthas Mutter hatte alles andere unter ihrem Regime, aber sie wagte es nicht, hier hereinzukommen und die Gedanken ihres Mannes zu stören. Als ich zum ersten Mal hierhergekommen war, um Martha abzuholen, hatte sie mich ihren Eltern auf dem neutralen Terrain des Flurs vorgestellt. Im Laufe der Zeit begriff ich, dass Richard nach und nach alle Gebiete abgetreten hatte, mit Ausnahme dieses Zimmers. Es blieb als einziges verschont von den unablässigen Verschönerungsattacken seiner Frau, zu denen unter anderem Wände in einem grellen, glänzenden Weiß gehörten, die unablässig kontrolliert werden mussten, um stets makellos zu strahlen. Außerdem wurde kategorisch alles verbannt, was dunkel, schwer, langweilig oder freudlos aussah. Dadurch wirkte das Haus – mit Ausnahme von Richards Rückzugsort – ständig, als wäre es für eine Party herausgeputzt, die meines Wissens nie stattgefunden hatte und auch nie stattfinden würde.

Das Zimmer war noch deprimierender als meine Wohnung. Als

ich da auf dem Sofa saß, wurde mir immer enger um die Brust, bis ich das Gefühl hatte, meine Lunge wäre ein Vakuum, das alle Luft einsog und egoistisch für sich behielt, während gleichzeitig mein Herz mit aller Kraft pumpte, um irgendwie an Sauerstoff zu kommen.

»Zu früh?«, fragte Richard. »Wofür?«

»Martha«, sagte ich. Ich nahm das dunkelgrüne Samtetui aus der Brusttasche und legte es auf das Kissen zwischen uns.

Er wandte den Kopf ein wenig und berührte es mit den Fingerspitzen. »Martha«, sagte er.

»Es ist so ein schöner Tag, viel zu schade, um drinnen zu sitzen.«

»Das hat sie sich wohl auch gedacht.«

»Ist sie –?«

Er nickte. »Wo sonst?« Obwohl er keine Miene verzog, war klar, dass er stolz auf sie war.

Unbedacht stieß ich einen lauten Seufzer aus. Sie war immer im Meer. Und wenn sie nicht darin war, dann war sie eben herausgekommen und hatte Wasser in den Ohren, sodass sie mich nicht richtig hören konnte; oder sie war gerade auf dem Weg zum Meer, weil der Wind perfekt war oder die Flut kam. Andere Männer machten sich Sorgen, dass ihre Freundinnen jemanden kennenlernten, der attraktiver war oder mehr Geld hatte.

»Das ist gut«, sagte ich, um den Schaden zu begrenzen.

»Finden Sie?« Er zog die Augenbraue hoch.

»Natürlich. Sie muss es ausleben, denn bald wird sie dafür keine Zeit mehr haben.«

»Tatsächlich?«

»Ich möchte Kinder haben, und ich bin sicher, dass Martha –«

»Hat sie Ihnen mal von ihrem ersten Schwimmversuch erzählt?«

Ich schüttelte den Kopf. Für mich war Marthas Schwimmen ein steter Bestandteil der Gegenwart, ein fortwährender Prozess ohne Anfangspunkt. Ich war noch nie auf den Gedanken gekommen, dass es eine Zeit in ihrem Leben gegeben haben könnte, in der sie keine Schwimmerin gewesen war. Doch zugleich war ich überzeugt, dass das Schwimmen nur vorübergehend eine Leerstelle füllte, die bald unsere Ehe und später auch die Kinder einnehmen würden.

»Ich hörte einen Schrei«, sagte Richard. »Und dann ein Platschen, als sie ins Wasser fiel. Ich sah nicht, wie sie fiel, aber ein Freund von mir bekam es mit. Er sagte, es war ein regelrechter Bauchklatscher.« Er streckte die Hand aus, mit der Handfläche nach unten, um es zu zeigen. »Es war ein Wunder, dass sie sich nichts gebrochen hatte. Das waren bestimmt drei, vier Meter vom Pier bis zur Wasseroberfläche.«

Im Wohnzimmer war es stickig. Ich konnte nicht länger da sitzen und darauf warten, dass Martha nach Hause kam. Ich stand auf und reichte ihm die Hand.

»Ich glaube, ich schaue mal, ob ich sie an Land ziehen kann«, sagte ich.

Er nahm sie und lächelte mich seltsam an. »Viel Glück, mein Junge.«

Während ich zum Wasser hinunterging, fragte ich mich, ob sie mich einer Art Test unterzog, um zu sehen, ob ich ihrer würdig war. Den Test würde ich mit Leichtigkeit bestehen, beschloss ich, doch dann kamen mir Zweifel, ob es wirklich ein Test war. Vielleicht schwamm Martha nicht parallel zum Ufer; vielleicht schwamm sie von mir weg.

Es war ein wunderbarer Tag; die Sonne schien, und es wehte kaum ein Wind. Ich ging zu Marthas Stammplatz, der gut zu finden war, weil dort ein Myrtenstrauch stand. Ihre Tasche, die Kleider und das Handtuch lagen sorgfältig zusammengefaltet darunter, und ich setzte mich hin, um zu warten. Überall um mich herum hörte man die fröhlichen Geräusche eines Sommernachmittags: Kinder lachten und tobten, es wurde gegrillt, und Radios liefen. Die Luft war so klar, dass man in der Ferne beinahe Frankreich sehen konnte. Ich fühlte mich vollkommen fehl am Platz mit meinem Anzug, der Krawatte und den gewienerten schwarzen Schuhen – Sachen, die ich nur zu ganz besonderen Anlässen trug. Das letzte Mal hatte ich sie angehabt, als mein Chef verkündet hatte, dass ich eine Beförderung bekam. Es waren ernste Kleider für ernste Situationen, und mit der Heirat war es mir absolut ernst.

Ich musste ziemlich albern ausgesehen haben, wie ich da auf

dem Kies saß und in meinem Anzug vor mich hin schwitzte, denn ich merkte, wie die Leute um mich herum mich anstarrten. Obwohl der Strand öffentlich zugänglich war, kam es mir so vor, als wäre ich an Marthas Privatstrand und schaute auf ihr Meer und ihr Wasser.

Es war ihre Lieblingsstelle, und als ich dort saß, konnte ich sie zum ersten Mal mit ihren Augen sehen.

Bei unserer ersten Verabredung hatte sie sie mir beschrieben, obwohl ich etwas spöttisch sagte: »Ich bin hier aufgewachsen, ich weiß, wie der Strand aussieht.«

Darauf hatte Martha lachend erwidert: »Gut, dann sag mir, was du siehst.«

»Die weißen Klippen, den Pier, die Schiffe. Das Meer.«

»Ist das alles?«

»Was soll denn da sonst noch sein? Es ist ein Stück Landschaft. Was man den Leuten halt zeigt, wenn sie von auswärts kommen.«

Sie hatte den Kopf geschüttelt, als täte ich ihr leid. »Vielleicht solltest du mal zum Augenarzt gehen.«

»Meine Augen sind völlig in Ordnung.«

»Die Kiesel singen, wenn die Wellen darüberspülen«, sagte sie. »Und am Ende vom Pier sind Strudel, weil das Wasser vom Kurs abgebracht wird und sich anders bewegen muss. Und dann der Meeresboden, in dessen Schichten unsere ganze Geschichte verborgen ist. Alles, was je war und je sein wird – ein Teil davon landet irgendwann dort auf dem Meeresboden. Die Wellen, die deine Zehen umspülen, kommen von sehr weit her, und sie haben mehr gesehen, als du und ich je sehen werden.« Den Ausdruck, der auf ihrem Gesicht lag, als sie sprach, hätte ich am liebsten für immer so festgehalten.

Jetzt spähte ich zum Horizont, in der Hoffnung, irgendwo ihren Kopf mit der gelben Badekappe zu entdecken. Doch der flache Bereich am Ufer war voll schwimmender und planschender Kinder, und es war schwer, dahinter etwas zu erkennen. Ich zog Schuhe und Socken aus, krempelte die Hosenbeine hoch und watete ins Wasser, wobei ich sorgsam Abstand zu den Kindern hielt, um meinen Anzug nicht zu ruinieren. Aber ein Teil von mir fragte sich, ob die Wahrscheinlichkeit, dass sie »Ja« sagte, größer war, wenn ich in dem Moment, in dem ich ihr den Ring auf den Finger schob, Sand unter den Nägeln hatte.

Ich suchte die weite Fläche nach dem kleinen gelben Punkt ab, sah jedoch nur das Meer, das sich bis zum Horizont erstreckte, als wäre dort hinten Schluss, gleich hinter der Linie. Die Fähre sah aus, als würde sie jeden Augenblick vom Rand der Welt fallen, und wieder spürte ich, wie es in meiner Brust eng wurde. Wenn die Fähre hinunterfallen konnte, dann konnte das auch Martha passieren.

Das erste Mal, dass ich sie in ihrem Element gesehen hatte, war bei unserer dritten Verabredung gewesen. Wir waren zu sechst losgezogen – sie und ich, ihre beste Freundin Doreen mit ihrem Freund und mein Arbeitskollege Thom mit seiner Freundin – und wollten oben auf den Klippen ein Picknick machen, mit Blick auf das Meer unter uns. Es war ein schöner Tag, und als wir oben angekommen waren, hielten wir Ausschau nach einer Stelle, die ein wenig geschützt lag. Die Mädchen gingen vorneweg, Martha mit etwas Abstand an der Spitze.

»Martha, du hast doch meine Vanillesoße schon probiert, wie fandest du sie?«, fragte Doreen.

Ich wartete darauf, dass sie sich umdrehte und antwortete.

»So schlimm kann sie doch nicht gewesen sein, oder?«, hakte Doreen nach.

Als Martha noch immer nicht reagierte, lief Doreen ein paar Schritte vor und berührte sie am Arm.

Martha zuckte zusammen. »Was?«

Doreen lachte. »Wo bist du denn mit deinen Gedanken? Und warum hast du es so eilig?«

»Das Wasser zieht sich zurück. Wenn wir uns beeilen, können wir noch schwimmen gehen, bevor es zu steinig wird.«

»Du willst doch wohl nicht an den Klippen hinunterklettern, nur um schwimmen zu gehen, oder?«

»Natürlich nicht. Da vorne sind Stufen in den Fels gehauen. Also los.«

Doreen schüttelte den Kopf und fasste ihre Freundin an der Schulter. »So ein Ausflug ist das nicht.«

Doch Martha war anders als die beiden anderen Mädchen. Sie hatten sich für den Nachmittag die Haare machen lassen und trugen hübsche Sommerkleider, während Martha Shorts anhatte, und ihr kurz geschnittenes Haar sah aus, als müsste es mal gründlich gebürstet werden. Die anderen beiden kicherten und plauderten, aber Martha war mit ihren Gedanken ganz woanders. Als sie sich kurz darauf zu mir umdrehte, merkte ich, wie ich mich etwas mehr aufrichtete und ein wenig breiter lächelte.

»Du kommst doch mit ins Wasser, oder?«

»Natürlich.« Was hätte ich sonst sagen sollen?

»Seit wann gehst du schwimmen?«, fragte Thom.

Ich warf ihm einen wütenden Blick zu. »Ich komme schon klar.«

»Warum denn auch nicht?«, fragte Martha.

Thom musterte sie, versuchte zu erkennen, ob sie Bescheid wusste. »John kann nicht schwimmen«, sagte er.

Ich wurde rot, als sie mich ungläubig ansah, und betete, dass meine mangelnden Schwimmfähigkeiten den Ausflug nicht abrupt beenden würden.

»Martha«, sagte Doreen. »Keiner außer dir will schwimmen gehen. Lass uns einfach ein schönes Picknick machen.« Sie hielt den Korb hoch, um sie zu locken, doch Martha sah immer noch mich an.

»Lasst uns schwimmen gehen«, sagte ich.

Sie strahlte und ging weiter, und ich lief los, um sie einzuholen. Nach einer Weile bog Martha in das zerzauste Gras am Rand der Klippe ab. Es war unglaublich: Der weiße Fels fiel schnurgerade ab in die Tiefe, und der Schaum der Wellen sah von hier oben so sanft aus wie Seifenschaum. Wenn ich geradeaus schaute, sah ich nur Martha und das Meer und dahinter einen Dunst, der mit dem Horizont verschwamm. Es wirkte, als wäre sie der letzte Mensch, der am Ende der Welt stand. Sie blickte über die Schulter, und ich bildete mir ein, dass sie mir zuzwinkerte, bevor sie über den Rand trat und verschwand. Ich folgte ihr rasch, weil ich sie wieder in meinem Blickfeld haben wollte, und sah, wie sie die in den Fels geschlagenen Stufen hinunterging. Vor diesem Hintergrund wirkte sie winzig, doch jeder Schritt war sicher gesetzt, und sie lief voller Freude auf das Meer zu, als würde es ihren Namen rufen.

Je näher wir dem Wasser kamen, desto rutschiger wurden die Stufen, die im unteren Bereich mit Algen überzogen waren.

»Sei vorsichtig«, sagte Martha und wandte sich, die Hand an den Fels gestützt, zu mir um.

Unten waren mehrere große, flache Felsen, und Martha kletterte auf den größten, rechts von der Treppe. Mit einer schnellen Bewegung zog sie ihren Pullover aus, und da sah ich zum ersten Mal, wie braun ihr Rücken war. Die Träger ihres Badeanzugs waren ein wenig verrutscht, und so kamen die hellen Linien zum Vorschein, die sich auf ihrem Rücken kreuzten.

Da war keine Angst und keine Scham, sie dachte nur an das Schwimmen. Sie blickte mit solcher Hingabe und solchem Verlangen auf das Meer, dass mir in dem Moment klar wurde, ich würde nur glücklich sein, wenn sie mich auf dieselbe Art ansah.

»Schwimmst du oft?«, fragte ich sie.

»Jeden Tag.«

»Eine schöne Art, den Sommer zu verbringen.«

»Ich schwimme auch im Winter.«

»Hier? Ist das nicht zu kalt?«

Sie lächelte. »Ich bleibe meist nicht lange drin, aber es ist wichtig, nicht auszutrocknen.«

Das Meer umspielte den Felsen, und sie ließ sich ins Wasser gleiten, das ihr bis zur Taille reichte. Sie streckte mir die Hand entgegen. Ich zog Schuhe und Socken aus, dann zögerte ich. Auf diesen Programmpunkt war ich nicht vorbereitet. Ich spürte, wie sie mich beobachtete. Rasch schlüpfte ich aus meiner Hose und ließ sie fallen. Dann ging ich vorsichtig zum Rand des Felsens. Ich schaute auf das Wasser, konnte aber den Grund nicht sehen. Martha stand noch immer mit ausgestreckter Hand da, leicht von der Strömung hin- und hergewiegt, und wartete auf mich. Mein Eifer war größer als meine Furcht. Ich nahm ihre Hand und kletterte stolpernd und rutschend ins Wasser, bis ich mich auf ihren breiten Schultern abstützen konnte.

»Du kannst wirklich nicht schwimmen?«, fragte sie und griff nach meinem Arm.

Ich schüttelte den Kopf und prägte mir die Punkte ein, an denen ihre Fingerspitzen mich berührten.

»Ich bringe es dir bei«, sagte sie. Dann tauchte sie mit dem Kopf voran in eine heranrollende Welle, die gegen mich schlug und mich umwarf. Vielleicht dachte sie, ich würde es einfach durchs Zuschauen lernen. Hustend richtete ich mich wieder auf und sah zu, wie sie davonschwamm. Ich konnte nur warten und hoffen, dass sie wieder zu mir zurückkommen würde.

Als ich endlich den winzigen gelben Punkt ihrer Badekappe draußen im haigrauen Wasser entdeckte, rief ich instinktiv ihren Namen, obwohl ich wusste, dass sie mich nicht hören konnte. Ich ging ihr entgegen, watete bis zu den Knien ins Wasser; weiter traute ich mich nicht ohne sie. Obwohl sie versprochen hatte, mir das Schwimmen beizubringen, hatte ich es immer noch nicht gelernt, und vielleicht gab es dafür einen Grund – vielleicht hatte sie sich anders entschieden und beschlossen, das Meer für sich zu behalten. Und so blieb ich der Unterwasserwelt über den alten Aberglauben der Fischerboote und Fähren verbunden, auf denen Frauen nicht willkommen waren, es sei denn, sie bekamen gerade ein Kind, und auf denen niemand schwimmen lernte. Im ersten Moment klingt es verrückt, dass jemand zur See fährt, der nicht schwimmen kann, aber wenn man sich klarmacht, dass das Schwimmen im Fall eines Unglücks den Tod nur hinauszögert und falsche Hoffnung weckt, wird es schon nachvollziehbarer.

Ich winkte mit beiden Armen, sodass alle an Land und im Wasser zu mir herübersahen, nur Martha nicht. Wieder hatte sich das Wasser zwischen sie und mich gestellt. Es war wie eine Barriere, die sie umgab und beschützte und mich auf Abstand hielt.

Ich ging zu ihren Sachen zurück, setzte mich und wartete. Ich hatte schon vor Monaten gelernt, dass sie mich, wenn sie im Wasser war, nicht wahrnahm. Wenn sie im Wasser war, hörte alles an Land auf zu existieren.

Aber sie musste gewusst haben, dass heute der große Tag war. Ihre

Mutter konnte kein Geheimnis für sich behalten, und ein paar Leute hatten schon mehrfach angemerkt, ich würde mir ja reichlich Zeit lassen, sie zu fragen. Wir tanzten schon ein paar Wochen um den Gedanken herum. Wenn der Moment für die alles entscheidende Frage gekommen war, warum versteckte sie sich dann im Meer?

Der gelbe Punkt ihrer Badekappe tauchte immer wieder auf und verschwand, während sie gegen die Strömung parallel zum Ufer schwamm. Mit jedem Zug ihrer Arme kam sie ein kleines Stück vorwärts. Ich konnte sehen, dass es schwer war, gegen den Willen des Wassers anzukämpfen, und ich war eifersüchtig. Ich verstand nicht, was das Meer mir voraus hatte. Für mich war es nur ein kaltes, riesiges und Unheil verheißendes Ding mit eigener Sprache, eigener Form und eigenem Rhythmus.

Inzwischen war es fast sechs, und sie machte keinerlei Anstalten, zurück ans Ufer zu kommen. Unsere Reservierung würde ganz sicher verfallen. Ließ sie sich absichtlich so viel Zeit? Oder ging sie mir aus dem Weg, um mir die Schmach eines Nein von Angesicht zu Angesicht zu ersparen?

Überall um mich herum waren Kiesel, Steine und Felsen. Marthas Strand war nicht sandig; er lud nicht dazu ein, sich zu entspannen, man musste sich Mühe geben, um ihn zu genießen. Ich faltete ihr Handtuch einmal und dann noch einmal, sodass es – zumindest für den Augenblick – ein ausreichendes Polster bot. Ich sah aufs Meer, auf meine Uhr und wieder aufs Meer. Der gelbe Punkt hatte sich seitwärts bewegt, nicht näher zum Ufer.

Was, wenn sie nicht »Ja« sagte? Was dann? Was sollte ich tun?

Ich nahm einen Kiesel und legte ihn auf einen anderen, beide durchzogen von rostbraunen Linien auf einem glänzend weißen Hintergrund, über Hunderte von Jahren glatt poliert von der Kraft des Meeres, dessen sanfte, unaufhörliche Wellen abgetragen hatten, was vorher da gewesen war. Vom Salz glatt geschmirgelt wie Marthas Haut. Ich legte noch mehr Kiesel darauf, größere, in die Linien eingefräst waren wie Fossilien. Es war, als wollte das Meer mir beweisen, dass es mit dem, was es hatte, tat, was es wollte. Wann immer ihm danach war.

Schließlich legte ich ganz obenauf einen flachen Kiesel, grau wie der Winterhimmel an dem Tag, als ich sie zum ersten Mal gesehen hatte. Sie war mit dem Fahrrad durch den strömenden Regen gefahren, im Stehen, in einem alten weißen Fischerpullover. Sie hatte zum Himmel hinaufgesehen, das Gesicht glänzend vom Regen, die kurzen braunen Haare in nassen Fransen auf der Stirn. Ich hatte unter der Markise der Fleischerei gestanden, eine Tüte mit Hack in der Hand. Was mir aufgefallen war, war ihr Lächeln, mit dem sie die Nässe vom Himmel aufsog.

Noch ein Kiesel, noch eine Erinnerung daran, wie es mit uns begonnen hatte. Am Anfang, als ich noch versucht hatte, schwimmen zu lernen, und ihre Hände an meinem nackten Rücken spürte, während sie mich im Wasser hielt. Ich hatte nach oben geblickt, zu den Wolken, dann war eine Welle über mich geschwappt, und als ich die Augen wieder öffnete, war sie da und schaute auf mich herab, ihr Gesicht wie die Sonne.

Beim Tanzen, als ich versucht hatte, sie über das Parkett zu führen, während sie immer wieder stolperte und sich für ihre Ungeschicklichkeit entschuldigte. Sie hatte sich ungleichmäßig bewegt, als rechnete sie ständig damit, dass der Boden unter ihr schwankte.

In einem Biergarten an einem warmen Nachmittag, als ich ihre nackten Knie angestarrt hatte, die voll Kratzer und blauer Flecke waren – ein Verzeichnis all der Tische und Stühle, gegen die sie im Laufe der Woche gestoßen war.

Jetzt waren es sieben Kiesel und sieben Gründe, warum ich wollte, dass sie »Ja« sagte. Dass ich mich sofort ruhig fühlte, wenn ich sie sah, war ein weiterer Grund. Dass sie in mir den Wunsch weckte, ihr zu zeigen, wie ich wirklich war; dass es mir schwerfiel, meinen Platz in der Welt zu finden und zu verstehen, wie die Dinge funktionierten. Dass ich ihr alles erzählen wollte und ganze Nachmittage und Abende plapperte, jammerte und murrte, während wir spazieren gingen oder tanzten. Dass sie es schaffte, den ganzen Ärger oder Kummer, den ich tagsüber angesammelt hatte, mit einem Lächeln verfliegen zu lassen. In ihrer Nähe zu sein genügte, um den Nebel meiner Launen zu lichten.

Noch mehr Kiesel: ein weißer, ein brauner und einer, der gefleckt war wie ein Vogelei.

Ich stellte mir unsere Zukunft vor: ein weißes Haus mit einem hübschen kleinen Garten; jeden Abend zusammen essen und an stürmischen Morgen im Wintergarten frühstücken; an Weihnachten einen Baum und Geschenke und Entenbraten auf dem Tisch; Geburtstage und Jahrestage. All die Augenblicke, die zu einem Wirbel von Glück verschmelzen würden. Diese Zukunft könnten wir leicht zu unserer machen, wenn sie nur aus dem Wasser käme. Ich stellte mir vor, wie ich, die Arme um sie gelegt, einschlief und genauso wieder aufwachte. Gefährliche Gedanken an einem warmen Abend.

Ich dachte an Tee zwischen der aufgeschlagenen Samstagszeitung, an die Stimmen unserer Kinder, die im milden Herbstlicht lachten. Ich würde eine Familie haben, und damit meinen Wert als Mann unter Beweis stellen. Ich würde abends zu den Menschen heimkehren, die mich am meisten liebten und die ich am meisten liebte. Das war alles, was ich wollte, und alles, was zählte.

Als ich aufblickte, um nach meinem gelben Punkt zu schauen, stellte ich überrascht fest, dass er auf mich zuschwamm. Ich rückte meine Krawatte zurecht.

Als Martha aus dem Wasser kam, sah ich zu, wie sie durch die Wellen ging und das Meer von ihrer Haut rann. Es berührte ihre Schultern, ihre Arme, ihre Taille und ihre Schenkel, als wollte es sagen: Versuch nur, sie mir wegzunehmen.

Sie sah mich sofort, als ich aufstand, und ihr Gesicht leuchtete auf. Unter ihrem Blick fühlte ich mich, als würde ich schimmern.

Sie nahm ihre gelbe Badekappe ab, während sie zwischen den Familien, Grills und Kindern hindurchging. An der Art, wie sie lief, merkte ich, dass ihr gefiel, wie ich sie ansah. Mir blieb gar nichts anderes übrig; ich konnte die Augen nicht von ihr lassen. Alle anderen Leute am Strand verblassten, und ich sah nur noch Martha in ihrem klatschnassen dunkelblauen Badeanzug mit den breiten Trägern und den Rändern, die am Po nach oben rutschten – ganz so, als wollten sie mich in Versuchung führen und als wüsste der Badeanzug, dass sein eigentlicher Zweck darin bestand, sie zu präsentieren.

»John«, sagte sie. »Was machst du hier?«

In meiner Brust wurde es eng. Sie hatte mich nicht erwartet.

»Das Abendessen«, erwiderte ich. »Ich habe uns einen Tisch reserviert.«

»Aber das ist doch noch Stunden hin.«

Ich hielt ihr mein Handgelenk hin, damit sie auf die Uhr sehen konnte.

Erschrocken schlug sie die Hand vor den Mund. »Ich habe völlig das Zeitgefühl verloren.«

Ich legte ihr das Handtuch um.

»Das tut mir leid«, sagte sie.

Ich nutzte die Situation aus und drückte sie durch das Handtuch an mich, ihr nasses Haar an meiner Wange.

»Wartest du schon lange?«

»Nein«, log ich.

Ich würde so lange warten, wie es nötig war.

Später, nachdem sie sich umgezogen hatte und wir statt des geplanten schicken Abendessens Pommes frites gegessen hatten, wurden uns die Leute auf der Promenade, unter die wir uns sonst oft mischten, zu viel. Um für uns zu sein, gingen wir am Hafen vorbei und hoch zu den Klippen, wo wir nur von Gras, Nachthimmel und Meer umgeben waren. Ich hatte sie immer noch nicht gefragt, und ich erwog, es zu verschieben und sie am nächsten Abend auszuführen. Das wäre sicher das Beste. Wir hatten unsere Reservierung verpasst, das Ansteckstäußchen war verwelkt, und ich verlor zusehends den Mut. Der Abend, an dem ich ihr den Heiratsantrag machte, musste standesgemäß sein. Der Anfang musste stimmen.

»Lass uns hinuntergehen«, sagte sie und deutete auf das Wasser am Fuß der Klippe.

»Es ist dunkel.«

»Ich weiß.«

»Willst du nie irgendwo anders hingehen als zum Meer?«

Sie hörte mich nicht, oder falls doch, antwortete sie nicht, denn sie lief bereits die Stufen hinunter, die in den Fels gehauen waren.

»Weißt du noch? Eins unserer ersten Treffen?«, rief ich ihr zu, während ich vorsichtig hinabstieg, froh über den Mond, der fast voll war.

»Es war das dritte«, erwiderte sie. »Pass auf, die unteren Stufen sind voller Algen.«

Das Rauschen des Meeres im Dunkeln ist eines der furchteinflößendsten Geräusche, die ich je gehört habe. Vor mir lag das Wasser, aber ich sah nur ein riesiges schwarzes Loch. Unterhalb meiner Füße hörte ich, wie die Wellen über den Kies sangen, und weiter draußen verwandelte sich der Gesang in ein Brüllen, bedrohlicher als das eines Löwen. Ich konnte nicht erkennen, wie hoch die Wellen waren, ich wusste nur, dass wir außerhalb des Hafens nicht durch den Wellenbrecher geschützt waren. Hier und da ließ das Mondlicht die Kämme einzelner Wellen aufleuchten, als sie brachen und auf uns zuschäumten.

»Was machst du?«, rief ich.

Martha stand bis zu den Knien im Wasser, der Schaum wirbelte vor und zurück und ließ sie schwanken wie einen jungen Baum im Wind. Sie wandte sich zu mir um und sagte: »Ich wollte schon immer mal nachts schwimmen.«

»Du kannst da jetzt nicht reingehen.«

Sie sah mir in die Augen, während sie sich auszog, und als sie nur noch BH und Schlüpfer anhatte, war es, als wollte sie mich herausfordern, es ihr gleichzutun. Ihr Blick beschleunigte meinen Puls, ich streckte die Hand nach ihrem nackten Bauch aus, und sie zog mich an sich.

»Hier sind die Wellen nicht groß«, sagte sie. »Solange die Flut nicht kommt, ist es ein langer, flacher Abschnitt. Man muss mindestens hundert Meter weit rausgehen, bis es auch nur ein paar nennenswerte Brecher gibt.« Sie legte ihre Hand auf meine. »Keine Angst.«

Das Meer klang wie ein Düsenjet, und ich stellte mir vor, wie es immer näher kam und sich plötzlich eine Riesenwelle auftürmte und uns beide zerschmetterte. Das Wasser war unberechenbar; Dinge konnten sich rasch verändern, unwiderruflich.

Ich strich mit meiner anderen Hand über ihre Taille, an ihrem

Rücken hinauf, über ihre Schulter und an ihrem Arm hinunter, dann umfasste ich ihre Hand.

»Bitte«, sagte ich.

Sie drückte meine Hand und zog mich näher, weiter ins Wasser hinein. Auf der einen Seite spürte ich die Kraft des Wassers, auf der anderen war der unnachgiebige Fels der Klippen. Doch was mich interessierte, war direkt vor mir, und sie kam noch näher und küsste mich auf den Hals, die Wange und den Mund.

Wir gingen ein Stück, während das Wasser um unsere Beine spülte, doch dann gaben die Steine unter meinen Füßen nach, und ich verlor das Gleichgewicht und ruinierte die Stimmung und meinen Anzug, als ich auf allen vieren im Meer landete.

»Alles in Ordnung?«, fragte Martha, die sich sofort zu mir hinunterbeugte.

Das war der richtige Moment.

»Martha«, sagte ich.

»Ja?«

Doch plötzlich vergaß ich alles, was ich sagen wollte, und rang nach Worten. Was ist, wenn sie »Nein« sagt, schrie es wieder in meinem Kopf. Was dann? Wir würden uns nicht mehr treffen. Ich würde sie nie wiedersehen. Ich würde wieder nur noch meine Arbeit haben, die Freitagabende im Pub mit den Jungs und die Wochenenden, an denen ich versuchte, meiner Vermieterin und ihren neugierigen Fragen zu entgehen. Gedemütigt und gezwungen, es mir nicht anmerken zu lassen und stattdessen so zu tun, als wäre ich glücklich.

»Martha«, sagte ich.

Ich richtete den Oberkörper auf, während das Wasser um meinen Bauch strömte, und sah ihr ins Gesicht, das seitlich vom Mond angestrahlt wurde.

»Es ist wunderschön«, sagte sie.

Ich tastete nach meiner Brusttasche, um mich zu vergewissern, dass der Ring noch da war, dann merkte ich, dass sie auf das Wasser sah. Obwohl wir unterschiedliche Dinge meinten, hatte sie recht, alles war wunderschön.

»Martha«, sagte ich noch einmal und nahm den Ring aus der Tasche. Das Meer ging dazwischen, um sie zu beschützen; die Strömung zog sie weiter hinein und stieß mich Richtung Ufer. Das Wasser war wie ein Welpe, der das Bein seines Herrchens anstupste, um seine Aufmerksamkeit zu bekommen. Es ließ nicht offen die Muskeln spielen, aber mir war klar, dass es mich langsam überwältigen wollte, auf dieselbe Weise, mit der es Felsen nach und nach zu Sandkörnern zermalmte.

Mich auf beide Knie sinken zu lassen, entsprach nicht der Tradition, aber ich sagte mir, das eine war für sie, das andere für das Meer. Ich hielt den Ring hoch. »Willst du mich heiraten?« Das Wasser schlang sich um meinen Bauch.

»John«, sagte sie leise.

Ich beobachtete ihr Gesicht im Mondschein, während sie die Frage aufnahm.

Das Wasser wurde stärker und entschiedener, und gerade als ich nach ihrem Ringfinger griff, traf mich eine kleine Welle im falschen Winkel, und ich verlor das Gleichgewicht. Ich riss die Arme zur Seite, um mich aufzufangen.

Sie packte mich an den Schultern und hielt mich fest. »Ja«, sagte sie.

Aber das Meer war anderer Meinung; es rauschte mit der Macht der Gezeiten heran und warf mich erneut um. Ich wurde herumgewirbelt wie ein losgerissenes Stück Alge.

Martha ergriff meine Hände und zog mich hoch. Dann umfasste sie mein Kinn und strich sanft das Wasser aus meinem Gesicht.

»Ja«, sagte sie erneut, und dann küsste sie mich.

Ihre Hände strichen über meine Schultern und meinen Rücken, und ich zog sie ganz eng an mich, ihr Körper schmiegte sich an meinen, und als sie innehielt, um Luft zu holen, griff ich nach ihrer linken Hand.

»Wo ist der Ring?«, fragte ich, da ich ihn nicht an ihrem Finger fühlte.

»Was?«

»Der Ring ist weg.«

Wir sahen auf ihre Hand und dann auf das Wasser.

Wir suchten im Wasser, während die Flut herandrängte und den

Boden zurückeroberte, den sie während der Ebbe hergegeben hatte, aber wir fanden den Ring nicht. Ich hätte gerne gewusst, ob Martha auf der Seite des Meeres war, hatte aber Angst vor der Antwort.

»John«, sagte sie. »Die Flut kommt. Wir müssen gehen.«

»Aber der Ring.«

»Wir werden ihn nicht finden.«

»Dann müssen wir gründlicher suchen.«

»Es hat keinen Zweck. Wenn wir ihn haben sollen, wird er zu uns zurückkommen.«

»Glaubst du das wirklich?«

Sie nickte.

»Und wenn nicht?«

»Das ist nicht wichtig«, sagte sie.

»Wirklich?«

»Natürlich nicht.«

»Was ist denn wichtig?«

Sie hielt mir ihre Hand hin, und als ich sie nahm, führte sie mich zurück zu den Felsen, wo unsere Kleider lagen. Wir hoben sie auf, und da bemerkte ich am Fuß der Klippen einen Strauch oder Busch. Ich versuchte, einen kleinen Zweig davon abzubrechen, doch es war mühsam, und ich musste richtig kämpfen, bis er schließlich nachgab. Das Meer jagte uns und leckte an unseren Füßen, während wir ins Trockene flohen. Trotz des Mondscheins hätte ich ohne Martha nicht zu der Treppe zurückgefunden. Sie tastete sich an der Felswand entlang, und ich folgte ihr, die Hand auf dem rauen, hellen Stein, und als sie am Fuß der Treppe stehen blieb, blickte ich nicht auf. Es war mir egal, wohin wir gingen, denn ich würde ihr überallhin folgen.

Sie drückte fest meine Hand. »Du hast gefragt.«

Ich nahm ihre Hand und schlang den kleinen abgerissenen Zweig um ihren Finger. »Und du hast ›Ja‹ gesagt.«

La Manche

HENRY, 2010

Ich stieß die Tür ein Stück weiter auf, damit ich den Kopf ins Haus stecken konnte.

»Martha?«, rief ich. Meine Füße blieben draußen vor der Schwelle. Streng genommen betrat ich also nicht unaufgefordert ihr Haus.

»Hallo?«

Webb kam auf mich zugelaufen und stupste mit der Schnauze gegen meinen Oberschenkel.

»Wo sind die denn alle, alter Knabe?«, fragte ich den Hund. Statt einer Antwort humpelte er in die Küche und stellte sich neben Martha, die am Tisch saß.

»Entschuldige. Die Tür war offen.«

Sie sagte nichts.

»Martha? Die Tür war offen.«

»Hm? Ach so, ja.«

Die Küche sah für ihre Verhältnisse furchtbar aus. Auf dem Tisch stand das Geschirr von zwei Frühstücksmahlzeiten, das Trockengestell war voll und chaotisch bepackt, der Hängeschrank über dem Ofen stand offen, und die Gummihandschuhe lagen zusammengeknüllt an der Seite auf einem schmutzigen Topf.

»Ist alles in Ordnung?«

Sie nickte, sah aber nicht von dem Foto auf, das sie in der Hand hielt. Ich konnte nicht erkennen, wer darauf abgebildet war, aber der Rahmen sah alt aus. Er war aus Eichenholz mit vergoldetem Rand und gab dem Bild etwas Gewichtiges, als wäre es ein Schnappschuss, der einen entscheidenden Moment festgehalten hatte.

»Wo ist John?«

»In Newcastle. Golfwochenende.«

»Ich habe dich heute Morgen gar nicht rausgehen sehen.« Ich setzte mich zu ihr an den Tisch.

»Spionierst du mir nach, Henry?«

»Nein.«

Sie strich mit den Fingern über den Rahmen. »Henry.«

»Ich habe heute Morgen zufällig im Garten gearbeitet, und ich habe dich nicht gesehen«, sagte ich. Ich verbarg meine Einsamkeit hinter dem Grünzeug, seit ich die beiden kennengelernt hatte, und sie spielten netterweise mit.

»Du hattest heute Morgen in aller Frühe plötzlich den Drang, dich um den Wildwuchs zu kümmern, den du Garten nennst?«

»Ich bin einfach meiner Inspiration gefolgt.«

Martha warf mir einen Seitenblick zu. »Henry, du wohnst jetzt seit acht Jahren hier. Hast du in der Zeit keine anderen Freunde gefunden?«

»Du warst nicht draußen.«

Sie seufzte, und ich wusste, dass ich ihr mehr als sonst auf die Nerven ging.

»Ich war beschäftigt«, sagte sie.

»Womit?« Ich legte die Hand auf ihren Arm, doch sie schüttelte sie ab.

»Mit der Pflege und Wartung meines Lebens.«

»Klingt spannend.«

»Hat mir glatt die Schuhe ausgezogen.«

»Und warum stand die Tür offen?«

»Hast du nicht irgendwas zu tun? Etwas, das du nur bei dir im Haus erledigen kannst?«

»Ich habe heute frei.«

»Ich wünschte, ich auch.«

Webb legte den Kopf auf mein Knie und winselte. »War er schon draußen?«

Das Foto knallte laut, als sie es auf den Tisch zurückstellte. »Ja, Henry, er war draußen.«

»Ist alles in Ordnung?«

»Bitte geh.« Sie drehte das Foto um, sodass es auf der Vorderseite lag.

»Die Tür war offen.«

»Henry.«

»Ich will mich nur vergewissern.«

»Warum ist das wichtig? Eine Tür steht offen. Na und?«

Sie wandte mir ihr Gesicht zu, und sie sah müde aus. Sie hatte dunkle Ringen unter den Augen, und ihr ganzer Körper wirkte erschöpft.

»Martha.«

»Es zu wissen ändert nichts.«

»Dann erzähl's mir.«

»Es ist bloß eine Tür.«

»Sie stand offen.«

»Ich habe sie offen gelassen, damit Webb rauskann.« Sie zog ihre Strickjacke enger um sich, stand auf und trat an die Spüle.

»Nein, das hast du nicht.«

»Ich bin nicht in der Stimmung.«

»Du ziehst es nur unnötig in die Länge«, sagte ich und stellte mich neben sie.

Sie rückte ein Stück zur Seite und fing an, das Geschirr zu sortieren: die Teller übereinander, darauf eine Schale, die Besteckteile alle mit dem Kopf zur Wand. »In die Länge? Henry. Das ist mein Haus, und ich muss dich leider bitten zu gehen.«

»Das hier ist ein Viertel mit Nachbarschaftswache. Ich bin dein Nachbar, und ich halte Wache.«

»Dann tu es von deinem Zuhause aus.«

»Ich mache mir Sorgen um dich.«

»Herrgott noch mal! Es ist bloß eine verdammte Tür, Henry! Nicht alles im Leben muss in einer Tragödie enden!« Sie drehte das Wasser auf und gab Spülmittel ins Becken. »Vielleicht kriege ich ja das, was John hat.«

»Alzheimer ist nicht ansteckend.«

»Wir sprechen das Wort in diesem Haus nicht aus.« Sie zog die Gummihandschuhe an.

»Die Tür war auf. Das Wort ist hinausgeflogen.«

Sie warf den Schwamm in die Spüle. »Hör auf.« Wasser spritzte auf ihre Strickjacke, aber es zog nicht in die Wolle, sondern tropfte auf den Boden.

»Du bist nicht dement.«

»Nein«, sagte sie. »Bin ich nicht.«

Ich ging zur Anrichte, wo der Kalender lag, und sah nach, ob für diesen Tag etwas eingetragen war. Da stand nichts. Aber am Tag davor war ein Termin für halb vier notiert. Ich kehrte zum Tisch zurück und nahm das Foto in die Hand.

»Wo ist das aufgenommen worden?«, fragte ich.

Auf dem Foto war sie abgebildet. Sie stand in einem schlichten Schwimmanzug, der dem Schnitt nach seit mehreren Jahrzehnten aus der Mode war, auf einem Sandstrand und blickte über die Schulter aufs Meer.

»Cap Gris-Nez«, sagte sie und band sich die abgetragene Schürze mit Blumenmuster um.

»Nach der Ankunft?«

Ein sauberer Löffel knallte auf die Abtropffläche. »Vor dem Start.«

Ein weiterer Löffel landete klirrend auf dem Metall. »War das dein bester Versuch?«

Ich hielt ihre Hand fest, bevor sie noch einen fallen lassen konnte. »Was meinst du damit?«, fragte sie, während ich ihr den letzten Löffel abnahm und leise an seinen Platz legte.

»Dein schnellster.«

»Weiß ich nicht«, sagte sie und schichtete die Teller so übereinander, dass sie abtropfen konnten.

»Wieso weißt du das nicht?«

Sie stellte den Wasserhahn ab und wischte die Krümel auf der Arbeitsfläche für Webb auf den Boden. Dann deutete sie auf das frisch gespülte Geschirr und sagte: »Abtrocknen.«

Ich nahm das alte, ausgefranste Geschirrtuch, das vor dem Ofen hing, und stellte mich gehorsam neben sie.

»Um die Zeit ging es mir nie.«

»Aber du hast sie doch immer auf die Wand geschrieben.«

Nach dem Geschirr wandte sie sich der Arbeitsfläche zu, die sie mit solchem Einsatz schrubbte, dass ich dachte, die Beschichtung würde abgehen. »Gehst du oft in das White Horse Inn?«

»Nur einmal. Aber ich habe deinen Namen gesehen und die Daten und Zeiten.«

»Ich hoffe, Brian hat dich für deine Getränke zahlen lassen.«

»Ich habe ihm gesagt, dass du meine Nachbarin bist.«

»Hat er es geglaubt?«

Ich zuckte die Achseln. »Keine Ahnung. Aber ich musste meine Getränke bezahlen.«

»Man kriegt nur ein Getränk umsonst, nachdem man den Kanal durchschwommen hat. Ein Getränk pro Durchquerung. So ist die Regel.«

»Wie viele Getränke hat er dir umsonst gegeben?«

»Neun.«

»So viele?«

Sie sah mich mit hochgezogener Braue an. »Und wie oft bist du durch den Kanal geschwommen?«

Ich trocknete einen Löffel ab und legte ihn sorgfältig auf die Arbeitsfläche.

»Dachte ich mir«, sagte sie.

»Bist du nur einmal von Frankreich aus gestartet?«

»Henry, warum all diese Fragen?«

»Die Tür war offen.«

»So was kommt vor.«

»Aber nicht bei euch. Webb könnte noch mal vor ein Auto laufen.«

»Das hat er begriffen.«

»Und wenn nicht?«

»Dann verliert er noch ein Bein.«

»Martha, warum stand die Tür offen? Jemand hätte einfach reinkommen können.«

»Jemand *ist* einfach reingekommen.« Sie fuhr prüfend mit dem behandschuhten Finger über den Boden der Pfanne, und nachdem sie sich überzeugt hatte, dass sie sauber war, spülte sie sie ein letztes Mal ab und reichte sie mir.

»Ich war mit anderen Sachen beschäftigt«, sagte sie.

»Was für Sachen?«

»Warst du schon immer so neugierig?«

»Nein.«

»Meinetwegen musst du diese Eigenschaft nicht ausbauen.« Sie zog die Gummihandschuhe aus und ließ sie in die Spüle fallen.

Ich sah auf die Handschuhe, die im Schaum schwammen, und dann sah ich sie an.

»Irgendwas stimmt hier nicht«, sagte ich.

Sie lächelte höflich.

»Ist etwas mit John?«

Sie schüttelte den Kopf.

»Mit den Kindern? Iain? Harriet?«

Wieder Kopfschütteln.

»Mit wem dann?«

Martha blickte zu Boden.

Ich senkte die Stimme. »Mit dir, Martha?«

Sie schloss die Augen und wandte das Gesicht ab. Dann holte sie tief Luft und atmete geräuschvoll aus.

»Wenn du es unbedingt wissen willst, Henry, ich habe gerade eine Nachricht von der Ärztin bekommen.«

»Und was hat sie gesagt?«

Martha presste die Lippen zusammen und strich ihre Strickjacke glatt. Sie sah hinaus auf die Straße, durch das Fenster, das sich genau an derselben Stelle befand wie meins und an dem ich meist Ausschau hielt, wenn ich auf sie wartete.

»Sie hat gesagt –«

Sie hielt inne, schob die Hände in die Taschen und hob das Kinn.

»Sie hat gesagt, ich habe Krebs.«

Das Wort füllte die gesamte Küche aus. Es schwebte hinüber ins Wohnzimmer und sank zusammen mit dem Staub auf die Fotorahmen, die auf dem Kaminsims standen. Es lief die Treppe hinauf und stürmte in die Schlafzimmer, kroch unter alle Decken und kam dann wieder hinunter in die Küche, wo es sich in dem Raum zwischen Martha und mir niederließ.

»Das kann nicht sein. Du bist bei bester Gesundheit. Du schwimmst durch den gottverdammten Ärmelkanal.«

»Das ist dem Krebs offenbar egal.«

Mir schwirrte ein Haufen Fragen durch den Kopf, aber alles, was ich herausbrachte, war: »Ist die Ärztin sicher?«

Sie runzelte die Stirn. »Warum sollte sie mir so etwas sagen, wenn sie nicht absolut sicher ist?«

»Tut mir leid.«

»Mir auch.«

Da sah sie mich an, das Kinn vorgereckt im morgendlichen Licht, das durchs Fenster hereinfiel, und mir war, als läge etwas hinter ihrer üblichen herausfordernden Miene. Es war keine Angst, auch keine Schwäche, eher so, als würde in ihrem Hinterkopf ein Gedanke entstehen, vielleicht die Erkenntnis, dass sie nicht so unbesiegbar war, wie sie dachte.

Das war erst das zweite Mal, dass ich von Martha so etwas wie eine Entschuldigung gehört hatte.

Das erste Mal war, als ich John kennenlernte.

Alles, was mich noch von meinem Feierabend trennte, waren anderthalb Runden durch das Stadtzentrum. Während ich die High Street hinunterfuhr, versuchte ich nicht, noch einen Laden zu entdecken, der dichtgemacht hatte, sondern überlegte, was ich zu Abend essen sollte. Einen Bus zu fahren war eintönig, aber mir war das ganz recht so.

An dem Tag war nichts Ungewöhnliches vorgefallen. Mrs Baullard war beim Supermarkt ausgestiegen und hatte mich auf die aktuellen Sonderangebote hingewiesen. Dottie und ihre beiden Jungs hatten nach der Schule auf mich gewartet und mir lächelnd zugewinkt, nachdem sie ausgestiegen waren.

John sammelte ich unten am Hafen auf, allerdings kannte ich damals seinen Namen noch nicht. Er stand an der Haltestelle, aber es war nicht sofort zu erkennen, ob er auf den Bus wartete oder einfach nur dort stand. Er sah nicht aus wie jemand, der den Bus nahm: grauer Anzug, Weste, schicke Krawatte. Vielleicht lag es an seiner Haltung. Er wirkte nicht erwartungsvoll wie die meisten Menschen, die auf den Bus warten. Ich fuhr den Bus, seit ich nach Dover gekommen war, also schon über fünf Jahre, und ich hatte gelernt, die Leute einzusortieren. John sah aus wie jemand, der ein Auto hatte und selbst fuhr.

Aber da er nun mal an der Haltestelle stand, hielt ich an und öffnete die Türen.

»Hallo«, sagte ich, als er in den Bus stieg. »Wagen in der Werkstatt?«

Er wirkte gekränkt, als ich ihn ansprach. Als wäre er sein Leben lang mit dem Auto gefahren und nun plötzlich auf den Bus degradiert worden.

Er lächelte verlegen. »Entschuldigung.«

»Das macht neunzig Pence.«

John suchte in seiner Brieftasche, griff dann mit der freien Hand in die Jackentasche und holte einen Haufen Münzen hervor, die er auf der Suche nach der passenden Kombination hin und her schob.

»Warten Sie«, sagte ich und nahm mir den richtigen Betrag. »Mit zwei Händen ist es einfacher.«

Er sah mich an, und einen Moment lang dachte ich, er wollte etwas sagen. Doch dann entschied er sich offenbar anders, denn er nickte nur knapp und setzte sich auf einen Platz im hinteren Bereich.

Der Bus füllte sich wie jeden Nachmittag mit Schülern und Tagesmüttern, aber er war keineswegs voll. Ich beobachtete John im Spiegel, und er starrte unruhig aus dem Fenster, als suche er etwas, das er verloren hatte.

Die letzte Runde des Tages ist manchmal die schwerste. Ich wollte nach Hause und weg von der ewigen Wiederholung. Ich war so weit, dass ich in meinem Kopf nur noch das alte Kinderlied hörte: *Die Räder am Bus drehn sich rundherum, rundherum,* und nicht mal die laute Musik von ein paar Teenagern konnte es übertönen. Meine Gedanken liefen im Kreis, und John war kein Teil davon.

Als ich klein war, hatte mein Vater mich immer ermahnt, den Busfahrer beim Einsteigen zu grüßen und mich zu verabschieden, wenn wir wieder ausstiegen. Damals fand ich es albern und aufgesetzt, als wollte er allen zeigen, dass er etwas Besseres war. Doch jetzt glaube ich, er wollte mir beibringen, freundlich zu sein. Es ist eine ganz spezielle Art von Einsamkeit, von Menschen umgeben zu sein, die einen ignorieren.

Ich hielt wieder am Hafen, wo John zugestiegen war, und schaute hinaus aufs Wasser, das ruhig war, trotz des stahlgrauen Himmels, der tief darüberhing. Immer mehr Wolken zogen heran und türmten sich auf, und es schien so, als braue sich über dem Kanal ein Unwetter zusammen. Als ich in den Rückspiegel blickte, sah ich, dass John immer noch da war. Auch er schaute aufs Meer.

Ich wartete ab, ob er aufstehen und aussteigen würde, doch er blieb sitzen. Von da an fuhr ich jedes Mal langsamer, wenn wir uns einer Haltestelle näherten, selbst wenn dort niemand stand, aber er rührte sich nicht. Ein paar Mal blickte er sich um, als würde seine Haltestelle kommen, rang die Hände und rutschte näher zum Gang, aber er drückte nicht auf den Halteknopf, und er stieg auch nicht aus.

Als ich beim Wechselpunkt ankam, winkte mir der nächste Fahrer zu, und ich fragte mich, was ich mit John machen sollte. Ich schaltete den Motor ab, und bevor ich ausstieg, sah ich noch einmal zu ihm hinüber. Da war etwas in der Art, wie er aus dem Fenster starrte.

Ich ging zu ihm. »Haben Sie Ihre Haltestelle verpasst?«

Ruckartig drehte er sich zu mir. »Wie bitte?«

»Ihre Haltestelle. Sie sind jetzt einmal ganz durch die Stadt gefahren, und ich dachte mir, vielleicht haben Sie die richtige verpasst?« Im Grunde wollte ich wissen, ob mit ihm alles in Ordnung war.

Er lächelte zögernd. »Ich kenne mich damit nicht aus.«

Ich nickte und wartete darauf, dass er fortfuhr, doch es kam nichts mehr.

»Wohnen Sie hier in der Stadt?«

»Ja«, sagte er. »Ja. An der –« Er blickte aus dem Fenster, und seine Lippen sahen aus, als hätten sie die Worte gefunden, die er suchte, doch seine Stimme blieb still. »Oben auf dem Hügel«, sagte er schließlich und tippte an die Scheibe.

»Dann sind Sie im falschen Bus. Sie müssen zurück ins Zentrum und den 5A nehmen.«

Er nickte, aber ich war mir nicht sicher, ob er verstand.

»Wissen Sie was, das liegt auf meinem Weg, ich kann Sie mitnehmen. Mein Auto steht gleich hier um die Ecke.«

»Nein, vielen Dank, ich komme schon klar.«

»Es macht mir wirklich nichts aus. Ich fahre sowieso dorthin.«

Das Angebot schien ihm nicht ganz recht zu sein, aber er stand auf und stieg mit mir aus dem Bus. Der Zustand meines Autos war mir peinlich; ich fegte die leeren Chipstüten und Schokoriegelverpackungen vom Beifahrersitz, damit er sich setzen konnte.

»Welche Straße?«, fragte ich, während ich den Gang einlegte.

»Wie bitte?« John spähte aus dem Fenster, als versuchte er, sich zurechtzufinden. Als wäre er ein Tourist, der früher schon mal in Dover gewesen war und sich auf seine verblassten Erinnerungen stützte, um den Weg zu finden.

»Sie kommen wohl nicht so oft runter in die Stadt?«

»Meine Frau kümmert sich um den Myrtenstrauch im Vorgarten«, sagte er.

Ich sah ihn an, und der Mann, für den ich ihn gehalten hatte, elegant gekleidet für einen Nachmittag in der Stadt, verschwand, und an seine Stelle trat ein alter Mann, der an seinen Jackenknöpfen herumfingerte.

»Myrte?«

Er nickte, und auf einmal wirkte er sicherer. »Sieht um diese Jahreszeit nicht nach viel aus, aber bald kommen die Blüten. Rosa.«

»Normalerweise sieht man die eher unten am Wasser«, sagte ich, während ich den Hügel hinauffuhr. »Sagen Sie mir einfach Bescheid, wenn ich abbiegen soll.«

Seine Finger wanderten wieder zu den Knöpfen.

»Meine Nachbarn haben auch so einen Strauch«, sagte ich.

»Bitte?«

»Myrte.«

»Meine Frau hat einen Myrtenstrauch in unserem Garten«, sagte er wieder. »Sieht um diese Jahreszeit nicht nach viel aus.«

»Meistens findet man die unten am Wasser«, erwiderte ich und fragte mich, ob er die Wiederholung bemerken würde.

»Da kommt der Strauch meiner Frau auch her, vom Wasser.« Er wandte sich zu mir und lächelte. »Sie schwimmt.«

»Tatsächlich?«

»Jeden Tag. Sie trainiert.«

»Wofür denn?«

»Für den Kanal natürlich.«

»Heißt Ihre Frau zufällig Martha?«

Sein Gesicht leuchtete auf. »Martha.«

»Ich glaube, ich bin Ihr Nachbar«, sagte ich. »Ich heiße Henry, ich wohne in Nummer 105.«

Er lächelte und nickte und schaute auf die Häuser, die draußen vorbeiglitten, und das alles mit einem ganz merkwürdigen Gesichtsausdruck; es war, als wäre er gar nicht wirklich hier bei mir im Auto.

»Henry«, sagte er. »Ja.«

Als ich in meine Einfahrt einbog, stand Martha an ihrer Gartenpforte.

Ich stellte den Motor ab, und John fingerte an seinem Sicherheitsgurt herum, bis ich ihn für ihn löste. Er hatte kaum den Fuß auf das Pflaster gesetzt, da hörte ich Martha schon rufen.

»John! Wo warst du denn so lange?« Sie kam herbeigelaufen und stützte sich auf den Zaun.

Er schüttelte den Kopf und beachtete sie gar nicht.

»Hast du die Milch?«, fragte sie.

Er fegte ihre Worte mit einer Handbewegung beiseite, als hätte sie die Frage nur gestellt, um ihn zu ärgern, und ging an ihr vorbei ins Haus.

»Danke, dass Sie ihn vom Laden mit raufgenommen haben«, sagte sie zu mir.

»Ich habe ihn nicht im Laden getroffen, er war unten am Hafen.«

»Am Hafen?«

»Ja.«

»Er ist losgegangen, um Milch zu holen.«

»Aha.«

»Schon vor ein paar Stunden. Er wollte nur zu dem Laden an der Ecke.«

»Vielleicht hatten sie keine mehr«, sagte ich.

»Ja, vielleicht.« Sie versuchte zu lächeln.

»Sie können jederzeit gerne bei mir klingeln, wenn Ihnen irgendwas fehlt. Ist ja Unsinn, dafür extra bis zum Laden zu gehen.«

»Danke.« Sie strich mit den Fingern über die abgeplatzte weiße Zaunfarbe. »Die Milch war gar nicht alle.«

»Ich dachte, Sie hätten gesagt, dass er deshalb losgegangen ist.«

»Habe ich auch.«

Sie zeigte auf etwas zu meinen Füßen. »Sie sollten das Immergrün zurückschneiden, bevor es sich im ganzen Garten ausbreitet.«

»Immergrün?«

»Da, das mit den blaulila Blüten.«

»Ah. Danke.« Ich schob die Hände in die Taschen und sah sie an. Sie schien noch nicht wieder ins Haus gehen zu wollen. »Alles in Ordnung?«

»Mmm«, sagte sie. »Tut mir leid. Ich hoffe, John hat Ihnen nicht allzu viel Mühe gemacht. Danke noch mal, dass Sie ihn mitgenommen haben.« Sie wandte sich um und ging langsam auf ihr Haus zu.

»Gern geschehen«, sagte ich.

Damals hatte ich nicht gedacht, dass wir Freunde werden würden, und auch nicht, dass eine Zeit kommen würde, in der wir über ihre Gesundheit sprechen mussten. Ich saß reglos in ihrer Küche, während sie immer wieder mit den Fingern um die extragroßen Knöpfe an ihrer Strickjacke fuhr. Ich hätte gerne etwas Nützliches getan, aber es gab nichts, was die Diagnose rückgängig gemacht hätte. Krebs war Krebs, und das Leben hatte sich unwiderruflich verändert.

»Wann kommt John zurück?«

Die Küche war still, als warte sie auf die Nachricht, die wir bereits kannten. Oder vielleicht schwieg sie verdattert, unfähig zu verdauen, was sie gehört hatte. Der Kalender, der über dem Telefon an der Wand hing, zählte die Tage bis zum Ende des Jahres, ohne Garantie dafür, wer sie noch erleben würde.

»Übermorgen«, sagte sie.

»Nicht früher?«

»Warum sollte er früher nach Hause kommen?«, entgegnete sie, als hätte ich eine vollkommen unsinnige Frage gestellt.

»Du hast es ihm nicht gesagt, stimmt's?«

»Warum sollte ich?« Sie erhob sich, setzte Wasser auf und gab einen Teebeutel in den Becher, den ich immer benutzte, wenn ich rüberkam, einen mit weiß-blauem Muster, das mich an tropische Meere erinnerte.

»Warum solltest du nicht?«

»Weil er sich ein schönes Wochenende macht.«

»Aber das hier ist doch schrecklich.«

Sie kehrte mir den Rücken zu, aber ich sah, wie sie die Hände flach auf die Arbeitsfläche legte und dann ihren schlichten goldenen Ehering zurechtrückte.

»Es wird immer noch schrecklich sein, wenn er zurückkommt.« Sie drehte sich zu mir um und verschränkte die Arme vor der Brust. »Meinst du nicht, es wäre schlimmer, ihm das Wochenende zu ruinieren?«

Das grelle Pfeifen des Kessels erfüllte die Küche.

»Nein«, sagte ich, während sie das Wasser in den Becher goss.

»Lassen wir ihm noch ein paar unbeschwerte Tage. Das ist gütiger.«

»Nein, es ist grausam.«

»Was weißt du denn schon? Ganz allein, da drüben.«

Ihre Stimme klang scharf. Ich stand auf und stellte mich vor sie. Ich wollte etwas sagen, das alles wiedergutmachen würde. Aber wenn sie gewusst hätte, dass ich auch nur die Möglichkeit in Erwägung zog, es könnte Worte geben, die das vermochten, hätte sie mich angebrüllt und verflucht, weil ich so unpraktisch und naiv war. Also suchte ich gar nicht erst danach.

»Falls du irgendetwas brauchst, weißt du ja, wo ich bin.«

Ich schloss die Tür energisch hinter mir und ging zurück zu meinem Haus. Ich schwor mir, nichts Überstürztes zu tun, meinem Zorn nicht nachzugeben. Ich setzte mich auf die rechte Seite des Sofas, denn das war meine, auch wenn es niemanden gab, der die andere beansprucht hätte. Es war eine Angewohnheit und vermutlich meine Art zu beten.

Das Sofa stammte aus einem Sozialkaufhaus und war mit einem braun karierten Stoff bezogen, der mir gemütlich erschienen war, als ich es gekauft hatte. Auf dem linken Sitzkissen war ein Brandloch von einer Zigarette, deshalb hatte ich es umgedreht und mit dem rechten vertauscht, nur für den Fall.

Dabei wusste ich, dass »nur für den Fall« nie passieren würde. Nicht mehr. Nicht, seit ich zu uns nach Hause gekommen war und dort eine offene Tür nicht genug beachtet hatte.

Es war ein Mittwoch im November gewesen. Spät genug, um dunkel zu sein, aber noch nicht spät genug, um spät zu sein. Ungefähr zur Abendessenszeit. Um die Zeit hätte man in jedes Haus in unserer Straße gehen können und wäre an der Tür vom Duft nach Huhn, Rind oder Lamm begrüßt worden. Als ich unser Haus betrat, empfing mich der vertraute Geruch nach einem Hähnchen, das im Ofen briet.

Ich hatte kaum zur Kenntnis genommen, dass die Tür offen stand. Ich war in Eile, hatte anderes im Kopf. Beim Hineingehen rief ich Hallo, bekam aber keine Antwort. Es blieb keine Zeit, die stille Leere des Hauses zu bemerken, weil das Telefon im Flur klingelte und ich drangehen musste. Es ging um eine dringende Sache bei der Arbeit, zu einer Zeit in meinem Leben, als »sich im Kreis bewegen« noch etwas ganz anderes bedeutete, als ich einen Schreibtisch hatte, auf dem das Familienfoto so stand, dass ich es immer sehen konnte. Doch das Telefon hatte mit seinem Klingeln signalisiert, dass es wichtiger war. Es hatte oberste Priorität.

Jetzt saß ich auf dem alten karierten Sofa und wählte die Nummer, die ich schon lange auswendig wusste. Es klingelte und klingelte, bis ich die vertraute Ansage hörte.

Hallo, hier ist Beth. Tut mir leid, dass ich gerade nicht da bin, aber wenn Sie mir eine Nachricht hinterlassen, rufe ich so bald wie möglich zurück.

Es folgte ein schriller Piepton und dann Schweigen. Ich drückte den Hörer ans Ohr, lauschte auf das Nichts und fragte mich, ob es möglich war, die Zeit zurückzudrehen, wenn ich nur lange genug in der Leitung blieb. Das dumpfe elektrische Summen in meinem Ohr hielt an, bis ich überzeugt war, dass es nichts gab, was ich tun konnte, um etwas zu ändern.

Der Anruf damals bedeutete, dass ich noch mal ins Büro musste. Ohne weiter darüber nachzudenken, war ich ins Auto gestiegen und weggefahren. Ich war in weniger als einer Stunde zurück gewesen, und die Angelegenheit hätte ohne Weiteres bis zum nächsten Morgen warten können, wenn ich nicht so erpicht darauf gewesen wäre, vor einem neuen Kunden gut dazustehen.

Und in der Zeit war meine Tochter, ohne dass ich etwas davon ahnte, aus ihrem Zimmer oben in unserem Haus in die Notaufnahme des örtlichen Krankenhauses gebracht worden. Sie litt an einer allergischen Reaktion – einem anaphylaktischen Schock, wie ich später erfuhr –, ausgelöst durch Meeresfrüchte, was merkwürdig war, denn meine Ellie hatte alles, was aus dem Meer kam, nie gemocht.

Ihre Mutter hatte sie gefunden und war mit unserer Tochter, die kaum noch Luft bekam, auf dem Beifahrersitz durch die Straßen gerast. Irgendwann an dem Abend, als ich endlich bei ihnen war, als die unbeantworteten Anrufe beantwortet worden waren und ich erneut in mein Auto gestiegen und quer durch die Stadt zum Krankenhaus gefahren war, wo ich Beth zitternd und weinend in einem Flur mit flackerndem Neonlicht und dem übelkeiterregenden Geruch nach Desinfektionsmittel und Urin gefunden hatte, erfuhr ich, dass es an dem Tag in der Schule eine besondere Veranstaltung gegeben hatte, um den Geschmack der Kinder zu erweitern. Jemand hatte einen Küchenchef aus der Stadt mitgebracht, der die Schüler dazu bringen sollte, mal etwas anderes zu essen als matschige Pommes mit brauner Soße.

Beth sagte: »Ich habe sie oben gefunden, bewusstlos.«

»Aber alles sah völlig normal aus.«

»Ich habe ihren Rucksack im Flur liegen sehen und ihre Jacke auf der Treppe.«

Ich wusste nicht, ob ich diese Dinge auch gesehen hatte; ich erinnerte mich nur daran, dass das Telefon geklingelt hatte.

»Ich habe gerufen, um zu sehen, ob jemand zu Hause war«, sagte ich. Meine Stimme klang mechanisch, wie auf Autopilot.

»Sie bekam keine Luft. Wie hätte sie da antworten sollen?«

»Das wusste ich nicht.« Ich konnte nichts weiter tun als Fakten wiederholen.

»Und du bist nicht auf die Idee gekommen, mal nachzusehen?«

»Ich bin nicht auf die Idee gekommen, dass etwas nicht stimmte.«

»Ist dir nichts Ungewöhnliches aufgefallen?«

Und da sah ich die Haustür vor mir. Sie war offen gewesen. Nur ein wenig. Ein kleiner Spalt, der, wäre alles anders gekommen, nach einer Weile zu einem Familienscherz geworden wäre. Unsere Ellie, lässt immer die Türen offen stehen. Und es stimmte sogar: Die Schranktüren in der Küche standen immer einen Spalt offen. Dass etwas im Flur oder auf der Treppe lag, fiel mir gar nicht auf, weil unser Haus nicht besonders ordentlich war; es war ein Haus voller Leute, die kamen und gingen und viel zu tun hatten, und so lagen oft Dinge auf dem Boden.

Es hätte nur eine Minute gedauert, wahrscheinlich sogar weniger, nach oben zu gehen und in ihr Zimmer zu schauen. Aber ich hatte es nicht getan.

Später, als ich gerade überlegte, was ich zu Mittag essen sollte, zerriss die Klingel so unvermittelt die Stille, dass ich zusammenzuckte. Als ich die Tür öffnete, pochte mein Herz heftig. Es war Martha.

»Hast du einen Pass?«, fragte sie.

Ich weiß nicht, was ich erwartet hatte, aber das ganz sicher nicht.

»Ja«, sagte ich. »Ist alles in Ordnung?« Es war eine dämliche Frage, und ich wusste, dass sie sich wahrscheinlich darüber aufregen würde, aber ich stellte sie trotzdem.

»Hol ihn.«

»Warum?«

»Weil sie dich ohne nicht von der Fähre lassen.«

»Wohin fahren wir denn?«

»Nach Frankreich.«

»Warum das denn?«

»Frag nicht so viel. Die nächste Fähre geht in einer Dreiviertelstunde.« Sie rückte den Träger ihrer Handtasche auf der Schulter zurecht.

Sie bot einen ziemlich seltsamen Anblick, wie sie da vor meiner Tür stand und verlangte, dass ich mit ihr nach Frankreich fuhr. Es war auf jeden Fall das erste Mal seit langer Zeit, dass jemand mit mir irgendwohin wollte, und etwas an ihrer Haltung – gerader Rücken, Kinn hoch, unverwandter Blick – sagte mir, dass sie ein Nein nicht akzeptieren würde.

»Was ist mit Webb?«

»Der kommt schon zurecht. Wir sind bald wieder da.«

Wir schafften es noch rechtzeitig zur Fähre, und als wir an Deck standen und uns der Wind um die Nase blies, betrachtete ich Martha verstohlen. Es war schwer zu sagen, wie alt sie war. Ihre Haut war gegerbt von der Zeit im Wasser; Sonne, Wind und Meer hatten sich ihrem Gesicht eingeprägt und feine Linien um Augen und Mund gezogen, aber sie hatten ihr nicht das Jugendliche gestohlen, das für mich in den Bräunungslinien lag, die an unerwarteten Stellen auftauchten. Wenn sie sich zum Beispiel am Ende des Sommers die Haare schneiden ließ, sah man an ihrem Nacken auf einmal eine Linie wie eine Gezeitenmarkierung. Genauso an den Schläfen: Wenn man wusste, wonach man suchte, konnte man den schmalen hellen Streifen erkennen, den das Gummiband ihrer Schwimmbrille hinterlassen hatte. Doch das Jugendlichste an ihr war ihr Lachen. Es war das Lachen eines Mädchens, hell und voll überraschter Freude.

»Martha«, sagte ich.

Sie drehte sich zu mir, und der Wind wehte ihr die Haare ins Gesicht.

»Frankreich?«

Sie grinste. *»Mais oui.«*

»Könntest du das etwas spezifizieren?«

Doch sie lächelte nur und wandte sich wieder dem Meer zu.

In den Jahren, die wir uns mittlerweile kannten, hatte ich gelernt, dass ihr Blick, wenn das Meer in der Nähe war, immer dorthin gezogen wurde. An manchen Tagen konnte man mit ihr kein Gespräch führen, es sei denn, es ging um Gezeiten oder Wellen oder Wind. Ihr Körper war der einzige Teil von ihr, der je an Land kam; alles andere – alles, was zählte – blieb im Wasser.

Da die Überfahrt anderthalb Stunden dauern würde, überließ ich Martha sich selbst. Ich ging hinein und setzte mich abseits der Touristen und Urlauber, die versuchten, sich an die letzten Reste des Sommers zu klammern. Ich hatte kein Buch mitgenommen, sodass ich meinen Gedanken ausgeliefert war. Es dauerte nicht lange, da warf mich das Muster des Teppichbodens unter meinen Füßen zurück in jene furchtbare Nacht im Krankenhaus.

Ich hatte lange das Muster des Bodenbelags betrachtet und versucht, es zu überlisten, indem ich nach einer Stelle suchte, wo es sich in falscher Reihenfolge wiederholte. Ich hatte ein Quadrat von dreißig mal dreißig Zentimetern fixiert, bis ich das Muster auswendig kannte: eine Reihe von blauen, grauen und grünen Rauten, die sich alle berührten und fächerförmig ausbreiteten. Ich suchte nach den Regeln des Musters, verwarf sie aber ebenso schnell, wie ich sie ersann. All das tat ich, weil es einfacher war, als mit Beth über das zu reden, was passiert war.

Wir warteten, denn dazu sind Krankenhäuser da. Alle darin warten auf etwas: darauf, mit dem Arzt zu sprechen, gesund zu werden, nach Hause zu können. Als ich sah, wie ein anderes Paar weinend hinausging, freute ich mich, obwohl ich wusste, wie furchtbar das war. Es konnte nur eine bestimmte Menge Pech geben, und wenn diese andere Familie eine große Portion davon abbekommen hatte, gab es vielleicht noch Hoffnung, dass wir davonkamen – nicht unversehrt, aber in einem Stück.

Stand mir nun wieder ein trostloser Krankenhausflur bevor? Würde ich derjenige sein, der Martha zu ihren Arztterminen brachte, da man sich bei Johns aufribbelndem Verstand nicht darauf verlassen konnte, dass er so alltägliche Dinge wie Autofahren und Wochentage auf die Reihe bekam? Würde ich vom Nachbarn zum Pfleger aufsteigen?

Als die Fähre anlegte, stiegen wir wieder ins Auto und fuhren ziemlich orientierungslos durch Calais. Wir hatten keine Karte dabei, und Martha konnte sich nur auf die Erinnerung an ihren letzten Besuch stützen, der vierzig Jahre zurücklag. »Fahr Richtung Meer. Folge der Straße, die an der Küste entlangführt« war die einzige Anleitung, die sie mir geben konnte. Es hätte ohne Weiteres das Motto für jede schwierige Situation sein können, die das Leben ihr vor die Füße warf, dachte ich bei mir.

Es war seltsam, auf der rechten Seite der Straße zu fahren, und ich war froh, dass auf der Autobahn nicht viel Verkehr war. Der Ärmelkanal lag auf der Beifahrerseite wie ein Ölteppich. Martha kurbelte die Seitenscheibe herunter, und die Meeresluft wehte herein und füllte den Wagen mit ihrem typischen Geruch nach Sommerferien und Eiscremepicknicks.

Von Zeit zu Zeit warf ich einen Blick aufs Wasser. Die Wellen rollten hier genauso ans Ufer, und ich fragte mich, ob sich irgendwo da draußen eine Linie durchs Wasser zog, wie ein Scheitel durch den Haarschopf eines Schuljungen. Gab es in der Mitte eine Grenze, wo das Wasser seine Befehle bekam?

Ihre Augen waren geschlossen, als wir den kleinen Ort erreichten.

»Wir sind da«, sagte ich leise.

Sie blickte sich um und zeigte nach links. »Die Straße da hinunter.«

Sie setzte sich auf und beugte sich vor, und es hätte mich nicht überrascht, wenn sie, noch bevor der Wagen stand, die Tür aufgestoßen hätte und zum Meer hinuntergerannt wäre. »Ich bin nur einmal von Frankreich aus gestartet. Es ist nicht mehr erlaubt.«

»Warum?«

»Wegen des Wetters.«

»Nein, ich meine, warum ist es nicht mehr erlaubt?«

Sie zuckte die Achseln. »Das haben die französischen Behörden so entschieden.«

»Und was war der Grund dafür?«

»Keine Ahnung. Es ist schade, denn von hier aus war man im Vorteil. Die Strömungen hier sind übel, und es ist besser, sie am Anfang hinter sich zu bringen, wenn man noch richtig viel Kraft hat.«

Das Dorf am Cap Gris-Nez sah nicht viel anders aus als ein kleiner Küstenort bei uns: Es gab einen Fleischer, einen Fischhändler, einen Lebensmittelladen, einen Gemischtwarenladen und ein paar Cafés und Bistros. Mich überkam ein leicht wehmütiges Ferienendegefühl, als wir durch die halb leeren Straßen fuhren. Es war ein Sommerort, und die Saison war fast vorbei, sodass über allem eine melancholische Stimmung lag.

Ich parkte und folgte Martha zum Strand, der vollkommen anders aussah als der auf unserer Seite. Unsere Küste wirkte einschüchternd mit den weißen Klippen, die stolz aus dem Meer aufragten, als wollten sie es daran erinnern, dass sie sich aus seinen Tiefen erhoben hatten; hier hingegen zog sich, so weit man sehen konnte, ein Sandstrand die Küste entlang, wild und windzerzaust, mit Dünen dahinter, in denen man sich verstecken konnte. Es zeigte einen Unterschied in der nationalen Identität: Während die englische Küste sich zugeknöpft und förmlich gab, war die französische entspannt und bereit für ein Sonnenbad.

Ich reichte ihr meine Hand, als wir die Dünen hinunterkletterten, doch sie nahm sie nicht. Der Sand gab unter unseren Füßen nach, was mich ins Straucheln brachte, aber ihr Körper schien die Erinnerung an diesen Ort, diese Dünen und diesen Sand gespeichert zu haben. Ich hoffte, der Ort erinnerte sich ebenso gern an sie wie umgekehrt.

Sie steuerte schnurstracks auf das Meer zu. Sobald sie beim Wasser angekommen war, hockte sie sich hin, tauchte die Hände hinein und benetzte ihr Gesicht damit.

»Wozu machst du das?«, fragte ich.

Meerwasser tropfte von ihrer Nase. »Wenn wir katholisch wären und in eine Kirche gingen, würden wir uns mit Weihwasser bekreuzigen.«

»Wir sind aber nicht katholisch und auch nicht in einer Kirche.«

»Nur eins davon stimmt, Henry.«

Sie tupfte sich die Tropfen mit dem Jackenärmel vom Gesicht und blickte in die Ferne.

»Was siehst du da?«, fragte ich.

»Mich«, antwortete Martha.

Sie blieb so am Fuß des Meeres hocken, während ich danebenstand und mir wie ein Eindringling vorkam. Sie berührte den Sand, fuhr mit den Fingern hindurch, malte Linien und Kreise und tauchte ihre Hände immer wieder in das kalte, graue Wasser. Schließlich erhob sie sich, und wir gingen den Strand entlang Richtung Süden.

»Von hier bist du gestartet?«

Sie zeigte auf eine Landzunge, die ein Stück vor uns ins Wasser ragte. »Weiter da drüben, hinter dem Vorsprung. Da ist die Strömung nicht ganz so stark.«

Wir gingen darauf zu, und Martha sagte: »Ist jetzt fast auf den Tag vierzig Jahre her. Ich wollte eigentlich am dreißigsten August schwimmen, aber wegen des Wetters musste ich warten, bis zum vierten September.« Sie strich sich die Haare aus dem Gesicht. »Alle meine erfolgreichen Durchquerungen waren im September.«

»Wie meinst du das, du musstest warten?«

»Der Lotse gibt dir ein Zeitfenster von sieben Tagen. Du startest, wenn er es sagt. Und da ich kein grünes Licht bekam, habe ich gewartet.«

»Ich wette, John war darüber nicht sehr glücklich.«

»Nein, aber er und die Kinder haben es überlebt.«

»War er nicht bei dir?«

»Nein«, sagte sie. »Ich bin allein hierhergekommen.«

Ich war mir nicht sicher, aber es klang so, als läge in ihrer Stimme ein Hauch von Stolz.

»Warum hast du es getan?«, fragte ich.

»Was?«

»Warum bist du durch den Kanal geschwommen?«

Sie blieb stehen und lächelte. »Weil ich sehen wollte, ob ich es kann, und weil ich wissen wollte, wie es ist, da draußen im offenen Meer zu sein.«

Ich blickte auf das Wasser. Für mich war es ein brodelnder Kessel mit Schaum vor dem Mund, bereit, jeden zu verschlingen, der dumm genug war, es herauszufordern. Man konnte weder den Grund noch das Ende sehen, es war kalt, und es roch nach Fisch.

»Hast du nie Angst gehabt?«

Sie malte mit dem Fuß einen Bogen in den nassen Sand. »Nur einmal, und auch nur kurz.«

Ich wartete darauf, dass sie weitersprach.

»Als Kind bin ich mal reingefallen. Ich wäre fast ertrunken.«

»Und du bist trotzdem wieder reingegangen?«

»Am nächsten Tag.«

»Warum?«

»Weil –« Sie verstummte und sah auf das Wasser, als wüsste es die Antwort. »Weil es eines der wenigen Dinge war, die meinen Vater … aufmunterten.«

Wir gingen weiter den Strand hinunter, und das Wasser kam näher und leckte an ihren Schuhen. Ich bog ein wenig landeinwärts ab, um dem Salz zu entgehen.

»War doch bestimmt schön zu wissen, dass du nach Hause schwimmst.«

Sie murmelte etwas, das wie Zustimmung klang.

»Bist du seit damals noch mal hier gewesen?«

Martha schüttelte den Kopf. »Nein, das war das einzige Mal, dass ich in Frankreich war. Zumindest für mehr als ein paar Atemzüge.«

Ich sah sie verwirrt an.

»Nach einer Kanaldurchquerung darf man nur ein paar Minuten bleiben. Dann heißt es, zurück ins Boot.« Sie blieb stehen. »Das war das einzige Mal, dass ich England verlassen habe.«

»Bis heute.«

»Bis heute«, sagte sie, und dann machte sie kehrt und ging in die Richtung zurück, aus der wir gekommen waren.

Nun hatten wir Gegenwind. Unsere Fußabdrücke waren vom auflaufenden Wasser ausgelöscht worden, und der Sand sah unberührt aus, als wären wir nie da gewesen.

Ein Stück vor uns lag eine Reihe einfacher kleiner Häuser oben auf dem Dünenrand, die offensichtlich in bescheideneren Zeiten gebaut worden waren. Wie sie dort an der Schwelle des Meeres standen, sah es so aus, als würden sie Wache halten, während das Wasser Zentimeter für Zentimeter die Erde verschlang. Martha steuerte auf das buttergelbe mit dem roten Ziegeldach zu. Sobald sie die hölzerne

Treppe erreicht hatte, stieg sie sie so selbstverständlich hinauf, als würde sie dort wohnen.

»Martha?«

Ich zögerte am Fuß der Treppe.

»Das Essen war sehr gut«, sagte sie. Sie legte die Hand an die Glastür, schaute hinein und schien kurz zu zögern. Dann schob sie sie auf, ohne auch nur anzuklopfen, und ging hinein. Mir blieb nichts anderes übrig, als ihr zu folgen.

Der Raum war klein, im Grunde nicht mehr als ein Wohnzimmer, der zu einem Esszimmer umfunktioniert worden war. Es gab fünf Kiefernholztische, und auf jedem stand die gleiche Vase mit einer einzelnen frischen Blume darin. Die Dekoration stellte im Wesentlichen das Meer: Die ganze Wand an der Strandseite war ein einziges großes Fenster, und der Rest des Raums mit seinen cremeweißen Wänden und den geschmackvollen, wenn auch nicht echten Bildern hielt sich dezent zurück.

Wir stellten uns in den Flur und warteten darauf, dass jemand kam. Martha schien sich so wohl zu fühlen, als wäre sie hier zu Hause, während ich damit rechnete, dass uns gleich ein wütender Franzose die Dünen hinunterjagte.

»Bist du sicher, dass wir einfach so –?«, fragte ich.

Bevor sie antworten konnte, erschien eine Kellnerin und sagte, wir könnten uns einen Tisch aussuchen. Martha wählte den mit dem besten Blick.

»Hier habe ich damals gewohnt«, sagte sie, als wir Platz genommen hatten. »Sie haben renoviert, aber sonst sieht alles noch so aus wie damals.«

Wir bestellten unser Essen, und dann wurde Martha mit einem Mal rastlos. Erst spielte sie mit dem Salz- und dem Pfefferstreuer, dann mit der Vase. Sie drehte sie geistesabwesend zwischen den Fingern hin und her, wie sie es vielleicht mit ihren Haaren getan hätte, wenn sie länger gewesen wären, und ihr Blick wanderte im Raum umher, als suche sie etwas, das knapp außer Sichtweite war.

Die Kellnerin brachte eine Flasche Weißwein, und sobald er eingeschenkt war, stand Martha auf und ging zu der Bar hinten in der

Ecke, die wie eine geschmackvollere Version einer durchschnittlichen Kellerbar aussah, und beugte sich über den Tresen.

»Henry«, sagte sie. »Schau mal!«

Ich trat zu ihr und sah, dass an der Wand hinter der Bar lauter alte, an den Rändern gewölbte Fotos hingen und auch ein paar vergilbte Zeitungsausschnitte, einige davon auf Englisch, aber die meisten auf Französisch.

»Das zweite von unten«, sagte sie und zeigte darauf.

Ich kniff die Augen zusammen. »Bist du das?« Auf dem Foto war eine Frau am Strand abgebildet in einem schlichten, altmodischen Badeanzug, die direkt in die Kamera blickte – ja, fast starrte.

Sie nickte. »Er hat es also wirklich aufgehängt.«

»Bitte?«

Sie kehrte zum Tisch zurück und trank einen Schluck Wein. »Ich hatte ihm versprochen, dass ich ihm den Artikel aus unserer Zeitung schicke. Und er hatte mir versprochen, dass er ihn aufhängt.«

Sie stützte das Kinn in die Hand und sah in Gedanken versunken aus dem Fenster.

»Wie oft bist du die Strecke jetzt geschwommen?«

»Neunmal. Plus ein Fehlversuch.«

»Und willst du noch mal?«

Sie schüttelte den Kopf. »Ich glaube, das würde ich nicht schaffen. Jetzt nicht mehr.«

»Das kannst du doch nicht wissen.«

»Henry.« Sie sah mich ernst an.

»Andere Leute haben es auch geschafft.«

»Ich bin nicht andere Leute.«

Nein, dachte ich. Das bist du nicht.

Das Essen kam, und wir aßen in entspanntem Schweigen.

Beth und ich hatten mit Ellies Krankenhausbett zwischen uns dagestanden, sie angesehen und darauf gewartet, dass sie aufwachte. Die Stille im Raum war angespannt und scharf. Wir hofften, dass ihr Gehirn während der Zeit, in der sie keinen Sauerstoff bekommen hatte, nicht allzu viel Schaden genommen hatte. Aber das würde sich erst zeigen, wenn sie aufwachte.

»Es tut mir leid«, sagte ich.

Beth beachtete mich nicht.

»Ich wusste es nicht.«

Sie sah mich nicht an.

»Ich liebe sie.«

Beths Miene verriet mir, dass sie mir nicht glaubte.

»Sie ist auch meine Tochter.«

Ihre Augen verengten sich, und sie beugte sich über das Bett, in dem unser kleines Mädchen lag. »Das hier wäre nicht passiert, wenn du aufgepasst hättest.«

»Aber es ist nicht meine Schuld.«

»Wer geht denn in ein Haus, ohne zu merken, dass die Tür offen ist?«

»Du hättest dasselbe getan.«

Sie schnaubte.

»Beth, es war ein Unfall.«

Sie schüttelte den Kopf, und ihre Augen wurden feucht. »Ich habe es gemerkt«, sagte sie und tippte sich mit dem Finger auf die Brust. »Wie konntest du so unaufmerksam sein?«

»Wo bist du denn gerade?«, fragte Martha und holte mich mit einem Ruck zurück in die Gegenwart. Ich hatte mein Essen kaum angerührt.

»Bist du zum ersten Mal in Frankreich?«, fragte sie.

Ich schüttelte den Kopf. »Vor Jahren. Paris.«

»War es so romantisch, wie alle immer sagen?«

»Nein, ganz im Gegenteil.«

Sie hob die Augenbraue. »Ach ja?«

»Nicht die Erinnerung, die ich mir gewünscht hatte.«

»Sie können nicht alle gut sein.«

»Nein, das können sie wohl nicht«, sagte ich und beugte mich über meinen mittlerweile kalten Fisch.

Sie wartete höflich, solange es ging, aber nach ein paar Bissen merkte ich, dass sie die Geduld verlor.

Ich legte mein Besteck hin.

»Wir können jederzeit gehen.«

»Nein, iss ruhig auf. Wenn es dir nichts ausmacht, frage ich mal, ob ich mich ein bisschen umschauen kann.«

Sie legte ihre Serviette auf den Teller und machte sich auf die Suche nach der Kellnerin. Ich trank den Rest von meinem Wein und versuchte mir Martha vorzustellen, wie sie allein hier saß und darauf wartete loszuschwimmen. Es fiel mir schwer, weil ich sie mir immer nur in ihrem Garten und am oder im Meer vorstellte. Sie hatte irgendetwas an sich, das nicht in geschlossene Räume passte; sie waren zu klein für sie.

Über mir hörte ich Dielen knarzen.

Ich aß eine letzte Gabel voll Fisch mit erstarrter Soße, dann schob ich den Teller weg. Was hoffte sie hier zu finden? Was hatte sie hier zurückgelassen, das so wichtig war, dass sie jetzt herkommen musste?

In Paris hatte ich meine Frau zurückgelassen. Bildlich gesprochen, nicht im Wortsinn. Wir kehrten mit demselben Flug nach Hause zurück, Seite an Seite in die engen Sitze gequetscht, aber unsere Ehe war vorbei; sie lag zusammen mit den zerknüllten Handtüchern im Bad und wartete darauf, dass jemand kam und sie wegräumte. Beth und ich hatten uns wie erwachsene Leute verhalten, aber seit Ellie war nichts mehr so gewesen wie vorher.

Ich hatte gehofft, die Stadt des Lichts würde für uns die Stadt des Neuanfangs werden, und das, was Beth und mich am Anfang zusammengebracht hatte, würde sich im Verlauf des Wochenendes wieder durchsetzen. Doch statt Romantik und Leidenschaft kamen Vorwürfe und Schuldzuweisungen.

Es gab kein Zurück, und es war aussichtslos, etwas reparieren zu wollen, das schon länger kaputt war, als es heil gewesen war. Ich hoffte, das, was Martha suchte, musste nicht repariert werden.

Wieder hörte ich über mir Schritte, und kurz darauf sah ich sie die Treppe herunterkommen. Sie schniefte und putzte sich die Nase, und ihre Augen waren gerötet. In Anbetracht ihrer Situation war es eine Erleichterung.

»Hast du gefunden, was du gesucht hast?«

»Ich habe nichts gesucht.«

Nun war es an mir, die Augenbraue hochzuziehen. »Ach nein?«

»Das Essen hier ist sehr gut, was du wüsstest, wenn du deins gegessen hättest.«

Ich stand vom Tisch auf und bot ihr meinen Arm, doch sie winkte gereizt ab.

»Ich habe Krebs, Henry. Ich bin kein Krüppel.«

»Zeit, nach Hause zurückzukehren?«

Sie blickte noch einmal aus dem Fenster, und ich meinte, einen Seufzer zu hören. Ich wusste nicht, ob er wehmütig, nostalgisch oder traurig war, aber sie schien mit etwas ihren Frieden geschlossen zu haben.

»Ja«, sagte sie. »Es ist Zeit.«

Von Frankreich nach England

MARTHA, 2010

Auf der Fähre zurück nach Dover saß ich für mich allein. Henry zog den Bug vor und ich das Heck; ein Unterschied in der Perspektive.

An einem milden Abend bei Sonnenuntergang mit der Fähre den Ärmelkanal zu überqueren ist romantisch, ganz gleich, wie die Umstände sind. Es ist eine langsame Art zu reisen, und selbst wenn man das Meer nicht sonderlich mag, hat es etwas Träumerisches, auf dem offenen Wasser zu sein, dem man nur schwer widerstehen kann. Es ist das Auf und Ab der Wellen, die sanft das Schiff wiegen, oder vielleicht die Weite, die vom Alter der Ozeane zeugt, und die Tatsache, dass sie ewig sind, wir jedoch nicht.

Diese Ewigkeit hatte etwas Tröstliches, genau wie das Wissen, dass ich etwas mit dem Meer gemeinsam hatte: Im menschlichen Körper herrscht dasselbe Verhältnis von Wasser zu Salz. Diese Gemeinsamkeit hatte mir immer sehr gefallen.

Der Himmel war voller Schäfchenwolken, die von unten blutrot angestrahlt wurden, und die Sonne leuchtete pink wie meine Myrtenblüten. Ich hatte das Gefühl, das Meer – mein Meer – wusste von meiner Diagnose und wollte mir eine Freude machen.

Ich hatte erst einmal ein so dramatisches Farbenspiel erlebt, und damals konnte ich es nicht genießen, weil ich schwamm. Ich kraulte stur auf die weißen Klippen zu und versuchte, Monsieur Sylvain aus dem Kopf zu bekommen. Eigentlich hatte ich angenommen, dass einundzwanzig Stunden Schwimmen am Stück ausreichen würden, alle vorstellbaren Gedanken durchzugehen, sodass er in dem Moment, wenn meine Füße wieder die rostbraunen Kiesel von Dover berührten, zu einer fernen Erinnerung verblasst sein würde.

Ich weiß noch, wie ich den Kopf zur Seite wandte, um Luft zu holen, und das Leuchten des Himmels meine Schwimmbrille erfüllte, als wäre sie plötzlich leck geschlagen. Mein erster Impuls war, anzuhalten und alles zu betrachten, aber ich wusste, wenn ich das tat, würde ich den Schwung verlieren. Ich näherte mich dem Ende meiner ersten – hoffentlich – erfolgreichen Durchquerung, und ich hatte das Gefühl, dass etwas Besonderes mit mir geschah. Meine Schultern schmerzten auf eine Weise, die ich mir nicht hatte vorstellen können, tief in den Gelenken. So tief, dass ich den Schmerz gar nicht richtig orten konnte. Ich wusste nur, dass es wehtat, wenn ich den Arm hob, und dann beim Durchziehen, wenn die Hand meinen Schenkel streifte.

Ich schwamm weiter, und je mehr ich mich Dover näherte, desto übermütiger wurde meine Freude. Doch ich war hin- und hergerissen: Einerseits wollte ich die Durchquerung abschließen, ankommen, andererseits wollte ich nicht, dass sie endete. Ich wollte nicht aus dem Wasser herauskommen.

Fünf Tage zuvor war ich allein mit der Fähre hinübergefahren. Ich war fünfzehn Jahre verheiratet und hatte zwei Kinder, Freunde und alles, was zu einem guten Leben gehört. Trotzdem gab es kein größeres Glück für mich, als all das hinter mir zurückzulassen und einfach loszuschwimmen.

John hatte große Angst, dass mir im Wasser etwas Schreckliches zustoßen würde, dass ich unterkühlen könnte oder die Kraft verlieren oder sogar ertrinken. Über solche Dinge dachte ich kaum nach und vor allem nicht mehr als unbedingt nötig. Ich fühlte mich sicher im Meer, auch wenn ich es nie wirklich erklären konnte.

Ich verabschiedete mich von meiner Familie, von England, und sobald ich die Fähre betreten hatte, dachte ich an nichts anderes mehr als ans Schwimmen, um mich auf das vorzubereiten, was vor mir lag.

Was das Training anging, waren meine mageren Vorbereitungen im Rückblick skandalös. Aber damals zählte mehr der einzelne Mensch und sein Können, nicht wie heute, da der Erfolg von dem Team bestimmt wird, das der Schwimmer zusammengestellt hat.

Doch ich hatte einen guten Lotsen ausgewählt, und als das Taxi mich bei dem Gasthaus in Cap Gris-Nez abgesetzt hatte, rief ich Charlie an, um nach dem Wetter zu fragen.

»Martha«, sagte er. »Es sieht nicht gut aus.«

Ich sank auf den harten Holzstuhl im Flur, wo sich das einzige Gästetelefon befand.

»Im Allgemeinen oder im Besonderen?«, fragte ich.

»Von der Nordsee zieht schlechtes Wetter auf. Und der Luftdruck über dem Atlantik gefällt mir nicht.«

»Bin ich umsonst hierhergekommen?«

Einen Moment herrschte Schweigen, und ich hörte nur das Summen in der Leitung.

»Nein. Aber es könnte eng werden. Ich kann dich vielleicht nicht vorwarnen.«

»Ich brauche keine Vorwarnung. Ich will schwimmen.«

»Ich weiß.«

»Charlie, das hier ist –«

»Ich weiß.«

»Es muss nicht perfekt oder gut sein. Nur möglich.«

»Ich bringe niemanden in Gefahr.«

»Das sollst du auch nicht. Aber ich schwimme auch bei Wellen, Wind und Regen.«

Ich hörte, wie er an seiner Selbstgedrehten zog, und stellte mir vor, wie er in seinem Wohnzimmer saß, die gelb und rosa geblümte Tapete in krassem Kontrast zu seinem unrasierten Kinn und seiner kantigen Art.

»Ich muss es versuchen«, sagte ich.

»Du musst es schaffen.«

»Das werde ich.«

»Wirklich? Bei rauer See ist es schwerer. Das Meer nimmt dir alles, und wenn du alles gegeben hast, verlangt es noch mehr. Und die Reserven musst du haben.«

»Ich schaffe das.«

Meine Stimme klang selbstbewusster, als ich mich fühlte, aber ich hoffte, das würde dann schon kommen, wenn ich in der Horizontalen war und mich durch das Wasser bewegte.

»Lass uns morgen noch mal telefonieren«, sagte er.

Ich legte den Hörer auf und fragte mich, ob ich das Geld vergeudet hatte, das unsere Kirchengemeinde aufgebracht hatte, damit ich unter anderem die Gebühr der Federation bezahlen konnte, um die Durchquerung offiziell anerkennen zu lassen. Es war eine Sache, auf der persönlichen Ebene zu scheitern – mein Selbstbewusstsein würde einen Knacks bekommen, und John würde es mir bis in alle Ewigkeit vorhalten, nachdem wir so heftig gestritten hatten, damit ich wieder schwimmen konnte –, aber es war eine ganz andere, die gesamte Gemeinde zu enttäuschen.

Ich wusste, Charlie würde sein Bestes tun, aber er konnte das Wetter ebenso wenig beherrschen wie ich. Er kannte diesen Teil des Meeres so gut wie seinen engsten Freund, nachdem er über dreißig Jahre dort gefischt hatte. Er kannte seine Stimmungen und Launen, seine Tricks und Fallen besser als die meisten. Und man konnte sich auf ihn verlassen. Er war mein Lotse, und ich wusste, er würde mich starten lassen, wenn es irgend möglich war.

Ich versuchte, es mir gemütlich zu machen, während der Regen an meinem Fenster herablief. Das Gasthaus selbst war nicht schlecht, aber obwohl ich angenommen hatte, dass ich es genießen würde, ein paar Tage ganz für mich zu sein, stellte ich fest, dass ich ohne das Schwimmen und ohne meine Familie nicht recht wusste, was ich mit mir anfangen sollte.

Nachdem ich meine wenigen Sachen ausgepackt hatte – Kleidung für zwei Tage, zwei Schwimmanzüge und ein Buch –, machte ich mich auf den Weg zum Ufer. Das Gasthaus lag in einer Reihe ähnlicher Häuser direkt oberhalb vom Strand, und so konnte ich im Handumdrehen am Wasser sein, falls es nötig sein sollte. Ich ging durch den Speiseraum und von dort hinaus auf die Terrasse, wo mich der Wind überraschte und ins Taumeln brachte.

Die Wellen waren gewachsen, seit ich von der Fähre gegangen war, und jetzt etwa anderthalb Meter hoch, mit auflandigem Wind und drohenden grauen Wolken, die im Norden tief über dem Wasser hingen. Der Regen hingegen hatte nachgelassen, es nieselte nur noch stetig, und vielleicht zum ersten Mal war ich beinahe enttäuscht, am Strand zu sein. Wohin ich auch schaute, überall schienen die Elemente gegen mich zu sein, und mir wurde klar, dass die Wahrscheinlichkeit, die Durchquerung abbrechen zu müssen, deutlich höher war als die, es bis nach drüben zu schaffen.

Ich bildete mir ein, dass ich im Lauf der Jahre gelernt hatte, das Meer zu lesen, zuzuhören, was es mir sagte, und entsprechend zu handeln. Bei auflandigem Wind schwamm ich zu Hause parallel zum Strand. Bei ablandigem schwamm ich geradeaus auf Frankreich zu und sagte mir immer wieder, so würde es an dem Tag sein, wenn ich es tatsächlich tat. Nach einem starken Sturm achtete ich sorgsam auf Quallen und Müll, an dem ich mich verletzen konnte. Ich achtete auf die wechselnden Strömungen, kannte die Gezeiten und wusste, wie ich meinen Atemrhythmus auf die Höhe und Stärke der Wellen einstellen musste.

Als ich sah, wie das Meer sich auf den Strand warf und die Küste attackierte, wusste ich, es war wütend; jetzt war kein guter Zeitpunkt, um hineinzugehen. Ich hatte Geschichten von Surfern gelesen, die nach einer langen Durststrecke solche Sehnsucht nach Wellen hatten, dass sie nachts an den Strand gingen, Feuer machten und Neptun Surfbretter opferten, in der Hoffnung, dass er ihnen das Ersehnte geben würde. Etwas Ähnliches für Schwimmer war mir bisher nicht untergekommen. Ich wusste, dass man eine stürmische See besänftigen konnte, indem man Öl auf das Wasser goss, aber diese Wüterei würde sich nicht von ein paar Tropfen beruhigen lassen, und ich hatte auch wenig Lust, in ein paar Tagen durch eine riesige Ölpfütze zu schwimmen.

Um nicht völlig sinnlos nass zu werden, ging ich am Flutsaum entlang und versuchte zu erkennen, wo die Strömungen zusammenflossen und wo das Meer gegen sich selbst kämpfte. Die drei Meilen vor der französischen Küste waren der härteste Teil jeder Kanaldurchquerung; sie waren der Prüfstein für die Kraft und Entschlossenheit eines Schwimmers und der Grund, weshalb ich von dieser fremden Küste startete. Durch diesen Abschnitt zu kommen, solange ich noch frisch war, würde meine Aussichten auf einen Erfolg deutlich steigern.

Ich versuchte, genau herauszubekommen, wo die meisten Leute scheiterten, um einschätzen zu können, wie gut meine Chancen standen. Wenn das Wetter sich auch nur ein wenig beruhigte, so nahm ich mir vor, würde ich hineingehen und diese drei Meilen immer wieder schwimmen. Falls ich diesmal nicht starten konnte, könnte ich mich zumindest mit dem Wissen trösten, dass ich einen Teil der Strecke besiegt hatte.

Ich stapfte durch den nassen Sand, bis ich nicht mehr konnte. Der Wind drückte gegen meine rechte Seite, und von dem feinen Regen war ich bis auf die Knochen durchgefroren. Ich drehte mich zum Meer und rief: »Ich werde durch den Kanal schwimmen. Ich werde das Wasser nicht verlassen, bis ich in England bin.«

Als Antwort spritzte mir das Meer salzige Gischt ins Gesicht.

Ich straffte die Schultern und stellte mich ihm entgegen, als wäre es ein Rüpel auf dem Schulhof. »Ich muss das tun. Ich muss mir beweisen, dass ich es kann. Ich muss allen zu Hause zeigen, dass ich mehr bin als eine Ehefrau und Mutter. Sie müssen das begreifen –«

Ich hielt inne. Nichts davon hatte ich je laut ausgesprochen, und obwohl außer mir niemand am Strand war und mich nur der Wind, der Regen und das Meer hören konnten, bekamen die Dinge allein dadurch, dass ich sie in Worte fasste, ein unerwartetes Gewicht. Es ist eine Sache, zu wissen, was einen umtreibt, aber eine ganz andere, der Welt zu verkünden, wie wichtig es einem ist, allen die eigene Außergewöhnlichkeit zu beweisen.

War das ein guter Grund, um zu schwimmen? Ich wusste es nicht, und es war mir auch egal. Ich wollte es einfach tun.

Mir war so kalt, als ich an dem Tag in das Gasthaus zurückkam, dass ich dachte, mir würde nie wieder warm werden. Doch gerade als ich anfing, mir so richtig leidzutun, erkannte ich, dass die Friererei auch einen unbeabsichtigten Vorteil hatte: Es war in gewisser Weise ein Training. Ich tat trotz allem etwas für meine Durchquerung. Indem ich stundenlang bei Kälte und Nässe draußen blieb, härtete ich mich ab. Lehrte meinen Körper, die Elemente zu überwinden.

Nachdem ich mir etwas Trockenes angezogen hatte, legte ich mich aufs Bett. Ich wusste nicht, was ich tun sollte. Abendessen gab es erst in ein paar Stunden, und nach Lesen war mir nicht zumute. Während ich an die Decke starrte und im Geist die Kanalstrecke durchging, klopfte es an der Tür.

Monsieur Sylvain, der Besitzer, sprach kaum Englisch, aber er gab mir ein Zeichen, ihm zu folgen. Er sagte Worte wie *pluie* und *froid* und tat so, als sei ihm kalt. Er tappte den Flur entlang, und als er sich umdrehte und sah, dass ich immer noch in der Tür zu meinem Zimmer stand, kehrte er um, nahm mich an der Hand und führte mich hinunter ins Wohnzimmer und bedeutete mir, mich auf den Sessel zu setzen, den er vor das kräftig brennende Feuer gestellt hatte.

Ich ließ seine Hand los, sobald es ging, ohne unhöflich zu erscheinen. Kaum hatte ich mich hingesetzt, eilte er hinaus und kam kurz darauf mit einem kleinen Glas Pastis zurück, einem Getränk, das ich noch nie probiert hatte. Es schmeckte mir auf Anhieb nicht sonderlich.

Er lächelte herzlich, zog sich ebenfalls einen Sessel heran, schlug die Beine übereinander und redete munter auf Französisch drauflos. Ich verstand kein Wort von dem, was er sagte. Mir war nicht klar, was er damit bezweckte. Bemühte er sich einfach nur, seinem einzigen Gast ein guter Gastgeber zu sein? Ich wusste es nicht. Ich wollte mit meinen Gedanken allein sein, mich auf meine Durchquerung vorbereiten und noch einmal alles zwischen hier und dort durchgehen.

Das Abendessen wurde zu meiner Überraschung vor dem Feuer serviert, und gerade als ich dachte, Monsieur Sylvain fiele nichts mehr ein und wir würden schweigend essen, schaltete er das Radio ein, und ich wurde mit seinen Kommentaren zu den Nachrichten des Tages bombardiert.

Als ich am nächsten Morgen aufwachte, wusste ich erst nicht, wo ich war. Ich war es nicht gewohnt, irgendwo anders zu schlafen als zu Hause. Um mich zu fangen, zog ich die Vorhänge auf, in der Hoffnung, dass mich eine ruhige See und ein klarer Himmel begrüßten, doch stattdessen sah ich einen roten Himmel und weiße Schaumkronen auf dem Wasser.

Ich rief Charlie trotzdem an; vielleicht hatte er ja bessere Nachrichten.

»Wann fährst du los?«, fragte ich.

Ich hörte, wie er an seiner Zigarette zog. »Heute nicht.«

»Es ist doch nur ein bisschen Wellengang.«

»Da braut sich was zusammen. Das holt dich ein, wenn du auf halbem Weg bist.«

»Dann schwimme ich halt schneller.«

»Wenn du dein Leben riskieren willst, dann nur zu. Aber ich setze meins nicht aufs Spiel, und auch nicht mein Boot.«

»Aber ich bin extra hierhergekommen.«

Ich hörte ihn ausatmen, dann herrschte Stille, und ich dachte schon, die Leitung wäre unterbrochen worden. Gerade als ich auflegen wollte, räusperte er sich. »Das weiß ich. Glaub mir. Aber da kommt ein richtig übler Sturm.«

Nun schwieg ich.

»Tja, wir sind wohl immer von der Gnade der Furien abhängig«, sagte ich.

Dann legte ich auf, und das Klacken hallte durch das Foyer. Ein langer, leerer Tag lag vor mir.

Ich beschloss, zum Strand hinunterzugehen und zu schauen, ob ich eine Stelle fand, wo es ruhig genug zum Schwimmen war. Mein Körper und mein Geist sehnten sich nach dem Wasser, und sei es nur ein kurzes Eintauchen in die salzige Flut.

Ich knöpfte meinen Mantel zu und ging zur Hintertür. Da tauchte wie aus dem Nichts Monsieur Sylvain auf, und ich fragte mich, ob er auch nicht wusste, womit er sich die Zeit vertreiben sollte, nun, da die Sommersaison vorbei und ich sein einziger Gast war.

Er winkte mir zu, deutete nach draußen und sagte etwas, das ich nicht verstand. Schließlich gab er mir mit Gesten zu verstehen, ich solle warten, aber da ich nicht die Absicht hatte, ihm zu gehorchen, öffnete ich, sobald er den Flur hinunter verschwunden war, die Tür, und der Wind fegte durch das Haus.

Als meine Füße den Sand am Fuß der Treppe berührten, hörte ich, wie jemand meinen Namen rief. Ich drehte mich um, und da stand er und hielt eine Wetterjacke hoch. Dankbar nahm ich sie.

Er deutete auf das Meer und schüttelte den Kopf. »*Non*«, sagte er.

»*Oui*«, entgegnete ich und marschierte los.

Ich stapfte die Dünen hinunter und hasste ganz Frankreich dafür, dass es noch schlechteres Wetter hatte als England.

Ich sah zu, wie der Wind das Wasser zu Brechern aufpeitschte, und fragte mich, wo diese Wellen wohl angefangen hatten. Brachte der Wind sie von der Nordsee her oder von noch weiter weg? Kamen sie aus dem Nordatlantik und waren irgendwie um Irland und Großbritannien herumgewandert? Ich stellte mir einen hasserfüllten Riesen vor, der am Rand der Arktis stand, Steine ins Meer warf und über mein Unglück lachte.

Das elende Wetter steigerte noch mein Verlangen zu schwimmen, aber ebenso meine Angst vor einem erneuten Scheitern. Ich erinnerte mich noch sehr gut an jenen Tag zwei Jahre zuvor. Ich hatte schon ziemlich früh das Gefühl in den Fingern und Zehen verloren, mir aber geschworen, es den anderen im Boot nicht zu sagen, und der glühende Schmerz der Wunden auf meiner Haut – entstanden durch das Salzwasser und das Scheuern des Schwimmanzugs – war mir ins Gedächtnis eingebrannt. Von Anfang an hatte ich an nichts anderes gedacht als daran, aus dem Wasser zu kommen, aber ich war stur. Erst als meine Lippen und meine Zunge vom Salz geschwollen waren, als ich sah, wie meine Tochter mir von der Seite des Bootes etwas zurief, und als mein Mann mich hochziehen musste, erwog ich, mir mein Scheitern einzugestehen. Was mich vorangetrieben hatte, war mein unbändiger Wunsch, etwas Eigenes zu vollbringen. Irgendwann hatte jedoch die Vernunft gesiegt, und sie hatten mich – kaum noch ansprechbar – ins Boot gehievt.

Ich hatte mich gedemütigt gefühlt. Mein Stolz und mein Selbstwertgefühl waren vom Salz und vom Wasser abgerieben worden, zusammen mit einer Schicht meiner Haut.

Aber diesmal würde es anders sein; diesmal hatte ich ausgiebig trainiert, war Hunderte von Meilen geschwommen. Diesmal würde ich es schaffen, schwor ich mir, als ich kalt und nass von meinem Spaziergang zum Gasthaus zurückkehrte. Monsieur Sylvain wartete bereits besorgt an der Tür. Er plapperte aufgeregt und schob mich ins Wohnzimmer, wo ein Feuer im Kamin loderte. Er brachte mir eine Schale Bouillabaisse, und ich aß sie, während ich langsam trocknete.

Später setzte ich mich in den Flur und rief zu Hause an.

Harriet meldete sich genauso, wie wir es ihr beigebracht hatten, und für einen Moment hob sich meine Stimmung.

»Hier bei Familie Roberts, Harriet am Apparat«, sagte sie.

»Hallo, Harry, ich bin's, Mum«, sagte ich. »Wie geht's dir?«

»Gut.«

»Alles in Ordnung bei euch?«

»Iain ist ein Vollidiot.«

»Sag so was nicht über deinen Bruder.«

»Stimmt aber. Er hat braune Soße auf meine Schuluniform gekleckert, wollte den Fleck aber nicht wegmachen, und dann hat Dad mit ihm geschimpft, bis er angefangen hat zu weinen, und dann ist Dad noch wütender geworden.«

»Wie hat er es denn geschafft, auf deine Uniform zu kleckern?«

»Er hat die Flasche über seinem Kopf geschwenkt, als wäre sie ein Flugzeug.«

»Ich hab euch doch gesagt, ihr sollt euch anständig benehmen.«

»Tu ich ja, Mum, aber das war Iains Schuld«, jammerte sie.

Ich seufzte. »Ist dein Vater da?«

»Ja«, sagte sie, dann wurde der Hörer polternd auf den Tisch gelegt, und sie rief nach ihm.

»Martha«, sagte John. »Ist es da drüben genauso schlimm wie hier?«

»Ich nehme es an.«

»Du gehst doch kein unnötiges Risiko ein, oder?«

»Keine Sorge, John. Charlie passt gut auf sein Boot auf.« Auch wenn mein Mann mir nicht traute, kannte er Charlie doch gut genug, um zu wissen, dass der niemals sein Boot riskieren würde.

»Die Wettervorhersage ist nicht optimistisch«, sagte er.

»Aber ich. Wir haben sieben Tage Zeit«, erwiderte ich.

Er räusperte sich und wechselte das Thema. »Wie ist es denn da drüben? Ist das Essen in Ordnung? Bleibst du bei Kräften?«

»Ja, alles bestens.«

»Ich habe vorhin mit Charlie gesprochen. Er hat was von einem Tiefdruckgebiet über dem Atlantik gesagt und Wind von der Nordsee. Und von Isobaren.«

»Hast du ihn angerufen?«

»Nein, er mich.«

»Das ist eine Verschwörung.«

»Die ganze Gemeinde betet für dich.«

»Sag ihnen, sie sollen für besseres Wetter beten. Ich komme schon klar.«

John seufzte. »Bist du sicher?«

»John«, sagte ich und betete den Rosenkranz mit der Telefonschnur.

»Wir sehen uns bestimmt bald«, sagte er.

»Kommst du mit den Kindern zurecht? Harriet hat was von brauner Soße erzählt.«

»Ein kleiner Zwischenfall. Ist schon geregelt.«

»Gut«, sagte ich.

»Pass auf dich auf. Charlie und ich stehen Gewehr bei Fuß.«

Ich ging zurück ins Wohnzimmer und verbrachte den restlichen Abend vor dem Kamin, wo Monsieur Sylvain munter auf Französisch auf mich einredete. Obwohl wir nicht dieselbe Sprache sprachen, folgten wir vertrauten Ritualen, was uns half, die Zeit zu vertreiben. Ich verstand zwar nicht, was er sagte, aber seine Gesellschaft tat mir gut, und ich fing an, ihm auf Englisch zu antworten. Seite an Seite in unseren Ledersesseln, die Füße vom Feuer gewärmt, taten wir, als verbrächten wir einen ganz normalen Abend, beide betäubt von einem fremden Vokabular.

Ich wusste so gut wie nichts über ihn, abgesehen davon, dass er allein hier lebte – was bedeutete, dass er entweder nicht verheiratet oder Madame Sylvain früh verstorben war – und dass er dieselbe Musik mochte, die mein Vater immer im Radio gehört hatte, als ich klein war. Altmodische Musik mit Geigen und Klarinetten und in diesem Fall auch Akkordeon ertönte von einem alten Plattenspieler in der Ecke des Wohnzimmers. Manchmal fiel ihm eine bestimmte Melodie auf, und dann verstummte er und hob den Zeigefinger, als würde die Musik für ihn sprechen.

Aber meine Gegenwart schien ihn nicht zu stören, und erstaunlicherweise schien es ihn auch nicht zu kümmern, wenn ich ihn anstarrte. Normalerweise war ich nicht so unhöflich, aber da ich seine Worte nicht verstand, versuchte ich, aus seinem Gesicht zu lesen.

Es war schwer einzuschätzen, wie alt er war. Ich wäre nicht überrascht gewesen zu erfahren, dass er Mitte dreißig war, so wie ich, aber er hätte ebenso gut fünfzig sein können. Er war nicht unattraktiv, mit olivfarbener Haut, braunen Augen und einem von Grau durchzogenen, aber gepflegten Bart. Seine tiefe Stimme wurde begleitet von Händen, die unablässig in Bewegung waren und gelegentlich auf meiner Hand oder meinem Handgelenk landeten. Anfangs zog ich meinen Arm weg, aber mit der Zeit gewöhnte ich mich daran, und es erschien mir nicht mehr wie eine unpassende Geste, sondern wie ein Teil der Geschichte, die er erzählte.

Das Wunderbare an Monsieur Sylvains mangelnden Englischkenntnissen war, dass ich freiheraus sprechen konnte, ohne mir Gedanken darum machen zu müssen, wen ich damit vielleicht verletzen würde. Es war fast so gut, wie im Wasser zu sein.

»Und das andere«, sagte ich, während er mir Pastis nachschenkte, »ist, dass er sich die Zehennägel immer auf der Bettkante schneidet. Jedes Mal, wenn ich das Knipsen höre, weiß ich, dass ich am nächsten Tag das Schlafzimmer saugen muss.«

Er nickte ernst, als hätte er jedes Wort verstanden, und dann war er an der Reihe. Ich tat so, als würde er mir voll und ganz zustimmen.

»Es ist wirklich lächerlich«, sagte ich. »Ich habe ihn gebeten, das zu lassen, aber John meint, er ist der Herr im Haus und kann tun und lassen, was er will. Wenn ich richtig wütend werde – was aber nicht oft vorkommt –, verdreht er die Augen und behauptet, ich würde übertreiben. Dabei ist es unhygienisch. Und ich mag es nicht, wenn ich auf abgeschnittene Zehennägel trete.«

Ich lehnte mich in meinem Sessel zurück und genoss die Wärme. Monsieur Sylvain sprach eine ganze Weile, und ich nickte dazu.

»Ich weiß nicht, was mich letztlich darauf gebracht hat«, sagte ich. »Es war eher eine impulsive Entscheidung. Wahrscheinlich aus Eitelkeit. Ich hätte mich auch mehr um den Garten kümmern können oder beim Women's Institute Mitglied werden oder wohltätige Dinge tun, aber ich wollte etwas anderes machen. Als junge Frau hat mich mal ein Reporter am Strand angesprochen und gefragt, ob ich auch den Kanal durchschwimmen will. Das war eine Zeit lang sehr in Mode: Die Amerikaner kamen herüber, sogar die Ägypter schickten jeden Sommer Männer zu uns. Sie waren wunderschön anzusehen.

Na, jedenfalls fragte mich dieser Reporter, ob ich auch mitschwimmen würde, und ich sagte natürlich Nein – ich meine, der Gedanke, dass ich so etwas tun könnte, war vollkommen verrückt. Bis dahin hatten es nur wenige Frauen geschafft. Trudy Ederle war die erste, und alle Amerikaner schwärmten von ihr. Aber er hatte mir eine Idee in den Kopf gesetzt.«

Ich hielt inne, um Luft zu holen, und als mir klar wurde, wie lange ich gerade vor mich hin geredet hatte, merkte ich, wie ich rot wurde. Ich wandte mich zu Monsieur Sylvain, unsicher, wie ich mich nur mit Mimik bei ihm entschuldigen sollte, doch dann sah ich, wie er mich still anlächelte, und ich hätte beinahe laut losgelacht. Ich hatte schon wieder vergessen, welche Freiheit wir miteinander genossen.

Ich fuhr fort. »Doch zu dem Zeitpunkt konnte ich nichts in der Richtung tun. John und ich wollten heiraten, und ich hatte Verantwortung. Ich musste Erwartungen entsprechen. Meine Mutter schimpfte immer wieder, kein Hochzeitskleid hätte je so furchtbar ausgesehen wie meins, weil es die Linien auf meinem Rücken und meine muskulösen Arme verbergen musste.« Ich malte die Linien auf meinen Schultern nach und plusterte mich auf wie ein Ringer, was offenbar ziemlich komisch wirkte, denn Monsieur Sylvain musste sich ein Lachen verkneifen. Aber es war ein warmes Lachen, gefolgt von einem warmen Lächeln. »John rückte nicht direkt damit heraus, aber ich merkte, dass er nicht begeistert über mein Schwimmen war. Schlimm genug, wenn eine junge Frau halb nackt vor aller Augen herumspazierte, aber eine verheiratete Frau? Es waren andere Zeiten.«

Als ich diesmal eine Pause einlegte, sagte er etwas, das mitfühlend klang. Es war die Art, wie er den Kopf ein wenig schräg hielt, die Weichheit in seiner Stimme, das Gefühl, als er mich ansah, während er aufstand, um ein Scheit nachzulegen. Er bot mir noch etwas zu trinken an, doch ich schob ihn weg, indem ich mit den Armen eine Brustschwimmbewegung machte.

»Jetzt«, sagte ich und deutete mit dem Finger nach unten, um die Gegenwart zu beschreiben, »ist die Situation ein wenig anders. Ich bin keine törichte junge Frau mehr.« Ich zog eine alberne Miene, um jugendliche Dummheit zu demonstrieren, und schüttelte direkt darauf den Kopf.

Am nächsten Morgen begleitete er mich bei meinem Strandspaziergang. Ich bekam sofort bessere Laune, als ich auf den Sand trat, denn der Regen hatte endlich aufgehört, und das Heulen des Windes hatte sich in ein leises Winseln verwandelt. Wir gingen nebeneinander, und während er hierhin und dorthin zeigte, lernte ich etwas über das Wesen des Meeres auf dieser Seite. Keine präzisen Informationen, die ich an Charlie hätte weitergeben können, eher ein Gespür für die Dinge. Mit einer bestimmten Handbewegung deutete er Strömungen an, mit einer anderen Felsen und mit weiteren – leicht hysterisch wirkenden – Gesten Gefahr.

Am vierten Tag war ich nicht mehr so versessen darauf, nach Hause zu schwimmen. Während wir vor dem Feuer saßen, wie es mittlerweile unsere Gewohnheit war, kam mir der Gedanke, dass der Sturm vielleicht dazu gedacht war, mich von meinem alten Kurs abzubringen, und mich dadurch auf den richtigen setzte.

Ich wagte es, mir ein anderes Leben vorzustellen. Was, wenn ich Frankreich nie wieder verlassen würde? Keine Regel besagte, dass ich es musste. Es gab Verantwortlichkeiten, und es würde nicht einfach sein, aber es war im Bereich des Möglichen. Diese paar Tage, während derer ich auf besseres Wetter wartete, boten mir einen Einblick in eine andere Version meines Lebens, in der ich Marthe sein könnte statt Martha. Doch die Vernunft gewann bald wieder die Oberhand. Was wäre denn anders, wenn ich eine kleine Stadt gegen ein noch kleineres Dorf eintauschte? Einen Engländer gegen einen Franzosen? Die Tage müssten trotzdem gefüllt werden, das Haus musste geputzt und Mahlzeiten mussten zubereitet und gegessen werden. Anders war, dass es anders war.

An dem Abend zog sich Monsieur Sylvain zur gleichen Zeit zurück wie ich, was ungewöhnlich war, denn er schien eine Nachteule zu sein und legte sonst immer noch ein neues Scheit ins Feuer, wenn ich zu Bett ging. Er begleitete mich zu meinem Zimmer, während wir uns weiter unterhielten, und ich blieb an der Tür stehen und wartete darauf, dass er seinen Gedanken zu Ende führte. Als er fertig war, sagte er noch ein paar Sätze, die ich als Gute-Nacht-Wünsche interpretierte, und dann tat er etwas Unerwartetes: Er küsste mich auf beide Wangen. Ich gab mir Mühe, nicht schockiert zu wirken. Schließlich war er Franzose, wir waren in Frankreich und saßen einen Sturm aus.

Ich ermahnte mich, nichts hineinzuinterpretieren, aber die ganze Nacht über kehrten meine Gedanken immer wieder zu diesem Moment zurück. Es war ein Echo meiner Gefühle, als John und ich uns zum ersten Mal begegnet waren, aber stärker, intensiver, vielleicht weil ich die Bedeutung seiner Worte nicht verstand. Und genussvoll, weil ich meiner Fantasie freien Lauf lassen konnte.

Am nächsten Morgen bei Tagesanbruch kehrten meine Gedanken zurück zum Meer. Der Sturm war vorüber, der Wind hatte sich gelegt, doch stattdessen war alles in zähen Nebel getaucht. Und am Telefon sagte Charlie, die Bedingungen wären immer noch nicht gut genug, um den Kanal zu durchqueren, aber zumindest konnte ich ins Wasser gehen und an der Küste entlangschwimmen.

Monsieur Sylvain und ich behielten unsere Gewohnheit bei, gemeinsam zum Strand hinunterzugehen, und er lief auf dem harten Sand auf und ab, während ich parallel zum Ufer schwamm. Wenn ich den Kopf nach links wandte, um Luft zu holen, sah ich seine Gestalt am Strand, die dicke dunkelblaue Strickjacke vor dem hellen Hintergrund der Dünen.

Mein Körper kehrte zu mir zurück, als ich mich mit einem fremden Bereich des Meeres vertraut machte und seine subtilen Unterschiede kennenlernte. Meine Schultern, die von dem erzwungenen Landaufenthalt ein wenig geschwächt waren, wurden wieder munter, und es tat gut zu merken, dass ich stark war. Das Problem war mein Kopf. Es gelang mir nicht, mich auf das Wasser zu konzentrieren, weil meine Gedanken gegen meinen Willen immer wieder zu meinem französischen Gastgeber zurückkehrten.

Ich wusste nichts über ihn, abgesehen von ein paar oberflächlichen Fakten, aber das hinderte mich nicht daran, mir auszumalen, wie geschickt er bei allem möglichen war, von Tennis bis zum Spielen eines Instruments, und dass er ein begeisterter Freund von Kino und Oper war. Ich verpasste ihm ein kleines Appartement in Paris voller Bücher und einen Wintergarten voller Pflanzen.

An dem Abend freute ich mich auf das Essen, wünschte allerdings, ich hätte vorausschauender gepackt. Ich hatte nie zu den Frauen gehört, die man als schick bezeichnen würde, aber an dem Abend hätte ich gerne etwas anderes getragen.

Monsieur Sylvain – ich wusste immer noch nicht, wie er mit Vornamen hieß – setzte sich mir gegenüber, und wir plauderten angeregt. Wir hatten uns unausgesprochen darauf geeinigt, unsere Reaktionen auf den Gesichtsausdruck des anderen abzustimmen: Wir lachten zwischen zwei Bissen und runzelten die Stirn, wo es angemessen schien. Ich sagte, was mir in den Sinn kam, noch freier als an den Abenden davor, und es war ausgesprochen belebend.

Wieder begleitete er mich zu meinem Zimmer, fasste mich an den Armen und küsste mich auf beide Wangen. Darauf war ich vorbereitet. Worauf ich nicht vorbereitet war, war meine Reaktion. Meine Hand lag auf der Tür, und ich öffnete sie ein Stück. Dann zögerte ich, nur kurz, aber merklich. Ich sah in seine schönen braunen Augen von der Farbe dunkler Eiche und spürte zu meinem Schrecken Interesse an dem Hauch einer Möglichkeit.

Ich lächelte voll Wärme und drückte seine Hand. Er senkte den

Blick, dann küsste er mich noch einmal auf die Wange, und dabei streiften seine Lippen meine.

Als ich im Bett lag, hatte ich das Gefühl, dass ich eine Chance verpasst hatte; dass ich nicht stark gewesen war, als ich es hätte sein müssen.

Nach einer furchtbaren, schlaflosen Nacht stand ich früh auf und ging allein schwimmen. Als ich zurückkam, zeigte Monsieur Sylvain aufgeregt zum Flur und rief etwas auf Französisch.

»Charlie!«, stieß er aus.

»Pardon?«, sagte ich und tropfte auf den Fußboden.

»Téléphone!«

Mit der einen Hand deutete er erneut zum Flur, mit der anderen tat er so, als hielte er einen Hörer in der Hand. Ich zog mich rasch um und rief zurück.

»Es wird eng«, sagte Charlie. »Aber es ist unsere einzige Chance.«

»Wie eng ist eng?«

»Du musst vor Tagesanbruch starten. John und ich werden morgen früh um vier am Strand sein.«

»Sollen wir nicht noch warten?«

»Über der Nordsee ist schon der nächste Sturm, und er kommt hier runter.«

»Also machen wir es?«

Er schwieg einen Moment. »Du musst nicht, wenn du deine Meinung geändert hast.«

»Habe ich nicht.«

»Dann starten wir heute Nacht«, sagte er. »Ich sage dem Mann von der Federation Bescheid, dass er sich bereithalten soll.«

Noch vor einer Woche hätte ich nicht mal eine Minute warten wollen – ich wäre zum Strand hinuntergelaufen und hätte mich ins Meer gestürzt. Aber das war dort gewesen und nicht hier.

Ich legte den Hörer auf und sah, dass Monsieur Sylvain unruhig wartete.

»Nager?«, sagte er und machte eine Brustschwimmbewegung.

Ich lächelte. *»Oui.«*

Wir aßen noch ein letztes Mahl zusammen, diesmal in gedämpfter Stimmung. Ich ging deutlich vor Sonnenuntergang zu Bett. Ich hatte damit gerechnet, dass ich nun, da es ernst wurde, aufgeregt sein würde, angespannt, vielleicht sogar nervös, doch ich fühlte nur Traurigkeit und leises Bedauern.

Mein Wecker schrillte um drei. Die Rechnung war bezahlt, und ich hatte versucht, Monsieur Sylvain zu erklären, dass ich mitten in der Nacht gehen würde, damit er nicht dachte, ich hätte mich absichtlich davongeschlichen, ohne mich zu verabschieden. Ich zog den Schwimmanzug an und trug meinen Koffer so leise wie möglich nach unten. Als ich durch das Wohnzimmer ging, sah ich zu meiner Überraschung, dass er dort auf dem Sofa lag und schlief, von einer kleinen Lampe in ein warmes Licht getaucht.

Vorsichtig öffnete ich die Hintertür und betete, dass sie nicht quietschen und ihn aufwecken würde. Ich drehte mich noch ein letztes Mal um, dann schloss ich die Tür hinter mir und machte mich auf den Weg zum Strand. Ich ließ die Möglichkeit eines anderen Lebens hinter mir und hielt in der pechschwarzen Nacht Ausschau nach den blinkenden Lichtern eines Fischerbootes, das meinen Lotsen und meinen Mann zu mir brachte.

Vom Wasser kam eine leichte Brise, und es war kälter, als ich gedacht hatte, aber alles in allem schienen die Konditionen besser, als zu erwarten gewesen war. Der Himmel war so dunkel wie die Tiefen des Ozeans, nur hier und da durchbrochen von winzigen Sternenpunkten, und der Mond warf ein bleiches Licht über das ruhige Wasser.

Ich sprang auf und ab und schwang meine Arme, um mich aufzuwärmen, und nach etwa zehn Minuten meinte ich, das Brummen des Motors zu hören.

»Marthe!«

Seine Stimme überraschte mich, und ich wandte mich zum Gasthaus um.

»Marthe!«, rief er erneut.

»Hier!«, antwortete ich. »Ich bin hier!«

Er lief zu mir, und ich spürte seine Hand auf meinem nackten

Rücken wie einen Funken. Ein kleiner Scheinwerfer suchte das Ufer ab, und das bedeutete, dass Charlie, der Mann von der Federation und John in der Nähe waren.

Ich legte die Hände um sein Gesicht, und er schlang die Arme um mich. Ich ließ mich von ihm wärmen. Obwohl es besser gewesen wäre, hatte ich keine Eile, ihn loszulassen. Er lehnte sich ein Stück zurück, ohne die Umarmung zu lösen, strich die Haare aus meinem Gesicht und sah mich auf eine Weise an, wie mich noch nie jemand angesehen hatte. Dann, während der Scheinwerfer vom Boot nach mir suchte, küsste er mich. Nicht auf die Wangen, sondern auf den Mund.

Mein Herz pochte, und ich zog ihn enger an mich, versuchte verzweifelt, mir alles an ihm einzuprägen, jedes Gefühl, jedes erregende Kribbeln. Und dann ließen wir einander los.

Er trat zurück. *»Bonne chance, chérie.«*

Ich winkte ihm zu, und dann, als ich vom Wasser die vertraute Stimme meines Mannes hörte, wandte ich mich von Monsieur Sylvain und von Frankreich ab und widmete meine ganze Aufmerksamkeit der bevorstehenden Aufgabe.

In dem Augenblick, als meine Zehen das Wasser berührten, schaltete sich etwas in meinem Gehirn ein – oder vielmehr aus –, und ich war vollkommen konzentriert. Ich ging ins Meer und spürte, wie meine Muskeln sich angesichts der Kälte versteiften. Als mir das Wasser bis über die Knie reichte, hob ich die Arme und tauchte kopfüber ein. Meine Füße begannen mit ihrem Schlag, sobald sie den Boden verließen, meine Arme streckten sich so weit wie möglich nach vorn und brachten mich Zug um Zug zurück nach England. Der Motor eines Schwimmers sind seine Beine: In ihrem Schlag liegt die Energie. Charlie hatte mich gewarnt, nicht mit voller Kraft zu starten, sondern mir Reserven zu bewahren für die Phasen, wenn der Wellengang zunahm, wenn es mühsam wurde, doch die aufgestaute Energie, die sich während der Tage in Frankreich angesammelt hatte, war schwer zu bändigen. Und ich wollte nicht länger mit ihr ringen. In der Dunkelheit, in der ich kaum mehr sehen konnte als die Lichter von Charlies Boot, schwamm ich kraftvoll und schnell.

An dem Nachmittag mit Henry ging ich nach oben in das Zimmer, in dem ich übernachtet hatte, um nach etwas zu schauen, das ich dort zurückgelassen hatte. Wie bei einer alten Freundin hatten sich Haarschnitt und Kleider verändert, aber das Wesen und die Gestalt waren dieselben geblieben: andere Vorhänge und Bettbezüge, aber die Möbel waren so, wie ich sie in Erinnerung hatte.

An die Rückseite des Spiegels, der über der Kommode hing, hatte ich eine kleine Nachricht geklemmt. Eine der wenigen französischen Wendungen, die ich gelernt hatte, war *au revoir*, was wörtlich übersetzt so viel heißt wie »bis zum Wiedersehen«. Ich hatte die beiden Worte auf ein Stück Papier geschrieben und es dort versteckt, in der Hoffnung, es würde genügen.

In den vielen Jahren, die seither vergangen waren, hatte ich mir manches Mal vorgestellt, wie es wäre, noch einmal hierherzukommen und zu schauen, ob die Möglichkeit noch bestand. Aber wie bei so vielen Dingen war es dafür jetzt zu spät.

Ich zog den Spiegel vor und hielt die Luft an. Ich weiß nicht, worauf ich gehofft hatte, aber der kleine Zettel, vergilbt von den Jahrzehnten, flatterte zu Boden. Er hatte ihn nie gefunden.

Ich hatte diesen Schwimmversuch durchgeplant, so gut es nur ging, hatte mir genau überlegt, wie es mit dem Essen und Trinken und mit der Kommunikation laufen sollte und was zu tun war, wenn etwas Unvorhergesehenes geschah, fest entschlossen, nicht noch einmal zu scheitern. Ich hatte mir vorgestellt, wie es sein würde. Ich hatte mir ausgemalt, wie ich auf halber Strecke innehalten würde, um zuzusehen, wie die Sonne aufging, ohne zu begreifen oder mich daran zu erinnern, dass der Schmerz selbst das schiere Weitermachen nahezu unmöglich erscheinen lassen würde. Stunde um Stunde wiederholte ich dieselben schlichten Bewegungen: Die Arme kraulten, die Beine schlugen, der Kopf drehte sich, um Luft zu holen.

Mein Kopf wurde leer, ging in eine Art Ruhezustand, der dem des Schlafs nicht unähnlich war; ich nahm alles wahr, aber als Beobachterin, nicht als Beteiligte. Ich erinnerte mich, dass ich bemerkte, wie die Scheuerstellen unter den Trägern aufgingen und das Salz sich hineinbrannte, und ich erinnerte mich, dass ich Fragen korrekt beantwortete, zum Beweis, dass ich nicht unterkühlt war. Doch das waren Marker: Ausnahmen, nicht die Regel. Mit der Durchquerung überließ ich mich dem Vertrauen – in Charlie und John, dass sie auf mich aufpassten, und in mich selbst, dass ich es zur anderen Seite schaffte.

Als ich schließlich am englischen Ufer ankam, brach ich zusammen, und John sprang aus dem Boot, hob mich hoch und trug mich stolz zum Auto. Zu Hause warteten die Kinder bereits draußen mit einem selbst gemalten Schild, auf dem »Herzlichen Glückwunsch« stand. Sie jubelten und klatschten, und ich ließ mich trotz allem von ihrer Freude anstecken. Ich war erschöpft, verquollen und voll wunder Stellen und wollte nur noch ins Bett – aber ich hatte es geschafft.

Als ich dieses Mal mit Henry aus Frankreich zurückkehrte, die wunden Stellen nun im Innern und mehr Bettruhe vor mir, als mir lieb war, erinnerte ich mich an diese hart erarbeitete Erschöpfung, den Stolz, den ich bei meiner Heimkehr empfunden hatte, und das Gefühl, dass alles gerade erst begonnen hatte.

Henry fuhr uns nach Hause, und ich sah unser Haus in allen Einzelheiten vor mir, wie es an dem Tag vor vierzig Jahren ausgesehen hatte. Vor meinem inneren Auge sprangen Iain und Harriet vor Freude in die Luft, und ich dachte daran, wie glücklich wir damals alle gewesen waren. Ich vermisste meine Familie und wünschte mir mehr Zeit.

Henry erbot sich, mit reinzukommen und mir ein wenig Gesellschaft zu leisten, doch ich lehnte ab. Stattdessen ging ich allein in mein dunkles Haus und setzte mich in die Küche und weinte. Ich weinte um verpasste Chancen und um all die Menschen, die nicht mehr in meinem Leben waren.

John, Lieber

JOHN, 2010

Es war Sonntagnachmittag, als ich von einem Golfwochenende in Newcastle zurückkam. Webb humpelte herbei, um mich zu begrüßen, seine Freude keineswegs verringert durch den schaukelnden Gang. Ich stellte meine Schläger und meine Reisetasche neben der Tür ab und ging durch in die Küche.

»Wer kommt denn zum Abendessen?«, fragte ich und gab meiner Frau einen Kuss.

»Niemand«, erwiderte Martha, ohne vom Kartoffelschälen aufzublicken.

»Ein Braten nur für uns?«

Sie nickte.

»Bisschen übertrieben, findest du nicht?«

»Es ist ein besonderer Anlass.«

»Wirklich?«

Das Messer landete mit mehr Kraft als nötig auf dem hölzernen Schneidebrett. »Wirklich.«

»Habe ich etwas vergessen?«

Sie schüttelte den Kopf.

Wir waren nicht mehr jung, meine Frau und ich, aber wir waren auch nicht die Alten, wie ich sie mir als Kind vorgestellt hatte, mit krummem Rücken und Gehstöcken und geistigen und körperlichen Gebrechen. Wir wurden allmählich alt, aber wir waren noch nicht richtig im Alter angekommen; das dachte ich zumindest. Es gab Anzeichen für bevorstehende Veränderungen, und einige davon sahen wir und erkannten sie als das an, was sie waren. Andere fegten wir rasch unter den Teppich, in der Hoffnung, dass sie bedauerliche und ungewöhnliche Ausnahmen waren.

»Das Essen ist bald fertig«, sagte sie.

Ich ging nach oben, um auszupacken. Unser Bett war nicht gemacht, was mich überraschte, aber ich dachte mir nichts weiter dabei. Ich zog die weiße Bettdecke glatt und räumte meine Sachen weg. Ich legte meinen Kamm auf die Kommode, stellte das Rasierwasser daneben, packte meine schmutzigen Sachen in den Wäschekorb und bückte mich, um die Reisetasche unten in den Schrank zu legen. Doch sie passte nicht hinein, sodass ich ein paar Sachen herausholen musste, um sie hineinschieben zu können. Als Erstes meine guten Schuhe, die ich schon so lange nicht mehr getragen hatte, dass sie mit einer feinen Staubschicht überzogen waren. Als ich sie geistesabwesend abwischte, sah ich, was dahinterlag: Es war der kleine alte Koffer, den ich immer mit ins Boot genommen hatte, wenn ich Martha bei ihren Kanaldurchquerungen begleitete.

Lächelnd strich ich mit den Händen über das abgewetzte Leder und die rostigen Verschlüsse. Der Koffer war viel herumgekommen. Ich klappte ihn auf und strich über die glatte Oberfläche des Einmachglases.

Ich kippte das Glas hin und her, um zu hören, ob die Kiesel darin dasselbe Geräusch machen würden wie am Strand, wenn die Wellen sich zurückzogen, aber das taten sie nicht. Am Strand klang es, als würden sie singen, ein helles Klimpern, das für mich untrennbar mit Martha verbunden war. Die meisten Leute denken vermutlich, das Meer klingt wie Wellen, die sich am Strand brechen, aber für mich klang es wie das Spielzeugklavier eines Kindes.

Gerade als ich das Glas öffnen wollte, um zu schnuppern, ob die Steine noch nach dem Wasser rochen, rief Martha mich zum Essen.

Sie saß am Tisch, als ich nach unten kam, den Braten vor sich auf einer Platte. Ich setzte mich, und mein Magen knurrte voller Vorfreude.

»Wie war das Wochenende?«

»Schön. Bin froh, dass ich gefahren bin.«

»Du hast nicht –?«

Ich schüttelte den Kopf. »Ich habe nicht mehr Aufmerksamkeit auf mich gezogen als Leith nach seinem fünften Bier.«

Sie reichte mir die Soße.

»Und wie war dein Wochenende?«, fragte ich.

»Eher ruhig.«

Martha zerteilte ihr Lamm mit chirurgischer Präzision. Auf ihrem Teller herrschte eine Ordnung, an der sich die Armee ein Beispiel hätte nehmen können: Nichts berührte irgendetwas anderes. Ich wusste, das war ein Zeichen. Sie hatte die Kontrolle über diesen Teller, und das Essen würde ihren Befehlen folgen.

»Martha?«

Sie spießte ein Stück Möhre auf und kaute konzentriert.

»Ja, John?«

Ich legte mein Besteck hin und wartete. Sie aß weiter, sah mich aber nicht an.

»Ist etwas? Ist am Wochenende etwas passiert?«

Ich dachte an das ungemachte Bett, und mir fiel im Nachhinein auf, dass die Zeitungen sich neben der Tür stapelten und dass Henry nicht sofort aufgetaucht war, als mein Taxi vor dem Haus gehalten hatte.

Sie führte den nächsten Bissen zum Mund, hielt dann jedoch inne und legte die Gabel auf den Tellerrand, ein Stück Lamm auf den Zinken.

»Ja, ist es.«

Ich wartete. Sie holte tief Luft.

»Ich brauche medizinische Behandlungen.«

»Medizinische Behandlungen?«

»Ja.«

»Wofür?«

»Für etwas, das ich habe.«

»Und was hast du?«

Sie blickte von ihrem Teller auf und sah mich an. »Krebs«, sagte sie, dann griff sie nach der Gabel und aß das Stück Lamm.

»Krebs?«, flüsterte ich. Ich brachte es kaum über mich, das Wort auszusprechen.

Sie nickte.

»Wie ernst ist es?«

»Es ist Krebs, John. Wann ist es nicht ernst?«

Dass sie in dem üblichen schnippischen Tonfall antwortete, den sie sich für Unfassbares aufhob, zeigte mir, dass sie immer noch die Frau war, von der ich mich am Donnerstag verabschiedet hatte, dass ihr Wesen trotz dieser schrecklichen Nachricht unverändert war.

»Iss, bevor es kalt wird«, sagte sie.

Ich blieb nach dem Essen noch am Tisch sitzen, um ihr Gesellschaft zu leisten, während sie abwusch. Es war derselbe Küchentisch, den wir seit unserer Hochzeit hatten; die Flecken und Kratzer im Holz waren Souvenirs unseres Familienlebens.

Wenn man heiratet und sein gemeinsames Leben beginnt, denkt man nicht an so etwas wie Krebs. Wenn man Sofas und Betten, Laken und Geschirr kauft, denkt man rein praktisch. Die Gedanken sind auf die Gegenwart und vielleicht die nahe Zukunft ausgerichtet – und auf den Preis –, aber nicht auf irgendetwas darüber hinaus. Als wir diesen Tisch aussuchten, dachte ich keine Sekunde daran, was er im Laufe der Jahre alles mit uns durchmachen würde. Ich kam nicht auf die Idee, mich zu fragen, ob er solide genug war, um die angestrengten Weihnachten, die stummen Abendessen und die tränenreichen Frühstücke zu überstehen.

Ich fragte mich nicht: Ist dieser Tisch stark genug, um mich aufrecht zu halten, wenn meine Frau mir sagt, dass sie Krebs hat?

Das letzte Mal, dass dieser Tisch etwas Ähnliches aushalten musste, war an dem letzten Weihnachten, als Harriet zu Besuch kam.

Es war der zweite Feiertag, und wir saßen alle auf unseren angestammten Plätzen: Martha und ich an den Enden, Iain links von mir und Harriet zu meiner Rechten. Es war ein Abendessen, wie wir es jeden Tag gehabt hatten, als die beiden aufwuchsen, ein einfaches Familienmahl. Das war für mich der schönste Teil des Tages. Ich sah die beiden an und staunte, was aus unseren Kindern geworden war: kompetente, erfolgreiche Erwachsene. Sie hatten so viele Dinge getan, von denen ihre Mutter und ich nicht einmal geträumt hätten. Beide hatten studiert und waren nach London gegangen, um sich ihren Platz unter den Großen und Einflussreichen zu erkämpfen. Sie hatten eine vielversprechende Karriere begonnen, und es sah so aus, als würden sie ihren Weg machen.

»Wie lange bleibt ihr beide?«, fragte ich.

»Ich habe mir bis Neujahr freigenommen«, sagte Iain. »Aber ich werde wahrscheinlich morgen oder übermorgen nach London zurückfahren. Je nachdem, ob Eric sich morgen Abend verdrücken kann.«

»Den Namen habe ich lange nicht mehr gehört«, sagte Martha.

»Er hatte viel um die Ohren. Sie haben inzwischen zwei Mädchen.«

»Schon zwei Kinder?«

Iain nickte. »Ihre Jüngste, Abbey, hat die Grippe. Wenn es ihr besser geht und seine Frau nichts dagegen hat, wollen wir uns morgen auf ein Bier treffen.«

»Und du, Harry? Triffst du dich auch mit alten Freundinnen, während du hier bist?«, fragte ich.

»Nein«, sagte sie. »Ich habe keinen Kontakt mehr.«

»Letzte Woche habe ich im Postamt Amys Mutter getroffen. Sie meinte, Amy wäre über die Feiertage auch hier. Sie würde sich bestimmt freuen, wenn du dich bei ihr meldest«, sagte Martha.

»Und ob«, murmelte Harriet.

»Bitte?«, fragte Martha und legte die Hand hinters Ohr.

»Nichts.« Harriet leerte ihr Glas. »Ist noch Wein da?«

»John, schau doch mal nach, ob wir noch welchen haben, ja?«

Ich brachte eine neue Flasche an den Tisch. »Gut, dass ich Vorrat besorgt habe«, scherzte ich.

Rundum wurden die Gläser aufgefüllt.

»Ich habe Neuigkeiten«, sagte Harriet.

»Dann mal raus damit.«

»Harry«, warnte Iain.

Die beiden wechselten einen Blick, und ich fragte mich, was sie im Schilde führten.

»Ich habe gute Neuigkeiten«, sagte sie und konnte ihr Lächeln nicht länger unterdrücken. »Ich bin mit jemandem zusammen.« Sie fingerte am Saum der Tischdecke herum, und ich nahm an, dass sie gleich ihre Verlobung verkünden würde.

»Das ist ja wunderbar«, sagte ich.

»Freut mich, dass du es so siehst.«

»Wie heißt denn der Glückliche?«

»Iris.«

»Das ist aber ein ungewöhnlicher Name für einen Mann. Ist er Ausländer?«

»Nein, aus Devon. Aber er ist eine Sie.«

Meine Tochter fixierte ihren Bruder, und angespanntes Schweigen breitete sich aus.

»Wie bitte?«

Ich blickte fragend zu Martha hinüber, aber ihre Miene war ebenso ratlos wie meine vermutlich auch.

»Iris ist eine Frau. Sie ist Lehrerin.«

»Ich kann dir nicht folgen«, sagte ich.

»John«, mahnte meine Frau, als würde ich mich absichtlich dumm anstellen.

»Ich verstehe nicht, wieso dieser Mann eine Frau ist.«

Ich meinte zu sehen, wie Harriet, zu Iain gewandt, die Augen verdrehte.

»Weil ich lesbisch bin, Dad.«

Sie sagte es mit klarer, entschiedener Stimme, als wäre es das Normalste von der Welt. Alle am Tisch sahen mich an, und woran ich mich am deutlichsten erinnere, ist der Geruch nach dem abgestandenen Rosenkohl, den wir nicht aufgegessen hatten.

»Sei nicht albern, Harriet. Du bist nicht lesbisch«, widersprach ich.

Iain wandte den Blick ab.

»Das ist absurd. Du bist in einem guten, anständigen Zuhause aufgewachsen. Es gibt keinen Grund, warum du auf Abwege geraten solltest.«

»Ich bin nicht auf Abwege geraten.«

»Natürlich nicht. Du wirst bald den richtigen Mann finden.«

»Nein, werde ich nicht. Ich habe die richtige Frau gefunden.«

»Harriet, hör sofort damit auf.« Ich merkte, wie meine Stimme lauter wurde.

»John«, sagte Martha.

»Was?«

»Lass es.«

»Was denn? Ich sage doch nur, dass sie unmöglich mit einer Frau zusammen sein kann.«

»Bin ich aber«, sagte Harriet. »Und zwar voll und ganz. Wir ziehen zusammen, sobald wir eine bezahlbare Wohnung finden.«

»Kommt überhaupt nicht infrage.«

»Willst du mich etwa daran hindern? Willst du nach London kommen und es mir verbieten?«

»Wenn es sein muss, ja.«

»Dad, kannst du dich nicht einfach für sie freuen?«, fragte Iain.

»Es gibt nicht den geringsten Grund, sich zu freuen. Das widerspricht allem, was richtig und gut ist. Es ist gegen Gott und gegen die Natur, und ich will nichts mehr davon hören.«

»›Gegen die Natur‹? Homosexualität kommt bei Säugetieren und bei Vögeln vor, und sogar die alten Griechen waren schwul.«

»In meinem Haus will ich solche Ausdrücke nicht hören«, knurrte ich.

»Was denn für Ausdrücke?«, fragte sie und fixierte mich. »Oh, meinst du das Wort Sex? Das tun Paare nun mal für gewöhnlich, Dad. Sogar du hast es getan, zumindest zwei Mal.«

»Harriet Elizabeth Roberts!« Ich stand auf, und mein Stuhl kippte um. »Das reicht! Wenn du dich nicht wie ein anständiger, vernünftiger Mensch benehmen kannst, dann musst du gehen.«

»Du wirfst mich raus? An Weihnachten?«

»Weihnachten ist so gut wie vorbei. Und ich will niemanden unter meinem Dach haben, der –«

»Es ist auch Mums Haus«, sagte sie selbstgefällig. »Und meins und Iains.«

»Das hier ist nicht dein Haus!«

Harriet blickte zu ihrer Mutter – vielleicht auf der Suche nach Unterstützung oder Trost –, aber was auch immer sie dort zu finden hoffte, war nicht da. Meine Frau starrte auf ihren Teller.

»Und du bist nicht meine Tochter. Solange du dich weiter so benimmst –«

»Was ist denn so schlimm? Dass ich mich verliebt habe? Wäre es dir lieber, wenn ich mit einem Mann zusammen wäre, den ich nicht liebe? Wenn ich ein Leben in stiller Verzweiflung führen würde, so wie du? In einem Leben ohne Leidenschaft vor mich hin vegetieren und nur so tun würde, als wäre ich glücklich?«

»Harriet«, sagte Martha. »Beruhige dich.« Sie legte ihre Hand auf die unserer Tochter.

»Und du wirst glücklich sein?«, entgegnete ich. »Dieses Leben wird dich glücklich machen? Du wirst nie Kinder haben. Nie heiraten. Du wirst kein normales Leben führen können!«

Ich dachte daran, wie ich es geliebt hatte, sie als kleines Mädchen wachsen zu sehen, wie viel Freude sie mir geschenkt hatte, als ich ihr das Radfahren beigebracht hatte, ihr geholfen hatte, den Reißverschluss ihrer Jacke zu schließen; ich dachte an die feinen Haare, die mich am Gesicht kitzelten, wenn sie auf meinem Schoß saß und ich ihr aus der Zeitung vorlas.

Ihr Gesichtsausdruck veränderte sich, als ich »glücklich« sagte. Das störrische Aufbegehren in ihren geröteten Wangen und blitzenden Augen – eine Eigenschaft, die wir gemeinsam hatten – verschwand. An seine Stelle trat eine Harriet, die ich nicht kannte. Ihr stiegen Tränen in die Augen, und sie lief hoch in ihr Zimmer, als wäre sie ein kleines Mädchen, das ausgeschimpft worden war, weil es die Heizung angelassen oder seinen Bruder geschlagen hatte.

»Verschwinde!«, brüllte ich zu meiner eigenen Überraschung. »Verschwinde augenblicklich aus diesem Haus und komm ja nicht wieder, solange du nicht Vernunft angenommen hast! Ich will dich keine Minute länger hier haben!«

Harriet fuhr an dem Abend zurück nach London, wo sie sich geliebt und angenommen und glücklich fühlte. Ihr Zuhause, unser Zuhause, schrumpfte wieder.

Wochen später, in der Trübseligkeit des Februars, als Wind und Regen um die Wette tobten und der Himmel alle Variationen von Grau zeigte, die er kannte, lag abends, als ich von der Arbeit nach Hause kam, eine Ausgabe des *Guardian* auf meinem Platz am Küchentisch.

Martha stand am Herd, ihr Schwimmanzug trocknete bei der Heizung und sorgte dafür, dass die Fenster beschlugen. Webb lag schlafend unter dem Tisch. Ein ganz normaler Abend, bis auf die Zeitung.

Ich küsste Martha auf die Wange, und sie wies mit dem Kopf auf die Zeitung.

»Leben und Gesellschaft, Seite zwei«, sagte sie.

»Was gibt's denn?«

»Leben und Gesellschaft, Seite zwei«, wiederholte sie.

»Warum sagst du mir nicht einfach, was los ist?«

Sie stemmte die Hände in die Hüften und sah mich auf eine Weise an, die ich nur zu gut kannte. Der Blick bedeutete, dass ich tun sollte, was man mir sagte.

Ich schlug die Zeitung auf, konnte jedoch nichts sonderlich Bemerkenswertes entdecken.

»Wonach soll ich denn suchen?«

»Unten rechts.«

»Martha, ich bin müde. Sag mir einfach, was ich mir anschauen soll.«

Sie trocknete sich die Hände ab und stellte sich neben mich.

»Da«, sagte sie und deutete auf einen Artikel, als wäre es offensichtlich.

Und da unter dem Artikel stand Harriets Name, schwarz auf weiß. Ich spürte Marthas Hand auf meiner Schulter.

»Der *Guardian*«, sagte ich. »Natürlich.«

»Wieso ›natürlich‹?«

Der Druck ihrer Hand verstärkte sich, auf eine Weise, die sich nicht unbedingt liebevoll anfühlte.

»Na ja.« Ich wählte meine Worte mit Sorgfalt. »Jemand wie sie würde doch nicht für die *Daily Mail* schreiben.«

Sie nahm die Hand von meiner Schulter und gab mir einen Klaps auf den Hinterkopf.

»John«, sagte sie.

»Wieso? Stimmt doch.«

»›Jemand wie sie‹«, ahmte sie mich nach. »Sie ist deine Tochter.«

Mein erster Impuls war zu widersprechen, aber das wäre dumm gewesen. Und hätte nur dazu gedient, etwas zu verstärken, was ich gerne zurückgenommen hätte.

»Ist sie das?«, fragte ich. »Ist sie noch meine Tochter?«

»Sei nicht albern.«

»Die Frage ist ernst gemeint.«

»Wirklich?«, sagte sie und kehrte zu dem Topf auf dem Herd zurück, in dem es heftig blubberte.

»Was soll das heißen?«

Sie rührte im Topf. »Du warst derjenige, der sie verstoßen hat.«

»Das war nicht so gemeint.«

»Klang aber, als wäre es dir sehr ernst.«

»Das war damals.«

»Und was ist jetzt?«

Martha hatte diesen subtil ironischen Tonfall, der mir sagte, dass ich mich lächerlich verhielt.

»Was soll ich denn tun?«, fragte ich.

Sie gab Salz zu dem Essen, das nach Lammeintopf roch. Sie stand mit dem Rücken zu mir, und ich wünschte, ich hätte ihr Gesicht sehen können.

»Martha?«

Langsam legte sie den Holzlöffel auf die Untertasse, die links neben dem Herd stand. Dann drehte sie sich um, ihre Miene ein Durcheinander von Gefühlen.

»Du könntest damit anfangen, den Artikel zu lesen, den sie geschrieben hat, und stolz auf sie zu sein.«

Ich las den Artikel, zwei Mal. Während ich ihn las, dachte ich nicht an die Empfehlungen, die die Regierung ausgesprochen hatte, um die Bürger zu besseren Ernährungsgewohnheiten anzuspornen, sondern an das Mädchen, das ich mit großgezogen hatte. Ich erinnerte mich daran, wie ungeduldig sie gewesen war, lesen zu lernen. Nach dem Abendessen hatte sie sich oft auf meinen Schoß gesetzt, und während ich ihr aus der Zeitung vorlas, war sie mit dem Finger an den Zeilen entlanggefahren, und ihr Mund hatte sich bewegt, als kaue sie die Wörter, um ihren Sinn zu erfassen.

Als wir an dem Abend mit dem Essen fertig waren, räumte Martha rasch den Tisch ab und breitete ihre Karten vom Ärmelkanal aus.

»Willst du noch mal eine Durchquerung versuchen?«, fragte ich.

Sie murmelte etwas Undeutliches, und ich verstand die Andeutung.

»Ich gehe dann mal eine Runde mit Webb«, sagte ich.

»Gut«, erwiderte sie, ohne aufzublicken.

Der Hund und ich hatten ein paar Stammrunden für unsere Spaziergänge, aber an dem Abend zog es mich weder zur Burg noch zum Wald am östlichen Rand der Stadt. Stattdessen gingen wir ohne ein besonderes Ziel und überließen die Entscheidung unseren Füßen.

So landeten wir schließlich an der Marine Parade, wie die Straße offiziell hieß, obwohl die Einheimischen sie meist nur die Promenade nannten, sofern sie sie überhaupt irgendwie bezeichneten. Wir spazierten am Wasser entlang und hörten zu, wie der Wind es zu Wellen aufpeitschte, die sich ein paar Hundert Meter weiter draußen gegen den Wellenbrecher warfen. An solchen Abenden war ich auf der Hut vor dem Meer – an diesem noch mehr als sonst –, aber Webb wirkte unbekümmert wie immer.

Wir wandten uns vom Pier ab Richtung Burg, und als das Wetter allzu ungemütlich wurde, beschloss ich, auf einen Schluck ins White Horse Inn zu gehen. Normalerweise ging ich nicht in Pubs – ich trank nur wenig Alkohol –, aber manchmal, an einem dunklen, winterlichen Abend, war die Vorstellung von einem gemütlichen, warmen Pub doch recht verlockend. Und vor allem dieses Pub wirkte immer sehr anheimelnd.

Wir suchten uns einen Platz abseits der Tür, wo es zog, und meine Gedanken wanderten nach London zu meiner Tochter. Ich versuchte, mir ihr Leben vorzustellen, aber es fiel mir schwer, da ich selbst noch nie in London gewesen war. Ich kannte die Stadt nur von Bildern, und auch da hatte ich nur die bekannten, bei Touristen beliebten Orte gesehen. Piccadilly Circus, Oxford Street, das Parlament und Big Ben. Trafalgar Square. Da ich keine Ahnung hatte, wie die

Wohngegenden aussahen, stellte ich sie mir so wie in Dover vor, nur viel größer.

Ich versuchte mir auszumalen, wie Harriet zum Fleischer und zum Gemüsehändler ging, um ihren Wocheneinkauf zu machen, wie Martha es immer getan hatte, aber dann merkte ich, dass ich einfach nur unseren Alltag auf sie übertrug. Es erschien mir wichtig, die unbedeutenden Einzelheiten ihres Lebens zu kennen; obwohl ich wusste, dass es darum nicht ging, war es einfacher, mich auf das Banale, Alltägliche zu konzentrieren. Was mich zu der Erkenntnis führte, dass ich schon seit Jahren ein falsches Bild von unserer Beziehung hatte. Ich hatte gedacht, ich würde sie, ihr Wesen und ihre Persönlichkeit, gut kennen – eben so, wie es nur Eltern konnten. Doch ihre Eröffnung am zweiten Weihnachtstag hatte gezeigt, dass das nicht stimmte. Wann war es passiert? Wann hatten wir uns voneinander entfernt? Denn ich hatte den Eindruck, dass es schon lange vor diesem Weihnachten begonnen hatte.

Ich trank ein Bier und überlegte, wie ich es schaffen könnte, die Wahl meiner Tochter zu übersehen – denn das schien die einzige Lösung zu sein, wenn ich wieder ein Teil ihres Lebens sein wollte. Besser wäre es natürlich gewesen, wenn sie gar nicht erst darüber gesprochen hätte. Wozu sollte das gut sein?

Doch diese Gedanken brachten mich nicht weiter, und so schob ich sie beiseite. Was war nötig, um sie wieder in unseren Kreis zurückzuholen?

Ich ging zur Bar und holte mir noch ein Bier, und als ich mich wieder setzte, wusste ich genau, was ich tun musste. Mich entschuldigen. Daran führte kein Weg vorbei.

Eine Entschuldigung. Ganz einfach. Es tut mir leid, Harriet. Mehr brauchte ich nicht zu sagen. Aber das Schwierige daran war, dass es mir ernst sein musste. Indem ich diese paar kurzen Worte sagte, würde ich ihr Verhalten absegnen und meine Überzeugungen verleugnen. Und ich wusste nicht, ob ich das über mich bringen würde, obwohl mir klar war, dass es richtig wäre.

Ich stand auf und bat den Wirt um ein Blatt Papier und einen Stift. Ich zweifelte, ob ich den Mut haben würde, es am Telefon zu sagen.

Meine Hand lag lange reglos oben auf der Seite. Ich dachte an Harriets Gesicht, als wir an dem Weihnachtsabend am Tisch gesessen hatten. Wie unglücklich sie gewesen sein musste. Doch als meine Gedanken sich meinen eigenen Gefühlen zuwandten, schob ich sie weg.

Konzentriere dich auf sie, ermahnte ich mich. Konzentriere dich auf alles an ihr, was du liebst. Sie ist eine Ansammlung von Hunderten und Tausenden anderer Dinge. Sie ist nicht nur jemand, der eine falsche Wahl getroffen hat. Es ist nicht deine Wahl, sondern ihre. Es ist ihr Leben.

Schließlich war ich so weit, dass ich anfangen konnte.

Liebe Harry, schrieb ich.

Und dann wusste ich nicht weiter. Ich musste nur schreiben: *Es tut mir leid.* Das konnte doch nicht so schwer sein.

Ich dachte an Martha, ein paar Meilen vor der französischen Küste, dort, wo die Strömungen am stärksten waren. Ich sah vor mir, wie sie mit aller Kraft gekämpft hatte, nur um auf der Stelle zu bleiben, als der Wind zulegte und die Wellen so hoch wurden, dass ihre leuchtend gelbe Badekappe immer wieder verschwand. Sie hatte nicht aufgegeben, obwohl ein Teil von ihr es bestimmt gerne getan hätte.

Liebe Harry,
ich habe Deinen Artikel gelesen, der heute im Guardian *war. Er hat mir sehr gut gefallen – gut geschrieben, ausgewogen, sachkundig. Ich bin sehr stolz auf Dich. Du bist eine begabte junge Frau, und Du hast viel erreicht.*
Ich weiß noch, wie Du als kleines Mädchen bei mir auf dem Schoß gesessen und mit mir zusammen die Zeitung gelesen hast. Ich hoffe, ich hatte einen positiven Einfluss auf Dich und die Wahl Deiner beruflichen Laufbahn.
Ich kann nicht behaupten, dass ich alle Entscheidungen verstehe, die Du in deinem Leben getroffen hast, und ich kann auch nicht sagen, dass ich sie billige.
Aber Du bist meine Tochter, und ich liebe Dich.

Ich las den kurzen Brief noch einmal durch und wusste nicht, ob er ausreichen würde.

Als Webb und ich nach Hause kamen, waren alle Lichter aus, bis auf das über der Haustür. Es war spät – für unsere Verhältnisse –, und Martha war sicher bereits zu Bett gegangen. Auf der Suche nach dem Adressbuch, einem Umschlag und einer Briefmarke kramte ich in den Schubladen in der Küche und im Wohnzimmer. Es war wichtig, dass der Brief am nächsten Morgen absendebereit war, für den Fall, dass ich den Mut verlor. Ich fand, was ich suchte, und schob den Brief in die Innentasche meines Jacketts.

Als ich morgens losging, wurde ich immer nervöser, je näher ich dem Briefkasten kam. Doch der Brief glitt problemlos durch den Schlitz, und damit war es geschafft. Während der folgenden Tage und Wochen wartete ich, in der Hoffnung auf eine Antwort, doch es kam nichts. Sie hatte mich abblitzen lassen.

Als Martha und ich nun mit unserem Braten am Tisch saßen und taten, als wäre es ein ganz gewöhnlicher Sonntag, schwor ich mir, dass ich denselben Fehler nicht noch einmal machen würde. Ich würde nicht warten, bis es zu spät war.

»Martha«, sagte ich. »Ich liebe dich.«

Sie kaute gerade an einem Bissen und hätte sich fast verschluckt.

»John, ist alles in Ordnung mit dir?«

Ich legte die Hand auf ihren Arm. »Wieso sollte mit mir nicht alles in Ordnung sein?«

»Das kommt ein bisschen überraschend.«

Es ist ein seltsames Gefühl, zugleich erfreut und bestürzt zu sein. Angesichts ihrer Reaktion fragte ich mich, ob ich sie öfter daran erinnern sollte, wie viel sie mir bedeutete.

»Ich sage das nicht oft genug, stimmt's?«

»Du brauchst mir nichts zu sagen, was ich längst weiß.«

»Hörst du es nicht gerne?«

»Doch, schon, es ist nur … ungewöhnlich.«

Ich schob meinen unberührten Teller weg. »Ich weiß nicht, was ich tun soll.«

»Iss deinen Braten.«

»Das meine ich nicht.«

»Ich weiß, aber das möchte ich«, sagte sie. »Es kann nicht sein, dass das unser Leben bestimmt.«

»Wie sollte es anders sein? Du bist krank.«

»Ich werde wieder gesund.«

»Woher weißt du das?«

»Tue ich nicht.«

»Was ist, wenn nicht?«

»Dann machst du weiter.«

»Nicht ohne dich.«

»Sei nicht albern. Du weißt ganz genau, dass du das tun wirst.«

Ich dachte daran zurück, wie ich sie zum ersten Mal gesehen hatte. Sie war unten am Meer mit dem Rad gefahren. Ich hatte mir vorgenommen herauszufinden, wer sie war. Ich hatte mir große Mühe gegeben, ihr zu begegnen und sie dazu zu überreden, mit mir auszugehen.

Während ich auf das Plätschern in der Spüle lauschte, als sie die Teller abwusch, dachte ich an die Momente in meinem Leben, in denen mehr von mir erwartet worden war. Die meisten davon waren klein, aber es gab auch ein paar größere.

Ich erinnerte mich daran, wie ich sie aus dem Meer gezogen hatte, als ich dachte, sie würde untergehen, und wie ich sie gebeten hatte, für mich aus dem Wasser zu kommen. Ich hatte sie gebeten, einen Teil von sich aufzugeben, und ich erinnerte mich daran, wie sie ihn eines Tages zurückgefordert hatte.

Da war sie in einem weißen Kleid, wie sie »Ja« sagte, dann im Krankenhaus, mit Harriet im Arm – unserer Erstgeborenen –, und dann noch einmal mit Iain. Die Leute fanden, sie kamen nach mir, vor allem Harriet, aber für mich ähnelten sie beide Martha: die haselnussbraunen Augen, die auffällig geschwungene Oberlippe und die Sommersprossen, als sie klein waren. Ich erinnerte mich daran, wie Martha mich angesehen hatte, als ich unsere Tochter zum ersten Mal im Arm hielt. Als wenn sie es nicht fassen könnte.

Ich sah ihre linke Hand, als ich den Myrtenzweig auf ihren Finger schob und dann den Ring, und ich konnte die glatte Oberfläche der

Kiesel spüren, die ich gesammelt hatte, einen für jede Durchquerung. Und die Bräunungslinien, ach, die Bräunungslinien. Wenn es etwas Verführerischeres gab, war es mir noch nicht untergekommen. Sie kreuzten sich auf ihrem Rücken und waren mir so vertraut, dass ich manchmal vergaß, wie einzigartig sie waren.

Ich dachte an Martha und all die Dinge, die sie im Lauf unseres gemeinsamen Lebens für mich getan hatte. Und ich stellte mir vor, wie es ohne sie sein würde.

Niemand würde für mich kochen und mir beim Essen Gesellschaft leisten. Es war ein selbstsüchtiger Gedanke, aber ein ehrlicher. Ich war durchaus imstande, mir selbst etwas zu kochen; das war nicht das, was mich beschäftigte. Und es war auch nicht der Grund, weshalb sie für mich kochte. Zum Teil tat sie es, weil ich ihr etwas bedeutete. Deshalb wusch und bügelte sie meine Sachen, deshalb hielt sie meine Hand, und deshalb war sie all die Jahre bei mir geblieben, selbst wenn ich unerträglich war. Das Bett würde leer sein ohne sie. Sie würde nicht mehr meinen Arm um sich legen, während sie auf den Schlaf wartete. Niemand würde mich morgens nach dem Aufwachen und abends vor dem Einschlafen küssen.

Was würde unser Haus ohne Martha sein? Nichts weiter als vier Wände und ein Dach, und die Vorstellung machte mich krank. Ich trat hinter sie, legte die Arme um sie und schmiegte mein Gesicht in ihre Halsbeuge.

»John«, sagte sie. »Ich bin beschäftigt.«

Ich drehte sie langsam zu mir herum und bewunderte ihr Gesicht. Ich holte Luft, um zu sprechen, brachte dann jedoch kein Wort heraus. Ich konnte ihr nicht sagen, wie viel Angst ich hatte.

Sie legte die Hand – die in einem nassen, schaumbedeckten Gummihandschuh steckte – auf meine Schulter, schloss die Augen und lehnte sich an mich, den Kopf an meiner Brust. Ich roch das Mandelshampoo, das sie benutzte, und wusste, dass es für mich immer ihr Shampoo sein würde.

»Ich werde dagegen kämpfen«, sagte sie.

»Natürlich.«

»Ich werde mir vorstellen, es wäre eine Durchquerung. Konzentration und voller Einsatz.«

»Nein«, sagte ich. »Vermische es nicht mit etwas, das du liebst.«

»Ich werde dafür dieselbe Kraft und Entschlossenheit brauchen.«

»Es wird dir das Meer vermiesen.«

»Seit wann bist du auf der Seite des Meeres?«

»Schon immer«, sagte ich.

»Von wegen.«

»Ich war immer auf deiner Seite, und du warst immer auf der Seite des Meeres.«

Das stimmte.

Auf den Brief, den ich Harriet geschrieben hatte, war nie eine Antwort gekommen, und nach einem Monat hatte ich ihn vergessen. Deshalb war ich überrascht, als drei Monate später, als der graue Himmel sich ein paar neue Farben beigebracht hatte und der Regen müde geworden war, ein Umschlag für mich auf dem Küchentisch lag.

Er war nicht geöffnet worden, und auf die Vorderseite hatte jemand »Unbekannt verzogen« geschrieben. Ich wünschte, Martha hätte ihn nicht gesehen. Entweder war Harriet umgezogen, oder – was mir wahrscheinlicher erschien – sie hatte sich in stillem Protest geweigert, ihn zu lesen. Indem sie ihn zurückgeschickt hatte, zwang sie mich, mein Versagen anzuerkennen.

Ich griff nach dem Umschlag und drehte ihn um. Martha ging schweigend zur Anrichte und holte das Adressbuch heraus. Sie legte es auf den Tisch, schlug es auf und zeigte energisch mit dem Finger auf eine Stelle, vermutlich Harriets aktuelle Adresse.

»Versuch's noch mal«, sagte sie.

Ich schüttelte den Kopf. »Wozu? Sie weiß alles, was da drin steht.«

»Etwas zu wissen ist nicht dasselbe, wie es zu hören.«

Also hatte ich den ungeöffneten Umschlag in einen größeren Umschlag gesteckt und die richtige Adresse daraufgeschrieben. Dann hatte ich ihn eingeworfen und auf das Beste gehofft.

Das Spülwasser von den Gummihandschuhen durchnässte mein Hemd, aber ich ließ Martha nicht los. Ich lehnte mich ein wenig zurück und betrachtete sie, prägte mir noch einmal all die Einzelheiten ihres Gesichts ein, und ich sagte die Dinge, die wir beide wussten und die wir beide hören wollten.

»Ich liebe dich.«

»Ich lasse nicht zu, dass es dir wehtut«, sagte sie.

»Ich habe versprochen, dich zu beschützen, und das werde ich. Ich habe versprochen, dich für immer zu lieben, und das werde ich.«

Ihre Augen wurden feucht, und sie nickte. »Ich weiß, John.«

Gezeitenwechsel

MARTHA, 2011

Es gab gute und schlechte Tage, aber es war nie vorhersehbar, wann was kommen würde. Wir mussten uns durchschlagen, so gut wir konnten. Es war ein gemeinsames Leben, durch das wir Seite an Seite steuerten, und ich wusste nicht, ob es so war, wie John es sich für uns vorgestellt hatte, ob es sich auf unvorhergesehene Weise verändert hatte oder ob er, als wir jung und frisch verheiratet waren, überhaupt über unsere Zukunft nachgedacht hatte, abgesehen von den grundlegendsten Elementen: Heirat, Haus, Kinder. Eine Liste, aus der dann schon ein Leben werden würde.

Nein, das ist herzlos. Tatsächlich wusste ich nicht, was er sich wünschte, worauf er hoffte, wie seine Träume für uns aussahen, denn ich hatte ihn nie gefragt. Ich war nicht auf den Gedanken gekommen, dass ich ihn fragen müsste. Doch wie bei so vielem, was meinen Mann anging, war die Antwort darauf ganz und gar nicht das, was ich erwartet hatte.

Ich hörte, wie er knarzend die Treppe hinunterkam, während ich den Kopf auf die herrlich kalten Badezimmerfliesen legte, und fragte mich, welcher John mir an diesem Morgen gegenübertreten würde, der mit dem klaren Verstand oder die neuere Version von ihm – ein Mann, der seit Kurzem ziemlich versiert im Zeitreisen war und mit wechselnder Geschwindigkeit in den Jahren vor- und zurücksprang.

Webb hatte es sich zur Pflicht gemacht, mir während der Nacht Gesellschaft zu leisten; seine Schnauze, die durch den Türspalt zu sehen war, bot einen vertrauten Trost. Als er John kommen hörte, gab er schließlich seinen Posten auf. Beide bewegten sich mit ungleichen Schritten, als sie aus unterschiedlichen Winkeln die Küche durchquerten und sich an der Arbeitsfläche trafen, wo der Hund auf die Krusten wartete, die er als Lohn für die harte nächtliche Arbeit ansah.

Der Wasserhahn in der Küche lief, und kurz darauf hörte ich, wie John das geleerte Glas auf die Spüle stellte. Ich zählte bis fünf, und als er sich räusperte, lächelte ich. Es war tröstlich, die Gewohnheiten eines anderen so genau zu kennen.

Versuchsweise hob ich langsam den Kopf von den Fliesen, und die Schmerzen in meinem Körper fanden Nischen in meinen Gelenken, von deren Existenz ich bisher nichts geahnt hatte. Als mein Kopf auf Schulterhöhe war, hielt ich inne, um zu sehen, ob die Übelkeit wieder zuschlagen würde. Ich dachte an all die Male, als ich im Lotsenboot drei Stunden lang von Cap Gris-Nez durch die Wellen zurückgefahren und dabei kein einziges Mal seekrank gewesen war. Vielleicht war diese neue Entwicklung – die Tage und Nächte, die ich hier im Bad verbrachte, von Würgekrämpfen geschüttelt und mit brennenden Innereien an die Kloschüssel geklammert – eine Art Wiedergutmachung für all die Zeit, die ich im Wasser verbracht hatte.

Ein leises Klopfen an der Tür. »Martha?«, fragte John.

Mühsam brachte ich eine Antwort zustande. »Ja.«

Ich konnte mir gut vorstellen, dass meine Tochter und ihre Frau dieses Verhalten in einer Ehe vollkommen unverständlich fanden. Es hätte mich nicht überrascht, wenn sie die Badezimmertür immer offen ließen und Schamhaftigkeit und den Wunsch nach Ungestörtheit als etwas ansahen, das überwunden werden musste.

»Ist alles in Ordnung?«

Fragen, die früher banal gewesen waren, hatten über Nacht entscheidende Bedeutung bekommen. »Ja«, sagte ich.

Ich hatte keine Ahnung, ob es stimmte oder nicht. Zusammen mit meiner linken Brust hatte ich die Fähigkeit verloren, es zu beurteilen.

»Ich setze Wasser auf«, sagte er.

»Gut.«

»Soll ich zwei Becher machen?«

»Heißes Wasser, Zitrone und Honig«, sagte ich. Bei Übelkeit war das Wichtigste, nicht auszutrocknen, und wie man dafür sorgte, wusste ich.

Während das Wasser heiß wurde, richtete ich mich mühsam ins Sitzen auf und lehnte mich mit dem Rücken gegen die Wanne. Ich war schockiert, wie schrumpelig und schwach meine Arme geworden waren. Da, wo einst ein Bizeps gewesen war, hing die Haut schlaff herunter, und die Deltamuskeln, die immer so im Weg gewesen waren, wenn ich mich in eine Damenbluse zwängen wollte, sahen jetzt müde und verkümmert aus.

Wieder klopfte John an die Tür. »Hast du was an?«

»Ja, komm rein.«

Er öffnete die Tür, und bei seinem Anblick musste ich lachen: abgetragener Flanellschlafanzug, karierter Morgenmantel, die weißen Haare zerzaust wie ein verrückter Professor und ein voll bestücktes Frühstückstablett in den Händen.

»Du hättest dir nicht so viel Mühe machen müssen«, sagte ich, als er hereinschlurfte.

Vorsichtig stellte er das Tablett auf dem Waschbecken ab. »Unsinn. Wenn ich etwas mache –«

»Mache ich es richtig«, beendete ich den Satz für ihn.

Er stellte mir den Becher auf den Boden.

Webb schlängelte sich herein, kam zu mir, beschnüffelte meine Füße, Beine und Arme, konnte dann offensichtlich nicht widerstehen und leckte mir übers Gesicht. Als ich ihn wegschob, sah er mich verletzt an.

»Braver Hund«, sagte ich, und er ließ sich auf der Schwelle nieder, als wollte er uns vor möglichen Eindringlingen beschützen.

John blickte sich suchend nach einer Stelle um, wo er sich hinsetzen konnte. »Ganz schön eng hier drin.«

Ich deutete auf die Toilette. »Setz dich doch dahin.«

Er schüttelte den Kopf und kletterte in die Wanne. »Die brauchst du vielleicht.«

»Ich wüsste nicht, wozu. In mir ist nichts mehr drin.«

Ich pustete auf das heiße Zitronenwasser und trank vorsichtig einen kleinen Schluck. Es tat gut, Flüssigkeit auf meinen Lippen und meiner Zunge zu spüren. »Eigentlich müsste die Übelkeit doch allmählich vorbei sein.«

»Es dauert bestimmt nicht mehr lange, jetzt, wo die Behandlung beendet ist.«

Wir blieben bis in den Vormittag hinein so sitzen, während die Sonne hell durchs Fenster schien, und sprachen und schwiegen. Es sah nach einem guten Tag aus.

John sagte: »Ich würde dich gerne ausführen.«

Ich drehte mich zu ihm, um zu sehen, ob er mich auf den Arm nahm. Er lag mit dem Kopf zwischen den Shampoos und Duschgelen.

»Mich ausführen? Wohin?«

»Es ist ewig her, dass wir zusammen irgendwo waren.«

»Wir waren letzte Woche beim Arzt.«

»Das meine ich nicht«, sagte er.

»Ich weiß.«

»Wir müssen nicht, wenn dir nicht danach ist.«

Manchmal ist es die Unvorhersehbarkeit des Lebens, die es so wunderbar macht. Der Ausdruck auf dem Gesicht meines Mannes war unwiderstehlich und erinnerte mich an sein jüngeres Ich: die scharf gezeichneten Wangenknochen und das verschmitzte Funkeln in seinen grauen Augen, das immer aufblitzte, wenn er ein wenig Spaß haben wollte.

Ich fühlte mich grässlich, aber der Winter war zu lang gewesen, und ich kam mir seit Ewigkeiten vor wie der Tod auf Urlaub.

»Ja«, sagte ich. »Gerne.«

»Sehr schön.«

»Wohin wollen wir denn?«

»Ich habe eine Idee.«

Ich lächelte. Heute war mein John da.

»Gut, ich ziehe mich an und setze mir die Haare auf.«

Eine Stunde später standen wir startklar an der Haustür.

»Du siehst bezaubernd aus«, sagte er.

Ich hatte ein altes dunkelblaues Kleid aus den Tiefen des Schranks gezogen, das mich an eines erinnerte, das ich in unserer Anfangszeit oft getragen hatte.

Grinsend trat er auf mich zu und steckte mir einen kleinen Myrtenzweig ins Knopfloch, dann fasste er mich an den Schultern und küsste mich auf den Mund, als wären wir noch jung.

»Weißt du noch?«, flüsterte er.

»Das werde ich niemals vergessen.«

Er seufzte glücklich. »Ich habe es auch nicht vergessen. Noch nicht.«

»Ich werde mich für uns beide erinnern.«

»Ich hatte es so viel besser geplant.«

»Es war ein perfekter Abend.«

»Wirklich?«

Ich nahm seine Hand. »Ich habe ›Ja‹ gesagt.«

Er öffnete die Tür und führte mich nach draußen, wo Henry neben dem Auto wartete.

»Du hast doch nicht gedacht, ich würde dich zu Fuß laufen lassen, oder?«

Wir stiegen hinten ein, und Henry fuhr aus der Einfahrt und dann Richtung Zentrum. Ich ließ die Seitenscheibe herunter und genoss die warme Spätfrühlingsluft auf meiner Haut und den Duft des Meeres, der mich lockte. Seit die Chemotherapie begonnen hatte, war ich nicht mehr am Wasser gewesen, und es fühlte sich an, als hätte ich einen alten Freund im Stich gelassen. Fast drei Monate waren seither vergangen, aber als wir um die Kurve fuhren und das Meer in Sicht kam, war es genauso wie beim letzten Mal: glitzernd, wirbelnd, quicklebendig.

Henry bog erneut ab, und wir kamen zu den öden, zubetonierten Straßen des Zentrums, die auf mich selbst an den sonnigsten Tagen düster wirkten. Wir hielten an, und John kam herum, um mir beim Aussteigen zu helfen.

»Für den Rückweg nehmen wir uns ein Taxi«, sagte er.

»Viel Spaß. Tut nichts, was ich nicht auch tun würde«, rief Henry im Davonfahren.

»Wohin gehen wir?«, fragte ich.

John, der offensichtlich sehr zufrieden mit sich war, wollte es mir nicht verraten. »Es ist nicht weit« war alles, was er sagte.

Wir gingen langsam über den Gehweg, und ich war überrascht,

wie sehr die Stadt sich verändert hatte. Normalerweise kam ich nur so weit hier runter, um das Meer zu sehen. Für mich war die Stadt voller Schatten und Staub, Läden, die früh zumachten, und Läden, die für immer zugemacht hatten, mit Türen, an denen der Lack abblätterte und die mit Brettern zugenagelt waren. Dort, wo früher ein Gemüsehändler gewesen war, war jetzt ein Wettbüro, und an der Stelle des Nähladens war ein Secondhandladen, der nicht besonders gut zu laufen schien.

John blieb vor einem Restaurant mit einer ramponierten Markise stehen. Obendrüber stand in grüner Schrift *Dino's,* aber es sah nicht so aus, als wäre es geöffnet. Wir spähten durch das Fenster, aber der Speisesaal war leer bis auf einen Tisch mit einem Stapel ungeöffneter Post.

Obwohl er versuchte, sich nichts anmerken zu lassen, merkte ich, dass er bestürzt war, und ich gab mir Mühe, die Stimmung locker zu halten. Wenn er sich zu sehr aufregte, konnte das Ganze schnell in einem Desaster enden.

Er lächelte schwach. »Hier wollte ich eigentlich mit dir hin.«

»Woher hättest du wissen sollen, dass es geschlossen ist?«

»Nein, ich meine, damals. Als ich dir den Antrag gemacht habe. Hier hatte ich einen Tisch für uns reserviert. Jetzt sieht es nicht mehr nach viel aus, aber früher –«

»Eine Freundin von mir war mal da. Sie sagte, es wäre das schönste Restaurant, in dem sie je gewesen sei. Mit Servietten aus Leinen.«

»Ich dachte –«, sagte er.

»Was zählt, ist der Gedanke.«

Er blickte sich nervös um, und ich sah, dass er unruhig wurde, doch dann nahm er meine Hand und fragte, ob ich es schaffen würde, ein kurzes Stück zu Fuß zu gehen. Ich bejahte, und er führte mich die Straße hinunter und zum Meer.

Das Meer. Mein Norden.

Wir gingen Arm in Arm die Promenade entlang, die Sonne schien uns ins Gesicht, und es war herrlich. Die kupferfarbenen Kiesel leuchteten und ließen das Wasser noch blauer wirken. Es war kein tropisches Blau; das Meer hier hatte keine träge Farbe, es war kalt und hellwach. Im Kontrast zu den Kieseln sah es aus wie ein hoher Winterhimmel irgendwo im Norden: klar, kühl und rein. Und je länger ich es anschaute, desto verlockender erschien es mir.

Langsam bewegten wir uns auf den Pier zu. Überall an der Promenade standen Bänke, und aus reiner Notwendigkeit legten wir oft Pausen ein. Die Chemotherapie hatte mich geschwächt, und ich war nicht ich selbst.

Mühsam ließ ich mich auf einer Bank nieder. John setzte sich neben mich, und als ich mich zu ihm drehte, um den Kopf an seine Schulter zu lehnen, bemerkte ich, dass auf einer der Holzlatten ein kleines schwarzes Schild angebracht war:

In Erinnerung an Mrs Ann Martin
There'll be love and laughter and peace ever after

»Sieh mal, John«, sagte ich und strich mit den Fingern über die Inschrift.

»Ich erinnere mich an das Lied«, erwiderte er voller Stolz.

Er legte die Hand auf mein Knie.

»Weißt du noch?«, fragte er. »In einem der Sommer, als Harriet schon geboren war, aber Iain noch nicht. Da haben wir hier getanzt. Ich glaube, es war hier.« Er blickte die Promenade hinunter. »Da war ein Fest und eine Band. Und ich habe dich herumgeschwenkt.«

Ich schloss die Augen und sah alles vor mir. »Ich hatte die rote Bluse an, die mit den Schleifen am Ärmel.«

»Die gefiel mir besonders gut, die rote.«

»Wir hatten Harriet im Kinderwagen dabei, und du hast ihn zur Seite geschoben, damit wir tanzen konnten.«

»Ich habe immer gerne mit dir getanzt.«

»Aber ich bin so ungeschickt«, sagte ich. »Eine miserable Tänzerin.«

»Du hast mich immer enger gehalten als die anderen Mädchen.«

Ich öffnete die Augen, und sein Gesicht war meinem so nah, dass unsere Nasen sich fast berührten. Er grinste wie ein Schuljunge. Ich schlug ihn auf den Arm.

»Wie viele andere Mädchen gab es denn?«

»Jede Menge«, erwiderte er. »Zu viele, um sie zu zählen.«

Wir lachten.

»John«, sagte ich. »Ich will auch so eine Bank mit einer Widmung.«

»Wozu, um alles in der Welt?«, fragte er ungläubig.

»Als Zeichen der Trauer.« Ich sah ihn verschmitzt an. Er hatte Mühe, nicht zu grinsen. »Ich enthebe dich der Pflicht, drei Monate Schwarz zu tragen, aber ich bestehe auf einer Bank mit Widmung«, sagte ich so dramatisch, als befänden wir uns in einer Folge von *Coronation Street*.

»Wieso meinst du, dass du zuerst gehst?« Er zwinkerte mir zu. »Ich könnte in einem Anfall von Schusseligkeit über die Straße laufen, ohne nach rechts und links zu schauen.«

Ich öffnete die obersten Knöpfe meiner Bluse und zeigte auf meine Narbe.

Er drückte mein Knie und blickte zum Himmel, und ich schaute geradeaus aufs Wasser. Wenn ich schon gehen musste, dann hatte es etwas Passendes, meinen Namen hier zurückzulassen, als Erinnerung an die zwei Wesen, die ich am besten gekannt hatte. Das Meer und meinen Mann.

Er stand auf und reichte mir seine Hand. Ich nahm sie und dachte, wir würden nach Hause gehen, doch er steuerte auf den Pier zu.

»Das Teehaus ist bestimmt geöffnet«, sagte er zuversichtlich.

Auf unserem Weg über den Pier kamen uns andere Paare entgegen, darunter zwei Teenager, die sich eng umschlungen hielten, die Hand jeweils in der Gesäßtasche des anderen, und verstohlen nach einem Plätzchen Ausschau hielten, wo sie ungestört waren.

Ich deutete mit dem Kopf auf die beiden. »Weißt du noch?«

John wurde rot.

Es war kurz vor seinem Antrag gewesen. Bis dahin hatten wir nur ein wenig herumgeknutscht, in seinem Auto, im Kino und bei mir vor der Tür.

In dem Sommer jedoch hatte es eine ganze Reihe von Tagen gegeben, an denen das Wetter so fantastisch gewesen war, als befänden wir uns gar nicht in England. Das Grau war verschwunden, und es war endlich heiß.

Es war Samstag, und ich hatte beschlossen, ein anderes Kleid anzuziehen als die, auf denen meine Mutter sonst meistens bestand. Mit diesen Ensembles wollte sie John – und jedem anderen Verehrer, der möglicherweise noch vorstellig wurde – zu verstehen geben, dass ich eine junge Dame war und zu einer wunderbaren Mutter, bezaubernden Ehefrau und kompetenten Hausfrau werden würde. Wie all das mittels Stoffen und Rüschen übermittelt werden sollte, war mir ein Rätsel, aber meine Mutter musterte Kleidung auch mit einem Blick, den ich nie entwickelt hatte. Sie meinte, es sei wichtig, meine Vorzüge zu betonen, und wenn ich ein Kleid anprobierte, dessen Rock knapp unterhalb des Knies endete, sodass meine »wohlgeformten« Waden – wie meine Mutter sagte – zur Geltung kamen, wurde das Kleid sofort gekauft.

Schwierig wurde es, wenn es um Ausschnitte und Träger ging. Meine Mutter bevorzugte schmale, elegante Träger, aber mit denen sahen meine breiten Schultern noch männlicher aus. Da ich außerdem die weißen Linien von meinem Schwimmanzug auf dem Rücken hatte, trug ich eine Menge hochgeschlossene Kleider mit Ärmeln, in denen ich mir wie eingesperrt vorkam.

Da es an dem Abend zu warm für diese Modelle war, zog ich ein dunkelblaues Kleid an, das ich selbst ausgesucht hatte. Es war eines der wenigen Kleider in meinem Leben, die ich wirklich gerne getragen habe. Es war rückenfrei, mit zwei Trägern, die im Nacken zusammengebunden wurden, fächerte nach unten hin ein wenig auf und war im Empirestil geschnitten. Der Saum war mit einem Lochmuster verziert. Aber was mir daran besonders gefiel, war, dass es so aussah, als könnte es auch eine schicke Pariserin tragen. Wenn ich das Kleid anzog, fühlte ich mich, als könnte ich mein Spiegelbild sein, nur französisch, nicht englisch.

Als John an dem Abend bei uns klingelte, öffnete ich ihm die Tür in dem dunkelblauen Kleid und gelben Sandaletten. Er betrachtete mich schweigend von oben bis unten, und da fühlte ich mich zum ersten Mal wie ein Frau. Ich drehte mich für ihn und freute mich, dass es ihm die Sprache verschlagen hatte.

Ich rief meinen Eltern zu, dass ich jetzt weg sei, und hakte mich bei ihm unter.

»Wohin gehen wir?«, fragte ich.

»Wohin du willst«, antwortete er.

Als wir um die Kurve waren, außer Sichtweite meiner Mutter – die gerne aus dem Wohnzimmerfenster spähte –, zog John mich an sich und küsste mich so, wie er es tat, wenn wir nicht wollten, dass der Abend zu Ende ging.

»Du bist schrecklich«, sagte ich, als unsere Nasen sich fast berührten.

»*Ich* habe nicht das Kleid an«, erwiderte er grinsend.

Außer uns war niemand auf der Straße, und er trat hinter mich.

»Was hast du vor?«

Ich spürte seinen Finger auf meinem Rücken, und ich erschauerte, als er die Linien nachzog, die mein Schwimmanzug in der Sonne hinterlassen hatte. Er küsste meine nackte Schulter, und ich verscheuchte ihn in gespielter Anständigkeit; in Wirklichkeit wollte ich nicht, dass er aufhörte.

»Was ist, wenn uns jemand sieht?«

Ich spürte seine Lippen an meinem Hals, als er sagte: »Die haben bestimmt schon Schlimmeres gesehen.«

Wir gingen in das White Horse Inn; das war unser Lieblingspub, weil es einen Garten hatte. Dort konnten wir im Schatten der Ruinen der alten Kirche von St. James the Apostle sitzen und waren so ungestört, wie man es in einer Kleinstadt in der Öffentlichkeit nur sein konnte. Die Dämmerung kroch über die bröckelnden gelben Ziegelsteine der Kirche – eine Erinnerung daran, dass die Spuren des Krieges immer noch zu sehen waren. John und ich tranken ein Glas und dann noch eins, aber die schwüle Luft, so ungewohnt für uns Küstenbewohner, machte mich rastlos. Ich wollte mich bewegen, und so gingen wir über die Promenade, die voller Menschen war: Paare, Familien und Kinder, alle auf der Suche nach einer kühlen Brise, einer Erleichterung von der klebrigen Trägheit, die die Hitze mit sich brachte.

Die Annahme, dass das Meer Erfrischung spenden würde, war naheliegend, aber an dem Abend rührte sich selbst am Wasser kein Lüftchen. Das Meer war ruhig, es leckte nur sanft an den Kieseln und sorgte für leise, klimpernde Hintergrundmusik.

Inmitten all der Leute war mir noch wärmer als zuvor, und so sprang ich hinunter auf die Kiesel und wollte John ein Zeichen geben, mir zu folgen, doch er war bereits hinter mir.

Ich steuerte geradewegs auf das Wasser zu.

»Aber Martha«, rief er. »Ich kann doch nicht schwimmen.«

Ohne seinen Protest zu beachten, lief ich über den Strand zum Pier, unter dessen Schutz es kühl und dunkel war, und ungestört waren wir dort auch.

Am hinteren Ende, abseits vom Ufer, waren wir mehr oder weniger sichtgeschützt. John umarmte mich, und wir küssten uns, wie es Leute tun, die frisch verliebt sind: schnell und gierig. Ich konnte nicht genug von ihm bekommen.

An dem Abend war John kühner als je zuvor. Seine Hand strich an meinem Bein hoch, unter das Kleid und meinen Oberschenkel hinauf. Ich wusste, ich würde nicht mehr lange standhalten können; wir waren jung, es war ein heißer Sommer, und alles fühlte sich ganz natürlich an. Wenn das Schwimmen mir eins beigebracht hatte – und es hatte mir viel beigebracht –, dann war es, dass unsere Körper dazu geschaffen waren, benutzt zu werden. Sie hatten einen Zweck jenseits dessen, was unser Verstand diktierte.

Ich hörte, wie die Kiesel um uns herum klickerten, und dachte, dass das Geräusch von unseren Füßen käme, als wir uns hin und her bewegten, um uns noch näher zu sein. Ich hatte angenommen, wir wären allein unter dem Pier, und obwohl ich leise Stimmen und ein Husten hörte, beachtete ich sie nicht. John schien sie nicht bemerkt zu haben, und das Einzige, was mich interessierte, war er.

Doch dann hörten wir einen Pfiff, und als John sich von mir löste und umdrehte, sahen wir zwei Männer nur ein paar Meter von uns entfernt stehen, mit Bierdosen in der Hand, die im Mondschein glänzten. Wortlos nahm er meine Hand, und wir liefen davon.

»He, kommt zurück!«, rief einer der beiden. »Wir wollen die Show sehen!«

Ich kicherte. John war es entsetzlich peinlich.

»Tut mir leid«, sagte er.

»Was denn?«

Er sah mich mit einem gequälten Blick an.

»Sie haben mir nicht den Abend verdorben«, sagte ich.

»Aber mir.«

»Jetzt sei doch nicht so.«

Er schaute nervös auf seine Schuhe. »Meine Vermieterin ist nicht da.«

»So?«

Er nickte. »Möchtest du auf ein Glas mit zu mir kommen?«

Er reichte mir seine Hand und führte mich zu seiner Wohnung, und als ich in seinem Schlafzimmer stand, löste er die Schleife in meinem Nacken, und mein Kleid fiel zu Boden.

John strich mit dem Finger über die weißen Linien auf meinem Rücken. »Du hast eine zweite Haut«, sagte er.

Wir schafften es, bis zum Ende des Piers zu gehen, und John hielt mir die Tür zum Teehaus auf. Wir suchten uns einen Tisch und nahmen die gewohnten Plätze ein, ich mit Blick aufs Wasser und John mit Blick aufs Land, und mir kam der Gedanke, wenn das Teehaus damals schon existiert hätte, als ich klein war, wäre ich vielleicht nicht ins Wasser gefallen; ich wäre vielleicht nie ich geworden.

»Kuchen?«, fragte er.

»Nein, nur Tee.«

»Du solltest versuchen, etwas zu essen. Vielleicht ein Eis?«

Ich schüttelte den Kopf. »Tee reicht mir.«

»Dann war es ja gut, dass das Restaurant geschlossen war.«

Er holte uns zwei Becher starken Tee mit Milch und Zucker, und ich legte die Hände um den Pappbecher. Der Tee wärmte, und dafür war ich dankbar. Obwohl es ein schöner Tag war, wurde mir immer noch schnell kalt.

Wir saßen einander gegenüber, und als ich das Gesicht meines

Mannes betrachtete, das jetzt das Gesicht eines alten Mannes war, erinnerte ich mich daran, wie ich mich in jungen Jahren über Leute unseres Alters gewundert hatte. Ich hatte nicht verstanden, warum sie oft stundenlang dasaßen und nichts sagten. Sie waren scheinbar überall gewesen, auf Bänken, in Pubs und in Cafés wie dem, in dem wir jetzt waren. Ich hatte gedacht, es müsste schrecklich traurig sein, schweigend dazusitzen und sich nichts mehr zu sagen zu haben. Doch nun wurde mir klar, dass sie es vielleicht nur genossen hatten, sich anzusehen, so wie wir jetzt. Vielleicht war das von Anfang an der Sinn des Ganzen gewesen. Vielleicht lag der Sinn des Lebens darin, an den Punkt zu kommen, wo man nichts weiter braucht, als das Gesicht eines anderen anzusehen, eines, das man besser kennt als sein eigenes, und in den Linien und Falten zu lesen, den Jahresringen der gemeinsam verbrachten Zeit.

Außer uns war nur noch eine Familie mit kleinen Kindern da, die in der Nähe der Tür saß. Die Mutter kämpfte mit ihrer Erschöpfung, der Vater bemühte sich, seine Gereiztheit zu verbergen, und die Kinder platzten förmlich vor zuckergetriebener Energie und konnten es kaum erwarten, wieder nach draußen zu kommen und nach Lust und Laune herumzurennen.

»Wusstest du, dass die Burg um 1180 erbaut wurde?«, fragte John und deutete mit dem Kinn in die Richtung.

»Endlich mal etwas, das älter ist als wir.«

»All die Jahre hat sie da oben gestanden und uns beschützt.«

Ich nippte an meinem Tee.

»Alles hier wurde nur zu unserem Schutz erbaut. Sogar der Wellenbrecher. Er hat dich all die Jahre beschützt, indem er die schlimmste Wucht der Stürme abgewehrt hat.«

Mit all seinem Gerede vom Beschützen fühlte ich mich zerbrechlich.

»Was wolltest du tun?«, fragte ich ihn

Er schloss die Augen und schüttelte den Kopf, so wie immer, wenn er etwas nicht verstand und dachte, ich wollte ihm absichtlich das Leben schwer machen.

»Wovon sprichst du, Martha?«

»Was wolltest du vom Leben?«

»Was ist denn das für eine Frage?«

»Eine, auf die ich gerne die Antwort wüsste.«

»Du kennst die Antwort.«

»Sag's mir.«

»Wozu, wenn du es ohnehin schon weißt?«

»Weil etwas zu hören anders ist, als es zu wissen«, sagte ich. »Hören ist besser.«

Er beugte sich vor und legte seine Hand auf meine. »Ich habe alles bekommen, was ich wollte.«

»Hat nichts gefehlt?«

»Nein.«

»Gar nichts?«

Er hob die Augenbrauen. »Nun ja«, sagte er und schwieg kurz. »Ich hätte gerne einen roten MG gehabt.«

Ich musste so lachen, dass ich beinahe meinen Tee über den Tisch gespuckt hätte. Er freute sich sichtlich über seinen kleinen Scherz.

»Ich muss mal kurz verschwinden«, sagte er. »Treffen wir uns am Ende des Piers?«

Ich nickte und trank meinen Tee aus, dann folgte ich ihm nach draußen. Dort bei den öffentlichen Toiletten war eine Mutter, die versuchte, Schokolade von den Händen ihres Sohns zu wischen, und ich dachte an meine eigenen Kinder, deren Anfangsjahre voll ähnlicher Momente gewesen waren. Kinder waren klebrig und schwierig, zugleich bedürftig und unabhängig, aber es hatte auch etwas Liebenswertes, wie sie an ihren Müttern hingen, und ich merkte, dass mir das fehlte. Ihre Bedürfnisse waren klar und eindeutig, ohne doppelten Boden – im Gegensatz zu denen eines Ehemanns.

Ich ging die paar Schritte zum Ende des Piers, lehnte mich auf das Geländer und sah hinunter zu der Stelle, wo ich damals ins Wasser gefallen war. Der Wirbel, der mich als Kind neugierig gemacht hatte, war immer noch da, und das tröstete mich. Wenn die Strömungen noch da waren und sich umeinander schlangen, dann gab es keinen Grund, warum ich nicht auch da sein sollte.

Die Sonne schien warm auf mein Gesicht, und ich kratzte mich unter dem Rand meiner Perücke. Sie war durchaus gelungen, die Haare waren voller und von einer schöneren, mehr ins Mahagoni gehenden Farbe als meine eigenen je gewesen waren, aber es fühlte sich an, als würde man im Sommer eine Wollmütze tragen – heiß und unnötig. Ich nahm sie ab und stopfte sie in meine Tasche. Zu meiner Überraschung spürte ich, als ich mit der Hand über meinen Kopf fuhr, winzige Stoppeln, die nachwuchsen.

Ich ging zur anderen Seite des Piers, sodass ich Richtung Hafen schaute. An so einem schönen Tag um diese Jahreszeit waren dort ganz sicher Schwimmer, die mit ihrem Training für die kommende Saison begannen. Wie ich mir wünschte, ich könnte auch dabei sein, im glasigen Meer.

Selbst aus der Entfernung konnte ich anhand ihrer Armzüge erkennen, wer die größten Erfolgsaussichten hatte. Ein paar von ihnen, die Ellbogen hoch, die Hände weit am Kopf vorbei nach vorne gestreckt, sahen aus, als könnten sie es schaffen, und sogar in einer sehr guten Zeit. Aber wer den Ärmelkanal durchschwimmen will, braucht mehr als einen guten Armzug. Du musst weitermachen, selbst wenn dein Verstand dir schon seit geraumer Zeit sagt, er will nicht mehr. Du musst in Bewegung bleiben, weiterkämpfen, Stunde um Stunde, Meile um Meile. Der Körper wird zu einer Maschine, die nichts weiter tut als Beinschlag und Armzug. Der Trick besteht darin, alles andere loszulassen und dich nur auf die Bewegung zu konzentrieren, bis dein Verstand schließlich Ruhe gibt.

Ich hatte immer das Gefühl gehabt, meine Durchquerungen waren eine Möglichkeit, mich des Meeres würdig zu erweisen. Manche Schwimmer wollten es beherrschen, es so gut wie nur möglich unter ihre Kontrolle bringen, aber das ging für mich am Eigentlichen vorbei. Diese Leute genossen das Schwimmen nicht, und das war für mich Verschwendung. Genauso diejenigen, die nur an ihre Zeit dachten, die so schnell wie möglich in Frankreich ankommen wollten. Ja, wenn ich es geschafft hatte, war ich in nahezu jeder Hinsicht froh, aus dem Wasser raus zu sein, aber ganz gleich, wie erschöpft, wund gescheuert und verfroren ich war, ich wusste, ich war privilegiert, weil ich so viel Zeit mit ihm verbringen durfte.

Meine Durchquerungen waren eher wie ein Gespräch mit einem alten Freund – es wäre unhöflich gewesen zu drängeln. Obwohl es dazu ohnehin nicht gekommen wäre, denn ich war nie eine besonders schnelle Schwimmerin. Aber ich hatte Durchhaltevermögen. Ich blieb so lange drin, wie es nötig war.

Ich schloss die Augen und atmete tief ein. Die salzige Luft roch nach Heimat. Die Stadt zu meiner Linken, fragte ich mich, ob mein Leben besser oder schlechter gewesen wäre, wenn ich etwas anders gemacht hätte. Was, wenn ich nicht geheiratet und mich hier niedergelassen hätte? Was, wenn ich in Frankreich geblieben wäre oder auf den Köder des Reporters angebissen und meinen ersten Versuch vor der Heirat unternommen hätte? Was, wenn ich keine Kinder geboren hätte? Hätte ich dann auch Krebs bekommen? Wäre ich glücklich gewesen? Hätte, hätte.

Ich spürte die Burg über mir aufragen, wie sie es immer getan hatte. Um England zu beschützen, wie John gesagt hatte, aber was bedeutete das? Wovor beschützte sie uns denn? Heutzutage bestand keine Gefahr, dass eine marodierende Armee Dover überfiel, wovor also sollten wir uns fürchten? War das Leben außerhalb der Stadtgrenzen so gefährlich? Ich wusste es nicht, weil ich es nie ausprobiert hatte.

War das Ganze es wert? An manchen Tagen dachte ich, die einundzwanzig Meilen nach Frankreich zu schwimmen wäre genug Leistung und Wagnis gewesen, um mich zu etwas Besonderem zu machen. Doch an anderen Tagen fühlte ich mich klein, heruntergezogen von einer Leere, der ich nicht entrinnen konnte. Ich hatte gehofft, das Schwimmen würde mein Markenzeichen werden, und das war es auch, aber war ich deshalb mehr als Mrs Roberts oder Mum? Natürlich war ich nicht einfach nur eine Mutter geworden, ich hatte zwei großartige, wunderbare Kinder bekommen. Und ich war auch nicht nur eine Ehefrau: Ich hatte mich in einen guten Mann verliebt, der meine Liebe erwiderte. War das genug? Und woran merkte man das?

John trat zu mir und streckte mir die geschlossene Hand hin.

»Was ist?«, fragte ich.

Er öffnete langsam die Finger, und auf seiner Handfläche lag ein Tunnock's Teacake. »Die magst du doch so gerne.«

Es war falsch zu bedauern, dass ich mein Leben mit ihm verbracht hatte, aber in dem Moment fühlte sich seine Freundlichkeit an wie Mitleid, und es erstickte mich. Er war zu vorhersehbar – und was noch schlimmer war: Er sah es nicht so, und es kümmerte ihn auch nicht, dass unser Alltag so unerträglich langweilig war.

Ich dankte ihm und steckte die abgepackte Leckerei in die Tasche.

»Willst du reingehen?«, fragte er.

Ich nickte.

»Vielleicht solltest du es tun. Nicht richtig schwimmen, nur mit den Füßen rein, damit du nicht austrocknest.«

Anscheinend hatte mein Mann einen Kompromiss mit sich geschlossen.

»Nur bis zu den Knien. Lass den Rocksaum richtig schön nass werden. Vielleicht muntert es dich auf.«

Das würde es. Ich wusste es, er wusste es, und das Meer wusste es auch – warum wäre es sonst so ruhig und einladend gewesen? Aber es würde mich nicht befriedigen. Was ich vom Wasser wollte, war etwas Intimeres.

Er legte den Arm um meine Schultern. »Bist du müde, Liebes? Sollen wir gehen?«

Ich beachtete ihn nicht.

»Martha?«

»Was ist?«, fuhr ich ihn an.

»Ich rufe ein Taxi.«

»Gut. Tu das. Ich bleibe noch ein bisschen hier.«

»Dann warte ich damit noch.«

»Nein, ich möchte gerne eine Weile allein sein.«

Ich sah ihn nicht an. Ich hatte absichtlich seinen nett gemeinten romantischen Nachmittag ruiniert, und es war mir egal.

»Bis später«, sagte ich und marschierte so schnell und energisch wie möglich davon. Doch nach ein paar forschen Schritten bekam ich keine Luft mehr und musste langsamer machen, gebunden an meinen schlurfenden, krebsgeschwächten Gang.

Ich stapfte hinunter zum Flutsaum, ohne zu schauen, ob er ging oder nicht. Ich konnte den Blick nicht von den Schwimmern lösen. Wie sehr wünschte ich mir, mit ihnen im Wasser zu sein. Unter normalen Umständen wäre ich auch dort gewesen; um diese Jahreszeit wären die weißen Linien auf meinem Rücken schon deutlich sichtbar gewesen. Doch so hatte mein Körper beinahe wieder eine gleichförmige Farbe angenommen. Immerhin war noch ein Schatten – oder eher eine Ahnung – vom Umriss meines Schwimmanzugs zu sehen, und ich fragte mich, ob das an meiner Sturheit lag, meiner Weigerung zu akzeptieren, dass ich vielleicht nie wieder unter den Schwimmern im Hafen sein würde.

Vielleicht lag mein letztes Mal Schwimmen schon hinter mir.

Ich starrte auf den Wellenbrecher, der den Hafen umschloss, und dachte daran, wie viel von meinem Leben sich innerhalb seines Bereichs abgespielt hatte. Wie ich die Sicherheit gesucht hatte, die es bot, in diesem kleinen Ausschnitt des Meeres gefangen zu sein; die Freiheit, die mir der Start von der Shakespeare's Bay ermöglichte, hatte ich nur dann gewählt, wenn jemand bei mir war, dessen Anwesenheit dafür sorgte, dass ich wieder zurückkam. Entlang der Küste gab es noch mehr Stellen, zu denen ich hätte gehen können, aber hier hatte ich vor all den Jahren schwimmen gelernt, hier hatte ich trainiert, und irgendetwas zog mich immer wieder hierhin.

Mit dem nahenden Abend kam Wind auf, und mir wurde kalt. Es war Zeit, nach Hause zurückzukehren. Auf dem Rückweg im Taxi fielen mir fast die Augen zu. Ich betrat unser Haus, und als ich die Tür hinter mir schloss, kam John in den Flur.

Ohne ein Wort trug er mich nach oben, schlug die Decke zurück und half mir, mich auszuziehen. Ich ließ mich auf das Kissen sinken und spürte, wie er da stand und über mich wachte. Ich streckte die Hand aus, und er drückte sie. Ich brach in Tränen aus.

Er streichelte meine Hand und ließ mich weinen. Zum ersten Mal seit der Diagnose, seit der Operation, seit der Chemotherapie.

Dann ließ er mich los, und ich fühlte mich haltlos, als wäre seine Hand das Einzige, was mich noch mit der Welt verband. Er setzte sich auf den Bettrand und zog seine Schuhe aus; ich hörte, wie sie leise auf dem Teppich landeten. Und dann legte er sich unter die Decke, schlang den Arm um mich und drückte mich fest an sich, umklammerte mich beinahe.

»Wie war das Wasser?«

»Ich weiß nicht. Ich war nicht drin.«

Ich konnte ihn nicht sehen, und ich wusste nicht, ob er ein klein wenig lächelte, als ich das sagte, aber danach hielt er mich noch fester.

Der 5. September

MYRTLE, 2013

Am Morgen meines vierzehnten Geburtstags weckte mein Wecker mich wie immer um fünf Uhr morgens. Ich zog mich an und vergewisserte mich, dass ich beim Packen nichts Wichtiges vergessen hatte. Speedo, Kappe, Schwimmbrille, Handtuch, Paddles und Pullbuoy – alles da, aber um auf Nummer sicher zu gehen, sah ich mich noch mal in meinem Zimmer um und dann im Bad, und da entdeckte ich die Ohrstöpsel auf der Ablage, hinter der Kleenexpackung. Ich warf sie in meine Tasche und seufzte erleichtert auf.

Meine Mums hatten keine Ahnung, was ich vorhatte.

Auf dem Weg nach draußen ging ich durch die Küche, und da lag ein kleines Päckchen in Geschenkpapier, glitzernd und mit lauter bunten Punkten, auf der Arbeitsfläche, mit einem Zettel daneben.

Genieß den Tag, Spatz, stand da in Iris' Schrift. *Die richtigen Geschenke gibt's heute Abend. Wir treffen uns um 18 Uhr im* All Star Lanes. *Wir drücken dich ganz doll.*

In dem Päckchen war ein Cupcake mit dickem Zuckerguss und Blattgolddeko, den ich mit drei Bissen verschlang. Das Papier ließ ich als Dank auf dem Zettel zurück.

Ich wischte mir mit dem Handrücken den Zuckerguss vom Mund, verließ leise die Wohnung und lief die Treppe hinunter. Normalerweise wäre ich dann nach links abgebogen, zum Schwimmbad in der York Hall, wo die anderen aus meiner Mannschaft sich bald zum täglichen Training einfinden würden. Doch stattdessen ging ich zur U-Bahn und fuhr zur London Bridge Station, von wo aus ich um 6.42 Uhr den Zug nach Dover nehmen wollte.

Eigentlich hätte ich Rollwenden und Starts üben sollen, aber ich wollte mir selbst ein Geschenk machen, etwas, das ich mir schon immer gewünscht hatte: Ich wollte meine Großeltern kennenlernen, die Eltern meiner biologischen Mutter.

Vom Bahnhof war es nicht allzu weit bis zu ihrem Haus, und da ich kein Geld für ein Taxi hatte, ging ich zu Fuß. Das war auch ganz gut, denn so konnte ich noch mal üben, was ich sagen wollte. Das hatte ich natürlich schon zigmal gemacht, seit ich beschlossen hatte hierherzufahren, aber das Ganze noch einmal durchzugehen beruhigte meine Nerven. Ich dachte an das, was mein Trainer mir immer vor einem Wettkampf sagte: Konzentrier dich und gib alles! Und das tat ich.

Als ich bei der Shakespeare Road Nr. 107 ankam, blieb ich stehen, und ich war ein bisschen enttäuscht, weil ihr Haus genau wie all die anderen aussah. Ich hatte immer geglaubt, an ihrem Haus würde etwas Besonderes sein, ein Hinweis auf die Menschen, die darin lebten. Doch da war nichts außer einer glänzenden schwarzen Tür und weiß gestrichenen Steinen. Der Vorgarten wirkte auch ziemlich trist; das Einzige, was lebendig aussah, war ein unspektakulärer Strauch mit kleinen rosa Blüten und spitzen Zweigen.

Die Fenster an der Vorderseite waren mit altmodischen Spitzengardinen verhängt, wie in einem Altenheim.

Aber etwas Positives gab es immerhin: Dahinter brannte Licht, also war jemand zu Hause. Ich holte tief Luft, drückte auf die Klingel und hörte, wie es im Flur schellte.

Drinnen ertönten gedämpfte Stimmen, und mir war, als würden die Gardinen sich bewegen, dann wurde der Schlüssel umgedreht und die Tür geöffnet. Vor mir stand meine Großmutter.

»Ja?«, sagte sie.

Alles, was ich geübt hatte, flog aus meinem Kopf. Wäre dies ein Wettkampf gewesen, wäre ich sofort disqualifiziert worden, weil ich vom Startblock gefallen war.

»Hi« war das Einzige, was ich herausbrachte. Selbst meine Stimme klang seltsam, ganz klein und dünn.

Ich konnte den Blick nicht von ihr abwenden. Sie war ganz anders, als ich sie mir vorgestellt hatte, nicht die typische Oma mit Strickjacke, Katzen und Taschentüchern im Ärmel. Wobei mir eigentlich klar gewesen war, dass das auch nicht gepasst hätte, denn ich wusste, was sie konnte. Aber ich hatte noch nie ein Foto von ihr gesehen, und so war sie in meiner Vorstellung eben eine typische Oma gewesen.

Sie war größer als ich, mindestens eins siebzig, wenn nicht sogar eins fünfundsiebzig, und sie hatte breite Schultern, obwohl das nicht weiter überraschend war, schließlich war sie eine Schwimmerin. Wir haben alle breite Schultern.

»Kann ich dir helfen?«, fragte sie.

Ich biss mir auf die Unterlippe und starrte eine Weile auf meine Füße. »Das hoffe ich«, sagte ich, als ich meinen Mut zusammengerafft hatte. »Ich suche Martha Roberts.«

»Du hast sie gefunden«, erwiderte sie.

Aus dem Innern des Hauses rief die Stimme eines Mannes: »Webb!« Und dann warf ein dreibeiniger Hund sie fast um, als er an ihr vorbei aus dem Haus rannte.

»Webb!«, rief Martha und klatschte in die Hände. »Hierher!« Sie lief zu ihm, doch sobald sie in seine Nähe kam, sprang er außer Reichweite.

Der Mann lief aus dem Haus und pfiff. Der Hund spitzte die Ohren. Martha bedeutete mir, in einem großen Bogen zu gehen, sodass ich hinter den Hund gelangte. Dann lief ich auf ein Nicken von ihr auf ihn zu, und er schoss direkt ins Haus. Der Mann, der wohl mein Großvater sein musste, verschwand ebenfalls im Innern, ohne mich auch nur anzusehen.

»Danke«, sagte sie. »Willst du auf einen Tee reinkommen?«

Ich nickte und folgte ihr ins Haus, wo der Mann bereits am Küchentisch saß, die aufgeschlagene Zeitung vor sich, und ein gekochtes Ei aß.

»Wir haben doch schon darüber gesprochen. Du darfst ihn nicht so anstacheln«, sagte sie.

Er beachtete sie nicht.

»Setz dich«, sagte sie zu mir und deutete auf den Küchentisch. »Das ist John, mein Mann.«

Er gab einen Laut von sich, sah jedoch nicht auf.

»Entschuldige, ich habe deinen Namen nicht mitbekommen.« Sie trat an den Küchenschrank, um Becher herauszuholen.

Ich hasste meinen Namen. Er war so albern und altmodisch.

»Myrtle«, sagte ich.

In dem Moment, als ich ihr meinen Namen nannte, fiel ihr der Becher, den sie gerade in der Hand hielt, herunter und zerschellte auf dem Fußboden.

»Was machst du denn?«, schimpfte John.

Webb kam zurück in die Küche und lief direkt auf Martha zu.

»Nein«, sagte sie und schob ihn mit dem Fuß zur Seite. »John, er ist dein Hund. Tu etwas.«

»Ihm passiert schon nichts.«

Webb schnüffelte an den Scherben, hob eines der größeren Stücke mit der Schnauze auf und lief damit ins Wohnzimmer. Wir sahen alle drei zu, wie er auf das Sofa sprang, das Porzellanstück neben sich legte und es sich gemütlich machte.

»Webb!«, rief Martha. »John, nimm ihm das weg!«

»Keine Sorge, er frisst es schon nicht. Er weiß, dass das nichts zu essen ist.«

»Das hast du bei den Hühnerknochen auch gesagt«, entgegnete Martha. Sie benahmen sich, als wäre ich gar nicht da.

»O Gott, die Hühnerknochen! Fängst du jetzt wieder davon an? Müssen wir diese verdammte Geschichte zum x-ten Mal durchkauen? Wenn ja, dann soll mich bitte sofort der Schlag treffen!« Er streckte die Arme nach oben und sah zur Decke.

»Hör auf damit«, sagte sie scharf.

»Wieso ich? Du fängst doch immer wieder davon an, sobald der Hund irgendwas tut, was dir nicht passt. Du bauschst das Ganze jedes Mal auf, als wäre Gott weiß was passiert, dabei war es halb so wild, und außerdem ist es ewig her.«

»Bitte, John, ich möchte nicht mit dir streiten.«

Ich vermied jeden Blickkontakt mit den beiden und starrte auf das gemusterte Tischset vor mir. Lief das bei denen immer so?

»Von wegen! Du tust nichts anderes als streiten und brüllen und schimpfen! Ständig hackst du auf mir herum. Tagein, tagaus höre ich nichts anderes als: John, tu dies, John, lass das, John, hast du daran gedacht.« Er stand so schwungvoll auf, dass sein Stuhl umkippte.

»Wenn der Hund auf dem Sofa liegen und auf einem Stück Porzellan herumkauen will, dann lass ihn!«

Er stand da, offenbar ratlos, wohin mit sich, aber voll brodelndem Zorn. Er blickte erst auf den Küchentisch, dann hinüber zum Sofa und beschloss, sich zu dem Hund zu gesellen. Er schlurfte ins Wohnzimmer, stolperte dabei über den Rand des Teppichläufers und fiel der Länge nach hin.

»Verflucht noch mal!«, brüllte er, stieß den abgewetzten Läufer beiseite und setzte sich auf.

»Dieses Haus ist eine Todesfalle! Ich habe die Nase gestrichen voll!«

Sein Gesicht war gerötet, und er atmete schwer.

»Hier ist nichts einfach. Überall lauern Fallen.« Er starrte Martha wütend an. »Ich wette, du hast das extra so gemacht«, sagte er und deutete auf den Läufer. »Ich wette, du hast gestern den halben Nachmittag darüber nachgedacht, wie du es schaffst, dass ich hinfalle, nur um zu beweisen, dass ich ohne dich nicht zurechtkomme.«

Marthas Gesicht war wie versteinert, aber ich meinte, Tränen in ihren Augen zu sehen. Plötzlich schien sie sich daran zu erinnern, dass ich auch noch da war, und zwang sich zu einem Lächeln, aber dadurch fühlte ich mich nur noch unwohler.

»Ich sollte wohl besser gehen«, sagte ich und stand rasch auf.

»Ich bringe dich hinaus.«

Als ich nach meiner Tasche griff, bemerkte ich, dass sie ihre ebenfalls nahm. Draußen auf der Straße zögerte sie.

»Warte hier«, sagte sie.

Sie ging zum Nachbarhaus und klingelte. Ich sah zu, wie sie kurz mit einem braunhaarigen Mann mittleren Alters sprach. Er nickte mehrmals, dann legte er die Hand auf ihre Schulter und nickte noch einmal. Danach kam sie zu mir zurück.

»Ist alles in Ordnung?«

»Hmm, ja. Alles bestens«, sagte sie.

Wir gingen die Straße hinunter, und ich hätte sie gerne nach ihrer Tasche gefragt, die größer war als eine, die man zum Einkaufen mitnimmt.

»Du heißt Myrtle?«

Ich nickte. »Ich hasse den Namen.«

Sie lachte. »Myrtle, hast du Lust, mit mir zum Meer zu kommen?«

Sie benahm sich fast so, als würde sie mich kennen.

Ich nickte und folgte ihr. Sie hatte einen flotten Schritt, und als wir dort ankamen, sah ich dasselbe Meer, das ich vom Zug aus betrachtet hatte. Das Wasser war ruhig, die Sonne schien, und ich hatte angenommen, dass der Strand mittlerweile voller Leute sein würde, die noch den letzten Rest vom Sommer genießen wollten. Aber die hatten wohl anderes zu tun.

Wir traten vom Gehweg hinunter auf den Strand, und ich war überrascht, dass dort kein Sand war. Ich hatte noch nie einen Strand ohne Sand gesehen. Es war seltsam, und ich nahm an, dass es nicht sehr angenehm war, sich darauf zu sonnen. Als wir noch etwa fünfundzwanzig Meter vom Wasser entfernt waren, setzte Martha sich auf die Kieselsteine. Es gab keine Wellen, die dramatisch ans Ufer krachten, und ich war ein bisschen enttäuscht. In meiner Vorstellung war das Meer immer dramatisch. In der Ferne glitten die Fähren vorbei, die nach Calais fuhren, und ein Stück weiter beim Hafen lagen noch mehr riesige Schiffe, aber hier war das Wasser von einem ringförmigen Wellenbrecher geschützt, wie ein riesiger Swimmingpool.

Martha blickte aufs Meer hinaus und dehnte ihre Finger. »Willst du mir erzählen, warum du den ganzen weiten Weg hierhergekommen bist?«

»Woher wissen Sie, dass ich von weit her gekommen bin?«

»Das Abzeichen.« Sie zeigte auf meine Tasche. »Bethnal Green Sharks.«

»›Keiner überlebt einen Haiangriff‹«, sagte ich. »Das ist unser Wahlspruch.«

Sie lachte. »London ist ganz schön weit weg.«

»So weit auch wieder nicht.«

»Du schwimmst also?«

»Zweihundert Meter Freistil, hundert Meter Schmetterling und Lagen.«

»Beeindruckend«, sagte sie, obwohl sie nicht sonderlich beeindruckt wirkte.

»Sind Sie – Ich meine, schwimmen Sie auch?«

»Ja.«

»Welche Disziplin?«

»Gar keine.« Sie hob einen braunen Kieselstein hoch und betrachtete ihn. »Ich schwimme einfach nur. Es hilft mir … nachzudenken.«

»Mir auch, beziehungsweise es hilft mir, nicht zu denken.«

»Es klärt den Kopf.«

»Wie oft gehen Sie denn ins Schwimmbad?«

»Ich bin in meinem ganzen Leben noch nie in einem Schwimmbad gewesen.«

»Was?«

»Ich hasse Schwimmbäder. Kalt und tot. Da ist nicht die Spur Leben drin. Aber ins Meer gehe ich so oft wie möglich. Leider nicht mehr so oft wie früher, aber zum Glück fühle ich mich wieder kräftiger, und ich hatte ohnehin vor, heute reinzugehen.« Sie deutete auf ihre Tasche. »Ich wollte gerade los, als du gekommen bist.«

Sie warf mir einen verschwörerischen Blick zu, und plötzlich wurde ich nervös. Sie schien zu wissen, wer ich war. Vielleicht hatte Iris oder Harriet rausgekriegt, dass ich hierhin wollte, und sie angerufen. Aber ich hatte keine Spuren hinterlassen.

Martha stand auf und zog sich Hose und T-Shirt aus. Darunter kam ein Schwimmanzug zum Vorschein, der nicht viel anders aussah als meiner: ein dunkelblauer Speedo, nur am Bein nicht so hoch ausgeschnitten. Ich weiß nicht, was ich erwartet hatte, aber das ganz bestimmt nicht. Irgendwie hatte ich angenommen – und mir auch gewünscht –, dass sie so war wie meine andere Granny, die Mutter von Iris. Obwohl ich wusste, dass sie eine Schwimmerin war, hatte ich es mir nie richtig vorstellen können. Ich hatte wohl gedacht, dass sie etwas Rüschigeres tragen würde.

Sie holte ihre Badekappe und ihre Schwimmbrille aus der Tasche und klemmte sie unter ihren Träger. Ich lächelte, weil ich es fast genauso machte, nur schob ich sie unter die Naht am Po. Dann tat sie etwas, womit ich wirklich nicht gerechnet hatte: Sie zog ihre Haare vom Kopf.

Dann stemmte sie die Hände in die Hüften. »Kommst du?«

Ich musste ziemlich schockiert ausgesehen haben.

»Chemo«, sagte sie und strich über die Stoppeln.

Ich sah weg. Natürlich war ich neugierig, aber es stand mir wohl kaum an nachzufragen.

»Ich habe meinen Schwimmanzug nicht an«, sagte ich.

»Aber du hast ihn doch dabei, oder?«

»Ja.«

Sie hielt ihr Handtuch mit ausgebreiteten Armen hoch, als wollte sie mich umarmen. »Na, dann los.«

Ich quetschte mich zwischen das Handtuch und die Promenade und drehte ihr den Rücken zu. Als ich mich umgezogen hatte, sah ich zu, wie sie ihre Sachen zusammenfaltete, in die Tasche tat und unter einem Busch deponierte.

»Was ist das?«, fragte ich und zeigte darauf. »So einer steht doch auch bei Ihnen im Vorgarten.«

Sie lächelte leise. »Myrte«, antwortete sie. »Die findet man meistens am Meer.«

Damit marschierte sie auf das Wasser zu. Ich folgte ihr, doch kurz bevor ich nasse Füße bekam, blieb ich stehen.

»So kalt ist es nicht«, sagte sie.

»Ich war noch nie im Meer«, erwiderte ich achselzuckend.

Sie schloss die Augen und schüttelte den Kopf. »Keine Angst. Es fühlt sich an wie nach Hause kommen.« Sie streckte mir ihre Hand hin, ich nahm sie, und zusammen wateten wir in das glasige Wasser.

Es fühlte sich überhaupt nicht an wie nach Hause kommen. Zum einen war es unglaublich kalt. Das Wasser, in dem ich sonst schwamm, war nicht warm, aber längst nicht so kalt wie dieses. Das Meer brannte, und es fühlte sich anders auf der Haut an, glatter. Der steinige Boden bewegte sich unter meinen Füßen, und obwohl ich meine Zehen schon nicht mehr spürte, wusste ich, dass ich lauter schleimige, eklige Dinge berührte: auf jeden Fall Fischscheiße, wahrscheinlich auch Menschenscheiße und ganz sicher Urin. Ich sah, wie Martha über die Innenseite ihrer Schwimmbrille leckte und das Gummi zurechtrückte, sodass es genau an der richtigen Stelle am

Hinterkopf saß. Dann streckte sie die Arme aus und tauchte kopfüber in das, was für mich eine riesige Kloschüssel war.

Ich zitterte und wollte raus, ich sehnte mich nach einem heißen Bad oder wenigstens der gechlorten Umgebung von York Hall – auch nicht der sauberste Ort, den ich kannte, aber im Vergleich ein Musterbeispiel an Hygiene.

Martha blickte nicht zurück. Sie blickte nirgendwohin. Ihr Körper bewegte sich schnell und geschickt durchs Wasser. Es war schön anzusehen und gab mir das Gefühl, auf eine Weise mit etwas verbunden zu sein – vielleicht mit meiner Familie –, wie ich es noch nie erlebt hatte. Meine Cousinen von Iris' Seite waren alle wirklich nett, aber so girliemäßig, und mit Sport hatten sie nichts am Hut, weil man da ja so schwitzt und sich das Make-up und die Frisur ruiniert. Hier hingegen war eine Frau, die das alles überhaupt nicht zu kümmern schien.

Ich zog mir die Latexkappe über die Ohren und setzte die Schwimmbrille auf, die ich genauso anleckte wie Martha, damit sie nicht beschlug. Dann versuchte ich, an nichts zu denken, sprang ins Wasser und schwamm drauflos.

Das Schwerste war, dass ich nichts sehen konnte. Ich war daran gewöhnt, dass mir die schwarze Linie am Beckenboden den Weg wies, während ich meine Bahnen schwamm, aber hier war nichts, was ich als Anhaltspunkt nehmen konnte, und das Wasser – das Meer – war in Bewegung und brachte mich vom Kurs ab. An manchen Stellen spürte ich den Sog der Strömung. An anderen veränderte sich die Temperatur dramatisch; meine Füße, die sich dicht unter der Oberfläche bewegten, blieben warm, aber meine Hände gingen tiefer, und wenn sie auf eine kalte Schicht stießen, war es schwer, nicht zurückzuzucken. Ich hatte Mühe, meine Bewegungen korrekt auszuführen, und musste an all die Tage denken, an denen ich mit dem Trainer an meiner Technik gefeilt hatte.

Wenn ich den Kopf zur Seite drehte, um Luft zu holen, schluckte ich immer wieder Salzwasser; es war unvermeidlich, ganz egal, was ich versuchte. Und jedes Mal dachte ich, ich müsste mich übergeben.

Schwimmer – zumindest solche wie ich – sagen oft, ein bestimmtes Becken ist schnell und ein anderes nicht. »Schnelles Wasser oder langsames?«, fragten wir einander bei Wettkämpfen. »Das ist ein langsames Becken, da haben wir keine Chance.« Oder: »Das ist ein schnelles Becken, da gewinnen wir locker.« Reiner Psychoquatsch, aber bei einem Wettkampf muss man alle Möglichkeiten nutzen. Für mich fühlte es sich immer so an, als ob manche Becken – und das Wasser darin – einen wollten oder nicht. An dem Tag, als ich mit meiner Großmutter im Meer schwamm, fühlte sich das Wasser langsam an, weil ich dagegen ankämpfte, indem ich versuchte, einfach geradeaus zu schwimmen. Ich wusste nicht, dass man mit dem Wasser verhandeln musste, dass man nur an sein Ziel gelangte, wenn man mit ihm zusammenarbeitete.

Ich folgte Martha, die auf den Wellenbrecher zusteuerte. Allmählich merkte ich, dass es durchaus etwas für sich hatte, einfach nur geradeaus zu schwimmen, ohne alle fünfzig Meter anhalten und die Richtung wechseln zu müssen.

Es erinnerte mich an einen Kurzfilm über einen Läufer in Afrika, den ich mal irgendwo gesehen hatte. Die Sonne stand hoch am Himmel, und der Boden war staubig. In der Ferne waren Berge zu sehen, bedeckt mit einem Flickenteppich aus Grün. Es sah heiß aus. Der einzige Mensch im Bild war dieser Läufer, und er nahm nicht an einem Wettlauf oder Marathon teil. Vielleicht trainierte er, aber wenn ja, dann war es nicht so, wie man hier trainierte, er hatte keinen Trainer und keine Mannschaftskollegen um sich. Da war nur er, der durch diese wüstenähnliche Landschaft lief.

Am stärksten beeindruckte mich das Gesicht des Läufers. Es war heiter, glücklich. Ihm lief der Schweiß herunter, aber er kämpfte nicht, es sah nicht so aus, als ob es ihm Mühe bereitete, oder falls doch, dann genoss er es. Er lief, weil es sich gut anfühlte und weil er wusste, was sein Körper konnte.

Genau so schwammen Martha und ich an dem Tag. Meinem Geburtstag, dem Tag, als ich vom Meer getauft wurde.

Wir blieben nicht sehr lange drin, nicht mal eine halbe Stunde, und hinterher, als wir umgezogen, mit nassen Haaren und tropfender Nase am Strand saßen, gab sie mir einen Kieselstein.

»Danke«, sagte ich, obwohl ich nicht wusste, warum sie ihn mir gegeben hatte.

Der Moment wäre eine Gelegenheit gewesen, sie nach den Dingen zu fragen, die mich seit Jahren beschäftigten, aber ich brachte es nicht über mich. Zum einen traute ich mich nicht, zum anderen genoss ich das entspannte Schweigen zwischen uns, als wir aufs Meer hinaussahen, jede in ihre eigenen Gedanken versunken. Ich wollte ihr sagen, dass ich ihre Enkelin war, aber so, wie sie sich mir gegenüber verhielt, schien sie es bereits zu wissen. Und ich wollte den Augenblick nicht kaputt machen, indem ich sie fragte, warum sie, wenn sie es wusste, nie zu Besuch gekommen war.

Sie schien auch nicht reden zu wollen. Sie starrte aufs Meer hinaus, und ich verstand nicht, warum, denn da draußen passierte nichts. Das Wasser war ruhig, und die Sonne schien. Es hätte ein Gemälde sein können.

Schließlich seufzte sie und stand auf. »Das ist der schwerste Teil«, sagte sie und reichte mir ihre Hand.

Als wir wieder bei ihrem Haus waren, rief sie beim Hineingehen nach meinem Großvater. Es kam keine Antwort, und obwohl sie nichts sagte, merkte ich, dass sie nervös war. Sie entschuldigte sich und ging die Treppe hinauf, um nach ihm zu sehen; ich sollte es mir derweil im Wohnzimmer bequem machen.

Der Raum war ziemlich nichtssagend: braunes Sofa, beige Kissen und eine Tapete mit Blumenmuster, die noch aus den Siebzigerjahren zu stammen schien. Es sah aus wie ein Großelternzimmer. Auf dem Kaminsims standen Fotos, und ich ging hin, um sie mir anzusehen. Vielleicht würde ich so ein Gefühl dafür bekommen, wie sie und John waren und was für Freunde sie hatten. Als ich die Fotos sah, wusste ich, warum sie mich nicht gefragt hatte, wer ich war.

Die Rahmen waren alle unterschiedlich, ein paar aus Messing, einige aus buntem Kunststoff und andere aus schlichtem Glas, aber die Person, die dort abgebildet war, war immer dieselbe. Ich sah mich selbst, in allen Lebensphasen. Einige der Aufnahmen von mir, als ich noch jünger war, kannte ich nicht, aber die neueren waren mir vertraut. Sie waren alle an meinem Geburtstag gemacht worden; auf zwei der allerersten konnte man Kerzen und einen Kuchen sehen. Aber das Seltsame dabei war, dass meine Mums auf keinem einzigen drauf waren.

»Er ist eingeschlafen«, sagte Martha hinter mir.

Ich schrak zusammen. Ich hatte sie nicht herunterkommen hören.

Ich nahm das Foto von meinem letzten Geburtstag, dem dreizehnten, als wir eine Poolparty gemacht hatten, obwohl Harriet absolut dagegen gewesen war. Der Schnappschuss war eine Nahaufnahme von meinem Gesicht, aber auf der Stirn konnte man den Rand meiner Badekappe sehen, und um die Augen waren noch die Abdrücke meiner Schwimmbrille zu erkennen, die ich im Moment der Aufnahme um den Hals gehabt hatte. Ich hatte einen absolut dämlichen Ausdruck auf dem Gesicht, ein breites, albernes Grinsen, mit dem ich viel jünger aussah, als ich war.

Ich hielt es ihr hin und wusste nicht mal, was ich sie fragen sollte.

Sie senkte den Kopf ein wenig, als ob sie sich schämte. »Dein Geburtstag«, sagte sie.

»Ich weiß, aber du warst nicht da. Ich meine, ich kenne dich nicht mal.«

Sie biss sich auf die Unterlippe. »Hast du Hunger?«

»Heute Morgen, als ich geklingelt habe, da wusstest du schon, wer ich bin, oder?«

»Ich könnte dir ein paar Sandwiches machen?«

»Harriet spricht nie über dich oder ihn.« Ich deutete mit dem Kopf zur Decke. »Sie wird furchtbar wütend, wenn ich nach dir frage.«

»Mit Käse? Oder vielleicht haben wir auch noch Hühnchen, falls dir das lieber ist.«

»Ich kapier's nicht. Wieso hast du die Bilder? Wer hat sie dir gegeben, und warum kriegen wir dich nie zu sehen?«

Sie ging zur Anrichte, zog eine kleine Schublade heraus und gab mir ein ungerahmtes Foto. »Das mag ich am liebsten.«

Es musste bei einer meiner ersten Schwimmstunden gewesen sein. Ich war noch ziemlich klein, vielleicht zwei oder drei. Ich hatte einen leuchtend orangen Bikini an – etwas, das ich jetzt nie tragen würde –, und Harriet hielt mich am Bauch und ließ mich durch das Wasser gleiten.

Das verwirrte mich – ich hatte nicht gedacht, dass Harriet schwimmen konnte. Ich hatte sie noch nie im Wasser gesehen, und jedes Mal, wenn ich in den Sommerferien an den Strand fahren wollte, weigerte sie sich. Sie wollte noch nicht mal picknicken gehen. Deshalb fand ich es vollkommen bizarr, sie mit mir im Wasser zu sehen, selbst wenn es nur in einem Schwimmbad war.

Ich blickte auf und sah meine Großmutter an. »Warum kommst du nie zu Besuch?«

Martha lächelte und bedeutete mir, ihr in die Küche zu folgen. »Das willst du doch sicher nicht hören, noch dazu an deinem Geburtstag.«

»Wenn ich es nicht hören wollte, wäre ich nicht hergekommen.«

Sie machte den Kühlschrank auf und nahm ein paar Sachen für das Mittagessen heraus: Käse, Mayonnaise, Salat, Tomaten und Aufschnitt.

»Ich dachte, du wüsstest gar nichts von mir«, sagte ich.

Sie nahm einen Laib Brot aus dem Schrank und lächelte mir zu. »Ich habe immer von dir gewusst.«

»Warum habe ich dich dann bisher noch nie gesehen? Warum kommst du nie zu uns oder rufst an oder so was?« Sie war so ruhig, als wäre das für sie nicht ein Riesenproblem.

»Das ist eine lange, komplizierte Geschichte.«

»Okay.«

»Aber es ist nicht an mir, sie zu erzählen. Das solltest du deine Mutter fragen.«

»Meinst du, das hätte ich nicht längst versucht?«

Sie lachte leise.

»Was ist denn so komisch?«

»Du bist ihr so ähnlich.«

»Wem?«

»Harriet.«

»Inwiefern?«

»Sie kann sehr – wie soll ich sagen – hartnäckig sein.« Sie schnitt den Käse und die Tomaten auf und fragte: »Mit Mayonnaise?«

Ich schüttelte den Kopf. »Kannst du mir bitte einfach sagen, was passiert ist? Was haben wir falsch gemacht?«

»Nichts, meine Liebe. Du hast gar nichts falsch gemacht.« Sie legte die obere Brotscheibe auf das zweite Sandwich und wischte sich die Hände an ihrer Hose ab. »Ich schätze, wir sind alle drei schuld. Deine Mutter, ich und John. Es ist etwas vorgefallen, und wir haben es ignoriert, bis das Ganze so kompliziert wurde, dass wir nicht wussten, was wir anderes tun sollten, als es weiter zu ignorieren.«

»Komm mit mir nach London«, sagte ich. »Heute, zum Abendessen.«

Sie gab mir meinen Teller und schüttelte den Kopf. Ich folgte ihr zum Tisch, und wir setzten uns.

»Das wäre deiner Mutter sicher nicht recht.«

»Na und? Es ist mein Geburtstag.«

»So einfach ist das nicht.«

»Doch, ist es. Du steigst einfach in einen Zug.«

Sie seufzte. »Dein Großvater hat deine Mutter vor vielen Jahren aus dem Haus geworfen. Lange vor deiner Geburt. Und er weiß nicht, wie man sich entschuldigt. Er bringt es nicht fertig zuzugeben, dass er einen Fehler gemacht hat. Und deine Mutter kann ihm nicht verzeihen. Und mir auch nicht, weil ich mich nicht gegen ihn gestellt habe, als es nötig gewesen wäre.«

»Warum? Ich meine, warum hat er sie rausgeworfen?«

Sie biss von ihrem Sandwich ab und kaute langsam. »Dafür gab es mehrere Gründe.«

»Nämlich?«

»Er hat sie hinausgeworfen, weil er ihre Beziehung zu Iris nicht akzeptieren konnte.«

»Iris ist total nett. Er würde sie mögen, wenn er sie kennenlernen würde. Und du auch.«

»Ich mag sie ja.«

Mir blieb der halb volle Mund offen stehen. »Du kennst sie?«

»Ja. Und ich mag sie sehr. Sie ist eine reizende Frau.«

Ich sah zu, wie sie wieder von ihrem Sandwich abbiss, als hätte sie gerade etwas völlig Alltägliches gesagt. »Was soll das heißen, du kennst sie?«

Martha wandte den Blick zur Seite, als gäbe es da etwas furchtbar Interessantes zu sehen. Ihr Gesicht, ihr Körper, alles an ihr blieb ruhig und reglos. Dann holte sie tief Luft, sah mich wieder an und sagte beiläufig: »Sie kommt manchmal hierher. Anfangs fühlte es sich an wie eine Strafe, aber –«

»Aber was?«

»Dann lernte ich sie kennen. Und sie scheint mir nicht jemand zu sein, der anderen unnötig Schmerz zufügt. Es ist nicht immer leicht, Freundlichkeit zu geben, und manchmal ist es sogar noch schwerer, sie anzunehmen.«

»Kennt sie John auch?«, fragte ich in der Hoffnung, dass wir vielleicht schon auf dem besten Weg zu einer Versöhnung waren.

Sie schüttelte den Kopf. »Wir treffen uns anderswo.«

»Aber kannst du denn nichts tun?«

»Na ja, das ist schwierig, jetzt, wo er –«

»Jetzt, wo er was?«

Sie senkte die Stimme zu einem Flüstern. »Jetzt wo er allmählich alt wird.«

»Das verstehe ich nicht«, sagte ich scharf.

»Deine Mutter hat es auch nicht verstanden.«

»Das ergibt doch keinen Sinn.« Ich wollte nicht unhöflich sein, weil wir uns ja gerade erst begegnet waren, aber sie machte mich rasend. »Warum kannst du mir nicht einfach sagen, was passiert ist? Vielleicht können wir es ja wiedergutmachen.«

»Es ist nicht an uns, es wiedergutzumachen.«

»Aber es ist unsere Familie«, beharrte ich.

Sie sah aus, als würde sie gleich anfangen zu weinen, deshalb bemühte ich mich, ruhiger zu werden. »Es ist so lange her. Fehlt sie ihm denn nicht?«

»In dieser Familie, Myrtle, ist es das Wasser, das verbindet.« Martha griff über den Tisch und nahm meine Hand. »Das Meer hält uns zusammen.«

»Aber wir sind nicht zusammen!«

»Wir sind verbunden, du und ich. Das Meer hat uns zusammengebracht.«

»Nein, das war nicht das Meer, sondern der Zug. Beziehungsweise ich. Ich habe uns zusammengebracht.«

»Schade, dass du nicht früher gekommen bist, bevor John angefangen hat … sich zu verlieren.«

Ich schob meinen Teller weg und stand auf. »Ich verstehe nichts von alldem! Okay, die beiden haben sich gestritten. Vor einer Ewigkeit. Können sie sich nicht einfach wieder vertragen? Oder entschuldigen oder was weiß ich?«

»Ich wünschte, es wäre so einfach, aber sie sind beide stur und dickköpfig und ärgern sich lieber schwarz, als vernünftig zu sein. John war wirklich gemein zu deiner Mutter, und damit sie ihm verzeihen könnte, müsste er etwas tun, wozu er nicht mehr imstande ist.«

»Du bist genauso schlimm wie sie. Sie weigert sich, über euch zu reden oder mir irgendwas aus ihrer Zeit hier zu erzählen.«

»Ich weiß«, sagte Martha.

»Nein, das weißt du nicht. Du hattest eine Familie.«

»Du hast auch eine.«

»Das ist nicht dasselbe.« Ich hatte eine Idee und wandte mich zur Treppe. »Du denkst, er will sich nicht entschuldigen, aber vielleicht tut er es, wenn ich ihn darum bitte.«

»Myrtle, nicht«, sagte sie.

Doch ich ließ mich nicht aufhalten. Ich hörte, wie sie aufstand, und als ich ein paar Stufen hinaufgegangen war, spürte ich ihre Hand an meinem Arm. Ihr Griff war fest.

»Nicht. Er schläft. Stör ihn nicht.«

»Lass mich los«, sagte ich und riss mich los.

Sofort veränderte sich ihr Tonfall. »Bitte tu ihm das nicht an.«

Ich drehte mich um. Sie sah gequält aus.

»Du weißt nicht, was du tust.«

»Ich gehe nach oben, um meinen Großvater um Hilfe zu bitten.«

»Es kann sein, dass er nicht dein Großvater ist, wenn du oben ankommst.«

Ich verdrehte die Augen. »Willst du mir erzählen, er verwandelt sich plötzlich in jemand anderen?«

»Komm zurück zum Tisch. Ich mache uns einen Tee und –« Sie ließ sich gegen die Wand sinken und sah zum ersten Mal aus wie jemand, der Krebs hatte. »Der Mann, der herumgebrüllt hat, als du kamst. Das ist nicht dein Großvater.«

Ich setzte mich wieder hin und wartete, während sie den Tee zubereitete und einen Teller mit Keksen hinstellte.

»Myrtle«, sagte sie. »John, dein Großvater, leidet an Demenz.«

»Alzheimer?«

Sie nickte. »Ja. Oder zumindest nehme ich an, dass es das ist. Genau weiß ich es nicht, weil er sich weigert, zum Arzt zu gehen.« Sie blickte auf ihre Hände und knibbelte an einem Fingernagel herum. »Selbst wenn er sich entschuldigen wollte –« Sie sah auf und versuchte, die Fassung zu bewahren. »Selbst wenn er es wollte, kann es gut sein, dass er sich nicht mehr daran erinnert, wofür er sich entschuldigt. Und ich weiß nicht mal, ob er sich noch an deine Mutter erinnert.«

»Wirklich?«

Wieder nickte sie. »In letzter Zeit ist es schlimmer geworden. Er hat Phasen, in denen es ihm tage- oder sogar wochenlang gut geht und er sich an die wesentlichen Dinge erinnert – wer ich bin, wo wir sind, in welcher Zeit wir uns befinden –, aber dann taucht er urplötzlich ab. Wandert ziellos herum, manchmal sogar nachts. Und ich konnte nicht viel für ihn tun, weil ich selbst krank gewesen bin.«

»Krebs?«

»Ja. Brustkrebs. Aber das scheint allmählich überstanden zu sein.«

Ich wusste nicht, was ich sagen sollte.

»Letzte Woche ist er nach unten gekommen und hat mich ohne die Perücke gesehen.« Sie lächelte so, wie manche Leute es tun, bevor sie einem etwas wirklich Schlimmes erzählen. »Und er hat mich nicht erkannt.«

Sie nahm sich einen Keks vom Teller, brach ihn in der Mitte durch, tunkte ihn in ihren Tee und aß ihn.

Später im Zug, auf dem Weg nach Hause, bekam ich das Bild nicht aus dem Kopf, wie Martha und John in ihrem Wohnzimmer standen, inmitten der langweiligen braunen Möbel und der scheußlichen Blumentapete, und er seine eigene Frau nicht erkannte.

Ich konnte es nicht fassen, dass meine Großeltern ganz allein da waren, ohne jede Hilfe, weil sie nicht mit meiner Mum reden wollten. Wenn so etwas mit Iris' Eltern passieren würde, wären wir im Nullkommanichts in Devon.

Ich kam um kurz nach sechs in der Bowlingbahn an der Brick Lane an, und meine Mums waren schon da und bliesen Luftballons auf.

»Hi!«, rief Iris, sobald sie mich sah.

Sie winkte und tat das, was sie am besten konnte, nämlich der enthusiastischste Mensch auf der ganzen Welt zu sein, ganz gleich, wie albern sie dabei aussah. Was in diesem Fall auch gut war, denn der Anblick, wie sie mit einem blauen Ballon in der Hand da stand und winkte, als befände sie sich in einer riesigen Menschenmenge und nicht in einem fast leeren Partyraum, war das Einzige, was mich zum Lächeln bringen konnte. Sie wirkte vollkommen fehl am Platz, weil sie noch ihre Grundschullehrerinnensachen anhatte, alles weit und wabernd und in Pastelltönen.

Iris und Harriet sahen aus wie ein absolutes Gegensatzpaar. Manchmal fragte ich mich, wie sie es überhaupt geschafft hatten, sich zu begegnen, ganz zu schweigen davon, ein Paar zu werden. An diesem Abend war Harriet ganz in Schwarz, mit ihrer Lieblingslederjacke, die sie schon hatte, seit ich denken konnte, und die an einigen Stellen fast auseinanderfiel. Iris und ich hassten sie, aber Harriet weigerte sich, sie wegzuwerfen.

Ich ging zu ihnen, und Iris warf mich fast um mit ihren Umarmungen und Küssen.

»Alles Liebe zum Geburtstag, meine Süße.«

Wenn sie ein Hund gewesen wäre, wäre sie ein Labrador gewesen. Und Harriet ein Pitbull. Beide treu und beschützend, aber auf unterschiedliche Weise.

Harriet legte den Arm um meine Schultern und drückte mich. »Wie war das Training?«

»Okay.«

Sie strich mir ein paar Haarsträhnen aus dem Gesicht. »Alles in Ordnung?«

Ich zuckte die Achseln, nahm einen noch nicht aufgeblasenen Ballon und zog ihn in die Länge. »Ja schon.«

Iris verknotete den blauen Ballon, den sie in der Hand gehalten hatte, als ich hereinkam, und hielt ihn sich wie einen Schnurrbart unter die Nase. Ich lächelte halbherzig.

»Was ist los?«

»Nichts.«

»Myrtle, was ist los?«

»Ich will nicht darüber reden.«

»Aber ich«, sagte sie. »Was ist passiert?«

Ich setzte mich an den Tisch, dessen Geburtstagsdekoration eher zu einer Sechsjährigen gepasst hätte, und stützte das Kinn in die Hände. Ich wusste, wenn ich es meinen Eltern erzählte, würde es sie auf unterschiedliche Weise aufregen, und es würde uns allen den Abend ruinieren. Aber mir war ohnehin nicht nach einer Party zumute, warum also nicht?

»Ich war heute bei Martha«, sagte ich.

»Bei welcher Martha?«, fragte Harriet so angespannt, dass klar war, dass sie die Antwort bereits kannte.

»Bei meiner Großmutter Martha.«

Sie hätte fast ihr Bier auf den Boden gespuckt, und Iris schlug erschrocken die Hand vor den Mund.

»Es ist in Ordnung«, sagte Iris.

»Nein, ist es nicht«, widersprach Harriet.

»Sie hat Brustkrebs. Und John hat Alzheimer«, sagte ich. Dann, weil ich dachte, es wäre besser, gleich alles auf den Tisch zu legen, fügte ich hinzu: »Sie haben jede Menge Fotos von mir im Haus.«

Danach stand alles still. Harriet sah aus, als würde sie ohnmächtig werden. Sie streckte die Hand aus, um sich an einer Stuhllehne festzuhalten. Iris setzte sich neben mich, legte die Hand auf mein Knie, lehnte den Kopf an meine Schulter und klammerte sich auf eine Weise an mich, die ich hasste, vor allem in der Öffentlichkeit.

»Ich fasse es nicht«, sagte Harriet. »Ich fasse es einfach nicht.«

»Harry«, sagte Iris. »Nicht.«

»Warum hast du das getan?«, fragte Harriet.

»Weil ich sie noch nie gesehen hatte, und ich wollte es.«

»Du hättest uns fragen sollen.«

»Du hättest Nein gesagt!«

»Aus gutem Grund«, gab Harriet zurück.

»Mum, es ist kein guter Grund. Ich weiß nicht, worüber ihr euch gestritten habt, aber es ist eine Ewigkeit her, und ich wollte sie kennenlernen. Schließlich ist sie auch eine Schwimmerin.« Meine Stimme fing an zu wackeln, aber ich sprach weiter. »Bist du nicht auf die Idee gekommen, dass ich sie wenigstens einmal sehen möchte, bevor sie stirbt? Sie ist meine Großmutter, und sie hat Krebs. Und sie sagt, John kann sich nicht entschuldigen für das, was er getan hat, weil er vielleicht gar nicht mehr weiß, wer du bist.« Ich war kurz davor, in Tränen auszubrechen.

Harriet schwieg. Sie trank ihr Bier, während Iris und ich ihr dabei zusahen, wie sie überlegte, was sie sagen sollte. »Krebs?«

Ich nickte. »Brustkrebs.«

»Wie geht es ihr?«, fragte Iris.

»Ganz okay. Sie hat keine Haare.«

Harriet schloss die Augen und wurde richtig blass, selbst für ihre Verhältnisse.

»Krebs?«, flüsterte sie.

Ich nickte.

»Wie hast du das rausgefunden? Hat sie es dir gesagt?«

»Mehr oder weniger. Sie hat ihre Perücke abgenommen, bevor wir ins Wasser gegangen sind.«

»Ins Wasser?«, fragte Harriet.

»Ja, sie wollte schwimmen gehen.«

»Ihr wart schwimmen?«

»Ja, im Meer.«

»Jetzt mal ganz langsam. Du bist, ohne deiner Mutter und mir Bescheid zu sagen, alleine nach Dover gefahren, um meine Eltern kennenzulernen. Und nachdem du herausgefunden hast, dass meine

Mutter Krebs hat und mein Vater den Verstand verliert, seid ihr schwimmen gegangen?«

»So ungefähr. Das mit John habe ich erst hinterher erfahren.«

Sie schüttelte den Kopf so energisch, als hoffte sie, alles, was ich ihr gerade erzählt hatte, würde dadurch aus ihren Ohren fliegen. »Du schwimmst nicht im Meer.«

»Es war gar nicht so schlimm.«

»Ich frage dich nicht, ob es dir Spaß gemacht hat. Ich verbiete dir ein für alle Mal, je wieder im Meer zu schwimmen.«

»Warum denn?«

»Weil es gefährlich ist, und weil ich deine Mutter bin, darum.«

»Das ist nicht fair!«

»Sie ist eine gute Schwimmerin, Harry, und außerdem geht es darum doch gar nicht«, sagte Iris ruhig.

»Stimmt.« Harriet starrte mich an. »Du hast Hausarrest. Ich verbiete dir, noch einmal zu ihnen zu fahren, ist das klar? Du setzt da keinen Fuß mehr hin.«

»Harry«, sagte Iris und griff nach ihrer Hand.

»Was denn? Weißt du eigentlich, wie gefährlich das ist, Iris? Hast du schon mal jemanden gesehen, der ernsthaft unterkühlt ist? Dessen Zunge vom Salz so dick ist, dass er nicht mehr sprechen kann? Der überall aufgescheuerte Stellen auf der Haut hat? Dessen Gesicht von der Begegnung mit Quallen angeschwollen ist? Der zwischen Schiffen und riesigen Wellen umherschwimmt, die mit Leichtigkeit das alberne kleine Fischerboot zum Kentern bringen könnten, das ihn begleitet? Hast du so was schon mal gesehen?«

»Sie sind heute Nachmittag nicht durch den Ärmelkanal geschwommen, Harriet«, sagte Iris leise. »Oder?«, fragte sie, zu mir gewandt.

»Nein, wir sind im Hafen geschwommen. Sie hat nicht mal davon gesprochen, durch den Kanal zu schwimmen.«

»Schwer zu glauben. Sie spricht kaum von etwas anderem«, entgegnete Harriet bissig.

»Ihr redet dauernd davon, wie wichtig die Familie ist, wie sehr ihr mich liebt, wie glücklich ihr seid, meine Mütter zu sein. Ich wollte sie einfach kennenlernen.«

Ich stand auf und wollte hinausstürmen, um allein ein bisschen draußen herumzulaufen, damit Iris Harriet beruhigen konnte. Doch als ich mich umdrehte, stand Robin da, mein Freund vom Schwimmen, und breitete die Arme aus, um mich zu drücken.

»Hi«, sagte er fröhlich und verlegen zugleich. Ich ließ mich von ihm umarmen, und er flüsterte: »Trainiert sie dich?«

»Ich bin nicht dazugekommen, sie zu fragen«, erwiderte ich leise. »Da ist was dazwischengekommen, erzähle ich dir später.«

Wir lösten uns voneinander, und ich hoffte, meine Mums hatten nichts mitbekommen.

»Ist der Trainer sauer auf mich?«, flüsterte ich, bevor irgendwer eine andere Frage stellen konnte.

Er schüttelte den Kopf. »Ich habe ihm gesagt, es ginge dir nicht gut, und dann kam natürlich die Predigt von wegen, du hättest ihn selbst anrufen sollen, Anstand, Verantwortung und so weiter.«

Ich nickte. Den Vortrag bekamen wir mindestens einmal in der Woche zu hören.

»Na dann.« Er sah kurz zu meinen Mums, die sich keine Mühe gaben, so zu tun, als wäre nichts vorgefallen. »Herzlichen Glückwunsch!«, sagte er und gab mir ein Geschenk, das in Weihnachtspapier eingepackt war.

»Tut mir leid«, murmelte er. »Wir hatten zu Hause keine große Auswahl.«

Ich lächelte ihn an und packte es aus. Es war ein Buch: *Die junge Frau und das Meer: Wie Trudy Ederle den Ärmelkanal besiegte und die Welt inspirierte*. Ich hielt es hoch, damit meine Mums es sehen konnten.

»Na toll«, fauchte Harriet und stürmte davon.

»Ist es, vielen Dank«, sagte ich.

Nach Hause

IAIN, 2013

Es war ein trübgrauer englischer Morgen, und der Beamte am Einreiseschalter fragte mich nach dem Anlass meines Besuchs. »Arbeit oder Vergnügen?«

»Weder noch«, erwiderte ich.

»Sie sind Brite«, sagte er. »Das hier ist ein australischer Pass.«

»Ja. Ich komme nach Hause. Das ist weder Arbeit noch Vergnügen. Eher eine Notwendigkeit.«

Er runzelte verwirrt die Stirn.

»Meine Mutter«, sagte ich. »Krebs.«

Er musterte mich. Ich wusste, dass meine Augen vermutlich von dem Wein gerötet waren, den ich während des Flugs getrunken hatte. Ich hatte etwas gebraucht, um meine Nerven zu beruhigen, die immer angespannter geworden waren, je näher ich der Heimat kam. Aber so, wie der Beamte mich ansah, schien er eher abzuwägen, ob ich ein guter Sohn war oder ein schlechter. Ich hätte es ihm sagen können, wenn er mich gefragt hätte.

Ich war ein schlechter Sohn, der versuchte, verlorene Zeit wieder wettzumachen, bevor es keine Zeit mehr gab.

»Willkommen in Großbritannien«, sagte er.

Ich stieg in einen Zug, dann in eine U-Bahn, dann wieder in einen Zug, der mich aus London herausbrachte. Ich trug eine Sonnenbrille, trotz des trüben Lichts, das mir vertraut und zugleich fremd war. Mir schlugen Dinge aus meiner Kindheit entgegen, die mir früher nie aufgefallen waren: das mittelmäßige Wetter, die Sprechweise und der eigentümliche Geruch nach frischer Wäsche.

Der Zug brachte mich immer näher zu dem weißen Haus mit der schwarz lackierten Tür, dem braunen Sofa und dem Schrank mit dem Loch in der Rückwand – das Ergebnis eines jugendlichen Wutausbruchs, dessen Anlass ich längst vergessen hatte. Das Haus, das einst mein Zuhause gewesen war, aber aus dem dreiundzwanzigstündigen Flug waren Tage und Monate und Jahre geworden, und jetzt war es nur noch ein Haus.

Es war nur ein Haus, sagte ich mir: vier Wände und ein Dach. Teppiche, Tapeten und ein Garten. Nichts, wovor man sich fürchten musste.

Drei Tage zuvor hatte spätabends das Telefon geklingelt. Ich erkannte die Stimme meiner Schwester sofort, und die Jahre, die vergangen waren, seit wir zuletzt miteinander gesprochen hatten, lösten sich in Luft auf.

»Iain«, hatte sie gesagt.

»Was ist los?«

Gute Nachrichten kommen zu vernünftigen Tageszeiten, während schlechte Nachrichten einfach hereinstürmen und nicht den Anstand oder die Beherrschung haben, sich zu gedulden.

»Du musst herkommen.«

»Was? Warum?«

Ihre Stimme klang erstickt. »Mum. Wir fahren hin.«

»Wer ist wir?«

»Ich und Myrtle. Und du.«

»Was ist denn los?«

»Das ist nichts, was man am Telefon erzählen kann.«

»Harry«, sagte ich. Ich sah meine Schwester in dem Jogginganzug vor mir, den sie getragen hatte, als wir Teenager waren, die Kapuze auf dem Kopf und fest zugezogen.

»Wir sind morgen Abend da«, sagte sie.

»Jetzt sag schon.«

»Sie hat Brustkrebs.«

»Was?«

»Mehr weiß ich auch nicht. Sie ist nicht sehr gesprächig.«

Es klang, als würde sie weinen.

»Seit wann?«

»Keine Ahnung. Du bist doch derjenige, der mit ihnen telefoniert.«

»Das letzte Mal ist schon länger her«, sagte ich. Es stimmte. Ich rechtfertigte mich innerlich: Ich hatte viel zu tun, mein Leben ist hier, nicht dort, und selbst wenn wir telefonieren, wollen sie immer nur die guten Sachen hören, weil nur die das teure Ferngespräch wert sind.

»Wie hast du es herausgefunden?«, fragte ich Harriet.

»Myrtle war da.«

»Was?«

»Sie sind zusammen schwimmen gegangen.«

Ich musste lachen. Ich stellte mir meine Mutter vor, wie sie mitten in der Behandlung aus dem Krankenhaus marschierte und das Gestell mit den Chemotherapiebeuteln hinter sich herzog. Die Beutel waren wie giftige Quallen, die jeden Moment platzen und sie verbrennen konnten. Aber sie würde sie ignorieren, wie sie es bei ihren Kanaldurchquerungen auch getan hatte. Das Meer, ihre Antwort auf alles. Für meine Mutter würde das Meer alles besser machen.

Als der Zug in Dover ankam, war die Sonne bereits untergegangen, und ich musste die Sonnenbrille abnehmen. Das Einzige, was sich verändert hatte, waren die Anzeigetafeln.

Die Fahrt war kürzer, als ich sie in Erinnerung hatte, und nur wenige Minuten später stand ich auf dem Gehweg vor dem Haus. Dem Haus meiner Eltern.

Drinnen brannte Licht. Ich versuchte zu erkennen, wo sie alle waren, was sie taten und was mich dort erwartete. Doch der Blickwinkel war ungünstig, und ich sah nur meine Mutter, die mit dem Rücken zu mir an der Spüle stand und etwas abwusch.

Ich wusste nicht, was ich tun sollte. Klingeln erschien mir zu förmlich, aber einfach reingehen mochte ich auch nicht. Klopfen? Das hörten sie vielleicht nicht.

Meine Mutter wandte sich um – zum Küchentisch oder zu jemandem, der außer Sichtweite stand –, und in dem Moment sah ich ihr Gesicht. Ihre Wangen waren eingesunken, und sie hatte so viel abgenommen, dass ihre Strickjacke viel zu weit wirkte. Dass sie Krebs hatte, war schon schlimm genug, aber gleichzeitig auch noch damit konfrontiert zu werden, wie sehr sie gealtert war, darauf war ich nicht vorbereitet.

Mum ging zum Ofen und holte einen Braten heraus. Als sie ihn auf der Arbeitsfläche abgestellt hatte, klingelte ich.

Ich hörte Schritte, dann wurde die Tür von meinem Vater und Myrtle geöffnet.

Mein Vater musterte mich misstrauisch von oben bis unten. »Was wollen Sie?«

Das war nicht die Begrüßung, die ich erwartet hatte, nicht einmal von ihm.

»Hi, Onkel Iain«, sagte Myrtle und versuchte, meinen Vater beiseitezuschieben. »Perfektes Timing. Grandma stellt gerade das Essen auf den Tisch.«

Seltsames Gefühl zu hören, wie sie Mum »Grandma« nannte. Als wachte man eines Morgens auf und erfuhr, dass der Kalte Krieg nur ein großes Missverständnis gewesen war.

Mein Vater sah Myrtle an. »Harriet, kennst du diesen Mann?«

Myrtle nahm seine Hand und zog ihn in die Küche. Ich hörte, wie sie sagte: »Mum, er macht es schon wieder.«

»Hallo?«, sagte ich in die offene Tür. Ich hob meinen Koffer hoch, und sobald ich das Haus betrat, kam der Hund angerannt.

»Was ist denn mit Webb passiert?«, rief ich, als der Hund an mir hochsprang und mir durchs Gesicht leckte. »Als ich weggegangen bin, hatte er noch vier Beine!«

Mum ließ beinahe den Auffülllöffel fallen, als sie mich sah. Doch bevor sie etwas sagen konnte, kam Harriet herbeigelaufen und umarmte mich so schwungvoll, dass ich beinahe umgefallen wäre.

»Meine Güte, Iain, du kriegst ja eine Glatze!«, sagte sie.

Harriets stürmische Begrüßung schien Mum Gelegenheit zu geben, sich zu sammeln. »Iain«, sagte sie leise. »Mit dir hatte ich nicht gerechnet.«

Ich umarmte sie und gab ihr einen Kuss. Sie fühlte sich zerbrechlich an. »Schön, dich zu sehen.«

»Myrtle, leg noch ein Gedeck auf«, sagte sie.

Mein Vater schlurfte in die Küche. »Hi, Dad«, sagte ich.

Er warf mir einen abweisenden Blick zu und ging zum Wasserkocher. Er fummelte am Schalter herum, aber das Gerät ging nicht an. »Verdammt noch mal, warum funktioniert nichts in diesem Haus?!«

Ich sah zu den anderen, doch niemand außer mir schien sich über seinen merkwürdigen Ausbruch zu wundern, und ich war zu erschöpft, um zu fragen, warum sie ihn nicht beachteten. Vielleicht gehörte das zu den Dingen, die sich während meiner Abwesenheit geändert hatten.

Dad drehte sich aufgebracht um. »Seid ihr alle taub geworden? Der verdammte Wasserkocher ist schon wieder kaputt!«

»John, hör auf zu brüllen«, sagte Mum. »Setz dich bitte auf deinen Platz.«

»Hör auf, mir zu sagen, was ich tun soll!«

Ich sah, wie Mum tief durchatmete. Harriet ging zu ihm, führte ihn an der Hand zum Tisch und half ihm, sich zu setzen.

Ich trat zu Mum und erbot mich, ihr beim Auffüllen zu helfen, doch sie winkte ab.

»Was ist los mit ihm?«, fragte ich sie leise.

»Nichts«, sagte sie, ohne in ihren Vorbereitungen innezuhalten.

»Nein, Mum, das stimmt nicht.«

»Bist du den ganzen Weg von Sydney hierhergekommen, um mir das zu sagen?«

Sie konnte immer noch schnippisch sein, das war tröstlich. »Nein«, erwiderte ich. »Ich bin gekommen, um euch zu sehen.«

»Du hättest vorher anrufen sollen. Das Haus ist voll.« Sie stellte das Brathähnchen auf den Tisch und gab mir das Messer. »Hier. Jetzt kannst du dich nützlich machen.«

Ich wollte wissen, was los war und warum sie mir beziehungsweise uns nichts davon erzählt hatte. Ich hatte reichlich zu tun und mein Leben in Australien extra auf Pause gestellt, um hier ein paar Dinge zum Abschluss zu bringen. Doch so einfach würde das offenbar nicht sein. Eine Familie war nichts, was man aufräumen und in den Schrank packen konnte. Sie lief immer weiter, ob man wollte oder nicht.

Mum füllte Dad zuerst auf, wie sie es immer getan hatte. Er beobachtete sie, und als sie ihm seinen Teller hinstellte, senkte er den Kopf und schnupperte.

»Was ist das – Huhn?«

Mum nickte.

»Es riecht komisch«, sagte er und schob den Teller weg. Dann wandte er sich zu Myrtle. »Harriet, mach mir eine Tomatensuppe heiß.«

Niemand rührte sich. Mum schnitt eine Kartoffel durch und kaute langsam. Dad wartete, den Blick auf Myrtle gerichtet, und als sie nicht aufstand, sagte er: »Du bist genauso stur wie deine Mutter.«

Ich konnte nicht schlafen. Der Jetlag plagte mich, aber vor allem fühlte ich mich in meinem einstigen Kinderzimmer wie eingesperrt, erdrückt von der früheren Version meiner selbst. Ich dachte zurück an das, was mich damals dazu gebracht hatte wegzugehen: die beengte Atmosphäre in der Stadt und im Haus, die Tatsache, dass niemand offen sagte, was er dachte, und mein Drang, mich neu zu erfinden, was ich nur tun konnte, indem ich alle, die ich kannte, zurückließ. In dieselbe Decke gehüllt, unter der ich als Heranwachsender gelegen hatte, fühlte ich mich wieder wie damals, verfolgt von dem Getuschel, das hinter Gardinen, in Kassenschlangen und in den höflich-nichtssagenden Fragen der Menschen lauerte, mit denen ich aufgewachsen war.

Ich ging hinunter in die Küche, schenkte mir ein Glas Milch ein und tapste damit ins Wohnzimmer, in dem Licht brannte. Harriet stand am Getränkeschrank und drehte sich überrascht um.

»Ich dachte, du würdest schlafen wie ein Stein«, sagte sie. »Jetlag?«

Ich nickte.

»Was trinkst du?«

Ich hielt mein Glas hoch, und sie schnaubte. Sie kämpfte kurz mit dem zickigen Schloss und schenkte uns dann jedem einen Whisky ein.

»Wo ist Iris?«, fragte ich.

»Zu Hause.« Harriet lehnte sich an den Rand des Sofas und schwenkte den Whisky in ihrem Glas. »Das erinnert mich an alte Zeiten.«

»Wenn wir im Pub waren und sturzbetrunken nach Hause kamen.«

»Glaubst du, sie wussten es?«

»Mum bestimmt.« Ich schaute in mein Glas. »Harry, was ist hier los?«

Sie zuckte die Achseln. »Myrtle ist letzte Woche hier runtergefahren.«

»Ich weiß, das hast du gesagt.«

»Mum ist mit ihr schwimmen gegangen.«

»Das war doch klar«, sagte ich.

»Ja?« Sie schüttelte lächelnd den Kopf. »Myrtle hat gesagt, anstatt eine Badekappe aufzusetzen, hat Mum ihre Perücke abgenommen.«

»Das ist eine Perücke?«

Harriet nickte. »Und als Myrtle sie angestarrt hat – überrascht, erschrocken, neugierig, was weiß ich –, hat Mum ihr gesagt, dass sie Krebs hat. Iris und ich hatten keine Ahnung, dass Myrtle hierhin wollte, dass sie überhaupt wusste, wo sie wohnen. Es war an ihrem Geburtstag. Abends sitzen wir da, inmitten von lauter Luftballons, und Myrtle ist ganz merkwürdig drauf, und dann platzt sie auf einmal damit raus, dass Mum, also Grandma, Krebs hat. Das ist alles. Ich habe dich angerufen, und wir sind hierhin gefahren.«

»Hast du schon mit Mum geredet?«

»Ja, aber du weißt ja, wie sie ist.«

»Geht's ihr gut?«

Harriet prustete los und schlug sich dann die Hand vor den Mund. Nach einer Weile sagte sie: »Sie hat sich kein bisschen verändert.«

»Sie sieht alt aus.«

»Wir sehen alle alt aus. Du kriegst eine Glatze, und ich habe Krähenfüße.«

Verlegen fasste ich mir an den Kopf. »Es ist schön, dich zu sehen.« Ich lächelte. Mir war nicht klar gewesen, wie sehr sie mir fehlte.

Sie lächelte auch. »Gleichfalls. Übrigens, Heathrow ist so gut wie immer geöffnet. Du brauchst nicht zu warten, bis jemand Krebs hat, um rüberzukommen.«

»Ich weiß, es ist nur –« Ich seufzte. »Ich hab viel zu tun.« Das stimmte, war aber nicht der einzige Grund.

Sie verdrehte die Augen. »Na und? Das Leben ist kurz.«

Ich trank den letzten Schluck und hielt ihr mein Glas hin. Sie schenkte nach.

»Hast du wenigstens rausgekriegt, ob der Krebs weg ist?«

»Na ja, sie hat die Chemo gemacht.«

»Wäre nett gewesen, das zu wissen.«

»Tut es dir leid, dass du gekommen bist?« Es war derselbe vorwurfsvolle Tonfall wie damals, als ich ihr gesagt hatte, dass ich nach Australien gehen würde.

»Nein, ich –« Wie sollte ich ihr sagen, dass es mir gefiel, auf Abstand zu sein, dass die Ozeane, die uns voneinander trennten, es mir leichter machten, sie alle zu lieben? »Ich hätte dann besser planen können.«

»Was gibt's denn da zu planen? Du packst eine Tasche und steigst ins Flugzeug.«

»Sie wird also wieder gesund?«

»Ja, sieht ganz so aus.«

»Gut.«

»Aber Dad.«

»Genau, was ist mit ihm?«

»Also, für jemanden, der regelmäßig hier anruft, weißt du echt nicht viel.«

»Wenn du meinst, es ist schwer, etwas aus Mum rauszukriegen, während du ihr gegenüberstehst, versuch's erst mal am Telefon. Und ihn hat sie mir schon länger nicht mehr gegeben.«

»Ich habe sie nach ihm gefragt, aber sie will nicht darüber reden. Jedenfalls nicht mit mir. Als Myrtle hier war, hat sie ihr wohl gesagt, es wäre Demenz.«

Am nächsten Morgen hörte ich einen Streit. Ich lag im Bett, starrte an die Decke und kam mir vor wie ein kleiner Junge. Aber diesmal waren es nicht die Stimmen von Mum und Dad, die sich unter der Tür hindurch und in meinen Kopf schlichen, sondern die von Mum und Harriet.

Ich zog meinen Jogginganzug an und ging nach unten. Mum und Myrtle standen an der Haustür, Mum hatte die Hand auf dem Knauf. Harriet sah aufgebracht aus.

»Sag ihr, sie kann nicht gehen«, wies sie mich an.

»Sie ist deine Tochter«, entgegnete ich.

»Nicht sie«, sagte Harriet. »Sie«, fügte sie hinzu und deutete auf Mum.

»Wohin kann sie nicht gehen?«

»Rate mal.«

Ein amüsiertes Grinsen breitete sich auf Mums Gesicht aus.

»Was sagt denn dein Arzt dazu?«, fragte ich sie.

»Keine Ahnung«, erwiderte Mum. »Aber es ist mein Leben, und heute möchte ich mit meiner Enkelin schwimmen gehen.«

»Kommt nicht infrage«, sagte Harriet.

»Warum denn nicht?«, quengelte Myrtle.

»Schön«, sagte Mum. »Dann gehe ich eben allein.« Sie öffnete die Tür und zuckte erschrocken zusammen. »Henry, was machst du denn hier?«

»Wer ist Henry?«, fragte ich meine Schwester. Ich brauchte einen Kaffee; allmählich machten sich die dreißig Stunden Anreise bemerkbar.

»Warum ist Webb bei dir?«, fragte Mum und stellte ihre Tasche ab.

»Als ich eben die Zeitung reinholen wollte, drückte er sich bei den Mülltonnen herum«, sagte Henry und kam hinter dem Hund herein.

»Wer sind Sie?«, fragte Harriet ihn.

»Ich wohne nebenan«, antwortete der Mann. »Ich – Manchmal –« Er sah zu Mum, unsicher, wie er den Satz beenden sollte.

»Manchmal geht er mit Webb«, sagte sie rasch.

Als fiele ihm plötzlich wieder ein, warum er gekommen war, fragte Henry: »Martha, wo ist John?«

»Als ich ihn das letzte Mal gesehen habe, schlief er«, sagte sie und eilte die Treppe hinauf. »John? John!«

Wir verfolgten Mums Schritte, während sie oben umherlief. Dann erschien sie wieder am Treppenabsatz. »Er ist nicht hier.«

Ich kratzte mich an der Brust. »Vielleicht ist er bloß spazieren gegangen.« Es sollte sich bald zeigen, dass ich noch nie jemanden gekannt hatte, der an Alzheimer litt.

»Henry.« Mum sah ihn besorgt an.

»Pub, Bahnhof, Hafen«, sagte er.

»Restaurant, Strand, Bowls Club«, erwiderte sie.

Henry nickte. »Wir treffen uns wieder hier. Ruf mich an, wenn irgendwas ist.« Damit ging er.

Mum wandte sich zu uns. »Ihr müsst euch selbst was zu essen machen.« Und dann ging sie auch.

Harriet und ich sahen uns an. Webb bellte. Myrtle setzte sich auf die unterste Stufe.

Ich lief zur Tür, die noch offen stand. »Mum!«, rief ich hinter ihr her. »Was ist denn los?« Ich spürte die Distanz zwischen uns so deutlich, als hätten alle anderen wochenlang geprobt und ich wäre einfach so auf die Bühne geschoben worden: der ahnungslose Neuankömmling, die zweite Besetzung, die das Skript nicht kannte.

Sie winkte und tat so, als hätte sie mich nicht verstanden.

Harriet rannte an mir vorbei und hinter ihr her. »Mum! Warte!«, rief sie, und ich setzte mich ebenfalls in Bewegung, die Steinplatten kalt unter meinen nackten Füßen.

Mum blieb stehen. »Das ist nicht das erste Mal, dass euer Vater –« Sie blickte zu Boden. »Dass er vergisst, Bescheid zu sagen. Liegt wohl am Stress. Kein Grund zur Sorge.«

»Wir machen uns aber Sorgen«, sagte Harriet.

»Von mir aus. Wenn ihr nichts Besseres zu tun habt«, erwiderte Mum. Sie ging durch die Pforte, bog in die entgegengesetzte Richtung ab, die Henry genommen hatte, und verschwand.

Ich sah meine Schwester an. »Was ist hier eigentlich los?«

»Ich glaube, das nennt man Veränderung«, erwiderte sie.

Harriet schickte Myrtle eine Runde laufen, ich machte uns Kaffee, und wir setzten uns an den Tisch.

»Wir brauchen die Namen der Ärzte und die Telefonnummern«, sagte sie. »Und dann?«

Ich zuckte die Achseln. »Wir können nicht viel tun, wenn sie keine Hilfe wollen.«

»Sie hat Krebs, und er verliert den Verstand.«

»Das ist mir klar, aber –«

»Aber was?«

Aber ich bin hierhergekommen, um mich zu verabschieden, wollte ich sagen. Denn ich wusste, dass es wahrscheinlich das letzte Mal sein würde, dass ich sie sah, und ein Lebwohl war einfacher als das, was uns jetzt bevorstand. Ich war gekommen, um ein wenig Zeit mit ihnen zu verbringen, ihre Stimmen zu hören, das Haus noch einmal zu sehen. Doch als ich oben im Bett gelegen hatte, war mir klar geworden, dass der eigentliche Grund für meine Rückkehr ein ganz anderer war: Ich konnte den Gedanken nicht ertragen, der Sohn zu sein, der nicht nicht nach Hause gekommen war, um seine sterbende Mutter noch einmal zu sehen. Es waren schlicht und einfach Schuldgefühle gewesen, die mich in das Flugzeug getrieben hatten.

Harriet stand auf und lief unruhig umher. Sie warf mir Ideen zu, von denen keine brauchbar erschien. Ich wehrte sie ab. Ich trank meinen Kaffee aus und machte mir noch einen. Für eine wirkliche Lösung brauchte es anscheinend etwas mehr von uns, aber wir wussten nicht, was das sein sollte.

»Warum fragen wir sie nicht einfach?«, schlug ich vor. »Warum fragen wir sie nicht, was sie wollen?«

»Verschwinden Sie aus meinem Haus!«

Ich zuckte zusammen, als ich die Stimme meines Vaters hörte. Er stand im Flur, wie immer mit Weste, Krawatte und Jackett bekleidet. Aber an den Füßen trug er Hausschuhe, und so, wie sie aussahen, war er damit durch die halbe Stadt und wieder zurück gegangen.

»Dad, beruhige dich«, sagte ich. Eigentlich wollte ich zu ihm gehen und versuchen, ihn zu besänftigen, aber irgendetwas stimmte nicht. Seine Augen waren weit aufgerissen. Er sah aus, als hätte er Angst.

»Wer auch immer Sie sind, verschwinden Sie aus meinem Haus!« Er hob drohend die Faust, und es sah aus, als würde er gleich auf mich losgehen.

»Dad!«, rief Harriet.

Er wich zurück, als sie auf ihn zustürzte.

»Gehen Sie weg!«, brüllte er.

Ich trat vorsichtig in den Flur und versuchte, ruhig und langsam zu sprechen, wie mit einem verängstigten Kind. »Dad, alles ist gut. Komm, setz dich erst mal aufs Sofa.«

Ich fing den Blick meiner Schwester auf und bedeutete ihr, Mum anzurufen. Sie holte ihr Handy heraus und begann zu wählen.

»Was ist denn mit ihm los?«, flüsterte ich.

»Sieh zu, dass er sich hinsetzt«, sagte Harriet, das Handy am Ohr.

Ich wollte nicht zusehen, dass er sich hinsetzte, und ich wollte mich auch nicht zu ihm setzen. Ich wollte, dass meine Eltern wieder ein zweiwöchentlicher Anruf waren, bei dem mir versichert wurde, dass alles in Ordnung war, wie immer. Denn das hier war nicht in Ordnung; das hier war ein Problem, und ich hatte keine Ahnung, wie ich es lösen sollte.

Mein Vater setzte sich aufs Sofa.

»Dad«, fragte ich vorsichtig. »Was ist passiert? Wo warst du?«

Allmählich kam er wieder zu sich. Er lehnte sich zurück, starrte aus dem Fenster und beachtete mich nicht. Immerhin war ich jetzt kein Eindringling mehr.

Harriet kam herein und setzte sich neben mich. Als sie den Mund öffnete, um etwas zu sagen, bedeutete ich ihr, still zu sein.

»Wann ist sie hier?«, flüsterte ich.

»In zwanzig Minuten.«

Und so saßen wir da und warteten darauf, dass Mum zurückkam und alles in Ordnung brachte. Obwohl sie krank war, war sie immer noch diejenige, die die schweren Lasten tragen musste.

»Wenn sie nach Hause kommt –«, sagte ich.

»Dann reden wir«, sagte Harriet.

Als Mum zurückkam und Dad schlafend auf dem Sofa vorfand, sah sie so wütend aus, dass ich dachte, sie würde ihn ohrfeigen. Stattdessen ging sie wortlos in die Küche. Harriet und ich wechselten einen Blick, dann folgten wir ihr und stellten uns so hin, dass sie uns nicht entkommen konnte. Ohne uns zu beachten, kochte sie sich einen Tee.

»Gibt es vielleicht etwas, das du uns sagen möchtest?«, fragte Harriet.

»Wollt ihr auch einen? Das Wasser müsste reichen.« Mum öffnete den Küchenschrank und holte eine Keksdose heraus. Sie nahm sich einen, biss ab, und als sie unsere bohrenden Blicke bemerkte, hielt sie ihn hoch und sagte: »Meine Lieblingssorte.«

»Mum«, sagte Harriet. Ich legte ihr die Hand auf die Schulter, weil ich den wachsenden Zorn in ihrer Stimme hörte. »Es reicht jetzt. Wir müssen darüber reden, was hier los ist. Mit ihm. Und mit dir.«

»Er ist nur müde. Er schläft in letzter Zeit nicht so gut«, erwiderte sie, ohne uns anzusehen, und goss das kochende Wasser in den Becher.

»Und du?«, fragte ich. »Harry hat gesagt, du hast Krebs.«

»Hatte«, korrigierte sie. »Die Behandlung ist beendet.«

»Ist das alles, was du dazu zu sagen hast?«, fragte Harriet.

»Was sollte ich sonst dazu sagen?«

»Was für eine Art Krebs? Was für eine Behandlung? Woher weißt du, dass der Krebs weg ist? Warum trägst du immer noch eine Perücke?«

»Ich wüsste nicht, warum das wichtig wäre.« Sie fischte den Teebeutel heraus und warf ihn in die Spüle.

Ich dachte, Harriet würde Mum jeden Moment bei den Schultern packen und schütteln.

»Es war Brustkrebs – die bessere Art, wie die Ärztin sagte. Er hatte irgendeinen lateinischen Namen. Sie haben mich operiert, und ich hatte eine Chemotherapie. Letzte Woche war ich zur Kontrolle, und die Ärztin meinte, alles sähe gut aus. Von der Chemo sind mir die Haare ausgefallen, und es dauert, bis sie nachwachsen.« Sie trank einen Schluck Tee. »Sonst noch was?«

Sie schürzte die Lippen, und ich meinte, einen leisen Spott in ihrer Miene zu sehen, als ob sie sich diebisch freute, weil es ihr gelungen war, das Ganze geheim zu halten.

»Hast du niemandem etwas von der Operation gesagt?«, fragte Harriet.

»Doch, eurem Vater und Henry.«

»Du hättest uns Bescheid geben müssen«, sagte Harriet und stieß mit dem Finger gegen Mums Brust. »So was hält man doch nicht vor seiner Familie geheim.«

»Ihr zwei habt euer eigenes Leben.«

Ich ahnte, dass wir auf einen Streit zusteuerten, den keiner von uns gewinnen konnte. »Was ist mit Dad?«

»John geht es gut, er ist nur müde.«

»Als er hier reinkam, wusste er nicht, wer wir sind«, entgegnete ich.

»Er hat Alzheimer«, sagte Harriet.

Das Gesicht meiner Mutter verhärtete sich. »Solche Wörter benutzen wir in diesem Haus nicht.«

»Den Kopf in den Sand stecken hilft nicht weiter.«

»Ein Etikett auch nicht«, gab Mum zurück.

»Mum, wir wollen euch helfen«, sagte ich.

Sie blickte über meine Schulter. »Uns geht's gut, nicht wahr, John?«

Ich drehte mich zu meinem Vater um, der im Türrahmen stand. Sein Gesichtsausdruck hatte sich kaum verändert, aber etwas war anders. Er war wieder er selbst, und ich dachte bei mir, wie furchtbar das sein musste, wobei das Wort nicht mal ansatzweise ausreichte, um die Qual zu beschreiben, die noch vor wenigen Minuten in der Stimme meines Vaters gelegen hatte. Was für eine unerträgliche Vorstellung, nie zu wissen, in welchem Teil seines Lebens man sich wiederfand, wenn man ein Zimmer betrat. Wie kommt man damit klar, wenn die eigene Geschichte auf Zufallswiedergabe läuft? Was macht man, wenn der Wiederholungsknopf im Kopf klemmt und alles springt und stottert?

»Warum sollte es uns nicht gut gehen?«, erwiderte Dad.

Er schob sich an mir vorbei, und Mum gab ihm ihren Teebecher.

Harriet und Myrtle fuhren abends zurück, weil Myrtle am nächsten Tag zur Schule musste. Ich wollte am nächsten Tag den Abendzug nach London nehmen und noch ein paar Tage bei Harriet bleiben, bevor ich nach Australien zurückflog.

Am nächsten Morgen verkündete Mum, sie würde jetzt schwimmen gehen.

»Ich komme mit«, sagte ich.

Sie sah überrascht aus. »Dann musst du dich ranhalten.«

Wir gingen zu demselben Strand, an dem sie mir das Schwimmen beigebracht hatte. Das Ufer war näher bei den Klippen als in meiner Erinnerung. Es gab mehr Boote, und es war mehr los, aber davon abgesehen war es so, wie ich es kannte. Wie ich es zurückgelassen hatte.

Ich folgte Mum zu ihrem Stammplatz, und ich hätte ihn selbst im Schlaf gefunden. Er war im Körpergedächtnis gespeichert; meine Füße würden immer den Weg über die rostbraunen Kiesel zu dem Myrtenstrauch finden, unter dem sie ihre Sachen ablegte.

Früher hatte ich es gehasst, hierher zu kommen. Schulferien waren gleichbedeutend mit Schwimmen im eisigen Wasser. Die Wellen schlugen mir ins Gesicht, wenn ich Luft holen wollte, und das Wasser lief mir in die Nase und die Ohren. Und das Salz brannte. Ich bettelte darum, eher rausgehen zu dürfen, ich schrie, aber sie blieb hart. Das Meer wird dich retten, sagte sie dann immer. Ich hatte damals meine Zweifel, aber als ich jetzt sah, wie sie auf das Meer schaute, wie es sie innerhalb von Sekunden verwandelte, fragte ich mich, ob ich meine Meinung revidieren sollte.

Im Haus war sie angespannt und kurz angebunden gewesen. Ich hatte nicht gerade ein Freudenfest erwartet, aber etwas mehr als Gereiztheit wäre schon nett gewesen. Ich fragte mich, ob es an mir lag – ob sie mich, nachdem ich so weit weggezogen und nie zu Besuch gekommen war, abgeschrieben hatte und fand, ich sei die Mühe nicht wert.

Ich folgte ihr zum Wasser und fröstelte im schon recht herbstlichen Wind. Ich hatte noch nie näher mit jemandem zu tun gehabt, der Krebs hatte, nahm aber an, dass solche Leute gebrechlich waren. Obwohl sie nicht mehr so robust wirkte, wie ich sie in Erinnerung hatte, verwandelte sie sich im Wasser. Den Kopf gesenkt, die Arme in kraftvoller Zugbewegung, schwamm sie eine volle Viertelstunde ohne Pause, während ich in ihrem Kielwasser folgte, wie ich es als Junge getan hatte, damit es einfacher für mich war. Als sie innehielt, tat ich es ebenfalls. Sie atmete schwer, und meine Brust fühlte sich an, als stünde sie in Flammen. Ich hatte nicht gewusst, wie sehr ich außer Form war.

Sie paddelte auf der Stelle und stieß einen lauten Jubelruf aus. Dann nahm sie ihre Schwimmbrille ab und lächelte mir zu.

»Es ist herrlich«, sagte sie. »Ich bin so froh, dass du mitgekommen bist.«

Sie war hier draußen ein anderer Mensch, aber ich war derselbe, und ich spürte meine Zehen kaum noch.

»Schlag kräftiger mit den Beinen und beweg die Arme so«, sagte sie und machte die Bewegung vor.

Ich ahmte es nach, und obwohl das kalte Wasser auf meiner Haut brannte, fingen meine Muskeln an, ein wenig Wärme zu produzieren.

»Was ist es, was dich am Wasser so anzieht?«

»Ach, du weißt schon«, sagte sie.

Ich schüttelte den Kopf und spürte, wie das Meer in meinen Ohren gluckerte. »Nein, ich weiß nicht. Erzähl's mir.«

Ihr Lächeln wurde breiter. »Es ist schwer zu erklären.«

»Versuch's.«

»Wenn wir wirklich wollten, könnten wir von hier aus bis zu einem anderen Land schwimmen. Wir könnten abhauen.«

»Willst du das denn?«

»Bin ich doch schon. Nach Frankreich.«

»Nein, ich meine, richtig abhauen.«

»Manchmal.« Sie rollte sich auf den Rücken.

Ich wusste nicht, was ich davon halten sollte. »Damals oder jetzt?«

»Beides.« Sie begann wieder Wasser zu treten und sah mich an.

»Du frierst«, sagte sie. Ich zitterte merklich. »Lass uns rausgehen.«

»Noch nicht«, sagte ich. »Noch ein paar Minuten.«

Sie lachte. »Früher hättest du das nie gesagt!«

Ich lächelte, froh, dass ich mit ihr dort war, wo sie am glücklichsten war. »Menschen verändern sich.«

»Weißt du noch, wie wir immer hierhergekommen sind, als du klein warst?«

»Wie könnte ich das vergessen!«

»Du wärst überrascht, wenn du wüsstest, wie leicht es ist zu vergessen.«

»Wir wollen nur helfen, Mum.«

»Ich weiß, aber es gibt nicht viel, was man tun kann.«

»Was passiert mit ihm?« Ich wusste die Antwort, aber ich wollte es aus ihrem Mund hören.

Sie tauchte unter, und als sie wieder hochkam, wischte sie sich übers Gesicht.

»Das Alter«, sagte sie. »Wir werden alt.«

»Mum, bitte. Ich habe einen so weiten Weg hinter mir.«

»Ja, das hast du. Ein erwachsener Mann mit einem wichtigen Job.«

»Das meinte ich nicht.«

Sie tauchte erneut unter. Als sie wieder oben war, sagte sie: »Wusstest du, dass unser Körper den gleichen Salzgehalt hat wie das Meer? Das Meer ist buchstäblich in uns.«

»Ihr wart gestern nicht in der Kirche.«

»Wir gehen schon seit einer Weile nicht mehr hin.«

»Warum nicht?«

»Das hier ist meine Kirche.« Sie schüttelte den Kopf. »Außerdem ist es jetzt zu viel für ihn.«

»Warum willst du nicht darüber reden, was los ist?«

»Weil manche Dinge andere nichts angehen«, gab sie scharf zurück. »Weil ich die Blicke und das Getuschel satthabe.«

»Welche Blicke? Welches Getuschel?«

»Wir gehen nicht mehr in die Kirche, weil die Leute angefangen haben, über das seltsame Verhalten deines Vaters zu reden. Weil die Leute nicht mehr mit uns reden, sondern über uns, über ihn.«

»Wen kümmert's, was ein paar Tratschtanten denken?«

Sie spritzte mir Wasser ins Gesicht. »Mich. Und ihn auch. Das sind, oder waren, unsere Freunde. Sie laden uns nicht mehr zu sich ein, und sie kommen auch nicht mehr zu uns, weil niemand weiß, was dein Vater vielleicht tut. Kann sein, dass er den Arm um Mrs Johnstone legt, weil er sie für seine Freundin hält, und vielleicht versucht er sogar, sie zu küssen. Oder er denkt, Charlie wäre Francis, und fängt an, ihn wegen irgendeines Vorfalls anzubrüllen, der vor dreißig Jahren passiert ist.« Sie spuckte die Worte förmlich aus.

»Was sagt denn der Arzt?«

»John weigert sich hinzugehen, und ich kann nichts dagegen tun. Ich kann ihn schließlich nicht zwingen.«

»Ich hätte es versuchen können. Ich hätte helfen können.«

»Wie denn? Eine Bezeichnung ändert doch nichts.«

»Aber die Leute hätten dann mehr Verständnis.«

»Nein, hätten sie nicht. Er macht ihnen Angst. Und er bricht mir das Herz. Wenn ich durch die Stadt gehe, weiß ich, dass die Leute mich anstarren. Ich spüre es. Beim Fleischer, in der Apotheke. Bei der Post und in der Bibliothek. Henry kauft jetzt meistens für uns ein. Ich ertrage die Scham nicht mehr.«

Sie tauchte wieder, und diesmal blieb sie länger unten. Ich sah zu, wie die Luftbläschen langsam an die Oberfläche stiegen.

Als es für mich Zeit war zu gehen, wusste ich nicht, was ich tun sollte. Ich stand an der Haustür, den Koffer neben mir, und überlegte, ob ich noch bleiben sollte, ob ich in meinem Büro in Australien anrufen und sagen sollte, dass ich noch eine Woche dranhängen würde, weil die Lage hier nicht gut war und meine Eltern meine Hilfe brauchten.

Doch Mum umarmte mich und sagte: »Ich bin froh, dass du gekommen bist. Um die See zu sehen.«

Sie gab mir einen Kuss auf die Wange, und ich konnte das Meer an ihrer Haut riechen. Nichts war in Ordnung, aber sie war immer noch sie selbst.

Im Wohnzimmer saß mein Vater in seinem Sessel und schlief.

»Du meldest dich, wenn was ist«, sagte ich.

»Natürlich.«

Ich wusste, dass sie es nicht tun würde. Nicht über so viele Meilen, so eine große Entfernung hinweg. Das war nicht ihre Art, um Hilfe zu bitten.

Der Taxifahrer hupte, und sie begleitete mich bis zur Straße. Dort standen wir befangen voreinander, bis die Ungeduld des Fahrers geradezu spürbar war. Ich umarmte sie noch einmal und hielt sie länger fest als sonst.

»So«, sagte sie und löste sich von mir. »Das reicht jetzt. Sieh zu, dass du loskommst, sonst verpasst du noch deinen Zug.«

Sie öffnete die Tür, und ich stellte meinen Koffer auf die Rückbank.

»Na dann«, sagte ich.

Aber ich stieg nicht in das Taxi. Ich konnte nicht. Als wir da auf der Straße standen, bedauerte ich, dass ich all die Jahre fort gewesen war, und ich wusste, dass ich ihrer unwürdig war. Ich suchte nach etwas, das mich noch eine Minute hier bei ihr halten würde.

»Blüht er immer noch?«, fragte ich und deutete auf den Myrtenstrauch.

»Der ist von Anfang an bei mir gewesen. Er ist zäh.«

»Was meinst du mit ›von Anfang an‹?«

»Habe ich dir das nie erzählt?« Sie strich sanft über seine Zweige. »An dem Tag, als dein Vater mir einen Antrag gemacht hat, hatte er keinen Verlobungsring dabei.«

»Was? Das gibt's doch nicht!«

Sie winkte abwehrend. »Doch, er hatte einen, aber er hat ihn verloren. Deshalb hat er mir stattdessen einen Myrtenzweig gegeben. Am Tag danach bin ich noch mal mit einer Schaufel an den Strand gegangen und habe ein Stück von dem Strauch mitgenommen. Ich habe ihn eingetopft und bei mir auf die Fensterbank gestellt, mit Blick aufs Meer. Als wir verheiratet waren und dieses Haus gekauft hatten –« Sie wandte das Gesicht ab und atmete tief durch. »Ich habe ihn am Tag nach dem Einzug hier draußen eingepflanzt, als dein Vater bei der Arbeit war.«

Kurz bevor sie zurück ins Haus ging, beugte sie sich zu mir und flüsterte: »Du weißt immer, wo du mich findest, oder?«

Ich schüttelte verwirrt den Kopf.

Sie zwinkerte mir zu, und ich begriff. Sie würde dort sein, wo sie immer gewesen war.

Erwachsen werden

IAIN, 2013

»Wir müssen etwas tun«, sagte Harriet, während sie mir half, den Koffer in ihre Wohnung zu ziehen. »Denn das löst sich nicht von selbst.«

»Die meisten Leute begrüßen einen, wenn sie die Tür aufmachen, Harry«, entgegnete ich.

»Wir haben uns doch schon gesehen.«

Meine Schwester und ihre Familie lebten seit fast acht Jahren in dieser Wohnung in Bethnal Green, und es war das erste Mal, dass ich über ihre Schwelle trat. Ich hatte sie nicht ein einziges Mal besucht. Harriet und ihre Familie waren auch nie zu mir gekommen. Wir hatten immer vorgehabt, uns zu besuchen, aber es war nie passiert.

Sobald mein Koffer neben einen Haufen Schuhe in den engen Flur gequetscht war, rief Harriet: »Wir gehen dann jetzt.«

Sie schob sich an mir vorbei, während ich dastand und überlegte, ob ich nicht wenigstens kurz reingehen und Hallo sagen sollte.

»Kommst du?«, rief sie von der Treppe, also zog ich die Tür zu und lief hinter ihr her. Genau wie früher, als wir klein waren.

Vor Jahren, als ich noch in der City gearbeitet hatte, wäre ich nie in dieses Viertel im Osten von London gegangen. Damals war Bethnal Green noch abgewetzt wie ein Paar alte Stiefel gewesen. Doch als ich jetzt mit Harriet durch die Straßen ging, sah es so aus, als hätte auch hier die Gentrifizierung begonnen, die sich überall in der Stadt breitzumachen schien. Die vergangenen Jahre hatten das Viertel aufpoliert, zwischen den Wettbüros und Spirituosenläden gab es jetzt auch Cafés und Szenekneipen.

Auf der Hauptstraße kamen wir an einem kleinen Supermarkt vorbei, in dem sich die Leute nach Feierabend drängten, um Fertiggerichte fürs Abendessen zu kaufen. Ein paar Häuser weiter packte Harriet mich am Arm und zog mich in ein Pub, das genauso aussah wie alle Pubs in einem frisch aufgehübschten Viertel: abgezogene Holzdielen, kunstvoll auf shabby getrimmte Tapeten und ein Bild der Queen, die milde lächelnd auf das selbst gebraute Bier und die Holzofenpizza herabsah.

Sie setzte sich ans Fenster, während ich die Getränkte holte.

Ich stellte die Pints auf den Tisch, und sie griff so eilig nach ihrem Glas, als hätte sie den ganzen Tag darauf gewartet.

»Das bringt Unglück«, sagte ich, während ich meine Jacke über die Stuhllehne hängte. »Erst müssen wir anstoßen.«

Sie sah mich genervt an.

»Harry, bitte.«

Sie stellte das Glas wieder hin, und ich überlegte, worauf wir trinken könnten. Es musste die richtige Stimmung treffen.

»Auf das Meer«, sagte ich.

Sie verdrehte die Augen. »Im Ernst?«

Ich nickte.

»Auf das verdammte Meer.«

Wir stießen an und tranken.

»Es ist schön, dich zu sehen«, sagte ich.

»Wie ging es den beiden gestern Abend?«

»Ganz okay. Dad beruhigte sich ein wenig, nachdem ihr weg wart. Keine unangekündigten Ausflüge mehr.«

»Ich weiß gar nicht, warum er sich so aufgeregt hat, als ich da war. Iris war doch gar nicht dabei.«

»Ich glaube nicht, dass er sich aufgeregt hat, er war einfach gestresst.«

»Du redest schon wie Mum. Das ist kein Stress, das ist Alzheimer.« Ihr Bein wippte unter dem Tisch auf und ab und drohte die Gläser umzuwerfen.

Ich seufzte. »Mit einem Namen wird es real.«

»Es ist real.«

»Ihn kümmert es nicht, wie du es nennst.«

Sie lehnte sich zurück und verschränkte die Arme vor der Brust. »Es ist eine Tatsache, keine Frage von Interpretation oder Sichtweise.«

»Harry, es war schwer wegzufahren«, sagte ich. »Sie so allein zu lassen.«

»Sie kann sich nicht um ihn kümmern, wenn es schlimmer wird.«

»Falls«, warf ich ein.

»Wenn«, korrigierte sie mich. »Es wird nicht besser.«

»Es muss doch irgendeine Behandlung geben, Tabletten oder so was.«

»Ich glaube, dafür ist es zu spät. Die meisten Mittel sind für das Frühstadium. Und das dürfte schon ein paar Jahre zurückliegen.«

Ich starrte auf mein Bierglas, als könnte es mir die Zukunft voraussagen. Dann beugte ich mich vor und stützte die Ellbogen auf den Tisch, wobei ich in einer Bierpfütze landete. »Harry, hast du manchmal das Gefühl, dass wir sie im Stich gelassen haben? Dass wir bessere Kinder hätten sein müssen, uns mehr um sie kümmern und so?«

Sie schüttelte den Kopf. »Wenn sie Hilfe brauchten, hätten sie einfach fragen können.«

»Hast du kein schlechtes Gewissen?«

»Weil ich nicht da war oder weil es ihnen schlecht geht?«

»Beides.«

Sie zeigte mit dem Finger auf sich. »Sie haben mich rausgeschmissen –«

»Dad hat dich rausgeschmissen.«

»Aber Mum hat nichts getan, um ihn daran zu hindern. Nein, ich habe kein schlechtes Gewissen, weil ich nicht da war. Ich war nicht erwünscht. Aber natürlich finde ich es schlimm, was mit ihnen passiert.« Sie trank einen ausgiebigen Schluck von ihrem Bier. »Aber was Dad angeht, ist der Zug abgefahren.«

»Seit wann bist du die Expertin?«

»Seit Iris' Vater.«

»Was?«

Sie nickte. »Anfangs waren es nur Kleinigkeiten. Zum Beispiel fiel ihm das Wort ›Spaghetti‹ nicht ein. Er konnte die Sache beschreiben, aber er fand das Wort nicht. Dann andere Dinge. Er sagte Ashley, er hätte Leute zum Abendessen eingeladen, wusste aber den Namen nicht, konnte sie nur vage beschreiben. Irgendwann begriff sie, dass er die früheren Nachbarn meinte, die schon vor Jahrzehnten weggezogen waren.«

»Das tut mir sehr leid. Die arme Iris.«

»Ja, es ist hart. Er wusste nicht mehr, wer sie ist, erkannte nicht mal mehr Ashley. Vor zweieinhalb Jahren haben sie ihn in ein Pflegeheim gebracht. Danach ging es ziemlich schnell bergab mit ihm.«

»Ich will nicht, dass es Dad genauso ergeht.«

»Dein Wille ändert nichts daran.« Sie trank noch einen Schluck. »Iris' Vater ist im Frühjahr gestorben. Und weißt du was? Es war eine Erleichterung. Es war schrecklich zuzusehen, wie er sich auflöste.«

»Standen sie sich nahe?«

Harriet nickte. »Sehr.«

»Und wir?«

»Was, wir?«

»Stehen wir uns nahe?«

Sie blickte auf ihr fast leeres Glas, dann sah sie mich an. »Du bist derjenige, der nach Australien gegangen ist.«

Ich hielt ihrem Blick stand. »Das gefällt mir, hier mit dir. Sollten wir öfter machen.«

»Kehrst du zurück in das Land der Ödnis und des Trübsinns?«

Ich rutschte auf meinem Stuhl hin und her. »Was willst du tun?«

»Wir müssen ihn in ein Pflegeheim bringen.«

Ich schüttelte den Kopf. »Darauf werden sie sich niemals einlassen.«

Sie beugte sich vor. »Irgendwann wird es nicht mehr darum gehen, worauf sie sich einlassen oder nicht.«

»Was ist mit einer Krankenschwester? Jemand, der ins Haus kommt und Mum hilft.«

»Iain«, sagte sie mit ernster Miene. »Er wird mehr und mehr herumirren. Sein Wesen wird sich verändern. Er wird nicht mehr wissen, wer die Menschen um ihn herum sind. Nicht mal Mum. Er wird nicht mehr alleine essen oder baden können.« Sie starrte auf ihr leeres Glas. »Er wird nicht mehr allein zur Toilette gehen können.«

Mir wurde flau im Magen.

»Wir können ihn nicht zwingen. Wir können beide zu nichts zwingen«, sagte ich.

Sie sprang auf. »Gut. Wenn du nicht helfen willst, kein Problem. Geh zurück nach Australien. Tu einfach so, als wäre hier alles in Ordnung.«

Sie stürmte hinaus, und ich folgte ihr nicht. Im Pub war es ruhig, und ich brauchte ein bisschen Zeit zum Nachdenken, deshalb holte ich mir noch ein Bier.

Dass Harriet nicht begeistert über meinen Wegzug war, daraus hatte sie nie ein Geheimnis gemacht, aber unser letzter gemeinsamer Abend, bevor ich ans andere Ende der Welt flog, hatte gut angefangen. Wir hatten uns auf Harriets Wunsch bei einem der Inder an der Brick Lane zum Abendessen getroffen. Sie hatte auf dem Restaurant bestanden und darauf, dass sie zahlte. Wir bestellten viel zu viel und lachten, als alles an unseren Tisch gebracht wurde: fünf Metallschüsseln mit ähnlich undefinierbarer öliger, brauner Soße mit Klumpen aus Fleisch und Gemüse darin. Es war Freitagabend, und da wir nicht weit von Bishopsgate entfernt waren, saßen überall um uns herum junge Bänker wie ich, die ihre Krawatte lockerten und sich auf ein Wochenende voller Hemmungslosigkeit und Ausschweifungen einstimmten, bevor am Montagmorgen der harte Alltag von Neuem begann.

Wir aßen fast alles auf, und der Kellner sorgte dafür, dass unsere Gläser nie leer wurden. Alles sah nach einem großartigen Abend aus.

Nach dem Essen gingen wir in ein Pub in der Nähe, wo noch ein Tisch am Fenster frei war.

»Du bist mutig«, meinte sie. »So weit wegzuziehen.«

Harriet hatte so eine Art, etwas zugleich spitz und scherzhaft zu sagen, und obwohl ich das kannte, machte es mich nervös. Manchmal wusste man einfach nicht, woran man bei ihr war.

»Wenn es mir da nicht gefällt, kann ich ja wieder zurückkommen.«

»Das tust du nicht«, sagte sie und schüttelte den Kopf. »Warum solltest du?« Ein Mann in einem Arsenal-Trikot stieß gegen sie und schüttete ihr sein halbes Bier auf die Jeans. Sie starrte ihn wütend an, und ich meinte, sie leise »Arschgesicht« murmeln zu hören.

»Was solltest du da drüben vermissen?«, sagte sie. »Du wirst einen Haufen Geld verdienen, und Frauen in Bikinis werden sich dir reihenweise an den Hals werfen.«

»Das miese Wetter, das miese Essen und die miese Gesellschaft«, erwiderte ich.

»Ja, die miese Gesellschaft. Die wird's im Wunderland nicht geben«, erwiderte sie mit einem spöttischen Schnauben.

»Harry. Das war ein Scherz.«

»Ich weiß«, sagte sie.

Aber ich war mir da nicht so sicher. Sie nahm ihre Jacke und ging raus, um von irgendwem eine Zigarette zu schnorren, und ich sah sie draußen auf und ab gehen. Es war nicht einfach für sie. Das Desaster am zweiten Weihnachtstag hatte klar gezeigt, wie unsere Eltern zu ihrem Coming-out standen, und obwohl Harry wusste, dass ich alle zwei Wochen zu Hause anrief, war die Tatsache, dass unsere Mutter lediglich fragte, ob es ihr gut ging, fast schlimmer, als wenn sie überhaupt nicht nach ihr gefragt hätte.

Als sie wieder reinkam, holte ich uns noch zwei Bier. Ich stellte sie auf den Tisch, und sie lächelte.

»Wie aufregend. Ich freue mich wirklich total für dich. Ein richtiges Abenteuer, nicht?«

»Du wirst mir fehlen«, sagte ich und reichte über den Tisch, um ihre Hand zu drücken, doch sie zog sie weg, und ich streifte nur ihre Finger.

»Nein, werd ich nicht. Wir sehen uns ja eh kaum.«

»Du kannst mich besuchen kommen.«

»Ja klar. Aber komm erst mal da an.«

»Was ist los?«

»Nichts«, sagte sie. »Warum fragst du?«

»Harry.«

Sie leerte ihr halbes Glas in einem Zug, dann schlug sie mit beiden Händen auf den Tisch. »Weißt du, was los ist? Das hier ist ein beschissener Abschiedsabend. Wir brauchen was Richtiges zu trinken.« Sie stapfte durch die Menge und schob sich energisch an den Anfang der Schlange bei der Bar.

Kurz darauf knallte sie zwei Gläser mit Whisky auf den Tisch. »Prost!« Sie stieß mit ihrem Glas gegen meins und trank.

»Was ist mit dir?«, fragte sie vorwurfsvoll.

Ich hob mein Glas in ihre Richtung und trank ebenfalls.

»Will ja nicht, dass die Leute denken, ich hätte meinem kleinen Bruder keinen anständigen Abschiedsabend geboten.«

Wir tranken energisch weiter, bis wir beide ziemlich hinüber waren. Harry musste ihren Kopf mit der Hand stützen, und ich war mir nicht sicher, ob ich noch aufstehen konnte. Doch irgendwie schafften wir es, aus dem Pub zu kommen und auf die U-Bahn-Station Liverpool Street zuzutaumeln.

Sie hatte den Arm um meine Taille gelegt. »Ich kann's nicht fassen, dass du wirklich verschwindest. Dass du mich wirklich hier allein lässt.«

»Jepp«, nuschelte ich. »Ich verlasse dich. Du musst dir 'nen anderen kleinen Bruder suchen, den du piesacken kannst.«

»Ich hab schon 'ne Liste. Ich halte dich auf dem Laufenden.«

»Erzähl.«

»Die meisten sind groß, schlank und reich.«

»Klingt wie 'n Haufen erstklassiger Ehemänner.«

»Ich bin wählerisch – außerdem muss ja jemand meine Pubrechnung zahlen. Als Journalistin verdient man nicht so gut wie bei euch.«

»Und woran erkennst du den glücklichen Gewinner?«

»Ganz einfach«, sagte sie. »Er bleibt hier.«

Es sollte ein Scherz sein.

»Ja«, sagte sie. »Genau daran werde ich ihn erkennen. Mein neuer kleiner Bruder hat wahrscheinlich gar keinen Pass. Aber selbst wenn er einen hat und auf die Idee kommt, dass er ja weggehen könnte, denkt er an all die Leute, die er zurücklassen würde« – sie hickste –, »und wie schlimm das für sie wäre.«

Obwohl sie den Kopf abgewandt hatte, sah ich, wie sie sich über die Augen wischte und dabei ihre Wimperntusche verschmierte. Die U-Bahn-Station war bereits in Sichtweite, und überall auf der Straße liefen Leute in einem ähnlichen Zustand wie wir herum, einige davon noch mit halb vollen Gläsern in der Hand. Offenbar war gerade die letzte Runde ausgerufen worden.

»Ich hab über diese Dinge nachgedacht«, sagte ich und dirigierte uns in eine ruhigere Ecke.

»Und du hast trotzdem beschlossen, mich zu verlassen! Na toll! Jetzt geht's mir gleich viel besser.«

Ich lehnte mich an eine Hauswand und bugsierte sie neben mich. »Ich verlasse nicht dich, ich verlasse England.«

»Du kapierst es nicht«, sagte sie. »Wenn du gehst, dann war's das. Dann habe ich keine Familie mehr.«

»Mum und Dad sind doch noch da.«

»Die haben mich rausgeworfen. Du bist alles, was ich noch habe.« Sie starrte mich herausfordernd an, als warte sie nur darauf, dass ich ihr widersprach.

Und das konnte ich natürlich nicht.

Die anderen wollten gerade mit dem Abendessen beginnen, als ich wieder in die Wohnung kam. »Perfektes Timing«, sagte Iris und gab mir einen Kuss auf die Wange.

Ich setzte mich auf den einzigen freien Stuhl, zwischen Myrtle und meiner Schwester, die meinem Blick auswich. Iris verteilte Salat und Linseneintopf, und ich fragte mich, was sich hier vor meiner Ankunft abgespielt hatte.

»Danke«, sagte ich.

Außer den Essgeräuschen herrschte Stille. Harriet starrte auf ihren Teller und Myrtle auf ihr Handy, nur Iris schien willens, die übrigen Familienmitglieder zur Kenntnis zu nehmen.

Ich aß einen Löffel von dem Eintopf, den man nur als gesund bezeichnen konnte. »Lecker«, sagte ich.

»Freut mich, dass es dir schmeckt«, erwiderte Iris. »Wie war deine Fahrt?«

Ich nickte. »Gut.«

Myrtles Handy piepte und summte, und der Bildschirm warf einen irritierenden Blauton auf ihr Gesicht.

»Leg das weg«, sagte Harriet.

»Warum?«, fragte Myrtle.

»Weil es unhöflich ist. Und das Abendessen ist die einzige Gelegenheit am Tag, wo wir alle als Familie zusammen sind.«

»Aber es sagt doch keiner was«, entgegnete Myrtle.

»Darum geht es nicht.«

»Wie war dein Tag, Myrtle?«, fragte ich, um die Anspannung aufzulockern.

»Gut.«

»Dein Onkel, der nie zu Besuch kommt, würde bestimmt gerne mehr hören als das«, sagte Harriet. Ich wusste nicht, auf wen sie wütender war, auf ihre Tochter oder mich.

Myrtle sah auf. »Das ist ein neues Spiel.« Sie hielt ihr Handy hoch, um es mir zu zeigen.

»Ich hab gesagt, du sollst das weglegen«, sagte Harriet.

Myrtle ignorierte sie. »Ich bin auf Level drei.«

»Warte, bis du auf Level fünf kommst. Schwarze Löcher.«

»Was? Woher weißt du das?«

Ich zuckte die Achseln. »Vielleicht hab ich's schon gespielt.«

Harriet nahm ihr das Gerät weg. »Kein Handy bei Tisch.«

»Lass doch, Harry«, sagte Iris.

»Willst du, dass sie so aufwächst? Dass sie denkt, ein Computerspiel wäre wichtiger als ihre Familie?«

»Das denkt sie doch nicht.«

»Bist du sicher?«

»Harry«, sagte Iris. »Ohne Myrtle wüssten wir gar nicht, wie krank deine Eltern sind.«

Stille breitete sich aus. Ich wartete darauf, dass meine Schwester explodierte, aber wenn, dann passierte es in ihrem Innern. Alle beugten sich über ihr Essen und versuchten, keine Aufmerksamkeit auf sich zu ziehen, bis Harriet wortlos aufstand und mit einer Flasche Wein im Wohnzimmer verschwand.

»Tut mir leid«, sagte Iris, als Harriet gegangen war.

Ich schüttelte den Kopf. »Kein Grund, sich zu entschuldigen. Ich bin mit ihr aufgewachsen.«

Aus dem Augenwinkel sah ich, wie Myrtle versuchte, sich ein Grinsen zu verkneifen.

»Liebes«, sagte Iris. »Warum gehst du nicht in dein Zimmer und fängst mit deinen Hausaufgaben an.«

Myrtle sammelte die Teller ein und ging damit in die Küche. Ich konnte sehen, wie sie sie in die Spülmaschine räumte.

»Sie ist großartig«, sagte ich leise zu Iris.

»Ja, das ist sie.« Iris schwenkte ihren restlichen Wein im Glas. »Was ist mit dir? Irgendwelche Aussichten auf Vettern oder Cousinen für sie?«

Ich blickte auf den Tisch und lief wahrscheinlich rot an. »Zurzeit gibt es da niemanden.«

»Verbringst du wirklich deine ganze Zeit im Büro?«

»Nein, vor ein paar Wochen hatten wir eine Grillparty.«

»Wir?«

»Die Firma. Sie war für die Kunden, aber es war wirklich nett.«

»Habt ihr da auch über irgendwas geredet, was nicht mit der Arbeit zu tun hatte?«

»Klar«, sagte ich.

»Ich hoffe, du nimmst es mir nicht übel, aber welchen Sinn hat es, in ein anderes Land zu ziehen, wenn du nie aus deinem Büro herauskommst?«

Sie sagte es sanft, und ich wusste, es war nicht als Angriff gemeint, aber es fühlte sich trotzdem so an.

»Ich weiß nicht. Welchen Sinn hat es, nach Hause zurückzukommen?«

»Deine Familie braucht dich.«

»Sie braucht mein Konto.«

Iris warf mir einen seltsamen Blick zu. »Du solltest uns eine Chance geben, Iain. Wir möchten dich gerne kennenlernen.«

Ich seufzte schwer. »Ich weiß, tut mir leid. Aber es ist schwer.«

»Dann mach es leichter«, sagte Iris und stand auf. »Du solltest vielleicht mal nachsehen, warum sie schmollt, während ich mich um den Abwasch kümmere.«

»Ich glaube, Myrtle hat schon alles in die Spülmaschine gestellt.«

»Ja, hat sie. Aber sie hat die Sachen bestimmt nicht vorher abgespült, und ich will nicht, dass mein Frühstück nach dem Abendessen davor schmeckt.«

Ich blieb am Tisch sitzen und sah zu, wie Iris in der Küche zugange war. Meine Gedanken kehrten zurück zu dem Abend im Pub, bevor ich nach Australien gegangen war.

Ich hatte gedacht, meine Schwester wäre einfach nur wütend gewesen, weil ich fortgegangen war, und das Ganze wäre längst erledigt. Doch offenbar hatte das Gefühl, dass ich sie im Stich gelassen hatte, all die Jahre weiter in ihr rumort.

Es sah ganz so aus, als wäre es meine Pflicht, nach England zurückzukommen, was es nicht gerade leichter machte. Ob ich in Australien arbeitete oder hier, war im Grunde egal; ich saß fast die ganze Zeit am Schreibtisch und ging nur selten raus. Aber was konnte ich hier schon ausrichten? Mum und Dad wollten keine Hilfe, und Harriet und ich würden uns nur darüber streiten, was zu tun war. Das Beste, was ich tun konnte, war, für alles zu zahlen.

Schließlich ging ich ins Wohnzimmer. Harriet lag auf dem Sofa und zappte durch die Fernsehkanäle. »Und was sollen wir jetzt tun?«, fragte ich und stupste ihre Füße an, damit sie mir Platz machte.

»Was meinst du?«, fragte sie, ohne aufzusehen.

»Alles.«

»Ich dachte, es wäre dir egal?«

»Rück mal«, sagte ich.

»Warum?«

»Harry, lass den Quatsch. Ich möchte mit dir reden, und zwar richtig.«

Sie warf mir einen finsteren Blick zu. »Wozu? Damit du ohne schlechtes Gewissen verschwinden kannst? Zurück in dein sonniges Leben mit dem großen Haus und dem dicken Konto?«

Ich setzte mich auf ihre Füße.

»Iain!«, schrie sie und setzte sich auf, um mir die Faust in den Arm zu rammen.

»Du wolltest ja nicht rücken.«

Sie zog die Knie an die Brust und ließ den Kopf gegen die Sofalehne sinken. Wir starrten beide auf den Fernseher, dann schielte ich zu ihr hinüber, unsere Blicke trafen sich, und wir fingen an zu lachen.

»Du bist immer noch ein Arsch«, sagte sie.

»Und du bist immer noch eine Zicke. Weißt du, Harry, in meinem ersten Jahr da drüben habe ich wirklich überlegt zurückzukommen. Ich war sogar beim Reisebüro, um mich zu erkundigen, wie viel der Flug kosten würde.«

»Das glaube ich dir nicht.«

»Stimmt aber. Ich fand's schrecklich. Ich hatte keine Freunde, kannte niemanden außerhalb des Büros. Keine Verwandten, nichts. Ich war wahnsinnig einsam.«

Sie stellte den Ton des Fernsehers aus. »Ist das nicht einer der Pluspunkte, wenn man ans andere Ende der Welt zieht? Dass man keine Familie am Hals hat?«

»Nicht an Weihnachten, wenn alle anderen etwas vorhaben. Nicht, wenn du niemanden kennst. Nicht an deinem Geburtstag.«

»Komm, erzähl mir nichts. Du hast doch Freunde.«

»Freunde sind aber nicht dasselbe wie Familie.«

»Und die bedeutet dir so viel, dass du mich jetzt zum ersten Mal besuchst. Wenn du uns so sehr liebst, muss es ja schrecklich gewesen sein, da drüben bleiben zu müssen.«

Ich starrte auf den Fernseher. »Hätte ich als Versager zurückkommen sollen? Ich musste dableiben. Ich meine, was hätten sie wohl gedacht, wenn ich nach einem Jahr das Handtuch geworfen hätte?«

Sie lachte leise. »Mum hätte gesagt, du hättest nicht zu deiner Entscheidung gestanden.«

»Aha. Und Dad?«

»Der hätte gar nichts gesagt. Er hätte nur in stiller Verzweiflung den Kopf geschüttelt, weil er von dir genauso enttäuscht gewesen wäre wie von mir – wenn nicht noch mehr.« Sie seufzte. »Und jetzt müssen wir uns um die beiden kümmern.«

»Wie stellen wir es an? Wie kriegen wir ihn in ein Pflegeheim?«

»Das ist nicht so einfach. Es gibt gute und schlechte.«

»Privat oder öffentlich?«

»Privat, auf jeden Fall. Und du zahlst.«

»Er bekommt das beste.«

»Einverstanden«, sagte sie.

Ich sah sie an. »Ich hätte gedacht, es wäre dir nicht so wichtig, ob er das beste kriegt.« Ich wappnete mich für eine explosive Reaktion.

Doch sie saß nur still da.

»Entschuldige, ich wollte damit nicht andeuten –«

»Nein, schon gut. Ich nehme es dir nicht übel. Wahrscheinlich hast du sogar recht«, sagte sie. »Aber nur weil er ein mieser Vater war, hat er es nicht verdient zu leiden. Selbst mir fällt es schwer, weiter wütend auf ihn zu sein, wenn ich ihn so erlebe.«

»Er war nicht immer ein mieser Vater.«

»Nein, war er nicht.« Sie beugte sich vor und schenkte sich Wein nach. »Willst du auch?« Ich nickte, und sie stand auf, um mir ein Glas zu holen.

Ich ließ den Blick durch den Raum wandern, und mir fiel auf, dass überall Iris' beruhigender Einfluss zu spüren war, von den Kerzen über die weichen Sofakissen bis hin zur Farbwahl – Erd- und Waldtöne. Harriet hätte sicher ganz andere Dinge gewählt. Es war schön zu sehen, dass es jemandem gelungen war, im Laufe der Jahre ein paar ihrer Ecken und Kanten zu glätten.

Es gab auch Bilder. Fotos von Iris' Familie, zumindest nahm ich das an, da ich die Gesichter darauf nicht kannte. Doch als ich aufstand, um sie mir genauer anzusehen, entdeckte ich weiter hinten eine Aufnahme von unserer Familie am Strand von Dover: Mum in ihrem Schwimmanzug, daneben Harriet, den Arm um sie gelegt und mit stolzem Lächeln, auf der anderen Seite Dad, den einen Arm um mich gelegt und den anderen um Mum, und wir sahen aus wie eine zufriedene, eng verbundene Familie, was wir am Anfang auch gewesen waren.

Ich nahm das Foto vom Regal und setzte mich wieder auf das Sofa. Als Harriet mit dem Glas und einer weiteren Flasche Wein zurückkam, hielt ich es ihr hin.

Es schien ihr peinlich zu sein, dass sie etwas so Sentimentales aufbewahrt hatte.

»Warum hast du es behalten?«, fragte ich.

»Wir sind doch immer noch eine Familie, oder?«

»Für jemanden, der sie hasst, ist es seltsam, so was im Wohnzimmer zu haben.«

Sie seufzte. »Ich hasse sie nicht mehr. Hass ist zu stark. Ich verstehe sie nicht, aber –« Sie nahm mir das Foto aus der Hand und betrachtete es. »Myrtle hat für mich manches verändert. Es ist ganz schön schwer – ich meine, du versuchst, dein Bestes zu tun – Sie sind nicht die idealen Eltern, aber sie sind die einzigen, die wir haben.«

»Aber du hast sie doch bis jetzt auch nie besucht.«

Sie schüttelte den Kopf. »Meine Tochter hat einiges verändert, aber sie hat mich nicht perfekt gemacht. Außerdem«, sagte sie und strich über den Rahmen, »versuche ich, über die schlechten Sachen hinwegzukommen, indem ich mich an die guten erinnere.«

»Und, funktioniert es?«

»Es ist nicht einfach.« Sie gab mir mein Glas.

»Sind wir schrecklich?«, fragte ich sie.

»Im Allgemeinen oder im Speziellen?«

»Vielleicht beides? Ich weiß nicht, es ist nur – Es musste erst all das passieren« – ich breitete die Arme aus, um die Ereignisse der letzten Tage zu umfassen –, »damit wir sie zur Kenntnis nehmen. Sie haben die ganze Zeit da vor sich hin gelebt, und wir haben nicht gemerkt, dass sie alt geworden sind und Hilfe brauchen.«

»Ja, wahrscheinlich sind wir schrecklich, aber sie machen es uns auch nicht leicht.«

»Ich finde es furchtbar, was mit ihnen passiert.«

Sie nickte. »Ich finde es furchtbar, dass es passiert.«

Für die Nacht war ich auf einer Luftmatratze in Myrtles Zimmer einquartiert, und als ich dort lag, dachte ich darüber nach, wie seltsam es war, dass es jetzt meine Eltern waren, die meine Hilfe brauchten. Ich hatte gewusst, dass es irgendwann so kommen würde, aber nicht wann und wie.

Ich dachte an meinen Vater, der mir bei den Multiplikationstabellen in der Schule geholfen hatte. Der mir beigebracht hatte, wie man Schuhe putzt und dass ich immer auf der Straßenseite gehen sollte, wenn ich mit einer Frau unterwegs war. Der viel Zeit damit verbracht hatte, mir das Pfeifen beizubringen. Ich sah sein Gesicht vor mir, als ich mein Abschlusszeugnis von der Universität bekommen hatte, voll Stolz und Staunen, und sein spitzbübisches Zwinkern, als Daphne Rogers – ein Mädchen, das völlig außerhalb meiner Liga war – eingewilligt hatte, mit mir auszugehen, wenn auch nur, um ihren Ex-Freund zu ärgern, der mich nicht leiden konnte. Ich versuchte, die Lücken der Jahre auszufüllen, während derer ich weggewesen war.

Plötzlich wurde mir bewusst, dass ich zwar eine Menge über meinen Vater wusste, aber nicht mal annähernd alles. Und dass die Zeit, in der ich mehr erfahren und herausfinden konnte, wer er war, immer knapper wurde.

»Onkel Iain?«, flüsterte Myrtle.

»Ja?« Ich drehte mich auf die Seite und sah ihr Gesicht, das vom Schein ihres Handys beleuchtet war. »Bist du immer noch bei deinem Spiel?«

»Nein«, sagte sie und hielt es mir hin. »Hast du das hier gesehen?«

Ich schaute auf die Website und lächelte. »Nein, aber das ist deine Großmutter.«

Da war ein Foto von meiner Mutter und daneben eine Liste mit den Daten ihrer Kanaldurchquerungen.

»Das hab ich gemacht, weil sie keine Wikipedia-Seite hat, und ich fand, sie sollte eine haben.«

»Hast du sie ihr gezeigt?«

»Nein.«

»Sie wird sich bestimmt riesig freuen.«

»Wie kommt's, dass Mum nie über sie redet?«

»Das ist eine lange Geschichte.«

»Na und?«

»Was hat deine Mum denn gesagt, als du sie danach gefragt hast?«

»Eigentlich gar nichts. Iris hat gesagt, Grandpa mochte sie nicht, aber –«

»Du möchtest sie gerne kennenlernen, stimmt's?«

»Ja.«

»Sie sind ein seltsames altes Paar, und ganz egal, was Harriet dir über sie erzählt, denk immer dran, dass sie sie lieben.«

»Du hast meine Frage nicht beantwortet.«

Ich lachte leise. »Es ist nicht an mir, sie zu beantworten.« Ich sah sie an, und ihr Gesicht war so jung und neugierig. »Weißt du, warum deine Großmutter es geschafft hat, durch den Ärmelkanal zu schwimmen?«

»Weil sie eine gute Schwimmerin ist.«

»Nein. Das ist sie, aber das ist nicht der Grund. Sie hat einen unglaublich starken Willen.«

»Wie meinst du das?«

»Sie hat mal zu mir gesagt, wenn du ins Wasser gehst, muss du wissen, dass du nicht eher wieder rausgehst, als bis du auf der anderen Seite angekommen bist. Ganz einfach.«

»Ich wünschte, ich hätte sie besser kennenlernen können.«

»Sie wird noch eine Weile da sein.«

»Die beiden streiten oft deswegen«, sagte Myrtle.

»Wer?«

»Meine Mums. Iris findet, wir sollten sie öfter besuchen.«

»Sie hat auch einen starken Willen. Genau wie Harriet. Und ich glaube, du auch. Auf eine gute Weise.«

»Wie war sie, als ihr aufgewachsen seid?«

»Wer? Harriet?«

Sie nickte.

»Nicht viel anders als jetzt. Aber ihre Haare waren anders. Sie hatte mal eine absolut grauenvolle Dauerwelle.«

»Nein!«

Ich lachte, als ich daran zurückdachte; sie hatte ausgesehen wie ein Clown. »Es war furchtbar. Bestimmt hat sie alle Fotos davon verbrannt. Dabei hatte sie unsere Eltern angebettelt wegen dieser Dauerwelle. Hat alles Mögliche für sie gemacht: gepinselt, geputzt, im Garten gearbeitet. Sie hat Dads Auto so oft gewaschen, dass wir schon lästerten, die Farbe würde bald abgehen. Dann, eines Samstagnachmittags, als sie endlich genug Geld gespart hatte, zog sie los. Und als sie zwei Stunden später zurückkam, war sie völlig aufgelöst. Hat Rotz und Wasser geheult und gesagt, sie würde nicht vor die Tür gehen, bis das rausgewaschen wäre, und am liebsten würde sie sich den Schädel rasieren. Mum versuchte sie zu beruhigen, meinte, das sei doch kein Weltuntergang, aber Harry wollte nichts davon hören.«

Myrtle lauschte gebannt, und ich nahm mir vor, Harriet dazu zu kriegen, dass sie ihrer Tochter mehr von zu Hause erzählte. Nicht alles, was wir erlebt hatten, war schlimm gewesen.

»Zwei Tage später schnitt sie sich alles ab, und da sah es noch schlimmer aus. Deiner Mutter stehen kurze Haare nicht. Es sah aus, als wäre sie unter den Rasenmäher gekommen. Mum hatte Mitleid und ging mit ihr noch mal zu dem Friseur, um zu fragen, ob noch irgendwas zu retten war. Aber dafür war es natürlich zu spät. Auf dem Rückweg kaufte deine Mum sich in einem Secondhandladen einen Hut und weigerte sich, ihn wieder abzusetzen. Zuerst bestand unsere Mutter darauf, dass sie ihn beim Abendessen abnahm, aber Harry war so unglücklich, dass Mum schließlich nachgab. Stattdessen« – ich schmunzelte, als ich daran zurückdachte, wie albern wir ausgesehen hatten –»stand sie auf und kam ein paar Minuten später mit einem Hut für jeden von uns zurück. Wir haben bestimmt eine Woche lang jeden Abend mit Hut auf dem Kopf gegessen.«

Daran hatte ich seit Jahren nicht mehr gedacht. Im Nachhinein fand ich es hinreißend, wie wir alle da gesessen und so getan hatten, als wäre alles völlig normal.

Am nächsten Morgen stand Myrtle wegen ihres Trainings auf, bevor es hell war. Sie stolperte über meine Luftmatratze, und ich murmelte etwas wie »Bis später«. Als ich Harriet und Iris herumlaufen hörte, stand ich ebenfalls auf, doch als ich die Tür aufmachte, hielt ich inne. Die beiden unterhielten sich, und ich lauschte, nicht auf die Worte, sondern auf etwas anderes – vielleicht den Klang ihrer Stimmen, um ihn später als Erinnerung zu haben, um mir beweisen zu können, dass ich sie auch in ihren verborgenen Momenten gekannt hatte.

Während ich dort stand und lauschte, dachte ich an die Wochenendmorgen zurück, als ich zusammen mit Harry vor dem Fernseher gesessen hatte, und ich wünschte mir diese Zeit zurück. Als die schwierigsten Fragen, die zu regeln waren, darin bestanden, wer die Schinkenspecksandwiches machen sollte und wer zuerst unter die Dusche durfte. Als wir noch keine wirklichen Probleme lösen mussten.

Verinnern

MARTHA, 2009

Als wir an dem Morgen auf unserem üblichen Platz saßen – dritte Reihe von vorne, rechts vom Mittelgang –, tröstete mich das Gefühl von Verbundenheit, das die Gemeinde uns gab. In dem Maße, in dem die Kluft zwischen uns und unseren Kindern größer wurde und Johns Verstand immer mehr einem sich abrollenden Fadenknäuel glich, nahmen die vertrauten Gesichter um uns herum den Platz dessen ein, was wir verloren hatten.

Während wir der Predigt lauschten, fingerte John in einer Mischung aus Nervosität und verblüfftem Staunen an den Knöpfen seiner Weste herum. Immer wieder knöpfte er sie auf und zu. Manchmal gelang es ihm, sie richtig zuzuknöpfen, dann wieder verfehlten die Knöpfe ihr richtiges Loch, und er musste von vorn beginnen. Ich versuchte mich auf den Pfarrer zu konzentrieren, dessen Stimme das alte steinerne Gebäude erfüllte. Sie erinnerte mich an eine Zeit, als ich und indirekt auch John in den Genuss jener Hilfsbereitschaft und Großzügigkeit gekommen waren, die die Kirche in den Menschen zu wecken versucht.

Nach meiner ersten gescheiterten Kanaldurchquerung hatte ich mir geschworen, dass ich es wieder versuchen und es schaffen würde. Durch den Ärmelkanal zu schwimmen erforderte enorm viel Übung und Hingabe, und die hatte ich. Aber man brauchte dafür auch Geld, mindestens tausend Pfund pro Versuch, für den Lotsen, das Benzin, das Boot, den Beobachter von der Federation und das Essen. Das Geld hatten wir nicht, und jeden Tag, während ich schwamm, überlegte ich, wie ich es zusammenbekommen könnte. Ich hätte mir eine Stelle suchen können, aber damals wollte ich für die Kinder da sein, und ich wusste, John wollte derjenige sein, der das Geld verdiente. Außerdem konnte ich nichts außer schwimmen und Haushaltstätigkeiten, und die nicht mal sonderlich gut. Frankreich erschien mir weiter weg denn je.

Eines Sonntagmorgens nach dem Gottesdienst fragte mich Edward, der Pfarrer, ob ich noch einen Moment Zeit hätte, und so ließ ich John, der sich mit unseren Freunden unterhielt, draußen stehen und folgte Edward in sein Büro im hinteren Teil der Kirche. Ich setzte mich ihm gegenüber an den großen Eichenholztisch – derselbe Tisch, an dem John und ich fünfzehn Jahre zuvor gesessen hatten, um über die Hochzeit zu sprechen.

»Martha«, sagte Edward. »Ich wollte dich fragen, ob du mir vielleicht helfen kannst.«

Ich nickte, da ich annahm, es ginge um die Organisation eines Kuchenstands oder eines Ausflugs für die Kinder.

»Ich brauche eine Assistentin oder eine Art Sekretärin, jemanden, der ein paar Stunden am Tag herkommen kann.«

»So jemand ist bestimmt nicht schwer zu finden. Du kannst es ja nächste Woche vor dem Gottesdienst ansagen.«

Er beugte sich vor, wobei die schwarz gerahmte Brille langsam auf seiner ziemlich großen Nase herunterrutschte, und senkte die Stimme. »Ich habe da schon jemanden im Sinn, aber es könnte schwierig werden, sie zu überzeugen. Ich dachte mir, vielleicht kannst du mir dabei helfen.«

»Natürlich, ich tue, was ich kann. Um wen geht es denn?« Ich hatte keine Ahnung, wen er im Kopf hatte. Seine vage Beschreibung ließ nicht darauf schließen, dass es jemand mit speziellen Fähigkeiten sein musste, außerdem bestand die Gemeinde größtenteils aus Hausfrauen wie mir.

»Ich hatte an dich gedacht, Martha.«

»An mich?« Unwillkürlich setzte ich mich aufrechter hin.

»Ja«, sagte er zögernd.

»Ich will ja nicht unhöflich sein, aber warum gerade ich?«

»Ich brauche jemanden, der sich nicht so leicht unterkriegen lässt.«

»Ich bin bestimmt nicht die Einzige, auf die das zutrifft.«

»Martha, ich biete dir eine Stelle an.«

»Ja, besten Dank, das habe ich verstanden. Aber mir ist nicht klar, wobei du meine Hilfe brauchst.«

»Vor allem bei der Buchhaltung. Und beim Umgang mit den Handwerkern – der Boiler pfeift auf dem letzten Loch.«

»Edward, der Boiler hat schon vor Monaten den Geist aufgegeben. Ist dir noch nicht aufgefallen, dass alle in der Kirche den Mantel anbehalten? Das tun sie nicht aus Respekt.«

»Wie ich sehe, ist dir schon bewusst, mit welchen Herausforderungen ich zu kämpfen habe.«

»Allen ist bewusst, dass der Boiler kaputt ist, Edward.«

Seufzend lehnte er sich zurück. »Martha, du möchtest doch durch den Ärmelkanal schwimmen, oder?«

»Was hat das denn damit zu tun?«

»Soweit ich weiß, ist das ziemlich teuer.«

»Billig ist es jedenfalls nicht.«

»Ich habe dich im Hafen schwimmen sehen.«

»Da bist du sicher nicht der Einzige.«

»Du bist jeden Tag dort.«

»Ja. Ich trainiere.«

»Aber du kannst dir die Durchquerung nicht leisten.«

Ich musterte ihn scharf. »Danke, dass du mich daran erinnerst. Ich wusste nicht, dass der Aufgabenbereich der Kirche sich auch auf die Finanzen der Gemeindemitglieder erstreckt.«

»Ich habe gesehen, wie du das Meer ansiehst, Martha.«

»Aha, und wie?«

»Wie eine Besessene.«

»Willst du eine Exorzierung vornehmen?«

Er lachte. »Nein, nein, natürlich nicht. Wir sind doch nicht katholisch. Vielleicht ist ›Hingabe‹ ein besseres Wort.«

»Ja vielleicht.«

»Ich würde gerne sehen, wie du den Kanal durchschwimmst, Martha.«

»Ich auch.«

»Deshalb biete ich dir eine Möglichkeit an, das zu tun.«

Ich versuchte mit aller Macht, mir nichts anmerken zu lassen, aber offenbar verriet mich mein Gesichtsausdruck doch, denn Edward lächelte. Ich glaube, er wusste, dass er mich am Haken hatte.

»Es wäre gut für die Gemeinde. Würde die Leute zusammenschweißen.«

»Soso«, sagte ich.

»Wärst du bereit, Ende des Sommers zu starten? Körperlich, meine ich.«

»Ja.«

»Die Stelle, die ich dir anbiete, würde dir bis dahin genug einbringen.«

»Woher weißt du, wie viel es kostet?«

»Hm?«

Ich sah ihm direkt in die Augen. Er schob nervös seine Brille hoch. »Du hast mit John gesprochen, stimmt's?«

»Er ist ein Mitglied der Gemeinde.«

»Ja, ist er. Und ich vermute mal, er war nicht begeistert zu erfahren, dass du weißt, wie es um unsere Finanzen steht.«

»Martha«, sagte er mit wachsender Frustration. »Ich versuche zu helfen.«

Ich verschränkte die Arme vor der Brust.

»Wie gesagt, es wäre Büroarbeit – Buchhaltung, Bestellungen, Organisation kleinerer Reparaturen und dergleichen.«

»Und ich könnte im September schwimmen?«

»Du könntest es dir leisten, ja. Ob deine Fähigkeiten dafür ausreichen, musst du selbst entscheiden.«

»Ich werde bereit sein.«

Er lächelte. »Dann sehen wir uns morgen. Sagen wir, um zehn?«

Ich stand auf. »Halb elf. Morgens trainiere ich.«

Ich hätte nie gedacht, dass ich mich einmal nach dieser Zeit zurücksehnen würde, aber als ich jetzt neben meinem Mann in der Kirche saß, fragte ich mich, ob er sich auch nach einer Zeit zurücksehnte, in der es noch Lösungen für unsere Probleme gab. Wir hatten erst die Hälfte des Gottesdienstes hinter uns, und Johns Zappeligkeit wurde immer störender. Er entfernte sich von sich selbst. Seine Hände konnten nicht stillhalten, und jetzt lösten sie sich auch von den Knöpfen und zeigten auf etwas, das nur er sehen konnte, irgendwo oben im Gebälk, und seine Lippen bewegten sich, als suche er nach den richtigen Worten. Zwischendurch blickte er sich immer wieder um, als wäre er noch nie in seinem Leben in einer Kirche gewesen.

Er wandte sich nach rechts und sagte leise etwas zu Harold, der oben bei der Burg ein Bed & Breakfast hatte und den wir seit über zwanzig Jahren kannten. Ich konnte zwar nicht hören, was John murmelte, aber Harolds Miene verriet mir, dass es nichts Gutes war.

John fuhr zu mir herum und sagte: »Frag die da mal nach ihrer Telefonnummer.« Er deutete in Harolds Richtung, und seine Stimme war deutlich lauter als ein Flüstern.

Ich legte die Hand auf sein Knie, um ihn zu beruhigen.

»Ist sie nicht in deiner Klasse, Molly? Du musst sie doch kennen.«

Ich war erschrocken, dass er von seiner Schwester sprach. Den Namen hatte er seit Jahren nicht erwähnt. »Ich bin nicht Molly«, sagte ich und fasste ihn am Arm. »Beruhige dich.«

»Sieht klasse aus, die Kleine da im blauen Kleid.«

Harolds Frau trug ein blaues Kleid und leuchtend rote Wangen.

»Sei nicht albern«, sagte ich und fragte mich, wie wir ohne weitere Peinlichkeiten hier rauskommen sollten.

In seinem Gesichtsausdruck lag etwas, das mir Angst machte. Er war nicht aggressiv, und äußerlich sah man ihm nicht an, dass er verwirrt war. Aber was er erlebte und was wir anderen erlebten, war offensichtlich nicht dasselbe. Und dass er mich für seine Schwester Molly hielt, ließ Schlimmes vermuten.

Ich griff nach meiner Handtasche, und gerade als wir gehen wollten, bat der Pfarrer die Gemeinde, aufzustehen und zu singen. Ich war dankbar, denn so konnten wir uns ohne großes Aufsehen hinausschleichen. Doch dann tat John etwas, das ich bei ihm noch nie erlebt hatte, auch nicht, als wir deutlich jünger waren. Er streckte hinter Harolds Rücken den Arm aus und versuchte, seine Frau in den Po zu zwicken. Ich schaffte es gerade noch, seine Hand zu packen und wegzuziehen, bevor er sie berührte, aber der Schaden war passiert. Alle hatten es gesehen.

Die Stimmen hoben an, und vertraute Klänge erfüllten die Kirche, während ich John den Gang hinunter zum Ausgang zog.

I, the Lord of sea and sky,
I have heard My people cry.

Ihn ins Auto zu verfrachten war nicht einfach, aber irgendwie schafften wir es, nach Hause zu kommen, wo ich die Tür hinter uns zumachte und den Rest der Welt aussperrte. Ich konnte nur hoffen, dass der Auslöser für seinen Rappel sich draußen befand und dass wir hier zumindest für ein paar Stunden wieder zu einer Art Normalität finden würden. Doch als er sich an den Tisch setzte, war ich für ihn immer noch Molly.

»Ich verstehe nicht, warum du uns nicht wenigstens einander vorgestellt hast«, sagte er. »Ich glaube, sie mochte mich, sie hat mich die ganze Zeit angeschaut.«

Ich biss die Zähne zusammen und fragte mich, was ich tun sollte.

»Wir könnten doch zu viert ausgehen, Molly. Was hältst du davon? Vielleicht ins Kino, am Wochenende. Frag sie mal, ob sie mitkommt.«

»John«, sagte ich und versuchte – wahrscheinlich nicht sehr erfolgreich –, ruhig zu bleiben. »Ich bin deine Frau. Wir sind seit über fünfzig Jahren verheiratet.«

Er verdrehte die Augen. »Red keinen Unsinn.«

»Ich bin nicht Molly. Ich bin Martha. Deine Frau.«

Eine Wolke zog über sein Gesicht, als ob etwas in den verborgenen Winkeln seines Verstandes willens war, nach der Erinnerung zu suchen, die dieses Rätsel lösen konnte.

»Nein, du bist meine Schwester – warum würdest du sonst hier wohnen?«

»Wir wohnen hier, weil das unser Haus ist.«

»Ja, das Haus unserer Eltern.«

»Nein, unseres. Wir haben es gekauft. Oder vielmehr du.«

»Ich weiß nicht, was du da redest.«

Ich biss mir auf die Lippe, entschlossen, ihn keine Tränen sehen zu lassen. »Molly ist gestorben, als du noch jung warst. Bevor wir uns begegnet sind.«

»Nein, du stehst doch vor mir.«

Ich packte ihn an den Schultern. »Ich bin Martha, deine Frau. Wir haben in der Kirche geheiratet, in der wir eben waren.«

Der Blick in seinen Augen war das Furchtbarste, was ich je gesehen hatte. Er war leer. In dem Moment wusste er nicht, wer ich war, konnte sich an nichts von alldem erinnern, das ihn und mich ausmachte.

»Molly ist tot?«

Ich wandte mich ab und wischte mir über die Augen. »Kinderlähmung. Sie war noch ganz jung.«

Seine Lippen suchten, seine Finger wanderten zu den Knöpfen, und ich wusste nicht, was schlimmer war: ihm noch einmal zu sagen, dass sie gestorben war, oder mich in die Rolle zu fügen.

»Warum legst du dich nicht ein bisschen hin?«, schlug ich vor.

Er nickte, rührte sich aber nicht, und so nahm ich seine Hand und führte ihn nach oben. Er setzte sich aufs Bett, und als ich ihm mit den Knöpfen helfen wollte, schlug er meine Hand weg wie eine gereizte Katze.

»Ich bin doch kein Kind«, schimpfte er. »Das kann ich allein.«

Ich ließ ihn machen und tat so, als gäbe es in dem Zimmer noch einiges aufzuräumen. Ich schob ein paar Dinge auf der Kommode hin und her, zog die Vorhänge zu und legte seine bereits gefaltete Hose, die über dem Stuhl in der Ecke hing, erneut zusammen, wobei ich ihn die ganze Zeit über im Auge behielt. Als er sich ausgezogen und unter die Decke gelegt hatte, setzte ich mich auf den Bettrand und schwor mir, nicht zu weinen.

Ich beugte mich vor, strich ihm ein paar Haarsträhnen aus der Stirn und küsste ihn auf die Wange, wie ich es immer tat.

»Schlaf gut«, sagte ich und hoffte, dass er nicht hörte, wie nah ich den Tränen war.

Ich ging nach unten und versuchte, mich zu fassen, indem ich das Alltäglichste tat, was mir einfiel: Tee kochen. Ich legte den Beutel in den Becher und lauschte darauf, wie das Wasser anfing zu sieden, und dann hielt ich es einfach nicht mehr aus.

Ohne nachzudenken, schnappte ich mir meine Schwimmtasche und machte mich auf den Weg zur Bucht, wo meine Kanaldurchquerungen begonnen hatten. Ich ging nicht in den Hafen, wo ich sonst trainierte, weil ich allein sein wollte.

Die Lotsen – in meinem Fall war es immer Charlie, denn er kannte den Kanal besser als jeder andere – setzten die Schwimmer in der Shakespeare's Bay ab, denn von dort wurde gestartet. Charlie holte mich im Hafen ab, und dann fuhren wir den Bogen zur Bucht. Der Ablauf war auch nach all den Jahren immer noch derselbe: Ich sprang vom Boot und schwamm ans Ufer, und wenn ich winkte, war das der offizielle Start. Mir persönlich war die Zeit egal, aber damit die Durchquerung galt, damit sie in den Büchern festgehalten wurde, brauchte man einen offiziellen Beobachter der Federation und eine Zeit.

Als ich jetzt am Strand ankam, zog ich mich ohne Sichtschutz um, was egal war, denn außer mir war niemand dort. Aber selbst wenn der Strand voller Leute gewesen wäre, hätte ich es genauso gemacht. Solche Belanglosigkeiten kümmerten mich in dem Moment nicht. Ich zog rasch meinen Schwimmanzug an und ließ meine Sachen einfach da liegen, wo sie waren. Ich wollte nur ins Wasser. Ich lief in die Wellen, tauchte unter und schwamm, als ginge es um mein Leben.

Meine Ellbogen kamen hoch aus dem Wasser, die Arme streckten sich an meinem Kopf vorbei, tauchten ein und zogen mich kraftvoll vorwärts. Meine Hände streiften die Hüften mit schwungvoller Bewegung, dann hoben sich die Arme, vollendeten den Kreis und begannen von Neuem. Meine Füße, leicht einwärts gedreht, schlugen fest und schnell, mit der Kraft aus den Hüften und Oberschenkeln.

Doch die körperliche Anstrengung schenkte mir keine Erleichterung, wie ich es gehofft hatte. Immer wieder rollte John in meine Gedanken wie die Wellen, durch die ich schwamm. Dieser Ausdruck völliger Verwirrung, als hätte ich eine Sprache gesprochen, die er nicht verstand. Die Art, wie sein Gesicht durch ein komplexes Zusammenspiel von Muskelbewegungen zu verstehen gab, dass er wusste, wie falsch und verstörend es war, dass er mich nicht erkannte. Immerhin hatte er gewusst, dass ich jemand war, der ihm nahestand, den er liebte. Aber das änderte nichts. Ich wollte, dass er sich an all die Tage erinnerte, die wir miteinander verbracht hatten, denn wenn er das nicht konnte, wozu war es dann gut gewesen? Ich hatte mir immer vorgestellt, gemeinsam alt zu werden und uns dann an die alten Zeiten zu erinnern. Aber dieser Luxus würde uns nicht vergönnt sein.

Am schwersten zu verstehen war die Art und Weise, wie er mich vergessen hatte. Ich war nicht vollständig ausgelöscht, aber der Weg zu diesen Erinnerungen war unterbrochen und veränderte sich immer wieder. An manchen Tagen gingen wir dieselbe Straße hinunter, aufeinander zu, die Begegnung ein glücklicher Zufall. Doch an anderen Tagen wanderten wir suchend durch den Nebel, der vom Meer herbeigezogen war, die Klippen verbarg und bis in seinen Verstand drang. Ich wusste, im Fortschreiten der Krankheit würde er mich für längere Abschnitte vergessen, und ich würde für ihn nicht mehr die Frau sein, die das Leben mit ihm geteilt, ihm Kinder geschenkt und über fünfzig Jahre an seiner Seite verbracht hatte.

Meine Lunge brannte, und ich hörte auf zu schwimmen. Ich drehte mich rasch auf den Rücken und versuchte, meinen Atem zu beruhigen. Der Himmel war wunderbar: ein wenig diesig und mitten darin die Sonne, die mein Gesicht wärmte.

Ich fragte mich, wie sich Johns Vergessen zeigen würde; ob es eine Reihe kurzer Aussetzer sein würde oder längere Phasen des Nichtmehrwissens. Würde er mich erkennen, wenn ich nach Hause kam? Wäre er in der Lage, diesen Gedanken gut genug festzuhalten, um sich auch noch während des Nachmittags und darüber hinaus an mich zu erinnern? Oder würde er mit einer Fremden zu Abend essen?

Ich tauchte unter, so tief, wie ich kam, und dann schrie ich. Ich verbrauchte alle Luft in meiner Lunge und heulte über diese unbeschreibliche Ungerechtigkeit. Dann schwamm ich widerstrebend zurück an die Oberfläche. Ich ließ den Blick wandern und sah das Wasser, das sich meilenweit um mich erstreckte, den Strand, die Stadt in der Ferne und die Bahngleise. Ich kehrte der Stadt den Rücken zu und schaute Richtung Frankreich.

Die wichtigsten Dinge in meinem Leben waren hier in diesem

Salzwasser passiert. Aber das Meer war nicht Zeuge jener Erinnerungen meines Mannes, die verloren gegangen waren wie Flaschenpostbriefe, die für immer in den Wellen trieben.

Ich wippte in den kleinen Wellen auf und ab und ließ mich vom Meer tragen, wie ich es immer getan hatte.

»Erinnerst du dich noch daran, wie er mir den Antrag gemacht hat?«, fragte ich laut. »Wie ich mit unseren Kindern hier war? Wie er und ich uns zum ersten Mal begegnet sind?«

Ich schlug mit der Hand auf das Wasser und bespritzte nur mich selbst.

»Und weißt du noch, wie viel Zeit ich hier verbracht habe mit dir, während er zusah? Weißt du noch, wie schwer der Mond am Himmel hing, als du mich von Frankreich hierher zurückgetragen hast? Und wie du unter dem Pier auf uns zugeschlichen bist, als er und ich noch nicht verheiratet waren?«

Ich schlug mit beiden Fäusten auf das Wasser, so fest ich konnte, und sie versanken darin, als wäre nichts in ihrem Weg.

Meine Arme wetterten gegen das Meer, und wenn mich jemand vom Ufer aus gesehen hätte, hätte er wahrscheinlich gedacht, ich ertrinke.

»Er vergisst alles! Er vergisst mich!«

Ich tauchte erneut unter und ließ die Tränen laufen. Salzwasser ins Salzwasser. Schluchzend tauchte ich auf, rang nach Luft und ging wieder unter. Die Wellen brachten mich sanft zurück ans Ufer, damit ich zu meinem John zurückgehen konnte, der sich selbst immer mehr abhandenkam.

An dem Montag, als ich mit meiner Arbeit in der Kirche anfangen sollte, brachte ich zuerst die Kinder in die Schule und ging dann schwimmen. Der Frühling hatte gerade erst begonnen, und das Wasser war noch sehr kalt, aber ich schaffte es, ein paar Minuten durchzuhalten, lange genug, um mit meinen Vorbereitungen für die einundzwanzig Meilen durch den Ärmelkanal zu beginnen.

Es war ein seltsames Gefühl, das Schwimmen an mein Leben anpassen zu müssen. Meine Trainingseinheiten am Anfang der Saison hatten eine Mindestdauer, an die ich mich hielt – dreißig Minuten –, aber ich hatte noch nie zuvor darauf achten müssen, dass ich zu einer bestimmten Zeit aus dem Wasser kam. Das Schwimmen war das, worauf ich mich am meisten freute und was ich ohne jede Einschränkung tat. Ich schwamm immer, bis ich nicht mehr konnte, und dann zwang ich mich, um mein Durchhaltevermögen zu stärken, noch fünfzig Armzüge mehr zu schwimmen. Die Motivation war kein Problem, ich brauchte mir nur vorzustellen, dass sie mich wieder aus dem Wasser ziehen mussten wie beim ersten Mal. Und ich rief mir ins Gedächtnis, dass dies meine letzte Chance war. Danach würde ich entweder eine Kanalschwimmerin sein oder eine Versagerin.

Ich glaube, Edward wusste nicht so recht, was er von mir halten sollte, als ich in der Kirche ankam. Ich stand da, mit tropfenden Haaren, die nassen Schwimmsachen in meiner Stofftasche, unter der sich eine kleine Pfütze zu bilden begann. Er gestattete mir, die Sachen über den Heizkörper zu hängen, der allerdings kaum Wärme abgab. Bis zum Nachmittag, wenn ich im Büro fertig war, würde mein Schwimmanzug zwar nicht mehr vollkommen nass sein, sondern kalt und klamm, aber das kümmerte mich nicht; ich würde ihn trotzdem wieder anziehen. Die Kinder waren alt genug, um nach der Schule alleine nach Hause zu gehen.

Edward schüttelte in gespielter Fassungslosigkeit den Kopf über meine nassen Sachen, dann setzten wir uns, und er zeigte mir, wobei er Hilfe benötigte.

Es war weit mehr, als ich gedacht hatte. Edward hatte kein Talent für Zahlen, und die Buchhaltung der Kirche war eine Katastrophe: Umschläge voller Belege, keine wöchentliche Zählung der Kollekte, keinerlei Vorstellung, wie viel Geld zu einem bestimmten Zeitpunkt an einem bestimmten Ort vorhanden war.

»Wie bist du denn bisher klargekommen?«, fragte ich ihn.

»Mit Gottes Hilfe«, erwiderte er.

Ich stieß einen tiefen Seufzer aus.

Stück für Stück, Woche für Woche arbeitete ich mich durch das Chaos, und einen Monat später, als ich alles auf dem aktuellen Stand hatte, setzte ich mich mit ihm zusammen, um das Ganze durchzugehen.

»Edward«, sagte ich. »Es sieht nicht gut aus.«

»Ich finde, jetzt, wo du Ordnung reingebracht hast, sieht es ganz hervorragend aus.«

»Du hast mit einer mehr oder weniger gleichbleibenden wöchentlichen Kollekte gerechnet.«

»Ja«, sagte er.

»Das entspricht aber leider nicht der Realität.« Ich deutete auf die entsprechende Spalte im Hauptbuch. »Die Kollekte hat im Laufe der Jahre stetig abgenommen. Leute verlassen die Gemeinde, und die, die geblieben sind, haben nicht mehr so viel Geld wie früher.«

»Ich verstehe«, sagte er, allerdings wenig überzeugend.

»Was ich damit sagen will, ist: Du hast sehr viel weniger Geld, als du dachtest.«

»Das hier ist eine Kirche, Martha. Es geht nicht darum, Geld zu verdienen.«

»Nein, aber du musst die laufenden Kosten begleichen.«

»Und das tue ich auch.«

»Danach sieht es leider nicht aus. Die Heizkosten sind dramatisch gestiegen, der Boiler muss erneuert werden, und du bist mit den Heizungsrechnungen im Verzug.«

»Nein, die habe ich bezahlt. Da bin ich ganz sicher.«

»Die Heizungsfirma sieht das anders.«

Er nickte bedrückt, und ich fuhr fort. Ich ging mit ihm jeden Posten durch, Zahl für Zahl, Rechnung für Rechnung. Als ich damit fertig war, sah ich ihn an und sagte: »Und um ganz ehrlich zu sein, du kannst es dir auch nicht leisten, mich weiter zu beschäftigen.«

Da schaute Edward mich mit vollkommen hoffnungsloser Miene an. Seine Aufgabe war es, für die Gemeinde da zu sein und spirituelle Unterweisung zu geben. Buchhaltung hatte nicht in der Stellenbeschreibung gestanden.

»Wir könnten in der Gemeinde um Hilfe bitten«, schlug ich vor, um den Schlag abzumildern. »Vielleicht finden sich Freiwillige, die Zeit und Hilfe spenden statt Geld.«

Er nickte.

»Und du hörst auf, mich zu bezahlen.«

»Nein. Ich habe dich angeheuert, um für mich zu arbeiten.«

»Du kannst es dir aber nicht leisten, mich zu bezahlen.«

Er straffte die Schultern. »Ich finde einen Weg, und wenn ich dich von meinem eigenen Geld bezahle.«

Ich schüttelte den Kopf. »Die stärksten Führer sind die, die durch ihr Beispiel führen.«

Am folgenden Sonntag stellte ich mich vor die Gemeinde und erklärte den Leuten die Situation. Wir appellierten an die Großzügigkeit der Gemeinde. Ich erklärte ihnen einfach, dass die Kirche ihre Unterstützung brauchte, dass ich bereits meinen Teil tat, und bat sie, sich mir anzuschließen. Nach dem Gottesdienst stellte ich mich mit Edward und einer Liste an die Tür. Die Leute schrieben ihren Namen darauf, was sie konnten und was vielleicht sonst noch nützlich war.

John stand ein Stück von mir entfernt, und irgendwann hörte ich, wie er mit dem Fleischer sprach.

»Klasse Frau, die du da hast, John«, sagte der Fleischer. »Tüchtig und zupackend. Hat die ganze Gemeinde auf Trab gebracht. Da hast du wirklich Glück gehabt.«

Ich blickte zu den beiden hinüber und sah, wie John strahlte. »Ja, das habe ich«, erwiderte er. »Großes Glück sogar.«

Als ich jetzt an diesen Moment zurückdachte, fühlte er sich so nah an, dass ich fast die Gegenwart vergaß und das, was mich zu Hause erwartete. Ich wusste nicht mal, ob John überhaupt noch da sein würde. Es war unverantwortlich von mir gewesen, wegzugehen und ihn ganz allein zu lassen. Alles Mögliche konnte passiert sein.

Als ich vor der Haustür stand, dachte ich daran wegzulaufen. Ich dachte daran, Dover zu verlassen, in eine andere Stadt oder ein anderes Land zu gehen und dort allein neu anzufangen. Doch ich öffnete die Tür, weil er mein Ehemann war und ich versprochen hatte, in guten wie in schlechten Tagen für ihn da zu sein – obwohl ich bei Letzterem in dem Moment an nichts Schlimmeres als eine Grippe gedacht hatte. Niemals hätte ich gewagt, mir etwas wie das hier vorzustellen.

Ich stand im Flur und lauschte auf Geräusche, die mir einen Hinweis auf das geben würden, was mich erwartete, wenn ich weiter ins Haus ging.

Alles war still. In der Küche stand noch der angefangene Tee, und nichts wies darauf hin, dass John aufgewacht war.

Ich ging leise nach oben, voll Sorge, dass ich ihn nicht im Bett vorfinden würde, aber er war da. Er lag auf der Seite, mit dem Rücken zu mir, und schlief tief und fest. Ich schaute zu, wie die Decke sich im Rhythmus seines Atems hob und senkte. Als ich zu meiner Seite des Bettes herumging, sah ich, dass er den Arm ausgestreckt und um mein Kissen geschlungen hatte. So hatten wir von Anfang an geschlafen. Er strich gerne über die Bräunungslinien auf meinem Rücken, das Muster, das mein Schwimmanzug hinterließ. Meine zweite Haut, wie er es nannte.

Ich schlüpfte aus den Schuhen und legte mich neben ihn. Vorsichtig, damit er nicht aufwachte, hob ich seinen Arm an, legte ihn mir um die Schulter und schmiegte mich eng an seine Brust. Er murmelte etwas, und ich küsste seine Hand.

Ich wusste nicht, ob er träumte und, wenn ja, was in dem Traum geschah, aber er sah friedlich aus. In dem Moment war er der Mann, den ich liebte, der Mann, den ich geheiratet hatte, und der Mann, der er immer gewesen war. Er war mein John, und wenn dies der einzige Ort war, wo ich ihn finden konnte, wenn dies der letzte Ort war, wo er er selbst war, dann würde ich hierhin kommen. Ich lag neben ihm, mein nasses Haar befeuchtete das Kissen, und ich fragte mich, ob er das Meer an mir riechen konnte, ob es seinen Traum durchdrang.

Es war mir nicht gelungen, mit der Arbeit in der Kirche genug Geld zu verdienen, um die Kanaldurchquerung zu bezahlen, und mit zwei Kindern konnten John und ich uns keine Extraausgaben leisten. Ich würde ein weiteres Jahr warten und mir einen anderen Job suchen müssen. Ich fügte mich in mein Schicksal. Das Meer würde noch da sein, wenn ich endlich bereit war.

Dann, eines Sonntags im August, stellte sich Edward vor die Gemeinde und sprach. Im Lauf der Monate, die wir zusammengearbeitet hatten, hatte er mich so ausführlich wie niemand sonst nach dem Schwimmen befragt; er wollte jedes winzige Detail wissen. Ich hatte mich ein wenig darüber gewundert, aber die Gelegenheit genossen, darüber zu reden.

Ich hatte ihm von meinem Training erzählt: wie viele Meilen ich im Monat schwamm, wie ich es anstellte, mich an die Temperatur zu gewöhnen, wie ich Gewicht zulegte, um mich gegen die Kälte zu isolieren. Ich hatte ihm die wunden Stellen an meinen Schultern gezeigt, wo die Träger und das Salz meine Haut aufgescheuert hatten. Ich ließ ihn an dem grässlichen Wollfett riechen, mit dem ich mich einrieb, um die Haut zu schützen. Und ich hatte ihm von dem Myrtenstrauch erzählt.

An dem Sonntagmorgen begann Edward den Gottesdienst, indem er über die Pflanzen in der Bibel sprach.

»Die Myrte ist ein immergrüner Strauch, der im Sommer zahllose kleine Blüten hervorbringt. Wie so viele andere Pflanzen in der Bibel ist die Myrte die einzige Vertreterin ihrer Familie in Israel. Sie wird erst zur Zeit der Gefangenschaft erwähnt, genauer bei Nehemiah, Kapitel 8, Vers 15, mit Bezug auf die Feier des Laubhüttenfestes. Doch ich möchte heute besonders auf die beiden Erwähnungen der Myrte bei Jesaja hinweisen, nämlich in Kapitel 41, Vers 19, und Kapitel 55, Vers 13. Sie beziehen sich auf die Einsetzung von Gottes Volk im Gelobten Land. Als immergrüner, duftender Strauch, der das Wasser versinnbildlicht, ist die Myrte ein Symbol für die Erneuerung und Einlösung von Gottes Verheißung.«

Er hielt kurz inne, damit seine Worte sich setzen konnten, und ließ den Blick über die Gemeinde schweifen. In einer der hinteren Reihen hörte ich, wie eine Mutter ihr Kind ermahnte, still zu sein, gefolgt vom Knistern eines Bonbonpapiers.

Edward fuhr fort. »Und ebenso ist auch für uns die Myrte ein Symbol für Erneuerung. Viele von Ihnen haben zur Erneuerung unserer Kirche beigetragen, indem sie ihre Hilfe, Unterstützung und Sachkenntnis angeboten haben. Ich erwähne die Myrte, weil ein Mitglied unserer Gemeinde, Mrs Martha Roberts, das Ganze ins Rollen gebracht hat. Außerdem hat sie dafür trainiert, durch den Ärmelkanal zu schwimmen. Jeden Tag geht sie zweimal zum Hafen und schwimmt. Am Ufer wächst ein Myrtenstrauch, und dort legt sie ihr Handtuch ab, während sie im Wasser ist. Mrs Roberts hat die Möglichkeit, dieses Jahr die Durchquerung zu versuchen, und so, wie wir die Kirche ohne ihre Hilfe nicht hätten erneuern können, kann sie diesen außergewöhnlichen Versuch nicht ohne unsere Hilfe unternehmen. Sie weiß nichts davon, aber ich habe mit einigen von Ihnen dafür gesorgt, dass sie dieses Jahr im September starten kann. Ihr Lotse, Charlie Rose, hat dafür seine Dienste angeboten, und als Gemeinde haben wir genug Geld zusammenbekommen, um die Teilnahmegebühr bei der Federation zu bezahlen, damit ihr Versuch offiziell registriert wird. Ich hoffe, Sie werden mit mir dabei sein, wenn Mrs Roberts diese Herausforderung annimmt.«

Ich warf John einen Blick zu. Er konnte seine spitzbübische Freude kaum im Zaum halten.

Menetekel

IRIS, 2014

Bei uns klingelte das Festnetztelefon, was ungewöhnlich war. Ich nahm den Hörer ab. »Hallo?«

Bis dahin war es ein vollkommen normaler Dienstagnachmittag Ende Januar gewesen. Ich war aus der Schule nach Hause gekommen und gab mich gerade meinem heimlichen Laster hin: Schokoladenkeksen und einem der historischen Abenteuer aus der *Flashman*-Reihe.

Der Anrufer antwortete nicht sofort, und ich fragte mich, ob es ein Verkaufsanruf war, irgendein Computer, der darauf programmiert war, endlos Nummern zu wählen, bis er jemanden fand, der bereit war, mit ihm zu reden.

»Iris, ist Harriet da?« Es war Martha.

»Hast du es auf ihrem Handy versucht?«

Wieder kurzes Schweigen. »Nein.«

»Unter der Nummer müsstest du sie erreichen«, sagte ich.

»Iris?«

Ihr Tonfall, so vorsichtig und unsicher, passte überhaupt nicht zu der Martha, die ich im Lauf der Jahre – wenn auch inoffiziell – kennengelernt hatte.

»Was ist passiert?«, fragte ich voll unguter Vorahnung.

»John«, sagte sie.

Meine Hände wurden schwach.

»Was ist mit ihm?«

»Er ist im Krankenhaus.«

»Martha«, sagte ich. »Wir kommen.«

Eine Stunde später hatte ich meine beiden Lieblingsmädchen eingesammelt, und wir saßen im Auto. Harriet telefonierte mit Iain, den sie auf der anderen Seite der Erdkugel aus dem Schlaf gerissen hatte, und Myrtle lenkte sich ab, indem sie sich bei dem Spiel auf ihrem Handy auf das nächste Level hocharbeitete.

Ich hing meinen eigenen Gedanken nach. Es war nicht viel anders als bei meiner jährlichen Pilgerfahrt, denn jahrelang war ich heimlich dieselbe Strecke gefahren, um Harriets Mutter ein wenig an unserem Leben teilhaben zu lassen.

Jeder Besuch war genau gleich abgelaufen. Ich hielt vor ihrem Haus, stieg aus und klingelte. Martha öffnete die Tür und ließ mich für ein, zwei Stunden hinein. Nur in den letzten paar Jahren hatten wir uns im Teehaus am Pier getroffen. Während wir dort saßen, erzählte ich im Schnelldurchlauf die Höhepunkte des Jahres, wobei ich mich im Wesentlichen auf Myrtle konzentrierte und alles wegließ, was auch nur ansatzweise provozierend sein könnte.

Das erste Mal war ich kurz nach Myrtles erstem Geburtstag dorthin gefahren. Es war nicht leicht gewesen wegzukommen, aber ich hatte gesehen, wie überglücklich meine Eltern waren, unsere glucksende kleine Tochter kennenzulernen, und ich konnte Harriets Eltern nicht die Freude vorenthalten, wenigstens von ihr zu wissen. Und ein Teil von mir hoffte auch, dass eine Enkelin sie erweichen würde. Ich drückte zögernd auf die Klingel, und als Martha die Tür öffnete, begann ich meine Idee zu bereuen.

»Ja?«, fragte Martha auf ihre typische kurz angebundene Art.

Ich war mir nicht sicher, ob sie sich an mich erinnerte. Wir waren uns vorher nur einmal begegnet, und das war über ein Jahr her.

»Ich bin Iris«, sagte ich.

»Ich weiß, wer Sie sind«, entgegnete sie und zog die Strickjacke gegen die herbstliche Kühle fester um sich.

Ich senkte den Blick, beschämt, weil ich sie an unserer Welt teilhaben lassen wollte, obwohl sie daran offensichtlich kein Interesse hatte. Da ich nicht wusste, was ich sagen sollte, hielt ich ihr ein Foto hin: Harriet im Krankenhaus, mit Myrtle auf dem Arm.

Martha nahm es und spähte im hellen Gegenlicht darauf. Ich beobachtete, wie sich ihr Gesichtsausdruck veränderte, als sie begriff, was sie da sah.

»Kommen Sie herein«, hatte sie daraufhin gesagt.

Es gab keine feste Vereinbarung, aber mit der Zeit erwartete sie mich. Ich glaube, sie freute sich auf diese heimlichen Besuche, die zugleich wunderbar und herzzerreißend waren. Es war nur ein Nachmittag im Jahr, und ich wusste, sie konnten nicht alles ändern, aber ich dachte, mit der Zeit würden sie vielleicht ein Eckchen in ihrem Leben freigeben, in das wir hineinpassten.

Ich berichtete Martha von Myrtles Schwimmen und von ihrer Schule, von ihren Vorlieben und Abneigungen. Ich erzählte ihr die Geschichten, die Harriet und ich uns erzählten, von Myrtles ersten Schritten, ersten Worten und ersten Tagen: im Kindergarten, in der Schule und beim Schwimmen. Ich beschrieb ihr die Kleinigkeiten, die ein Leben ausmachen. Myrtle liebte Erdbeeren und hasste Bananen, liebte Spargel und weigerte sich, Pilze zu essen. Ich sagte ihr, dass unsere Tochter nach Chlor roch. Dass ich jedes Mal, wenn ich Bleiche roch, an sie denken musste.

Bei meinem ersten Besuch hatte Martha mich, als es Zeit war zu gehen, fest umarmt und sich bei mir bedankt.

Da ich die Strecke jedes Jahr gefahren war, kannte ich den Weg auswendig, und ich hoffte, dass Harriet nicht merken würde, wie gut ich ohne Hinweise zurechtkam. Die Situation zwischen ihr und ihren Eltern hatte sich zwar ein klein wenig entspannt – Krebs war gut geeignet, um verhärtete Fronten aufzulockern –, aber sie war heute wahrlich schon genug erschüttert worden. Wenn sie von meinen heimlichen Besuchen erfuhr, könnte das leicht ihre bisherigen Fortschritte rückgängig machen. Aber sie war zu sehr mit den logistischen Schwierigkeiten beschäftigt, ihre Familie über all die Entfernung hinweg zusammenzutrommeln, um etwas zu merken.

»Ich geb dir Bescheid«, sagte Harriet in ihr Handy, als wir angekommen waren. »Ich melde mich wieder, wenn ich mehr weiß.«

Sie sprang aus dem Auto und stürmte ins Haus. Myrtle schaute mich verwirrt an.

»Sie mag sie vielleicht nicht«, sagte ich. »Aber sie liebt sie.«

Als wir hereinkamen, saß Martha auf dem Sofa und Harriet neben ihr. Die Spannung im Raum war förmlich greifbar.

»Warum? Warum hast du so lange gewartet?«, fragte Harriet vorwurfsvoll. »Wir hätten doch etwas tun können.«

»Was denn?«

»Helfen.«

»Dass er nicht fällt? Wie hättest du das anstellen wollen? Und noch dazu von London aus.«

»Hättest du unsere Hilfe überhaupt akzeptiert? Als Iain und ich im September hier waren, schienst du ja nichts zu brauchen. Du hattest alles im Griff.«

»Tu was«, flüsterte Myrtle mir zu.

»Tee?«, schlug ich übertrieben enthusiastisch vor. »Soll ich uns einen Tee kochen?« Mein munterer Ton passte zur Stimmung wie die Faust aufs Auge.

Martha und Harriet warfen mir einen gereizten Blick zu. Sie waren darauf aus, sich zu streiten, und ich konnte nichts dagegen tun.

»Behalten sie John über Nacht im Krankenhaus?«, fragte ich.

»Ja«, antwortete Martha.

»Myrtle, was hältst du davon, wenn wir hinfahren und schauen, ob wir ihn aufmuntern können?«, sagte ich. »Vielleicht können wir ihm ja etwas zum Abendessen mitbringen.«

»Die lassen euch da kein Essen reinnehmen«, gab Harriet barsch zurück.

»Warum nicht?«

»Ist gegen die Vorschriften. Erinnerst du dich nicht an den Artikel, den ich letztes Jahr geschrieben habe?«

»Na gut, dann besuchen wir ihn einfach nur.«

»Die Besuchszeit ist vorbei«, sagte Martha. »Sie lassen euch bestimmt nicht rein.«

»Dann gehen Myrtle und ich irgendwo etwas trinken. Wir können ja auf dem Rückweg was beim Chinesen holen. Einverstanden? Um ehrlich zu sein, habe ich keine Lust zuzuhören, wie ihr euch streitet, aber ihr braucht das offensichtlich. Also los. Ihr habt eine Stunde.« Ich ergriff die Hand meiner Tochter, und wir stapften zurück zum Auto.

Ich fuhr durch die Straßen, die mir im Laufe der Jahre vertraut geworden waren, und suchte nach einem Ort, wo wir uns hinsetzen konnten. Doch im Teehaus auf dem Pier war alles dunkel, und es sah so aus, als hätte ganz Dover an diesem tristen, regnerischen Abend aufgegeben und wäre zu Bett gegangen. Myrtle blickte stumm aus dem Fenster und war schon kurz davor zu verzweifeln, als ich in der Dunkelheit die Lichter eines Pubs entdeckte.

Wir gingen hinein und fanden ohne Weiteres einen freien Tisch. Ich hoffte inständig, dass es keinen Ärger gab, weil Myrtle noch nicht volljährig war, aber niemand sagte etwas dazu, was vermutlich an meinem Gesichtsausdruck beim Hereinkommen lag oder an der Verzweiflung in meiner Stimme, als ich ein Glas Wein bestellte.

Myrtle, die kein Interesse an ihrer Limonade hatte, sah sich nach etwas Unterhaltsamem um und wurde fast augenblicklich fündig.

»Mum, sieh mal!«, sagte sie und zeigte auf die Wand. »Was ist das?«

An der Wand neben unserem Tisch stand ein Name mit einem Datum und einer Zeit: Jules Russell, 10. September 1982, 9 Std. 32 Min. Daneben war noch einer: Omar Amon, 31. Juli 1981, 8 St. 14 Min. Das ganze Pub war damit bedeckt. Die Schriften waren unterschiedlich, aber davon abgesehen sahen alle gleich aus.

»Was ist das?«, fragte Myrtle.

Da ich nur mit den Achseln zuckte, ging sie und fragte den Mann an der Bar. Ich konnte seine Antwort nicht hören, aber offenbar war sie gut, denn Myrtle klatschte begeistert in die Hände. Sie lief eilig zu mir zurück, wobei sie fast über einen Stuhl gestolpert wäre.

»Das sind Kanaldurchquerungen«, sagte sie mit leuchtendem Gesicht. »Wir müssen Grandmas Namen finden.«

»Ich weiß nicht, ob deine Großmutter in so ein Pub geht«, wandte ich ein.

»Er sagt, alle machen das.« Sie deutete auf den Barkeeper.

Sie ging wieder zur Bar, und ich sah zu, wie sie Martha beschrieb. Der Barkeeper, der vermutlich selbst aufgedrehte Teenager hatte, hörte geduldig zu und führte sie dann zu einer Stelle in der Nähe der Tür. Myrtle machte mit ihrem Handy ein Foto und tippte hektisch etwas ein. Ich hoffte, dass sie es nicht an Harriet schickte.

Der Barkeeper wartete, bis sie ihre Nachricht fertig hatte, dann zeigte er ihr die nächste Stelle und dann die nächste. Ihre Reaktion war stets dieselbe: Foto und Nachricht. Nur ihr Lächeln wurde immer breiter. Sie nickte begeistert zu dem, was er ihr sagte, und strich sich dabei auf eine Weise die braunen Haare hinter die Ohren, die mich an Martha erinnerte: schnell und effizient.

Hatte ich ihrer Großmutter von diesem Tick erzählt? Nicht zum ersten Mal staunte ich darüber, wie ähnlich sie sich waren. Sie kannten einander kaum, und doch gab es etwas, das sie miteinander verband, eine Gemeinsamkeit des Geistes oder Wesens, die sie beide zum Wasser hinzog.

»Sieh mal!«, sagte Myrtle und hielt mir ihr Handy vor die Nase.

Ich blinzelte und schob den Bildschirm ein Stück weg, um besser sehen zu können. »Ich hatte keine Ahnung, dass die hier sind.«

»Das war zwei Tage vor meiner Geburt!«

Sie ließ sich auf den Stuhl neben mir fallen, zufrieden, dass ihre Neugier sie in eine Richtung getrieben hatte, von der ich wusste, dass sie Harriet nicht gefallen würde.

»Der Barkeeper hat gesagt, sie war jedes Mal hinterher hier. Die Lady vom Hafen, so nennen die Leute sie. Sie ist hier richtig berühmt.«

»Tatsächlich?«

Sie nickte und beugte sich verschwörerisch vor. »Er hat mich gefragt, ob ich es auch tun würde.«

»Was denn?«

»Mum«, sagte sie, legte den Kopf schräg und sah mich an, als wäre ich begriffsstutzig.

»Und, tust du es?«, fragte ich.

Sie schien unsicher zu sein, wie sie darauf reagieren sollte, doch ich brauchte keine Worte, um die Antwort zu kennen. Sie stand ihr ins Gesicht geschrieben.

»Sag bloß deiner Mutter nichts davon.«

Sie machte eine Siegerfaust, wie sie es tat, wenn sie einen Wettkampf gewonnen hatte, und beugte sich wieder über ihr Handy, zweifellos, um ihren Freunden aus der Schwimmmannschaft von ihrem Plan zu erzählen.

Am nächsten Morgen stiegen wir alle zusammen ins Auto und fuhren zu John. Er hatte sich nur das Fußgelenk gebrochen, aber da er orientierungslos gewesen war, als sie ihn gefunden hatten – beim Spazierengehen oder Umherirren, je nachdem, wem man glaubte –, hatten sie beschlossen, ihn über Nacht dazubehalten. Er saß aufgestützt im Bett, schien recht guter Dinge zu sein und lächelte, als er Martha erblickte.

Sie hingegen war nicht gerade glücklich. »All die Jahre ist nie etwas passiert. Und dann musst du dir ausgerechnet jetzt die Knochen brechen?«

Er streckte die Hand aus, und sie nahm sie.

»Sie haben gesagt, ich soll mich ausruhen, aber wie soll ich das anstellen, wenn sie jede Stunde reinkommen und fragen, wie es mir geht?«, sagte er.

»Wo ist dein Arzt?«, fragte Harriet.

Er musterte sie, und ich war mir nicht sicher, aber ich hatte den Eindruck, dass er nicht wusste, wer sie war.

»Dad«, sagte sie.

Sein Gesichtsausdruck veränderte sich, er runzelte die Stirn, und es sah so aus, als käme er zu uns zurück.

»Der Arzt«, wiederholte Harriet. »Was hat er gesagt?«

»Sie«, erwiderte er. »Es ist eine Ärztin.«

»Gut, was hat *sie* gesagt?«

»Dass ich Glück gehabt habe.«

Sie wandte sich zu mir. »Ich schaue mal, ob ich mehr in Erfahrung bringen kann.«

Ich drückte ihren Arm und sah, wie viel Angst sie hatte. Sie würde es niemals zugeben, aber ihn dort in einem Krankenhausbett liegen zu sehen, an Geräte angeschlossen und zerbrechlicher, als sie gedacht hatte, das machte ihr zu schaffen. Ich wusste genau, wie sich das anfühlte und dass es für sie noch schwerer sein würde, weil sie obendrein mit sich selbst zu kämpfen hatte. Sie musste herausfinden, welche Harriet siegen würde – diejenige, die den Vater liebte, mit dem sie aufgewachsen war, oder diejenige, die ihn hasste.

Sie ging rasch hinaus, und ich folgte ihr in den Flur.

»Harry«, sagte ich.

Sie fing an zu laufen, und ich lief hinter ihr her, die Treppe hinunter und durch einen anderen Flur, bis wir draußen waren und sie endlich stehen blieb. Als ich sie an der Schulter berührte, drehte sie sich um. Ihre Augen waren rot und geschwollen, und ihr lief der Rotz aus der Nase. Ich nahm sie in die Arme und hielt sie, so fest ich konnte, ihre zu Fäusten geballten Hände an meiner Brust.

»Ich kann das nicht«, schniefte sie. »Ich … ich weiß nicht, was ich tun soll.«

Ich strich ihr übers Haar, ohne sie loszulassen. Ihre Brust bebte unter den Schluchzern. Schließlich beruhigte sie sich so weit, dass sie sprechen konnte.

»Es gibt Dinge, die man tun kann, aber davon wollen sie nichts wissen.«

Ich dachte an meinen letzten Besuch bei Martha; da hatte ich angenommen, dass ihr mangelnder Appetit mit ihrem Alter zusammenhing. Es war im vergangenen Sommer gewesen, bevor Myrtle uns gezeigt hatte, was uns in Dover entgangen war; bevor sie bewiesen hatte, dass sie mutiger war als Harriet und ich zusammen. Zu sehen, wie vertraut Martha mit den Ärzten und Schwestern umging, sie einfach nur hier im Krankenhaus zu sehen, machte das deutlich, und ich ärgerte mich über mich selbst, weil ich nichts bemerkt hatte.

Während der letzten paar Jahre hatte Martha es vorgezogen, dass wir uns im Teehaus am Ende des Piers trafen, und ich hatte mir nichts dabei gedacht. Vielleicht regte es John zu sehr auf, wenn ich kam, oder sie wollte, dass wir unter uns blieben. Doch letztes Jahr hatte ich schon ein wenig früher Zeit als im September, und so fuhr ich einfach auf gut Glück hin.

Ich klingelte und wartete, und als sie schließlich die Tür öffnete, huschte ein Ausdruck über ihr Gesicht, den ich schon ziemlich lange nicht mehr gesehen hatte. Zuletzt damals, als ich gegen Harrys ausdrücklichen Wunsch mit ihr hierhergefahren war. Im Laufe der Jahre hatte ich mich bei Martha willkommen gefühlt, doch jetzt hatte ich den Eindruck, dass ich wieder unerwünscht war.

Sie zögerte, blickte über ihre Schulter auf etwas, das ich nicht sehen konnte, und bedeutete mir schließlich mit tiefem Seufzer hereinzukommen.

»Ich habe nicht mit dir gerechnet«, sagte Martha.

»Wenn es nicht so gut passt –«

Ich sah, wie sie Luft holte, dann jedoch innehielt und schließlich lächelte. »Ich mache uns einen Tee.«

Doch bevor das Wasser kochte, kam John die Treppe herunter. Sein Hemd war verkehrt zugeknöpft, und er hatte dunkle Schatten unter den Augen. Er sah wild aus und bewegte sich seltsam ruckartig, als hätte er seine Beine nicht unter Kontrolle.

»Was ist los, John?«, fragte Martha.

Ohne sie zu beachten, riss er die Küchenschränke auf und schlug sie wieder zu. »Warum musst du dauernd alles umräumen? Wie soll ich in dem Durcheinander irgendwas finden!«

»Tut mir leid«, sagte sie zu mir. »Er beruhigt sich schon wieder, oder zumindest geht ihm die Energie aus. Auf jeden Fall wird er bald schlafen.« Sie sah zur Uhr, die über der Anrichte an der Wand hing.

»Schlafen?« Es war kurz nach elf Uhr morgens.

»Er ist auf seine alten Tage zur Nachteule geworden. Nachts schlurft er meist hier im Haus herum. Ich höre, wie er den Schwimmkoffer herausholt und alles auf den Tisch legt. Manchmal räumt er die Sachen wieder hinein, manchmal finde ich morgens ein Chaos vor. Die Karten sind in letzter Zeit besonders lästig. Er knüllt sie zusammen und stopft sie an seltsame Orte – in die Schränke oder hinter die Anrichte.«

Mir wurde übel. Ich sah das Gesicht meiner Mutter vor mir, als sie mir von dem gestörten Verhalten meines Vaters erzählt hatte. »Das ist nicht gut, Martha. Was ist, wenn er nachts rausläuft?«

Sie schaute mich an, als wollte sie sagen: Was soll ich denn tun? Ich sah, wie müde sie war, und sie hatte ebensolche dunklen Schatten unter den Augen wie ihr Mann.

»Wenn er rausgeht, kann ich nur hoffen, dass er zurückkommt.«

»Martha«, sagte ich. »Er braucht Hilfe. Und du auch. Was sagt der Arzt dazu?«

Sie schüttelte den Kopf. »Er weigert sich hinzugehen. Schreit Zeter und Mordio, wenn ich davon anfange.«

»Martha«, sagte ich erneut, weil es sonst nichts gab, was ich hätte sagen können. *Es tut mir leid* war nicht annähernd genug. »Rede mit Harriet und Iain. Wir können euch helfen.«

Wieder schüttelte sie den Kopf. »Man kann niemandem helfen, der keine Hilfe will«, sagte sie fest.

»Herrgott noch mal!«

Johns Stimme erklang aus dem Flur, kurz darauf gefolgt von einem lauten Poltern. Wir stürzten hinaus, um nachzusehen, was passiert war, und fanden ihn unter einem Berg von Mänteln und Jacken vor, den Koffer fest umklammert.

»Was ist bloß los mit dir?«, fauchte Martha.

»Ich konnte ihn nicht finden«, sagte John.

»Wen denn?«, fragte ich.

Martha zeigte darauf. »Den verdammten Koffer.«

»Ich weiß gar nicht, warum du dich aufregst«, entgegnete er wütend. »Der Koffer hat ja nichts mit mir zu tun, den habe ich nur für dich besorgt.«

»Warum ist es dann so wichtig, dass du ihn findest?«

»Ich suche etwas.«

Sie ging in die Hocke. »Was denn?«

Er sah sie an wie ein Welpe, der einen Fußtritt bekommen hat.

»Die Kieselsteine.«

Martha legte die Hand auf seinen Arm, und so verharrten sie einen Moment.

Ich stand hinter ihr und wartete ab, was es damit auf sich hatte. John tastete in dem Durcheinander herum, bis er ein altes Einmachglas mit einem verblichenen Etikett fand, in dem sich etwa ein Dutzend Kieselsteine befanden. Er mühte sich mit dem Deckel ab, und Martha machte keine Anstalten, ihm zu helfen. Als er das Glas schließlich geöffnet hatte, hielt er es sich unter die Nase, schloss die Augen und atmete tief ein.

Da setzte sie sich neben ihn und legte ihm den Arm um die Schulter. John gab ihr das Glas, und sie schnupperte ebenfalls daran.

»Gib mir bitte den Deckel«, sagte sie sanft. »Wir wollen ja nicht, dass der Duft verfliegt.«

Er folgte ihrer Bitte, sie verschloss das Glas und half ihm dann hoch.

»John, mein Lieber, ich glaube, du bist müde.«

»Ja«, sagte er. »Müde.«

»Vielleicht ist es Zeit, dich hinzulegen?«

Sie half ihm nach oben wie einem Kleinkind, während ich in dem Durcheinander stehen blieb, unsicher, was ich tun sollte, aber in der Gewissheit, dass beide dabei waren, etwas Wichtiges zu verlieren.

Nach einer Weile kam Martha wieder herunter und lächelte schwach.

»Es klingt albern, aber diese Kieselsteine haben wirklich einen ganz eigenen Geruch. Ab und zu, an einem schlechten Tag, muntert er mich auf.« Sie stellte das Glas vorsichtig auf den Tisch, als lägen zerbrechliche Eier darin. »Zu Beginn jeder meiner Kanaldurchquerungen hat er einen vom Strand aufgehoben. Als Souvenir, nehme ich an. Aber wahrscheinlich vor allem als Glücksbringer.« Ihre Augen füllten sich mit Tränen.

»Martha«, sagte ich und streckte die Hand nach ihr aus.

»Nein, nicht.« Sie blickte sich um. »Ich habe nichts im Haus. Sollen wir irgendwo etwas essen gehen?«

»Bist du sicher?«

Sie nickte. »Jetzt schläft er erst mal. Ich sage nur kurz Henry Bescheid.«

Ich wartete neben dem Auto, während sie nach nebenan ging und mit einem Mann mittleren Alters sprach, der mir zuwinkte. Sie wechselten ein paar Sätze, dann stieg sie ein und schlug vor, zum Pier zu fahren.

Es war ein schöner Tag, ein wenig diesig, aber trocken und erfüllt von der letzten Kraft des Sommers. Wir setzten uns mit starkem Tee und Sandwiches nach draußen und schauten aufs Meer.

»Es tut mir leid«, sagte ich.

»Er kommt und geht«, erwiderte sie.

»Was wirst du tun?«

»Was kann ich denn tun? Unser Hausarzt hat ein Pflegeheim vorgeschlagen, aber –« Sie zupfte an der Kruste ihres Sandwiches. »Ich weiß, dass John das nicht will. Auch wenn ich mit ihm nicht richtig darüber reden kann.«

Ich wusste nicht, was ich darauf sagen sollte.

»Das ist das Merkwürdigste. Dass ich nicht mit ihm darüber reden kann. Er will einfach so weitermachen, als wäre alles wie immer.«

»Ist es aber nicht.«

»Natürlich nicht.«

»Du solltest es Harriet und Iain sagen. Mit ihnen könntest du darüber reden. Sie könnten helfen. Wir alle könnten helfen, Martha.« Mehr sagte ich nicht. Ich war mir nicht sicher, ob ich die schlimmsten Einzelheiten darüber, wie der Zustand meines Vaters sich verschlechtert hatte, für mich behalten konnte, wenn ich einmal anfing.

»Wir wollen euch nicht zur Last fallen.« Sie starrte hinaus aufs Wasser. »Ich hätte meine Schwimmsachen mitnehmen sollen.«

»Wir könnten ein wenig recherchieren, versuchen, einen Platz für ihn zu finden.«

»Ich kann mir nicht vorstellen, ohne ihn in dem Haus zu leben.«

»Musst du ja auch nicht«, sagte ich.

Sie sah mich überrascht an. »Wohin soll ich denn gehen?«

»Du könntest das Haus verkaufen und in eine kleinere Wohnung ziehen. Du könntest näher ans Meer ziehen. Das wäre doch schön, oder?«

»Und was soll ich mit unseren Sachen machen? Mit all den Möbeln? Die passen doch nie im Leben in eine armselige kleine Wohnung.«

»Du könntest sie verkaufen.«

»Nein, ich glaube nicht.« Sie zog die Tomatenscheiben aus dem Sandwich und legte sie auf die Bank. »Tomaten mochte ich noch nie. Grässlich, dieser Glibber.«

»Du musst das nicht alleine schaffen.«

»Es ist mein Leben«, sagte Martha. »Wer sollte es sonst tun?«

Draußen vor dem Krankenhaus küsste Harriet mich und wischte sich die Tränen von den Wangen. Mit der verlaufenen Wimperntusche sah sie aus, als hätte sie ein sehr regnerisches Halloween hinter sich. Sie nahm meine Hand, und wir gingen wieder hinein.

Die Ärztin war in Johns Zimmer, als wir hereinkamen, und sprach neben der Tür leise mit Martha. John hielt Myrtles Handy in der Hand und sah sich die Fotos an, die sie am Abend zuvor im Pub aufgenommen hatte. Harriet ging zu der Ärztin und fragte sie, wie es ihrem Vater ging.

»Es ist ein glatter Bruch«, sagte sie. »Er hat großes Glück gehabt.« Sie sah kurz auf sein Patientenblatt und dann wieder zu Harriet. »Aber das ist nicht der Punkt, um den ich mir Sorgen mache.«

Wir wussten alle, was kommen würde.

»Als er zu uns kam, war er völlig verwirrt. Das wird immer öfter passieren. Es wäre das Beste für ihn, wenn er in einer Einrichtung untergebracht würde, wo er seinen Bedürfnissen entsprechend versorgt wird, rund um die Uhr. Es gibt ein sehr gutes –«

Martha unterbrach sie. »Danke, aber das brauchen wir nicht.«

»Mum, was redest du denn da? Natürlich braucht er Hilfe.«

»Ihre Tochter hat recht. Die Behandlungsmöglichkeiten werden immer besser. In einem guten Pflegeheim wird er bestmöglich versorgt.«

Ich musterte die Ärztin, während sie sprach, und fragte mich, wie alt sie war und ob sie schon mal persönlich mit Demenz zu tun gehabt hatte. Sie sah aus, als hätte sie noch nicht mal den Führerschein.

»Ich bin seine Frau«, sagte Martha. »Ich habe mich fast sein ganzes Leben lang um ihn gekümmert.«

»Ja natürlich«, sagte die Ärztin.

Das hatte sie bestimmt schon zigmal gehört: den Appell der Patienten und ihrer Angehörigen, sich ihrer gemeinsamen Illusion anzuschließen, dass bald alles wieder normal sein würde, dass nichts Schlimmes passiert war und dass alle kleineren Alltagsänderungen ohne Hilfe von außen zu Hause durchgeführt werden konnten. Und ich wusste, dass Johns Zustand sich rasch verschlechtern würde, sobald er in ein Pflegeheim kam. Keine noch so gute medizinische Versorgung konnte den Verlust der vertrauten Umgebung wettmachen.

»Aber«, fuhr die Ärztin fort, »es wird Dinge geben, die Sie nicht für ihn tun können. Er wird Hilfe beim Essen, Waschen und beim Toilettengang brauchen.« Sie schaffte es, die Liste herunterzurattern, ohne eine Miene zu verziehen.

»Das habe ich verstanden«, sagte Martha. »Aber wenn für sein Fußgelenk nichts mehr getan werden kann, kommt er heute wieder mit uns nach Hause.«

Abgesehen vom Summen der Neonröhren an der Decke herrschte Stille im Raum. Die Ärztin schaute Harriet an, die aussah, als würde sie Martha am liebsten erwürgen; Martha schaute mich an, als hoffte sie auf etwas, wenn ich auch nicht wusste, was – Hilfe, Mitgefühl, ein paar nette Worte; und ich schaute zu unserer Tochter, die gerade ihren Großvater kennenlernte.

»Könnte nicht eine Pflegerin zu ihnen nach Hause kommen?«, fragte ich. »Nur für ein paar Stunden hier und da.«

Die Ärztin schürzte die Lippen. »Schon, aber Pflege rund um die Uhr –«

»Meinetwegen, schicken Sie jemanden vorbei«, sagte Martha.

»Mum!«, stieß Harriet aufgebracht aus. »Begreifst du denn nicht, dass es das Beste für ihn wäre? Mit dem kaputten Fuß kommt er doch nicht mal die Treppe hoch.«

»Mir fällt schon was ein«, entgegnete Martha. »Das Wichtigste ist, das wir jetzt nach Hause fahren. Und zwar alle.«

»Mum«, sagte Harriet flehend.

»Weißt du noch, wie ich von Frankreich hierhergeschwommen bin?«

»Es geht nicht immer nur ums Schwimmen!«, schrie Harriet.

Martha beachtete sie nicht. »Als ich an dem Tag ins Wasser ging, wusste ich, dass ich nach Hause schwimme. Und weißt du, woran ich gedacht habe? Einundzwanzig Stunden und siebzehn Minuten lang habe ich an meine Familie gedacht, an dich, an deinen Bruder, an deinen Vater und an unser Haus. Und dafür bin ich geschwommen.«

»Dad hat Alzheimer! Das hat nichts mit deinem verdammten Schwimmen zu tun!«

Ich legte die Hand auf Harriets Schulter, doch sie schüttelte sie ab.

Martha sah Harriet direkt in die Augen und erwiderte ruhig und kraftvoll zugleich: »Es hat jede Menge mit dem Schwimmen zu tun. Es geht darum, zu seiner Entscheidung zu stehen und seine Versprechen zu halten. In guten wie in schlechten Tagen, Harriet. Du hast dasselbe versprochen, und ich nehme an, Iris verlässt sich darauf.«

»Sein Leben steht auf dem Spiel!«

»Meins auch.« Sie drehte sich zu John um und lächelte. »Wir haben es immer nach Hause geschafft, nicht wahr?«

John sah sie verwirrt an.

»Mit dem Boot«, sagte sie. »Ich bin immer zurück zu dir nach Hause geschwommen, oder?«

Ein Anflug von Begreifen huschte über sein Gesicht. »Das Boot«, sagte er. »Zehn Steine für zehn Durchquerungen.«

Neuauflage

MARTHA, 2014

Es war April und Zeit für meine halbjährliche Kontrolluntersuchung. Henry klopfte an die Tür, und Webb bellte zur Begrüßung.

»Komm, John, wir müssen los«, sagte ich.

Es war Morgen, und der Tag meines Mannes, der mittlerweile den größten Teil der Nacht umfasste, näherte sich seinem Ende. Aus Abendessen war Frühstück geworden, und in mancher Hinsicht störte es mich nicht. Zumindest waren Eier leichter zu kochen.

John schlurfte mit müden Augen zur Tür.

Gähnend sagte er: »Ich verstehe nicht, warum du diese Termine nicht zu einer vernünftigeren Uhrzeit machen kannst.«

»Ich dachte, wir könnten hinterher vielleicht was essen gehen«, sagte Henry.

Ich sah zu John. »Kommt drauf an, wie lange das bei der Ärztin dauert.«

»Nur eine Kontrolle?«

Ich nickte. »Sollte relativ schnell gehen. Er muss ohnehin noch was essen, bevor er schlafen geht.«

Henry fuhr uns zur Klinik, und zwischen den Dächern und Bäumen erhaschte ich einen Blick auf das Meer, das blau schimmerte und meinen Namen rief. Als wir am White Horse Inn vorbeikamen, drehte ich mich zu John um, der auf der Rückbank saß, und zeigte hinaus.

»Früher sind wir da manchmal hingegangen«, sagte ich.

Er folgte meinem Finger mit dem Blick, und ich sah, wie er auf der Suche nach der richtigen in seinen Erinnerungen kramte. Seine Lippen bewegten sich lautlos, und ich fragte mich, ob das ein Teil seines Gedankenprozesses war, der ihm half, dorthin zu kommen, wohin er wollte, ihn steuerte wie der Kiel eines Schiffes.

»Ein Abend, nach einer Durchquerung. Da war eine Band, mit Geigen, glaube ich. Sie haben für uns gespielt«, sagte er, als das White Horse Inn schon längst hinter uns lag.

Ich pfiff die Melodie und sang ein paar Zeilen.

There'll be bluebirds over the white cliffs of Dover,
Tomorrow, just you wait and see.
There'll be love and laughter and peace ever after,
Tomorrow, when the world is free.

Sein Gesicht leuchtete auf. »Wir haben getanzt.«

»Ja, das haben wir.«

Er streckte die Hand nach mir aus, als könnte er mit einer Berührung vielleicht die Lautstärke seiner Erinnerungen hochdrehen. »Habe ich dir das nicht mal vorgesungen, auf dem Heimweg im Boot?«

»Hast du das?«

Er nickte unsicher.

Henry fuhr auf den Parkplatz, und wir stiegen alle aus. Es war eine seltsame Vorstellung, dass wir jetzt nicht mehr zu zweit waren, sondern zu dritt, mit Henry als Helfer, Rettungsleine und Chauffeur.

Die Klinik war ein tristes kleines Gebäude, modern, unpersönlich und auf Effizienz ausgelegt. Wir gingen im Gänsemarsch hinein, wie Kinder beim Schulausflug.

Im Wartebereich standen Stühle, die täuschend bequem aussahen, aber in einer langen Reihe aufgestellt waren, was, zusammen mit dem Geruch nach Desinfektionsmittel und der eiligen Sachlichkeit der Mitarbeiter, die klinische Atmosphäre noch verstärkte.

Wir mussten nicht lange warten, bis mein Name aufgerufen wurde. Sowohl John als auch Henry standen auf, sobald ich mich erhob, wie es ihnen von klein auf eingebläut worden war.

»Ich komme schon zurecht«, sagte ich. »Es dauert nicht lange. Wartet hier.«

Im Untersuchungsraum zog ich mir den schrecklichen knitterigen Umhang über. Ich kam mir vor wie eine Papieranziehpuppe, die man nach Belieben hin- und herdrehen konnte. Es raschelte, als ich mich in dem Versuch, wenigstens einen letzten Rest Würde zu bewahren, auf den Stuhl setzte.

Dr. Davies klopfte, bevor sie die Tür öffnete, und nachdem sie mich begrüßt und einen Blick auf mein Patientenblatt geworfen hatte, kam sie direkt zur Sache.

Wir gingen wie immer die üblichen Fragen durch.

»Wie fühlen Sie sich?«

»Gut«, sagte ich.

»Haben Sie irgendwelche Veränderungen an einer der beiden Brüste bemerkt?«

»Nein, aber ich habe ja auch nur noch eine.«

Bei dieser anfänglichen Befragung nahm sie nie die Tatsache zur Kenntnis, dass ich mir – auf ihre Empfehlung hin – die eine Brust hatte entfernen lassen, und ich fragte mich, warum. Vergaß sie es einfach nur, oder verlangte irgendeine Vorschrift von ihr, dass sie jeder Patientin dieselben Fragen stellte? Wie dem auch sei, die Frage ärgerte mich.

»Haben Sie irgendwelche Knötchen bemerkt?«

»Nein.«

»Haben Sie Blut abnehmen lassen?«

»Ja, und sie haben mir gesagt, sie schicken die Ergebnisse direkt zu ihnen, wie immer.«

Sie warf mir über den Rand ihrer Brille einen Blick zu, als wollte sie überprüfen, ob ich auch die Wahrheit sagte.

»Aha.« Sie blätterte in den Unterlagen, dann wandte sie sich ihrem Computer zu und klickte eine Weile vor sich hin. »Sie sind noch nicht angekommen.«

Sie griff zum Telefonhörer und sprach mit dem Empfang, wobei sich die anfängliche gelangweilte Gleichmütigkeit auf ihrem Gesicht in Sorge verwandelte.

»Sagen Sie ihnen, sie sollen sofort zurückrufen«, ordnete sie an.

»Gibt es ein Problem?«

Sie blickte auf, und das war das erste Mal während dieses Termins, dass sie mich wirklich ansah. Wir gingen zur Untersuchungsliege, und sie begann mit der Abfolge, die ich von den vorigen Malen kannte: Sie tastete meine Brust, die Achselhöhlen und die Leiste ab. Der letzte Teil war neu.

»Tut es irgendwo weh?«, fragte sie.

Ich schüttelte den Kopf. »Nichts Neues jedenfalls.«

»Aber es hat mal irgendwo wehgetan?«

»Ja natürlich, nach dem Schwimmen. Die Schultern. Unter den Armen.«

Sie runzelte die Stirn. »Davon haben Sie bisher nie etwas gesagt.«

»Weil das nicht neu ist.«

»Wann waren Sie zuletzt schwimmen?«

»Im Herbst, Ende Oktober.«

»Und wann hat es zuletzt wehgetan?«

»Ich bin nicht mehr jung, Dr. Davies. Alle meine Gelenke sind abgenutzt. Sie sind fast immer steif und schmerzen.«

Das Telefon klingelte, und sie nahm den Hörer ab. Ich sah, wie sie nickte und die Stirn runzelte, während ich mich wieder anzog.

»Martha, das Labor führt noch einige Tests durch. Ich würde Sie bitten, heute Nachmittag noch mal herzukommen.«

»Tut mir leid, aber ich kann nicht«, log ich. Es war warm und das Meer schön ruhig.

»Es ist wichtig. Ich hätte um halb fünf Zeit für Sie.«

Im Laufe meiner Chemotherapie hatte ich gelernt, dass es am besten war, den Ärzten ihren Willen zu lassen, und so erklärte ich mich bereit wiederzukommen.

In der Tür hielt Dr. Davies noch einmal inne und sagte: »Bringen Sie jemanden mit, Martha.«

Und das verriet mir alles, was ich wissen musste.

Ich sammelte meine Männer wieder ein, und Henry schlug vor, irgendwo zu Mittag zu essen.

»Planänderung«, sagte ich. »Wir gehen schwimmen.«

»Wir?«

Ich nickte. »Ja, alle drei. Und zwar jetzt.«

»Martha«, sagte Henry.

»Ans Meer«, sagte ich.

»Was hat die Ärztin gesagt?«

»Alles bestens«, erwiderte ich entschlossen.

»Wirklich?«

»Nicht zum Hafen«, sagte ich und zeigte in die Richtung, in die ich wollte. »Heute fahren wir zur Bucht.«

Zum Glück diskutierte er nicht mit mir. John döste auf dem Rücksitz, es war ein herrlicher Tag, und ich wollte etwas Schönes tun, weil mir plötzlich aufgegangen war, wie wenig Schönes es in letzter Zeit gegeben hatte. Und wenn meine Tage gezählt waren, wollte ich zumindest einen Teil davon mit den Menschen verbringen, die ich am meisten liebte.

Als wir ans Ufer kamen, blickte John sich um und fing an, seine Knöpfe zu befingern.

»Warum bin ich hier?«, fragte er mit angespannter Stimme. Seine Haare, die zwar dünner geworden waren, sich aber trotz seines Alters gut gehalten hatten, wurden vom Wind zerzaust.

Eine Möwe flog über uns hinweg und kreischte, und der Klang war mir so vertraut, dass ich manchmal meinte, den Sinn des Rufs zu verstehen. Ich hätte ihr gerne auf die gleiche Weise geantwortet, aber wie so vieles andere sollte es nicht sein.

»Um zu sehen«, sagte ich zu John.

Ich blickte über die Schulter; Henry lehnte oben am Auto.

»Komm runter«, rief ich ihm zu, doch er schüttelte den Kopf.

»Macht ihr beiden nur«, sagte er.

John ging auf wackligen Beinen zu dem Myrtenstrauch, unter dem ich schon so lange meine Sachen ablegte, dass es mich nicht überrascht hätte, dort einen vor Jahren vergessenen Socken zu finden, der inzwischen Wurzeln geschlagen hatte. Die Kiesel rutschten unter Johns ohnehin unsicheren Schritten weg, sodass es aussah, als wäre er betrunken, was seinem Gerudere etwas Komisches verlieh. Er ließ sich auf den Hintern fallen, und die Steine machten dabei das typische Geräusch, das jeder Kanalschwimmer besser kennt als seine eigene Stimme. Es klang wie zerbrechendes Glas.

Wieder blickte er sich um, dann sah er mich an.

»Um zu sehen?«, fragte er.

»Ja.«

»Um die See zu sehen«, sagte er und wiederholte damit die einzige Antwort, die ich ihm auf die Frage, warum ich da rauswollte, je hatte geben können.

Ich ging zu ihm, hockte mich hin und küsste ihn auf die Wange. Dann zog ich meine Bluse und Hose aus und ging, nur mit BH und Schlüpfer bekleidet, ins Wasser. Es war kalt, und es war zu lange her.

Ohne meine übliche Ausrüstung – Schwimmbrille, Badekappe, Ohrstöpsel und Schwimmanzug – fühlte es sich viel natürlicher an, eine bessere, klarere Verbindung mit dem Wasser. Allerdings war es schwierig, ohne das ganze Zeug vernünftig zu schwimmen, aber das war auch in Ordnung so. Ich wollte nicht schwimmen.

Nachdem ich mit Brustschwimmzügen ein Stück hinausgeschwommen war, drehte ich mich um und betrachtete die Szene am Ufer: mein Mann, der den Verstand verlor und im Sonnenschein an den rosa Myrtenblüten herumzupfte.

Ich legte mich auf den Rücken und ließ mich vom Meer tragen. Das Wasser lief mir in die Ohren, und augenblicklich überfluteten mich alle Erinnerungen, die mich mit ihm verbanden.

Der Moment, als John mich bei meinem ersten Versuch gezwungen hatte, aus dem Wasser zu kommen. Der zweite Versuch, bei dem ich auf dem Weg zurück nach England lauter Salatköpfe, die von einem Containerschiff heruntergefallen waren, auf den Wellen hüpfen gesehen hatte. Die Übelkeit, die mich wegen des hohen Seegangs beim dritten Mal gequält und mich so gebremst hatte, dass ich länger als je zuvor vom Salz und Sand wund gescheuert wurde. Der Mond, der sich beim vierten oder fünften Mal in der tintenschwarzen endlosen Wasserfläche gespiegelt hatte. Die Durchquerung, bei der ich den perfekten Moment erwischt hatte und so eins geworden war mit dem Tempo und der Bewegung der wechselnden Gezeiten, dass ich die Strecke – zumindest für mich – in Rekordzeit zurückgelegt hatte.

Kurioserweise konnte ich mich nicht erinnern, welches Mal das gewesen war. Es war um die Zeit herum, als, ohne dass ich etwas davon wusste, meine Enkeltochter in London zur Welt gekommen war, das Mädchen mit dem Namen, der mich überrascht und gefreut hatte. Dem Namen, den ich als Beweis dafür nahm, dass meine Tochter mich nicht hasste.

Am Ende jeder Durchquerung war meine Zunge so geschwollen, dass ich kaum sprechen konnte, meine Haut überall wund gescheuert und mein ganzer Körper kalt und auf eine Weise schmerzend, von der ich nicht genug bekommen konnte, weil sie mich daran erinnerte, dass ich stark war.

Meine letzte Durchquerung, von der ich nicht gewusst hatte, dass es meine letzte sein würde, war in dem Jahr vor der Krebsdiagnose gewesen. Damals war ich schon über siebzig und damit fast die Älteste, die je durch den Kanal geschwommen war. Und ich erinnerte mich noch genau, dass ich auf dem Weg zu der – wie ich dachte – Routineuntersuchung bei der Ärztin überlegt hatte, ob ich es wohl noch einmal zur anderen Seite schaffen würde.

Aus dem Augenwinkel nahm ich eine Bewegung wahr und richtete mich auf. John kam auf das Wasser zu. Ich schwamm rasch zurück, und als es flach genug war, stellte ich mich hin und ging mit ausgestreckter Hand auf ihn zu.

Er streckte seine ebenfalls aus und watete vollkommen angezogen bis zu den Knien hinein. Es war eines der sehr seltenen Male, an denen wir beide im Wasser waren. Wir standen da – er legte die Arme um mich, weil ich zitterte, und ich durchnässte seinen Anzug – und blickten aufs Meer hinaus.

»Ich kann nicht schwimmen«, sagte er.

Ich sah ihn an und bemerkte sein schelmisches Lächeln.

»Du wolltest ja nie, dass ich es dir beibringe.«

Er löste sich von mir und ging vorsichtig ein paar Schritte weiter hinein. »Jetzt«, sagte er.

»Was, jetzt?«

»Bring es mir bei.«

Meine Hand fest umklammert, bewegte er sich vorwärts, und zum ersten Mal schien es ihn nicht zu kümmern, was mit seiner

Kleidung geschah. Wir gingen noch ein wenig weiter, und obwohl er mit den Zähnen klapperte, wollte er nicht umkehren.

»Ist es immer so kalt?«

Ich nickte.

»Wie um Himmels willen hältst du das aus?«

Ich musste lachen, und er ebenfalls. Es war so eine absurde Feststellung nach all den Jahren.

»Na, dann komm«, sagte ich. »Du kannst dich zumindest mal treiben lassen.« Ich streckte die Arme aus. »Lehn dich zurück, ich halte dich.«

Er tat es und ließ einfach los. Er versuchte nicht mehr, die Kontrolle über sich zu behalten. Seine bisweilen geradezu pingelige Korrektheit war vollkommen verschwunden.

Er lehnte sich zurück, und ich hielt ihn, was auch nötig war, weil er zu wenig Fett an seinem faltigen alten Körper hatte. Ich erinnerte mich, wie er ausgesehen hatte, als er jung war. Seine Haut war blass wie die eines Schotten, und er war schlank und drahtig gewesen, aber durchaus muskulös. Was mir am besten gefallen hatte, waren seine Hüften, die Art, wie sie vorsprangen und subtil die Muskeln an seinem Rumpf betonten.

John trieb nicht gut auf dem Wasser, aber einen Moment lang kam es mir so vor, als hätte er etwas verstanden.

Wir kehrten zum Ufer zurück und setzten uns ins Auto, während Henry die Heizung aufdrehte, um unsere frierenden, tropfenden Körper zu wärmen. Wir grinsten wie Teenager, und Henry war so nett, nicht darauf hinzuweisen, dass das Wasser die Sitze ruinierte. Das Salz trocknete auf meiner Haut, und im Auto breitete sich der Geruch des Meeres aus, dieser algige, fischige Duft, der mir so vertraut war, dass ich ihn manchmal sogar im Schlaf wahrnahm.

John schlief an dem Nachmittag, und ich beschloss, nicht noch einmal in die Klinik zu gehen. Um kurz vor fünf weckte mich das Telefonklingeln aus meinem Nickerchen auf dem Sofa. Die Ärztin war verständlicherweise verärgert, weil ich nicht zu dem extra für mich eingeschobenen Termin erschienen war.

»Sagen Sie mir, was Sie zu sagen haben«, forderte ich sie auf. »Ob ich dabei vor Ihnen stehe oder nicht, macht doch keinen Unterschied, oder?«

»Wir ziehen es vor, solche Dinge persönlich zu besprechen«, erwiderte sie.

Ich stellte mir vor, wie sie in ihrem weißen Kittel am Schreibtisch saß, ihre Diplome hinter sich an der Wand, wie immer ganz geschäftsmäßig.

»Ich werde keine Beschwerde einreichen.«

»Darum geht es nicht.«

»Doktor«, sagte ich. »Was gibt es?«

Am anderen Ende herrschte Schweigen, und ich fragte mich, ob es ihr unangenehm war, das zu sagen, was ich vermutete.

»Martha, die Ergebnisse der Blutuntersuchung sind da. Es tut mir leid, aber Sie haben Krebs.«

»In der Brust?«

»Nein, diesmal im Blut.«

»Was bedeutet das?«

»Wir beginnen sofort mit Chemotherapie und Bestrahlung. In acht Wochen untersuchen wir noch mal die Blutwerte.«

»Wie sind die Aussichten?«, fragte ich und betrachtete dabei die Fotos von meiner Enkelin auf dem Kaminsims. »Was ist Ihre Einschätzung?«

Ihr Tonfall war sachlich, wofür ich ihr dankbar war. »Der Krebs ist ziemlich weit fortgeschritten. Es besteht die Chance, dass die Chemotherapie Ihr Leben verlängern kann.«

»Um wie viel?«

»Vielleicht drei oder vier Monate.«

»Und ohne?«

»Ohne was?«

»Ohne Behandlung.«

»Acht Monate, mit etwas Glück. Ich hatte auch schon Patienten, bei denen es zehn Monate waren.«

»Danke«, sagte ich.

»Die Schwester wird Sie anrufen, um einen Termin abzusprechen, damit wir sehen können, ob Ihre Verfassung gut genug ist, um mit der Behandlung zu beginnen.«

»Sagen Sie ihr, das braucht sie nicht. Ich verzichte auf die Behandlung.«

Bevor sie eine Chance hatte, mich umzustimmen, legte ich auf. Ich streckte mich wieder auf dem Sofa aus und dachte an Johns Gesicht, als er zu mir aufgesehen hatte. Er war so glücklich gewesen.

Während die Sonne hinter der Gartenmauer verschwand, hoffte ich, dass ich als Erste gehen würde, damit ich nicht noch mehr von John verlieren musste als ohnehin schon.

Ein letztes Bad

MARTHA, 2014

Der Regen heulte seit Tagen ums Haus, peitschte gegen die Fenster und ließ meinen winzigen Ausblick auf die Welt verschwimmen, doch da ich von meinem Bett aus das Meer nicht sehen konnte, kümmerte es mich nicht allzu sehr. Alles, was ich wollte, war ein Blick auf das Meer, aber es sollte nicht sein, und so schloss ich die Augen und lauschte durch den Regen auf eine Nachricht vom Salzwasser. Doch wenn es mir eine Nachricht geschickt hatte, dann hörte ich sie nicht. Das unablässige Trommeln der Regentropfen übertönte alles, und ich musste mich mit der Tatsache abfinden, dass ich nun für den Rest meiner Tage auf dem Trockenen festsaß.

Ich versuchte an andere, schönere Dinge zu denken. Fragmente tanzten wie Treibholz durch meine Gedanken: das Geräusch der heranstürmenden Wellen auf den Kieseln, wie das Klirren von Glasscherben; Harriets übermütiges Kreischen, als ich sie zum ersten Mal mit ins Meer genommen hatte; wie ich auf dem Rückweg von Cap Gris-Nez mit John auf den Fischernetzen in Charlies Boot gelegen und zu den Sternen hinaufgeschaut hatte. Der grässliche Geschmack von Hühnerbrühe in einem vom Salz geschwollenen Mund, der Dieselgeruch vom Bootsmotor, die schwere Stille, die man nur unter Wasser fand. Und das Gefühl, in meine natürliche Umgebung zurückzukehren, sobald ich in das Wasser eintauchte und losschwamm.

Wie lange war ich schon in diesem Bett gefangen? Mein Aufstieg an diesen hohen, trockenen Grund hatte sich nach und nach vollzogen, über mehrere Monate hinweg: vom Meer zum Ufer und dann zum Haus, bis ich schließlich an meiner Endstation angekommen war, dem Bett. Dieser Übergang war von kurzen Phasen der Besserung durchbrochen worden, während derer ich ein wenig verlorenes

Gebiet vom Krebs zurückerobern konnte, doch nie genug, um mich dauerhaft dort einzurichten.

»Martha?«, sagte John, als er ins Zimmer kam.

Ich spitzte die Ohren – er hatte den richtigen Namen benutzt.

»Gib mir bitte was zu trinken«, sagte ich. Er hielt mir das Glas hin und half mir, den Kopf zu heben, während ich mit dem Mund nach dem Strohhalm tastete.

»Danke.« Ich ließ mich wieder auf das Kissen sinken.

Er stellte das Glas zurück auf den Nachttisch, setzte sich auf die Bettkante und schaute auf seine Hände. Offenbar überlegte er, weshalb er nach oben gegangen war.

»Hast du mich gerufen?«, fragte er.

»Nein.«

Er blickte sich um, wohl in der Hoffnung, dass er irgendetwas sah, das ihm Aufschluss geben konnte. Er hatte es an diesem Morgen geschafft, sich anzuziehen; zwar trug er dasselbe Hemd wie am Tag davor, und sein Hosenschlitz stand offen, aber er war angezogen, und das genügte. Seine Haare waren zerzaust, und kurz sorgte ich mich, dass er sich länger nicht gewaschen hatte; unter seinen Fingernägeln waren schwarze Ränder. Aber das war unser geringstes Problem.

John stand auf und machte ein paar wackelige Schritte, dann blieb er stehen, drehte sich um, sah mich an und schob die Hände in die Hosentaschen.

»Molly«, sagte er. »Du warst heute nicht in der Schule.«

Wie schnell sich die Dinge ändern konnten.

»Ich bin Martha«, sagte ich.

»Wer?«

»Deine Frau.«

»Ich bin nicht verheiratet, Schwesterchen.«

»Natürlich«, sagte ich. »Wie dumm von mir.« Ich hatte nicht die Kraft, ihn zu verbessern.

»Du ziehst mich immer auf, nicht wahr?«

»Dazu sind Schwestern doch da.«

»Fahren wir in den Sommerferien zu Großmutter?«

»Ich glaube nicht.«

»Aber wir fahren doch immer dahin«, sagte er.

»Diesmal nicht.«

»Bestimmt hat Vater viel zu tun«, sagte er.

»Ja, das wird wohl der Grund sein.«

»Soll ich mal schauen, was Mutter uns zum Tee gemacht hat?«

»Nein, ich habe keinen großen Hunger.«

Er schüttelte den Kopf. »Du musst aber wieder zu Kräften kommen, Molly.«

»Vielleicht morgen.«

»Ich gehe mal runter und mache dir eine heiße Brühe, ja?«

»Danke«, sagte ich. »Eine Brühe tut mir sicher gut.«

»Wir haben dich bestimmt bald wieder auf den Beinen.«

Er starrte mich eine ganze Weile an, und ich hoffte, dass er mein Gesicht wiedererkennen würde, doch er verließ das Zimmer, ohne noch etwas zu sagen. Was hätte ich getan, wenn ich noch die Kraft dazu gehabt hätte? Ihn immer wieder verbessert? Ihm Erinnerungen eingebimst? Hätte ich ihn angebrüllt? Voller Wut auf das, was ihn gleichgültig Stück für Stück auffraß? Wahrscheinlich, obwohl ich wusste, dass nichts ihn in sein altes Ich zurückverwandeln würde.

Ich schloss die Augen und dachte wieder daran, wie wir beide in dieser klaren Nacht auf dem Boot gewesen waren. Wir lagen auf den Fischernetzen, die für mich genauso bequem waren wie ein schickes Hotelbett, und John bat Charlie, für eine kleine Weile den Motor auszustellen, damit wir den Augenblick genießen konnten. Ich war mit Wollfett eingeschmiert und voll wunder Stellen, aber John schlang die Arme um mich, ohne sich um seinen schönen Anzug und die Krawatte zu scheren, die er partout hatte anziehen wollen. Seltsam, ich konnte mich nicht erinnern, ihn je gefragt zu haben, warum er sich immer so anzog, ganz gleich zu welchem Anlass. Er war einfach so. Förmlich, zugeknöpft. Der Wind hatte sich um uns herumgeschlängelt, und ich hatte mich in Johns Armbeuge geschmiegt.

Einige Zeit später wachte ich von einem Geschepper in der Küche auf. Sofort machte ich mir Sorgen, John könnte aus Versehen etwas in Brand setzen; der Gasherd, auf dem einst so viele Mahlzeiten gekocht worden waren, war zu einer Todesfalle geworden. Ich fragte mich, wie viel Zeit vergangen war, und wandte mich aus Gewohnheit nach rechts, um auf den Wecker zu sehen, der immer auf dem Nachttisch gestanden hatte. Aber er war natürlich nicht da, weil ich John oder Henry gebeten hatte, ihn wegzunehmen. Das unablässige Ticken hatte mich wahnsinnig gemacht, und in meinem immer schlechter werdenden Zustand wollte ich es nur noch so bequem wie möglich haben. Außerdem war Zeit nicht mehr so wichtig.

Ich hörte, wie die Haustür aufging, und sofort veränderte sich der Klang von Johns Geräume. Ich lächelte. Es war drei Uhr, denn Henry war da.

Henry war ein guter Mann. Ein bisschen zu aufdringlich für meinen Geschmack, aber, wie sich gezeigt hatte, genau die Art von Mann, den man als Nachbarn haben wollte.

Ich lauschte und konzentrierte mich dabei auf Henrys Stimme, denn ich wusste, dass John im Wesentlichen über wütende Blicke, Grunzer und Grimassen mit ihm kommunizierte. Ich konnte nicht verstehen, was er sagte, aber John verzichtete auf sein übliches Gebrüll, was ich als gutes Zeichen wertete.

Kurz darauf klopfte Henry an die Tür und kam herein.

»Sei froh, dass du nirgendwohin musst«, sagte er. »Das ist eine regelrechte Sintflut da draußen. Vielleicht sollte ich mal rumfragen, wie es mit dem Bau einer Arche aussieht.«

Ich lächelte. »Hallo, Henry.«

»Wie geht es dir?«

»Gut.«

Er zog eine Augenbraue hoch.

»Gut genug.«

Er strich die Bettdecke über meine Schultern und rückte die Kissen zurecht.

»Wirklich, es geht mir gut.«

»Ja klar.«

Ich sah zur Tür, und er verstand und machte sie zu, bevor er sich den Sessel ans Bett zog.

»Wie geht es John?«, fragte ich.

»Du verbringst mehr Zeit mit ihm als ich.«

»Ich liege im Bett. Ich sehe nur, was er hier oben macht.«

»Die Küche ist ein Saustall.«

»Natürlich«, sagte ich.

»Ich schaue mal, was ich tun kann, bevor ich gehe.«

»Du bist viel zu gut zu uns.«

Er ging nicht darauf ein und blickte zum Fenster.

»Und wie läuft's bei dir?«, fragte ich.

»Wie immer. Muss eigentlich in den Garten, aber wenn das mit dem Wetter so weitergeht, wird's Frühling, bevor ich dazu komme.« Er legte die Hand auf meinen Arm. »Wie fühlst du dich?«

»Was für einen Wind haben wir?«

»Ist das eine Quizfrage?«

»Auflandig oder ablandig?«

Er überlegte kurz. »Auflandig, glaube ich.«

»Mach das Fenster auf.«

»Da draußen ist Sturm.«

»Henry.«

»Also gut.« Er stand auf und ging zum Fenster. »Bist du sicher? Was, wenn dir kalt wird?«

»Mach's auf.«

Das ist das einzig Gute am Sterben: Die Leute tun, was man will, weil jede Bitte die letzte sein könnte. Der Wind wehte mit solcher Kraft herein, dass die gerahmten Fotos auf der Kommode umfielen. Henry schloss es rasch, doch ich bat ihn, es wieder zu öffnen.

Er tat es, und ich atmete tief ein. Er war nur schwach, aber es war der Geruch meines Lebens. Die Temperatur im Zimmer fiel rasch, und als ich anfing zu zittern, machte Henry das Fenster zu.

»Ich hätte nie gedacht, dass es meine letzte Durchquerung war«, sagte ich.

»Wer weiß, vielleicht ist ja noch eine drin.«

Ich deutete auf die Bettpfanne. »Ich schaffe es nicht mal bis zum Klo, wie soll ich es da bis nach Frankreich schaffen?«

»Man soll nie nie sagen.«

»Henry.«

Er zuckte die Achseln. Ich wusste, er würde es bis zum letzten Moment nicht akzeptieren, und selbst dann würde er womöglich noch Gott weiß was versuchen, um mich am Leben zu halten.

»Und«, sagte er, »was hast du heute gegessen? Tomatensuppe?«

Ich musste lachen; Johns standhafte Weigerung, irgendetwas anderes zu essen als Tomatensuppe, war eine der wenigen Konstanten in seinem Leben.

»Nein, keine Suppe.«

»Soll ich dir irgendwas bringen?«

»Nein. Halte nur ein Auge auf ihn. Eines Tages fackelt er mit seiner Suppe noch das Haus ab.«

»Bist du sicher? Vielleicht einen Tee? Etwas Toast?«

Ich schüttelte mich. Allein der Gedanke an Essen war schon zu viel. Ich zog die Decke bis ans Kinn und ließ ohne Rücksicht auf die Höflichkeit die Augen zufallen.

Nachdem er gegangen war, döste ich eine Weile vor mich hin. Als ich es schaffte, die Augen wieder zu öffnen, war es dunkel, und ich fühlte mich anders. Im Laufe der Jahre hatte ich durch das Training gelernt, auf meinen Körper zu hören, darauf zu achten, was er brauchte: Ein Krampf bedeutete zu wenig Kalium, wenn ich zu schnell fror, fehlte mir Eisen. Ich konnte den Unterschied zwischen einer Verstauchung und einer Zerrung besser erkennen als mein Arzt. Aber das hier war etwas anderes. Ich wusste, dass es wehtun würde, aber damit hatte ich nicht gerechnet.

Natürlich hatten sie mir ein Schmerzmittel gegeben, aber ich versuchte, es möglichst nicht zu nehmen, weil es mich benommen machte, und ich wollte meine Erinnerungen so gut wie nur möglich festhalten, weil ich mich für zwei erinnern musste. Doch jetzt taten mir die Ellbogen weh, als hätten sie tief innen drin Schläge abbekommen. Meine Fußgelenke und Schultern pochten, und ich hatte schlimme Rückenschmerzen.

»John«, rief ich.

Ich lauschte auf Geräusche von ihm, doch im Haus war alles still.

»John!«, rief ich, aber es kam keine Antwort. Vielleicht war er mit dem Hund rausgegangen. Oder er war endgültig davongelaufen.

»John«, flehte ich in die Dunkelheit.

Die Tabletten lagen am hinteren Rand des Nachttischs, und ich brauchte all meine Kraft, um mich aufzustützen und danach zu greifen, aber ich zitterte, und meine Hand stieß das Wasserglas um, sodass alles auf den Boden klatschte. Wenn ich die Energie dafür gehabt hätte, hätte ich geweint.

Ich überlegte, ob ich die Tabletten trocken schlucken sollte, aber ich wusste, es würde alles nur noch schlimmer machen, wenn sie auf halbem Weg stecken blieben. Ich hatte zwei Möglichkeiten: mit dem Schmerz leben, bis John nach Hause kam, was in zehn Minuten oder auch in mehreren Stunden sein konnte, oder nach unten gehen und ein Glas Wasser holen. Ich schloss die Augen und versuchte, den Schmerz beiseitezuschieben.

Mit dem schmerzenden Ellbogen stützte ich mich auf und zog die Beine über die Bettkante. Als meine Füße den Boden berührten, war es eine Meile, als ich mich ins Stehen hochdrückte, noch eine. Als ich stand, wartete ich, bis der Schwindel aufhörte, denn ich durfte auf keinen Fall ohnmächtig werden. Dann holte ich tief Luft und schlurfte los, wobei ich meine Füße so wenig wie möglich vom Boden hob. Sämtliche Muskeln, Sehnen und Gelenke fühlten sich an, als würden sie zerreißen und brennen.

Nach einer Ewigkeit war ich bei der Tür und öffnete sie. Der Flur war kalt und dunkel, und ich fragte mich, ob John überall sonst im Haus die Heizung ausgeschaltet hatte, damit ich es schön warm hatte. Es war eine bezaubernde Geste, aber ich wünschte, ich hätte daran gedacht, meinen Morgenmantel anzuziehen. Ich hätte zurückgehen können, aber das hätte mich zu viel Energie gekostet.

Meine Hand tastete an der Wand entlang, bis ich die Treppe erreicht hatte. Dort rief ich noch einmal nach ihm, doch wieder kam keine Antwort. Mit zitternden Fingern suchte ich nach dem Lichtschalter und knipste die Deckenlampe an, damit ich wenigstens sah, wohin ich trat, als ich mich mühsam an den Abstieg machte. Jede Stufe fühlte sich viel anstrengender an als eine Meile auf See, wahrscheinlich weil ich mich ganz allein tragen musste, ohne die großzügige Umarmung des Wassers, die mich hielt. Ich bewegte mich äußerst vorsichtig; der Gedanke daran, wie viel schlimmer die Schmerzen sein würden, falls ich stürzte, bremste mich.

Zitternd umklammerte ich mit der einen Hand die Tablettenpackung und mit der anderen das Geländer. Als ich unten ankam, lehnte ich mich an die Wand und wünschte, betete und hoffte, dass John nach Hause kommen würde. Nach Atem ringend blickte ich zur Tür, wartete und zählte und versuchte, meine Gedanken auf das Wasser zu lenken, wo am Ende immer alles in Ordnung war.

In der Küche war Johns geistige Verfassung nicht mehr zu übersehen: In der Spüle stapelten sich Teller, Töpfe und Pfannen, daneben zahllose Schalen mit halb gegessener Tomatensuppe, halb gegessene Brotstücke und halb ausgetrunkene Becher mit Tee. Sämtliche Geschirrteile, die wir besaßen, standen auf der Arbeitsfläche. Hatte Henry das gesehen? Musste er ja, es war gar nicht zu vermeiden. Hätte ich die Kraft dazu gehabt, hätte ich ihn angerufen und gefragt, warum er mir nicht gesagt hatte, wie schlimm es war.

Doch ich brauchte all meine Energie, um einen nicht allzu schmutzigen Becher zu finden und mit Wasser zu füllen. Es war fast unmöglich, an den Wasserhahn zu kommen, doch irgendwie schaffte ich es. Ich drückte vier Tabletten – die doppelte Dosis – aus der Packung und schluckte sie gierig.

Als ich mich an die Arbeitsfläche lehnte, erblickte ich mein Spiegelbild in der Fensterscheibe. Eine alte, ausgemergelte Frau starrte mich an, und ich erkannte mich nicht. Die Haut hing lose von meinem Gesicht, als wäre sie viel zu weit, und am Hals war sie dünn wie Papier und faltig wie bei einem Truthahn. Ich war bleich wie ein Gespenst, sogar meine Sommersprossen waren verschwunden. Ich sah aus wie ein Skelett. Mir war klar, dass ich im Sterben lag, aber ich hatte bisher nie von Nahem gesehen, was für ein Anblick das war. Jetzt wusste ich es.

Während ich darauf wartete, dass die Tabletten wirkten, betrachtete ich das Chaos um mich herum. Auf dem Küchentisch stand inmitten der Hinterlassenschaften von Johns gestörtem Geist ein Glas mit Wasser und einem kleinen braunen Zweig darin. Erst dachte ich, er musste wirklich den Verstand verloren haben, wenn er einen nackten Zweig als Tischdekoration benutzte, doch als ich genauer hinschaute, bemerkte ich die Knospen und wusste sofort, was es war. In dem Moment, als ich danach greifen wollte, gab der Boden unter mir nach, alles begann sich zu drehen, und ich wusste, irgendwo in seinem Innern erinnerte er sich immer noch daran, dass er mich liebte. Es gab noch Hoffnung für uns. Dann schlug mein Kopf gegen den Tisch.

»Martha!«, rief John.

Seine Stimme klang ganz weit weg, wie unter Wasser. Es fühlte sich an, als triebe ich von ihm fort und versuchte mühsam zurückzuschwimmen.

»Martha«, sagte er noch einmal leiser, und ich spürte seinen Atem an meiner Wange.

Ich versuchte, die Augen zu öffnen, die sich anfühlten wie vom Schlaf verklebt, und als es mir endlich gelang, war er da. Er legte die Arme um mich und hielt mich an seiner Brust. Er fragte nicht, was passiert war.

»John«, sagte ich. »Die Wanne. Ich trockne aus.«

Er half mir ins Bad und lehnte mich sitzend an die Wand, während er den Hahn aufdrehte, und als ich das Wasser laufen hörte, war es, als wäre ich durch die Oberfläche gestoßen und könnte wieder atmen.

»Nicht zu warm«, sagte ich.

Er hob mich hoch. Ich hatte vergessen, dass ich nicht die Einzige in diesem Haus war, die Stärke besaß. Mein Mann half mir, mich auszuziehen, und das erinnerte mich an einen Abend zu Beginn unserer Ehe, als er an der Schärpe meines Kleides gezogen hatte.

Die Wanne war vollgelaufen, und er setzte mich vorsichtig hinein. Ich hatte so viel Muskelmasse und so viel Gewicht verloren, dass es mir vorkam, als würden meine Knochen über den Boden der Wanne scharren, aber das Wasser tat gut.

John setzte sich auf den Boden und hielt die Hand ins Wasser.

»Es ist ein bisschen wärmer, als du es gewohnt bist.«

»Das macht nichts.«

Ich streckte die Hand aus und legte sie auf seine Wange.

»Danke«, sagte ich.

»Wofür?«

»Für alles.«

»Zehn Kieselsteine«, sagte er.

»Zehn Kieselsteine, zwei Kinder, sechzig Jahre.«

Er küsste meine Hand. »Es war mir ein Vergnügen.«

Ich lächelte. »Mir auch.«

Er legte meine Hand wieder auf seine Wange und hielt sie dort fest. Ich wusste nicht, wann seine lichten Momente kamen und wie lange sie anhielten, aber ich war froh, dass er bei mir war.

»Salz, John. Kannst du das Salz holen?«

Er fragte nicht, warum, verzog nicht mal das Gesicht, sondern ging in die Küche und kam mit der Packung zurück.

»Maldon Meersalz«, sagte er.

»Das wird's schon tun.«

Er streute es über mich, und es sah aus wie Schnee. Als der Karton leer war, setzte er sich wieder, und ich holte tief Luft und ließ mich unter die Oberfläche gleiten. Als mir das Wasser in die Ohren lief und ich vollständig untergetaucht war, atmete ich langsam aus.

Ich könnte hier schlafen, dachte ich. Ich wollte so lange wie nur möglich in der Wanne bleiben, mich vom Wasser halten lassen und nie wieder aufstehen.

Ich musste wohl kurz vorm Einschlafen gewesen sein, denn auf einmal hörte ich, wie das Badewasser gurgelnd in den Abfluss lief.

»Du wirst kalt«, sagte John.

»Ist mir egal.«

»Aber mir nicht.«

Er nahm ein Handtuch vom Halter und wickelte mich darin ein, und irgendwie schaffte er es, mich nach oben und ins Bett zu manövrieren. Er zog die Kommodenschubladen auf, um nach einem Schlafanzug zu suchen, doch ich winkte ab.

»Komm her«, sagte ich.

Er kam zu mir ins Bett, und ich legte den Kopf auf seine Brust.

»Tut mir leid, dass es nicht das Meer war«, sagte er.

Abschied

HARRIET, 2014

Sie wollte eingeäschert werden«, sagte ich zu dem Mann vom Bestattungsinstitut.

»Gut«, sagte er. Sein Anzug war ebenso schlicht und dezent wie der ganze Raum.

»Ein Sarg aus Kiefernholz genügt völlig«, sagte Iain.

»Sehr wohl.«

»Ich weiß nicht, was ich mir vorgestellt hatte«, sagte ich zu meinem Bruder.

»Ich dachte, sie würde ins Meer zurückkehren«, erwiderte er.

»Wie eine Meerjungfrau?«

Iains Ohren liefen rot an, und er blickte auf seine Schuhe. »So was in der Art.«

Der Anruf war am Dienstag beim Frühstück gekommen, als ich gerade meinen Joghurt aß. Iris war unter der Dusche und Myrtle beim Training. Bei dem schrillen Klingeln fuhr ich zusammen, dann verzog ich das Gesicht, weil ich dachte, es wäre wieder so ein Werbeanruf. Ich ließ es klingeln und aß noch einen Löffel Joghurt, direkt aus dem Becher. Doch das Klingeln hörte nicht auf, und schließlich kapitulierte ich.

»Was ist?«, fragte ich genervt.

»Hier ist Henry.«

»Ich bin nicht interessiert, egal, was Sie verkaufen.«

»Der Nachbar deiner Eltern, Henry.«

»Oh«, sagte ich. »Tut mir leid.«

Es war noch früh, und in Gedanken war ich irgendwo zwischen der vergangenen Nacht und dem bevorstehenden Tag.

Mechanisch fragte ich: »Ist alles in Ordnung?«

Im gleichen Moment wurde mir klar, dass die Antwort auf der Hand lag. Henry hatte mich noch nie angerufen.

Ich hörte, wie er Luft holte. »Deine Mum ist gestorben.«

Sie ist gestorben. Deine Mum. Meine Mum. Mum.

Es war absehbar gewesen, aber niemand hatte gewusst, wann es passieren würde, und so hatte es keine Möglichkeit gegeben, zum Schluss noch einmal als Familie bei ihr zu sein. Henrys Anruf hätte jederzeit kommen können. Ich hatte ständig daran denken müssen, seit sie uns nach Dover eingeladen hatte – uns alle –, um uns mitzuteilen, dass sie unheilbar krank war.

»Wann?«, fragte ich.

»Letzte Nacht.«

Ich wusste nicht, was ich sagen sollte. Was gab es da zu sagen? Sie war tot, nicht mehr da.

»John verkraftet es relativ gut, in Anbetracht der Umstände.«

Mein Vater. Sein angeknackster Verstand. Wie mochte es für ihn sein? Hatte er es begriffen?

»Ich kümmere mich um ihn, bis ihr hier seid«, sagte Henry.

»Ja gut, vielen Dank.« Mein Körper nahm die Nachricht schneller auf – meine Hände begannen zu zittern, und ich spürte, wie eine riesige Woge auf mich zurollte. »Wie hast du es erfahren?«

»Ich bin vorhin rübergegangen. Auf einen Tee und um nach den beiden zu sehen. Er war in der Küche mit seiner Tomatensuppe. Ich bin nach oben gegangen, und da lag sie. Im Ehebett.«

Ich drückte das Telefon an meine Brust, so fest, als wollte ich es durch mich hindurchschieben, um mich von dem Bild abzulenken, wie mein verwirrter Vater neben meiner toten Mutter im Bett lag.

»Ich habe einen Krankenwagen gerufen. Und das Bestattungsinstitut informiert. Sie werden mit dir sprechen wollen.«

»Ist sie noch da?«

»Sie holen sie ab. In einer Stunde oder so.«

Mein Vater unten in der Küche mit seiner Suppe, weil für ihn jetzt Abend war. Oben im Bett der Leichnam meiner Mutter, der immer kälter und steifer wurde. Was für eine groteske Vorstellung. Aber was sollte man machen? Die Lebenden leben weiter, und die Toten bleiben tot.

»Harriet?«, sagte er.

»Ja?«

»Es tut mir leid.«

Jetzt saßen mein Bruder und ich zusammen vor einem Schreibtisch aus dunklem Holz, umrahmt von dunkler Holzvertäfelung und elegantem rotem Teppichboden. Wäre die Stimmung etwas fröhlicher gewesen, hätte es auch ein Pub in einem kleinen Dorf sein können, doch statt des Gastwirts saß dort der Bestattungsunternehmer, und er reichte uns einen Katalog mit Urnen.

Iain blätterte darin, und ich dachte an denjenigen, der Texte dafür hatte schreiben müssen; der ernst und zurückhaltend die Vorzüge einer goldplattierten Urne gegenüber einer aus schlichtem weißem Porzellan preisen musste. Die letzte Ruhestätte für einen geliebten Menschen und zugleich etwas, das sich gut auf dem Kaminsims oder in der Vitrine neben dem Whisky und den Kristallgläsern machen würde. Es war absurd.

»Wie wäre es mit der hier?«, fragte Iain und zeigte auf eine Urne aus blauem Cloisonné mit Goldrand.

Ich beugte mich zu ihm und flüsterte: »Wir streuen ihre Asche ins Meer.«

»Ich finde sie schön, blau wie das Meer.«

»Nicht wie ihr Meer.«

Er sah mich an. Er war blass und hatte dunkle Schatten unter den Augen vom Jetlag. Das Haus unserer Eltern war chaotisch, voller Nachbarn, die wahrscheinlich seit Jahren nicht mehr bei ihnen aufgekreuzt waren, abgeschreckt vom unbeständigen Geisteszustand meines Vaters. Jetzt brachten Leute, die ich gar nicht kannte, Essen statt Entschuldigungen.

So ist das in Kleinstädten: Niemand wollte angesichts tragischer Umstände gefühllos wirken, obwohl die meisten meine Eltern in den letzten Jahren geschnitten hatten. Es war nett von ihnen vorbeizukommen, und ich versuchte, freundlich zu sein, aber das ständige Kommen und Gehen war nicht gut für Dad, der immer wieder daran erinnert werden musste, dass Mum gestorben war, was jedes Mal dazu führte, dass er herumbrüllte, Türen zuschlug und sich bei Henry versteckte.

»Die blaue?«, fragte ich.

Iain nickte.

»Gut.«

Wir alle kämpften.

Iain verbrachte die Abende lustlos mit Dad vor dem Fernseher, und ich fragte mich, wie um Himmels willen wir das alles hinter uns bringen sollten.

Nachdem Henry mir die Nachricht übermittelt hatte, mit der ich gerechnet hatte, die mich aber trotzdem unvorbereitet traf, ließ ich das Telefon fallen und rannte ins Bad, froh, dass Iris und ich von Anfang an beschlossen hatten, in unserem Zuhause keine Türen abzuschließen. Ich riss den Duschvorhang zur Seite, und Iris zuckte vor Schreck zusammen.

Sie starrte mich an, die Hand auf der Brust, Shampoo in den Haaren, Schaum an den Beinen.

»Was ist?«, fragte sie. »Was ist los?«

Ich brach in unkontrollierbares Schluchzen aus. Sie schloss mich in die Arme, ich drückte mein Gesicht an ihren Körper, und so standen wir da, halb in der Dusche, halb davor, von Dampf umwabert. Iris strich mir übers Haar, während ich um mich selbst weinte, um meinen Verlust und um meine Mum.

Eine Stunde später saß ich im Auto, auf dem Weg nach Dover. Iris hatte nicht gewollt, dass ich mich in meinem Zustand ans Steuer setzte, aber der Zugfahrplan war unnachgiebig und sah nicht ein, dass ich sofort dorthin musste. Sie würde nachkommen, sobald sie Myrtle von der Schule abgeholt hatte.

Dann war da das Problem, Iain nach England zu holen. Mein Anruf hatte ihn aus dem Schlaf gerissen; es würde fast drei Tage dauern, bis er hier sein würde, und bis dahin musste ich ohne ihn zurechtkommen.

So fuhr ich ganz allein nach Hause, und ich wusste nicht, was mich erwartete und was von mir erwartet wurde. Es war der erste Todesfall, um den ich mich kümmern musste. Es würde allerlei zu regeln geben, die Beerdigung und irgendeine Art von Empfang, aber wer sollte eingeladen werden, und wo sollte er stattfinden? Vor allem aber: Wie sollte es mit Dad weitergehen?

Ich hatte den Luxus genossen, mir keine Gedanken um seine Bedürfnisse machen zu müssen, solange die Situation nicht dramatischer wurde. Ich hatte ja gewusst, dass Mum sich um ihn kümmerte. Aber jetzt, wo sie nicht mehr da war –

Ich fuhr in die Einfahrt und war überrascht, dass von außen nichts darauf hinwies, was sich drinnen abspielte. Ich ertappte mich bei dem Wunsch, das Haus würde irgendwie zeigen, dass es einen Verlust erlitten hatte und trauerte, aber das tat es natürlich nicht. Es war schließlich nur ein Haus. Vier Wände und ein Dach. Der Himmel jedoch war grau und sah aus wie das Meer im Winter: kalt und hässlich.

Ich ging hinein und rief Hallo, aber das fühlte sich zu fröhlich an. Ich merkte, dass ich nicht wusste, wie ich mich in dieser Situation verhalten sollte. Mein Vater saß auf dem Sofa und starrte die Wand an, und Henry saß am Küchentisch und starrte in seinen Tee.

Alles war ungefähr so, wie ich es erwartet hatte, bis auf das Chaos. Ich war nicht vorbereitet auf die Berge von Töpfen und Geschirr und den Gestank nach vergammelter Tomatensuppe.

Ich hätte mich mehr um ihren Gesundheitszustand kümmern müssen. Wir hatten versprochen, sie am Wochenende zu besuchen und regelmäßig anzurufen, aber aus den täglichen Anrufen waren wöchentliche geworden, und als es kaum noch etwas anderes zu berichten gab, als dass alles unverändert war, als die Gespräche sich nur noch um dieselben vier Wörter drehten – *krank*, *schrecklich* und *noch nicht* –, hatten wir uns fast gar nicht mehr gemeldet. Der gute Wille war stark gewesen, und so war es auch das schlechte Gewissen.

»Hallo, Dad«, sagte ich. Er saß teilnahmslos da und antwortete nicht.

Henry und ich umarmten uns steif, dann setzte ich mich zu ihm.

»Wie lange ist er schon so?«, fragte ich.

»Seit heute Morgen, als ich rübergekommen bin.«

»Er hat sich nicht gerührt?«

Henry schüttelte den Kopf.

Ich senkte die Stimme. »Aber er weiß es, oder?«
»Irgendwo tief drinnen schon.«
»Wie ging es ihm in letzter Zeit?«
Henry blickte auf das Durcheinander in der Küche, und ich verstand. »Aber manchmal überrascht er einen, wenn man es am wenigsten erwartet.«
Mein Vater wirkte sehr weit weg, als befände sich das Sofa, auf dem er saß, in einer anderen Welt und einer anderen Zeit.
»Die Nächte sind besser«, sagte Henry. »Morgens ist es am schlimmsten. Für ihn steht die Zeit auf dem Kopf.«
»Danke«, sagte ich. »Für alles. Ich – Wir –« Ich wandte mich ab, weil mir die Tränen übers Gesicht liefen.
»Schon gut«, erwiderte er verlegen. »Die vom Bestattungsinstitut haben gesagt, sie melden sich.«
»Ja gut.«
»Ich geh dann mal.«
»Ja natürlich.«
»Ich bin gleich nebenan«, sagte Henry und deutete auf sein Haus.

Am Tag bevor ihr Leichnam eingeäschert werden sollte, ging ich ins Schlafzimmer und stand ratlos vor dem Schrank. Es erschien mir unnötig und unpraktisch, ihr Lieblingskleid auszuwählen, nur um es dann verbrennen zu lassen. Niemand würde wissen, dass sie es angehabt hatte, wozu also das Ganze? Warum sollte ich mich mit dem Versuch quälen herauszufinden, welches Kleid ihr am liebsten gewesen wäre, wenn ich sie mir doch in keinem davon vorstellen konnte?
Ich legte alle Kleider, die sie hatte, aufs Bett: ein dunkelblaues, ein schwarzes und ein grünes. Sie waren alt und aus der Mode, der Stoff an den Säumen ausgefranst. Während ich sie anstarrte und darauf hoffte, dass sich eine Erinnerung einstellte, wie sie eines davon getragen hatte, kam Dad herein und stellte sich neben mich. Er bewunderte die Kleider und fuhr mit den Fingern über die feine Wolle, als hätte er ein klares Bild vor Augen, wie Mum darin ausgesehen hatte.

»Das hier«, sagte er langsam. »Das hatte sie auf der Fähre an.« Er hob das dunkelblaue Kleid hoch, setzte sich auf die Bettkante und breitete es über seine Knie. »Als sie nach Frankreich gefahren ist.«

Ich schwieg, da ich gelernt hatte, dass es am besten war, ihn in solchen Momenten nicht zu unterbrechen. Er drehte das Kleid um und strich lächelnd über die Schulternähte. Dann hielt er die Stelle hoch und zeigte auf einen schwachen Fleck.

»Ein Vogel«, sagte er. Seine Lippen bewegten sich, als könnten sie ihm dabei helfen, das richtige Wort zu finden. »Eine – am Ufer. Schreckliche Viecher. Weiß –« Sein Mund suchte weiter, und dann rief er: »Eine Möwe!«

Ich sah mir den Fleck genauer an, verstand aber nicht so recht.

»Bringt Glück«, sagte er.

Und da begriff ich: Ein Vogel hatte auf die Schulter ihres Kleides gemacht.

Er legte das dunkelblaue Kleid wieder aufs Bett und strich es glatt. Da veränderte sich sein Gesichtsausdruck, als hätte er sich von Neuem daran erinnert, dass sie es nie wieder tragen würde. So, wie er war, legte er sich hin, und ich half ihm, die Hausschuhe auszuziehen. Er rollte sich auf die Seite, wobei er alle drei Kleider zerdrückte, fand aber keine Ruhe. Sein Arm schien nach der richtigen Position zu suchen. Ich sah zu und hätte ihm gerne meine Hilfe angeboten, aber ich wusste, es war besser, wenn ich ihn allein eine Lösung finden ließ. Mit geschlossenen Augen zog er das Kissen meiner Mutter zu sich und atmete tief ein, doch dann verzog er verärgert das Gesicht. Er tastete nach den Kleidern, legte das grüne über das Kissen und atmete erneut ein, bis sein Gesicht sich entspannte.

»Möchten Sie, dass die Trauerfeier hier stattfindet?«, fragte der Mann und holte mich damit zurück ins Hier und Jetzt. »Wir können alles Nötige veranlassen. Viele finden es so einfacher.«

Ich sah Iain an. Er nickte.

»Wenn Sie wollen, kann ich Ihnen den Raum zeigen, in dem die Trauerfeier abgehalten wird«, sagte der Mann. »Daneben befindet sich ein weiterer Raum für einen anschließenden Empfang.«

Wir folgten ihm in einen Raum mit dunkler Holzvertäfelung, und alles war so still und gemessen, dass man sich kaum traute, lauter als im Flüsterton zu sprechen.

Ich nahm Iain beiseite. »Wir können uns nicht hier von ihr verabschieden.«

Er nickte. »Sie hätte es grässlich gefunden.«

»Dekadent«, sagte ich.

»Was sollen die Leute denken?«

»Ich kriege hier keine Luft.«

»Was ist mit der Kirche?«, fragte er.

Und so verließen wir das Bestattungsinstitut und fuhren zur Kirche, doch der Pfarrer, für den Mum damals gearbeitet hatte, war entweder versetzt worden oder im Ruhestand. Sein Nachfolger war kaum älter als Iain und ich. Obwohl er uns nicht kannte, bat er uns freundlich in sein Büro.

»Mein tief empfundenes Beileid«, sagte er.

»Danke«, erwiderte ich.

»Wir werden am Sonntag beim Gottesdienst ihrer gedenken.«

»Ja, vielen Dank«, sagte Iain.

»Und wie kommt Ihr Vater mit dem Verlust zurecht?«

»So gut, wie man es erwarten kann«, antwortete ich.

»Es ist ein harter Schlag für ihn.« Der Pfarrer nickte ernst.

»Ja«, sagte ich. »Es wird ihm sicher ein Trost sein, jetzt wieder öfter hierherzukommen.«

Mit einem Mal veränderte sich der Gesichtsausdruck des Pfarrers, und er rutschte unbehaglich auf seinem Stuhl hin und her. »Wird er sich wieder der Gemeinde anschließen?«

»Das nehme ich an, ja.«

»Hat Ihre Mutter Ihnen nichts gesagt?«

»Gesagt? Was denn?« Ich sah Iain an, aber er zuckte nur mit den Achseln.

»Ah.« Der Pfarrer legte die Fingerspitzen aneinander. »Wirklich bedauerlich, was mit Ihrem Vater geschehen ist.«

»Geschieht«, korrigierte ich ihn.

»Ja natürlich.«

»Er hat immer Kraft aus dem Gottesdienst hier gezogen«, sagte ich.

»Es ist schon eine Weile her, seit er zuletzt hier war.«

»Wegen der Krankheit meiner Mutter«, sagte ich.

»Natürlich«, sagte er. »Aber auch schon davor.«

»Ich bin sicher, dass er künftig wieder regelmäßig zum Gottesdienst kommen wird.«

»Es tut mir leid, ich weiß nicht recht, wie ich es Ihnen sagen soll, aber … wir würden es vorziehen, wenn er nicht wieder käme.«

»Wie bitte?«

Der Pfarrer wich meinem Blick aus und fixierte stattdessen einen unsichtbaren Fleck auf seinem Schreibtisch, an dem er mit seinem Fingernagel kratzte. »Es gab einige Zwischenfälle, einige Verhaltensweisen, die die anderen Gemeindemitglieder gestört haben – was bei seinem Zustand natürlich zu erwarten ist, aber trotzdem –«

Ich sah fassungslos zu Iain.

»Zum Beispiel?«, fragte ich.

Der Pfarrer wand sich sichtlich. »Er vergisst sich, unterbricht den Gottesdienst. Benimmt sich allgemein unangemessen. Ich muss an die Allgemeinheit denken, verstehen Sie?«

Ich schob die Hände in die Taschen und ballte sie zu Fäusten. »Sollte die Kirche nicht jedes Mitglied der Gemeinde willkommen heißen? Ganz besonders diejenigen, die leiden und Trost in der Gemeinschaft suchen?«

»Wie ich schon Ihrer lieben verstorbenen Mutter gesagt habe, war das Verhalten Ihres Vaters schon damals nicht mehr angemessen, und wenn ich ehrlich sein soll –«

»O ja, ich bitte darum«, sagte ich.

Iain legte die Hand auf meinen Arm, aber ich schüttelte sie ab.

Der Pfarrer lächelte besänftigend. »Ich bezweifle sehr, dass er etwas vom Gottesdienst hätte. In seinem Zustand.«

»Seinem Zustand? Sein Zustand ist der eines trauernden Witwers.«

»Ich meine seinen Gesundheitszustand.«

Ich stand abrupt auf, weil ich seinen Mangel an Anstand und Nächstenliebe nicht länger ertragen konnte, und Iain folgte meinem Beispiel.

»Es tut mir leid«, sagte der Pfarrer. »Weswegen wollten Sie mich sprechen?«

Doch Iain nahm meine Hand, bevor ich etwas erwidern konnte, das mir später vielleicht leidtun würde, und zog mich nach draußen.

Kaum dass wir im Auto saßen, brach es aus mir heraus. »Das war ihre Kirche, unsere Kirche, solange ich denken kann!«

»Sie hat mir vor einiger Zeit mal gesagt, dass einige von ihren Freunden auf Abstand gegangen wären und dass sie nicht mehr gerne einkaufen ging. Weil alle tuschelten und glotzten.«

»Typisch Kleinstadt«, fauchte ich. »Engstirnig und völlig ohne jedes Verständnis.«

»Aber das hätte ich trotzdem nicht erwartet«, sagte Iain. Ich sah, wie fest seine Hände das Steuer umfassten. »Wer wirft denn jemanden aus der Kirche?«

»Was meinst du, was Dad getan hat?«

»Ich hoffe, er ist nackt da durchgelaufen«, sagte Iain.

Ich lachte. »Das geschähe ihnen recht. Nach allem, was die beiden für die Kirche getan haben.«

Iain seufzte und stützte das Kinn aufs Steuer. »Und jetzt?«

Wir fuhren nach Hause, um uns zu sammeln und zu schauen, wie Iris und Myrtle mit Dad zurechtkamen, der, wie wir erfuhren, den größten Teil des Vormittags geschlafen hatte und dann kurz nach dem Mittagessen aufgestanden war, um auf das Sofa zu wechseln. Seither saß er dort und starrte vor sich hin. Er wirkte hohl, wie eine leere Hülle, die auf etwas wartete, und ich ahnte zwar, was das war, konnte mich aber nicht dazu durchringen, es anzuerkennen.

Ich fragte mich, wie Mum das ausgehalten hatte. Allein die praktischen Dinge waren anstrengend: darauf achten, dass er etwas aß, ihm beim Anziehen helfen und beim Baden; Letzteres hatte Iain übernommen, ohne dass wir ihn fragen mussten. Die ganze Zeit über hatte Mum nicht ein einziges Mal um Hilfe gebeten, sondern hatte es vorgezogen, so weiterzumachen wie bisher. Iris meinte, es sei reine Sturheit gewesen, aber ich war anderer Ansicht, denn in gewisser Weise verstand ich ihr Verhalten. Wenn Mum um Hilfe gebeten hätte, was Dad anging, wäre sein Zustand unleugbar Wirklichkeit geworden; indem sie es nicht tat, indem sie sich allein darum kümmerte, gestattete sie uns, ihn so lange wie möglich zu behalten. Sie hatte die Last seiner Krankheit getragen, um uns davor zu bewahren. Es war heldenhaft und selbstsüchtig und absolut typisch für sie.

Dad schien ganz fasziniert von den Fotos zu sein, die Iris im Laufe der Jahre mitgebracht hatte – bei Fahrten, von denen ich gerade erst erfahren hatte. Doch der Tag hatte mich erschöpft, und ich hatte keine Energie mehr, auch noch auf sie wütend zu sein. Stattdessen dachte ich daran, dass sie meiner Mutter etwas gegeben hatte, das ich ihr nicht hatte geben können, und in diesen Momenten des Bedauerns war ich froh darüber.

Meine Eltern hatten immer sehr zurückgezogen gelebt, und ich fragte mich, was sich hier in ihrer Zweierwelt wohl abgespielt haben mochte. Was war geschehen, was Iain und ich nicht miterlebt hatten? Diese Abende, an denen sie ferngesehen oder gelesen und zusammen gegessen hatten – wie waren sie gewesen? Es gab so vieles, was ich über sie nicht wusste, nicht wissen konnte; es war, als würden sie für immer Fremde bleiben. Und jetzt war es nicht mehr möglich, über den furchtbaren Weihnachtsabend damals zu sprechen.

»Dad«, sagte ich und setzte mich neben ihn aufs Sofa.

Er rührte sich nicht und schien mich nicht gehört zu haben. Ich bemerkte, wie er gealtert war: Die Haut um seine Augen war dünn wie Papier, er hatte Altersflecke auf Hals und Wangen, und er, der sich immer so steif und aufrecht gehalten hatte, sah jetzt so zusammengesunken aus, als ob er in die Position eines Fötus zurückkehrte. Er wirkte hilflos, kläglich und verloren. Ich blickte zur Decke und atmete tief durch.

»Dad«, sagte ich erneut und legte die Hand auf sein Knie.

Er wandte sich zu mir, sah mich mit seinen trüben, wässrigen Augen an, und dann breitete sich langsam ein Lächeln auf seinem Gesicht aus.

»Martha«, sagte er.

Ich lächelte ebenfalls, während mir die Tränen in die Augen stiegen.

»Nein, Dad, ich bin's, Harry.«

»Hast du heute schon das Meer gesehen?« Er streckte seine faltigen Hände mit den viel zu langen Fingernägeln aus, um mein Gesicht zu berühren.

Ich nahm seine Hände und sagte: »Dad, ich bin's, deine Tochter.«

Langsam verarbeitete er die Information.

»Wo ist Martha?«

Ich sah hinüber zu Iris, die am Küchentisch saß, in der Hoffnung, dass sie wusste, was zu tun war. Wünschte mir, dass sie – oder irgendwer – das hier in Ordnung bringen konnte. Aber sie sagte nichts.

Ich nahm meinen ganzen Mut zusammen und sagte: »Ich liebe dich, Dad.«

Ich nahm an, dass sie ihre letzten gemeinsamen Tage so verbracht hatten – er in wechselnden Orten und Zeiten, und sie sterbend oben im Bett –, und das Ganze war so grausam, dass ich es kaum ertrug. Ich hätte am liebsten geschrien.

Iain und ich brauchten frische Luft, und so fuhren wir, ohne dass wir darüber sprachen, ans Meer, zu der Stelle, wo unsere Mutter immer ihre Kanaldurchquerungen begonnen hatte. Wir gingen an den Strand und setzten uns auf die kalten, nassen Kiesel. Das Meer war öde und grau, mit einer tief hängenden Wolkendecke darüber, als hätte es sich unserer Trauer angeschlossen.

»Und wenn wir es lassen?«, sagte ich.

»Wenn wir was lassen?«

»Das mit der Trauerfeier. Können wir das nicht selbst machen?«

»Und was ist mit ihren Freundinnen?«

»Die Frauen mit dem Essen?«, entgegnete ich.

Iain nickte. »Die werden sich die Mäuler zerreißen. Tun sie jetzt schon. Eine Schande, diese Kinder. Haben sie ganz allein gelassen mit John in seinem Zustand.«

»Das sagen sie?«

Wieder nickte er.

»Das sagen sie bei uns im Haus?«

»Ja.«

Ich griff eine Handvoll Kiesel und schleuderte sie ins Meer.

»Sind wir das?«

»Was?«, fragte er.

»Eine Schande.«

Er fuhr mit den Fingern durch die Kiesel. »Vielleicht. Ein bisschen.«

»Hier«, sagte ich und breitete die Arme aus. »Warum machen wir es nicht hier? Wenn sie wollte, dass ihre Asche ins Meer gestreut wird?«

»Und der Empfang? Mitte Oktober ist nicht gerade Picknickwetter.«

Ich sah mich um, und dann fiel mein Blick auf das Ende der Promenade, die sich am Ufer entlangzog. »Wie wär's mit dem White Horse Inn?«

»Das ist nicht dein Ernst! In einem ordinären Pub?«, erwiderte er in dem gespielt schockierten Tonfall der Frauen, die unser Haus belagerten.

»Es ist mir gleich, was ein Haufen alter Tratschtanten denkt.«

»Sie hat mir erzählt – beim letzten Mal –, dass einige von ihnen nicht mehr zu Besuch kommen. Wegen Dad.«

Ich schüttelte den Kopf und blickte auf das Meer. »Das hier fühlt sich richtig an.«

»Ja, das tut es.«

Ich dachte an etwas, was er zuvor gesagt hatte. »Dachtest du wirklich, sie würde einfach ins Wasser zurückgehen? Wie eine Meerjungfrau?«

»Da war ich noch klein.«

Ich sah ihn überrascht an.

Er hielt den Blick aufs Meer gerichtet und warf ein paar Kieselsteine hinein. »Die erste richtige Erinnerung, die ich an sie habe, ist, wie sie ins Wasser geht. Es war diesig, man konnte nicht erkennen, wo das Meer aufhörte und der Himmel begann. Ich dachte, sie würde über den Rand der Welt schwimmen.«

Schließlich kam der Morgen, an dem wir uns offiziell von unserer Mutter verabschiedeten. Es war ein ungemütlicher Oktobertag – windig, kalt und trist –, und als wir zum Strand kamen, tobte das Meer vor Wut, mit mächtigen Brechern und Schaumkronen.

Wir hatten beschlossen, die Trauerfeier direkt am Wasser abzuhalten, aber wir hatten nicht bedacht, dass Flut war und der schmale Strand überspült. So waren wir gezwungen, das Ganze oben auf die Klippe zu verlegen, ein gutes Stück entfernt vom Wasser.

Unsere Familie, einschließlich Henry, stellte sich dicht aneinandergedrängt in einem Kreis auf, als Schutz vor dem Wetter. Eigentlich hatten wir der Reihe nach ein paar Worte sagen wollen, aber niemandem fiel etwas ein, und so standen wir schweigend da. Die wenigen Sätze, die wir schließlich hervorbrachten, waren nicht sehr aussagekräftig, aber wie hätten wir auch ihr Leben in wenigen Worten zusammenfassen sollen? Es war unmöglich, sie angemessen zu beschreiben – oder das, was sie uns bedeutet hatte.

Mein Vater hielt die Urne. Als er an der Reihe war, schoben wir ihn in die Mitte des Kreises, aber er weigerte sich, etwas zu sagen. Er steckte die freie Hand in die Tasche und blickte zu Boden, um niemanden von uns ansehen zu müssen. Nach einer Weile hob er den Kopf, starrte aber nur das Meer an und fing an, auf der Stelle zu treten – wie ich mittlerweile gelernt hatte, war das ein Zeichen dafür, dass er unruhig war und sein Gehirn versuchte, ihm etwas Wichtiges zu sagen. Abrupt wandte er sich zu dem Pfad, der sich sanft hinunter zum Wasser schlängelte, und marschierte los, die Urne noch immer in der Hand. Iain lief hinter ihm her und versuchte, ihn zurückzuholen, doch Dad stieß ihn beiseite und ging unbeirrt weiter.

Uns blieb nichts anderes übrig, als ihm zu folgen. Als er unten ankam und die Wellen über seine Schuhe schwappten, blieb er stehen und beugte sich ein wenig vor. Voll Sorge, dass etwas passieren könnte – dass er das Gleichgewicht verlor und ins Wasser fiel oder, noch schlimmer, dass er einfach immer weiterging –, folgten wir ihm ins Wasser. Alle bekamen nasse Füße, und ich dachte bei mir, das hätte meiner Mutter sicher sehr gefallen.

Dad nahm den Deckel von der Urne und wartete, bis eine Welle nah genug herankam. Dann warf er die Asche hinein, und im Zurückrollen nahm die Welle meine Mutter mit hinaus aufs Meer. Iain hatte recht behalten: Zwar war sie nicht selbst ins Wasser gegangen, aber sie war letzten Endes dorthin zurückgekehrt.

Taufe

MYRTLE, GEGENWART

Eines Abends Ende August, als ich gerade aufstand, um den Tisch abzuräumen, fragte meine Mum mich, was ich zu meinem Geburtstag machen wollte.

»Sechzehn ist ein besonderer Geburtstag«, meinte Iris.

Und im Stillen erwiderte ich: Ja, ich weiß – es bedeutet, dass ich offiziell alt genug bin, um durch den Ärmelkanal zu schwimmen, und dass das ganze Training nicht umsonst war.

Laut bemerkte ich: »Das sagst du bei jedem Geburtstag.«

»Wir könnten irgendwo schön essen gehen. Vielleicht in der Stadt? Du kannst Robin einladen, wenn du willst«, schlug Harriet vor.

Eins musste ich ihnen lassen: Sie hatten kein Wort über meine neue Pummeligkeit verloren. Ich war immer schlank und sehnig gewesen, und ich war sicher, dass sie die Veränderung bemerkt hatten.

»Eigentlich würde ich lieber Granddad besuchen.«

Harriet schenkte sich noch ein Glas Wein ein. »Das ist lieb von dir, Spatz, aber bist du sicher? Ich weiß, wie gern du ihn hast, und wir natürlich auch, aber wenn du nicht essen gehen willst, könntest du auch hier feiern.«

Ich schüttelte den Kopf. »Ich möchte übers Wochenende nach Dover fahren.«

»Wirklich?«

Ich sah, wie sie einen besorgten Blick wechselten, als könnten sie nicht begreifen, warum eine fast Sechzehnjährige ihren Geburtstag mit ihrem Großvater verbringen wollte. Vielleicht dachten sie, ich wollte die verlorene Zeit nachholen.

Sie willigten ein, und so fuhren wir einen Tag vor meinem Geburtstag zu Granddad.

Sein Pflegeheim lag oben in der Nähe der Burg, und vom Speisesaal konnte man den Hafen sehen; dort saß er stundenlang und sah zu, wie die Boote und Fähren kamen und gingen.

Da wir erst nach dem Feierabendverkehr aus London losfuhren, war es bei unserer Ankunft schon zu spät, um Granddad zu besuchen. Aber wir trafen uns noch mit Henry im White Horse Inn. Er wartete schon auf uns, als wir hereinkamen, und nach der Begrüßungsrunde bat er mich, ihm zu helfen, die Getränke von der Bar zu holen.

»Du hast ihnen noch nichts gesagt, oder?«, fragte er, während wir auf die Pints warteten.

»Was denn?«

»Myrtle, du hattest es versprochen.«

»Wieso denkst du, ich hätte es nicht getan?«

»Weil ich keine wütenden Anrufe gekriegt habe.«

Der Barkeeper lächelte mich an, als er ein Glas Wein auf das Tablett stellte.

»Das klappt schon.«

Henry sah mich mit gerunzelter Stirn an.

»Ich sage es ihnen heute Abend.«

»O Gott«, seufzte er. »Sie werden mich hassen.«

»Nein, werden sie nicht. Ich hab sie darauf vorbereitet.« Was komplett gelogen war.

»Wie denn?«

»Na ja, mit Andeutungen und so.«

»Myrtle, das war unsere Abmachung. Du gehst nicht ins Wasser, wenn sie nicht einverstanden sind.«

Ich sah zu, wie der Barkeeper ein Bier zapfte und sagte, ohne Henry anzusehen: »Keine Sorge, ich hab alles im Griff.«

An einem Samstag im letzten November hatte ich meinen Mums gesagt, ich würde den Tag bei einer Freundin verbringen, und war mit dem Zug nach Dover gefahren. Ich war zu dem einzigen Ort gegangen, den ich außer dem Haus meiner Großeltern kannte, und hatte bei Henry an die Tür geklopft.

»Myrtle«, sagte er. »Ist alles in Ordnung? Macht John nicht auf? Brauchst du den Schlüssel?«

Ich schüttelte den Kopf. »Ich war noch gar nicht drüben.« Ich sah kurz nach nebenan und dann wieder zu Henry. »Kann ich reinkommen?«

»Na klar«, sagte er und trat zur Seite.

Er führte mich ins Wohnzimmer, das etwas unordentlich war, aber die paar alten Zeitungen und Zeitschriften, die überall herumlagen, störten mich nicht. Ich setzte mich aufs Sofa, und er brachte mir eine Tasse Tee und nahm dann neben mir Platz.

»Und, wie geht es dir?«, fragte er.

»Gut.« Ich starrte auf meinen Becher.

»Und Harriet und Iris?«

»Auch gut.«

»Wie läuft's in der Schule?«

»Gut.«

»Und beim Schwimmen?«

Ich nickte und pustete auf den heißen Tee.

Henry beugte sich vor und stützte die Ellbogen auf die Knie. »Myrtle, was ist los?«

»Du weißt doch, dass meine Grandma immer geschwommen ist?«

Er nickte langsam.

»Na ja, also, ich dachte, ich –«

Henry sah mich an, und ich merkte, dass er wusste, worauf ich hinauswollte.

Er schüttelte den Kopf. »Keine gute Idee.«

»Du weißt doch gar nicht, was ich sagen will!«

Er zog die Stirn kraus. »Ich brauche die Worte nicht zu hören, ich sehe es dir an.«

»Weil ich aussehe wie sie?«

»Nein, weil du aussiehst, als hättest du eine Dummheit vor.« Er stellte seinen Becher auf den Beistelltisch und rieb sich den Nacken. »Hast du mit deinen Eltern darüber gesprochen?«

»Noch nicht.«

»Aha. Hast du angefangen zu trainieren?«

»Ich schwimme sechsmal die Woche, Henry.«

»Ja, ich hab gehört, die Strömungen in einem Schwimmbad können ganz schön gefährlich sein.« Er sah mich an, und meine Enttäuschung war mir wohl deutlich anzumerken.

»Ich bin eine starke Schwimmerin.«

»Du musst dich an das kalte Wasser gewöhnen.«

»Ich bin schon im Meer geschwommen.«

»Du musst gut vorbereitet sein. Das ist gefährlich.«

»Ich will es für sie tun. Zu ihren Ehren.«

»Ich weiß, meine Kleine, ich weiß. Aber es ist gefährlich.«

Wir tranken schweigend unseren Tee, und ich wollte nur noch weg. Henry war genau wie meine Mütter, wenn auch auf ganz andere Art.

»Du verstehst das nicht. Wie auch? Was hast du denn je Außergewöhnliches getan?«

Ich sprang auf, stürmte zur Tür und schnappte mir meine Tasche. Gerade als ich die Klinke herunterdrücken wollte, spürte ich Henrys Hand auf meiner Schulter.

Ich fuhr herum. »Was ist?«

»Klär das mit deinen Eltern, dann schaue ich, was ich hier tun kann, um dir zu helfen«, sagte er.

Jetzt stand Henry mit hängendem Kopf da und sah zu, wie der Barkeeper Getränke einschenkte. »Ich wollte ein nettes Geburtstagsessen mit dir und deinen Eltern haben. Und sie werden nicht mehr in der Stimmung dafür sein, wenn du es ihnen gesagt hast.«

»Dann warte ich halt bis nach dem Essen.«

»Nein«, widersprach er entschieden. »Du tust es jetzt.«

Er nahm mir das Tablett mit den Getränken ab, und mir blieb nichts anderes übrig, als ihm zum Tisch zurück zu folgen.

Als wir alle wieder saßen, erhob Iris ihr Weinglas und sagte: »Auf unsere wunderbare, bezaubernde Tochter Myrtle. Auf dich, mein Schatz. Deine Mutter und ich haben dich sehr lieb.«

Wir stießen an, und gerade als sich das Gespräch Henry und seinen Neuigkeiten zugewandt hatte, brachte der Barkeeper ein Glas Cider. Er stellte es vor mich hin und sagte: »Viel Glück morgen.«

»Was ist denn morgen?«, fragte Harriet.

Henry versetzte mir unter dem Tisch einen Tritt, und ich funkelte den Barkeeper wütend an.

»Hat sie Ihnen nichts gesagt?«, fragte der Barkeeper.

Henry schüttelte den Kopf, und ich starrte auf das Glas Cider.

»Was hat sie uns nicht gesagt?«, wollte Iris wissen.

Ich trank einen großen Schluck und hoffte, dass er mir Mut machen würde. »Ich schwimme morgen durch den Kanal«, stieß ich hervor.

Harriet verschluckte sich an ihrem Bier. Sie hustete und wurde ganz rot, und Iris klopfte ihr auf den Rücken.

»Entschuldigt, ich glaube, ich habe mich verhört«, krächzte Harriet.

Henry stand auf. »Das ist offenbar eine Familienangelegenheit. Ich bin dann an der Bar.«

»Setz dich«, befahl Harriet. Er gehorchte.

»Und du erklärst uns jetzt mal, was hier los ist«, sagte sie zu mir. Iris legte die Hand auf Harriets Schulter und drückte sie leicht.

»Was gibt's da zu erklären?«, entgegnete ich. »Ich schwimme durch den Kanal.«

»Nur über meine Leiche«, sagte Harriet. Iris drückte fester.

»Es ist schon geregelt.«

»Was ist geregelt?«, fragte Iris.

»Alles«, sagte ich. »Charlie, das Boot. Henry hat die Federation dazu gekriegt, auf die Gebühr zu verzichten, und Charlie fährt auch umsonst. Zu Grandmas Ehren.«

»So, hat Henry das getan?« Harriets Augen durchbohrten Henrys Gesicht.

Er wurde rot und sah hinunter auf sein Bierglas.

»Deshalb wolltest du also hierherkommen und deinen Großvater besuchen«, sagte Harriet zu mir.

Ich nickte.

Sie wandte sich wieder zu Henry. »Und du, du hast das alles organisiert? Ist dir dabei nicht in den Sinn gekommen, mal zum Hörer zu greifen und uns darüber zu informieren, dass unsere Tochter vorhat, sich ins Meer und damit in den sicheren Tod zu werfen?«

»Mum, du übertreibst total.«

»So, tue ich das? Tue ich das wirklich?«

Ich ballte die Fäuste und wollte losbrüllen, doch Henry bremste mich.

»Ich verstehe, dass ihr euch Sorgen macht«, sagte er zu meinen Eltern. »Aber ich erzähle euch jetzt mal, was sie getan hat.«

»O ja, gute Idee«, sagte Harriet.

»Sie hat unglaublich hart gearbeitet. Sie ist jedes Wochenende hierhergekommen, um im Hafen zu trainieren. Und sie ist die vorgeschriebene Übungsstrecke geschwommen, achtzehn Meilen ohne Neoprenanzug.«

»Wie bitte?«, fragte Iris. »Jedes Wochenende?«

Alle sahen mich an.

»Ich hab jeden Samstagmorgen den ersten Zug genommen. Henry hat mich abgeholt und mich zum Hafen gebracht, und ich hab getan, was Charlie mir gesagt hat.«

»Sie hat alles getan, was von ihr verlangt wurde«, bestätigte Henry.

»Und die Übungsstrecke?«, fragte Iris.

»Erinnerst du dich, wie Robin und ich im März auf Lanzarote waren, zum Trainingscamp?«

Sie nickte.

Ich zog die Nase kraus. »Na ja, wir haben trainiert, aber auf Jersey. Bei einer Frau namens Sal.«

Iris fuhr zu Henry herum. »Wusstest du davon? Zwei minderjährige Kinder, die allein nach Jersey fliegen?«

Henry hob wie zur Betonung den Zeigefinger. »Davon habe ich erst hinterher erfahren.«

Harriet holte tief Luft und legte die Hände auf den Tisch. »Also, damit ich das richtig verstehe: Du bist jedes Wochenende mit dem Zug hierhergefahren und im eisigen Hafen geschwommen, mit einem alten Fischer als Trainer? Nachdem du auf eigene Faust in ein Flugzeug gestiegen bist und eine Woche auf Jersey verbracht hast?«

Ich nickte.

»Wie konntest du uns so anlügen?«, fragte Iris. »Wir haben dir doch immer gesagt, dass du mit uns über alles reden kannst.«

»Aber nicht über das hier.«

»Diese ganze Heimlichtuerei.« Iris schnalzte missbilligend. »Und diese Lügen.« Sie verschränkte die Arme vor der Brust.

»Es ging doch nicht anders! Ihr hättet mir das nie erlaubt.«

»Wer sagt, dass wir es dir jetzt erlauben?«, entgegnete Harriet.

»Aber ihr müsst. Es ist zu spät, um das Ganze abzublasen – alle sind bereit. Charlie sagt, das Wetter sieht gut aus, und deshalb starten wir. Morgen früh vor Sonnenaufgang. Ihr könnt mich nicht davon abhalten.«

»Und ob wir das können«, sagte Harriet.

»Mum!«, rief ich halb flehend, halb wütend. »Dafür hab ich härter trainiert als für alles andere. Ich habe gelernt, im Meer zu schwimmen. Ich habe mich an das kalte Wasser gewöhnt. Ich habe sogar zehn Kilo zugenommen! Ich will einfach nur Grandma ehren und in ihre Fußstapfen treten.«

Harriet schüttelte den Kopf.

Und da sagte ich etwas, von dem ich wusste, dass es sie verletzen würde, aber es war meine letzte Hoffung. »Du hast mich von ihr ferngehalten. Ohne das Schwimmen hätte ich sie nie kennengelernt. Sie wäre alleine hier gestorben, ohne irgendjemanden. Alle haben sich so viel Mühe gemacht, um mir zu helfen. Und ich will, dass ihr beide auch dabei seid.« Ich stand auf. »Ihr müsst nicht mitkommen, aber ihr könnt mich nicht daran hindern. Ich bin alt genug, um es auch ohne eure Erlaubnis zu tun.«

Meine Mum wurde ganz blass und drehte sich zur Wand.

»Myrtle«, sagte Iris warnend.

»Was denn?«, entgegnete ich. Ich hatte komplett die Geduld verloren. »All die Jahre hat sie immer nur gesagt, sie wären schrecklich und gemein. Ich verstehe ja, dass sie sie verletzt haben. Aber sie sind meine Großeltern, und ich habe Martha kaum noch kennengelernt. Ich will das machen. Ich habe trainiert, alles ist vorbereitet, und ich bin so weit.«

Harriet sah mich nicht an.

»Du bist genauso schlimm, wie du es immer von ihnen behauptet hast!«, brüllte ich. Wahrscheinlich hörten es alle im Pub. Ich stolperte über meinen Stuhl und rannte hinaus.

Ein paar Minuten später kam Iris mir nach. Sie setzte sich neben mich auf den Bordstein und schwieg; das tat sie immer, wenn sie wollte, dass ich redete.

»Ich kann das«, sagte ich.

»Daran zweifle ich auch nicht«, erwiderte sie.

Die Straße lag verlassen da, und es kam mir so vor, als wären wir in einer Geisterstadt. In der Ferne hörte ich das Tuten der Fähre, die aus Calais kam.

»Warum lässt sie mich dann nicht?«

Iris seufzte. »Es war ein schweres Jahr.«

»Was du nicht sagst.«

Sie drückte mein Knie. »Ich weiß, für dich war es auch schwer. Aber versuch mal, es aus ihrer Warte zu sehen. Sie hat schon ihre Mutter verloren – und ihren Vater auch zum großen Teil. Sie könnte es nicht ertragen, wenn dir auch noch etwas zustoßen würde.«

»Was soll mir denn zustoßen?«, entgegnete ich. »Du hast gesehen, wie ich schwimme. Und sie auch. Ich bin stark genug dafür. Warum kann sie mir nicht vertrauen?«

»Es ist nicht so, dass sie dir nicht vertraut. Als Kind hätte sie ihre Mutter fast bei deren erstem Versuch verloren.«

»Ich weiß, aber das war nicht die Schuld des Meeres, sondern Grandmas. Das hat sie mir selbst erzählt. Sie war noch nicht so weit. Aber ich bin's.«

Ich sah meine Mum an und wusste nicht, was ich noch sagen sollte, um sie zu überzeugen. Um sie beide zu überzeugen. »Alle hier haben mir so geholfen. Charlie ist letztes Jahr in den Ruhestand gegangen, aber er fährt extra für mich noch mal raus. Ich kann doch nicht alles, was sie für mich getan haben, einfach verfallen lassen.«

Iris seufzte und stand auf. »Du bist genauso stur wie sie.«

»Wie wer?«

Sie lächelte. »Warum habe ich mich nur mit so sturen Frauen umgeben?«

Ich streckte meine Hand aus, und sie zog mich hoch.

»Aber ich hab's nun mal.« Sie legte den Arm um meine Schultern.

»Also gut. Ich versuche, Harriet zu überzeugen, wenn du mir etwas versprichst.«

»Alles, was du willst.«

»Wenn du an irgendeinem Punkt Schwierigkeiten hast, kommst du raus. Ohne Widerrede oder Debatten. Wenn es auch nur den Hauch einer Gefahr gibt, steigst du ins Boot.«

»Okay.«

»Ich meine es ernst.«

»Okay«, sagte ich. »Ach, und noch was.«

Ich sah, wie sie sich wappnete.

»Granddad kommt mit aufs Boot.«

»Ich glaube, das ist keine gute Idee, Myrtle – er ist so schlecht zugange.«

»Er kommt bei den Durchquerungen immer mit. Er ist wie ein Glücksbringer.«

Iris lachte kopfschüttelnd. »Das mit John als Glücksbringer lasse ich besser weg, wenn ich mit deiner Mutter rede.«

Letzten Winter, nachdem meine Großmutter gestorben war, lebte Granddad noch in seinem Haus an der Shakespeare Road. In Dover gab es nur zwei Pflegeheime, und wie sich zeigte, hatten beide Wartelisten, deshalb musste er noch ein paar Monate bleiben, wo er war. Ein Pflegedienst kam mehrmals in der Woche, und Henry behielt ihn ebenfalls im Auge. Derweil stritten sich Onkel Iain und meine Mum stundenlang auf Skype darüber, was mit ihm geschehen sollte. Ich gewöhnte mich regelrecht daran, sie brüllend vor dem Computer sitzen zu sehen.

In einem waren Iain und meine Eltern sich jedoch einig, nämlich dass wir alle nach Dover kommen würden, damit mein Großvater noch einmal Weihnachten in seinem eigenen Haus feiern konnte, bevor er im neuen Jahr in das Heim umziehen würde. Doch während der Feiertage hatte ich den Eindruck, dass es ihnen wichtiger war zu streiten, als Zeit mit Granddad zu verbringen.

Es störte mich, dass sie in seiner Gegenwart über ihn sprachen. Ich wusste, dass er dement war und nicht immer verstand, was um ihn herum vorging, aber es fühlte sich trotzdem falsch an. Und gemein. So ähnlich war das früher manchmal gewesen, als ich noch klein war. Dann sagten sie mir, ich würde nicht verstehen, worum es ging, und auch wenn das vielleicht stimmte, wusste ich, dass sie über mich sprachen und dass ich keinerlei Einfluss darauf hatte, was mit mir geschah.

»Wir lassen ihn im Stich. Er kennt doch da niemanden«, sagte Iain.

Ich warf ihnen vom Sofa aus einen wütenden Blick zu, aber sie bemerkten es nicht.

»Er weiß gar nicht mehr, wer wir sind«, entgegnete Harriet.

»Es fühlt sich aber nicht richtig an, ihn irgendwo abzuladen.«

»Was sollen wir denn sonst machen? Hängst du vielleicht deinen Job an den Nagel und kommst hierher zurück? Um jeden Tag rund um die Uhr auf ihn aufzupassen?«

Ich fand im Fernsehen eine alte Folge von *Doctor Who* – ein Weihnachtsspecial, das ich schon mal gesehen hatte –, stellte den Ton lauter und wünschte mir, der Doc und seine Raum-Zeit-Maschine würden kommen und Granddad und mich mitnehmen.

»Er braucht seine Familie, Harriet. Er braucht uns.«

Meine Mum schlug mit den flachen Händen auf den Tisch, und es klang genauso, als wenn jemand absichtlich eine Bauchlandung ins Wasser machte: eine Mischung aus Knall und Klatschen.

»Er hat keine Ahnung, wer wir sind, Herrgott noch mal!«

Ihre Stimme übertönte sogar die Daleks.

»Sieh dich doch mal um«, sagte sie. »Er ist nicht mehr unser Vater. Auch wenn du zurückkommst und dich um ihn kümmerst, ändert das nichts daran. Und gegen dein schlechtes Gewissen hilft es auch nicht.«

»Aber wir haben es ja nicht mal versucht.«

Ich wandte den Kopf und sah, wie sie sich mit dem Handrücken über die Augen wischte und Iris ihr über den Rücken strich.

»Wir haben das Bestmögliche für ihn getan, indem wir ihm einen Platz in dem Heim besorgt haben. Es ist das einzig Richtige, Iain.«

»Wir hätten mehr für ihn tun sollen«, sagte Iain.

»Es hat keinen Sinn, darauf zu schauen, was man nicht getan hat«, erwiderte Iris. »Man kann die Vergangenheit nicht ändern.«

Am zweiten Weihnachtstag kam Henry zum Mittagessen dazu, und als er sich erbot, den Müll rauszubringen, stand ich auf, um ihm zu helfen. Meine Mum stritt sich gerade wieder mit Iain, und so nahm ich an, dass uns sowieso niemand zuhörte.

»Und?«, fragte ich leise. »Hast du mit Charlie gesprochen?«

»Ja, habe ich. Er macht es, aber es gibt da ein Problem. Beziehungsweise zwei. Du musst eine bestimmte Strecke im offenen Meer schwimmen, bevor sie dich die Kanaldurchquerung versuchen lassen. Und streng genommen bist du noch nicht alt genug.«

»Wie soll ich denn vor dem Sommer diese Strecke im offenen Meer schwimmen?«

»Du hast das alles mit deinen Müttern geklärt, oder?«

»Ja klar. Ich will nur die anderen damit überraschen.«

Er sah mich skeptisch an, stellte aber keine weiteren Fragen. »Komm nachher mal zu mir rüber. Charlie hat mir die Nummer einer Frau auf Jersey gegeben, die dir vielleicht helfen kann.«

Ich hatte Glück, weil der Frühling früh begann und der März sehr mild war. Durch die warme Luft, die vom Kontinent herüberwehte, erwärmte sich auch das Wasser im Hafen von Dover ein wenig, was gut war, denn ich hatte Chlor gegen Salz getauscht.

Am ersten Samstag im April stieg ich in Charing Cross in den Zug und fuhr nach Dover. Henry holte mich vom Bahnhof ab.

Er umarmte mich und fragte: »Du willst das also wirklich tun?«

Ich nickte, und er schüttelte in gespielter »Ich geb's auf«-Manier den Kopf. Dann fuhren wir runter zum Hafen. Außer mir waren keine anderen Schwimmer da; dafür war es noch zu früh im Jahr. Aber ich musste die verlorene Zeit aufholen.

Wir standen neben dem Auto und musterten das Meer, das glasig und ruhig war, aber auch drohend grau. Henry öffnete die hintere Tür und holte einen Neoprenanzug vom Rücksitz.

»Charlie sagt, den sollst du fürs Erste anziehen.«

»Ich habe schon draußen trainiert. Im Freibad.«

»Was hatten wir abgemacht?«, fragte Henry mit seiner Lehrerstimme.

»Dass ich genau das mache, was Charlie sagt.«

Er sah mich mit hochgezogenen Brauen an. Ich griff nach dem Neoprenanzug.

»Gut«, sagte ich.

Und so entwickelte sich ein fester Ablauf. Jeden Samstagmorgen nahm ich einen frühen Zug, sodass ich gegen zehn Uhr in Dover war. Ich schwamm, bis es Zeit für das Mittagessen war, dann fuhr Henry mit mir hoch zum Pflegeheim. Wir verfrachteten Granddad ins Auto – was gar nicht so einfach war, weil sein Fußknöchel nie richtig verheilt war; er hinkte und brauchte einen Stock, den er gelegentlich auch als Waffe einsetzte, wenn es ihn überkam –, und dann fuhren wir gemeinsam zum White Horse Inn und aßen etwas.

Am Morgen meines großen Tages holte Charlie uns um fünf Uhr ab, und wir gingen alle zusammen an Bord seines Boots: meine Mums, Henry, Granddad und ich. Iris hatte es irgendwie geschafft, Harriet nach dem Abendessen zu beruhigen und sie davon zu überzeugen, dass es meine Entscheidung war und sie mich unterstützen sollten.

Wir fuhren aus dem Hafen und hinüber zur Shakespeare's Bay. Das Wetter war gut und das Wasser ruhig. Die Sonne lugte noch nicht über den Horizont. Ich war nervös, vor allem aber aufgeregt. Charlie fuhr so dicht wie möglich ans Ufer heran und ging noch einmal die Regeln mit mir durch, während der Mann von der Federation das Ganze verfolgte.

»Erstens: Du darfst weder das Boot noch jemanden darin noch den Nahrungsstab berühren. Verstanden?«

Ich stand an Deck, umgeben von meiner Familie, und nickte.

»Zweitens«, fuhr er fort. »Die erste Ration gibt es nach zwei Stunden, danach alle fünfundvierzig Minuten. Es ist mir egal, ob du Hunger hast oder nicht.«

»Okay«, sagte ich.

Ein leichter Wind umschlängelte mich, und wie ich dort an Deck stand, nur mit meinem Schwimmanzug bekleidet, zitterte ich ein wenig.

»Drittens, und das ist die wichtigste Regel: Wenn deine Kräfte nachlassen, wenn du zu langsam wirst, wenn das Meer zu kabbelig wird, wenn du anfängst zu frieren, wenn irgendwas passiert, ganz egal, was, das dich aus meiner Sicht in Gefahr bringt, dann kommst du raus. Ohne Wenn und Aber. Hast du verstanden?«

Ich nickte.

»Sag es«, befahl er in seinem ruppigen Tonfall, vor dem ich mich anfangs gefürchtet hatte, der aber, wie ich inzwischen wusste, nur seine Art war, nett zu sein.

»Ich habe verstanden. Ich komme raus, wenn ich in Gefahr bin.«

Zu meinen Mums gewandt, sagte er: »Es wäre mir lieber gewesen, wenn sie mehr Erfahrung mit dem offenen Meer hätte.« Er schob die Hände in die Taschen und blickte auf das Wasser. »Eure Aufgabe ist es, auf Anzeichen zu achten, dass sie anfängt zu frieren. Manche davon sind schwer zu erkennen, deshalb müsst ihr ihr Fragen stellen, um ihren Zustand zu überprüfen. Einfache Fragen. Wenn es ihr schwerfällt zu antworten, wenn sie undeutlich spricht – selbst wenn ihr nur denkt, es klingt undeutlich –, kommt sie raus.«

Iris drückte Harriets Hand. »Okay.«

Er verschränkte die Arme vor der Brust und musterte mich von oben bis unten. »Bist du bereit?«

»Ich bin bereit.«

Er deutete in die Ferne. »Da ist Frankreich«, sagte er. »Da wollen wir hin. Die Gezeiten sind auf deiner Seite, du solltest also keine allzu großen Probleme mit den Strömungen haben. Bleib dicht beim Boot. Und pass auf. Die Bedingungen können sich schnell ändern.«

»Charlie?«, sagte ich.

»Was ist?«

»Es ist Zeit, ins Wasser zu gehen.«

Er lächelte und gab mir einen Kuss auf die Stirn. »Mach Martha Ehre.« Er trat ans Steuer, dann wandte er sich noch einmal um. »Worauf wartest du? Das Meer ist bereit.«

Mein Magen schlug Saltos, und ich war so aufgeregt, dass ich dachte, ich müsste mich übergeben, aber ich riss mich zusammen.

Bevor ich aus dem Boot kletterte, nahm ich Granddads Hand. Er sah total albern aus mit der leuchtend orangen Schwimmweste, aber es schien ihn nicht zu stören. Er saß direkt am Bootsrand, damit er mir beim Schwimmen zusehen konnte, und neben seinen Füßen stand der abgewetzte Lederkoffer, den er jedes Mal dabeigehabt hatte, wenn Martha durch den Kanal geschwommen war.

»Granddad«, fragte ich. »Soll ich ihr irgendwas ausrichten, wenn ich sie sehe?«

Er sah mich an, und ich wusste, dass er zwischen den Zeiten unterwegs war, auf der Suche nach einer Stelle, an der er sich festhalten und mit der Vergangenheit und der Gegenwart Verbindung aufnehmen konnte. Ich drehte seine Hand um und legte einen Kieselstein, den ich vom Strand mitgenommen hatte, darauf. »Hier. Ich sage ihr, dass du gekommen bist, um sie zu sehen.«

»Um die See zu sehen«, erwiderte er.

»Um sie in der See zu sehen«, sagte ich.

Ich drückte seine Finger um den Stein und gab ihm einen Kuss auf die Wange. Dann umarmte ich Iris, der Tränen in den Augen standen.

Als Nächste schlang Harriet die Arme um mich und drückte mich endlos, bis ich mich schließlich aus ihrer Umarmung befreite. »Du weißt, wie stolz wir auf dich sind, oder?«, flüsterte sie. Als sie mich losließ, sah ich, dass sie Fett auf der Wange hatte. Ich streckte die Hand aus, um es wegzuwischen, aber sie hielt mich davon ab.

»Der Geruch stört mich nicht mehr so wie früher«, sagte sie.

Ich lächelte ihr zu und umarmte Henry kurz, dann kletterte ich aus dem Boot.

Ich lief zum Ufer, und sobald ich zehn Meter vom Wasser entfernt war, drehte ich mich um und winkte. Henry winkte zurück, und das war sozusagen der Startschuss. Langsam ging ich auf das Meer zu und fragte mich, woran meine Großmutter wohl in diesem Moment gedacht hatte. Hatte sie an meinen Großvater und meine Mum und meinen Onkel gedacht oder an das Wasser?

Als ich mit den Füßen in den schaumigen Wellen stand, blieb ich kurz stehen, um noch einmal alles zu betrachten. Der Ärmelkanal war wunderschön. Die Sonne war ein warmer Leuchtpunkt am Horizont, der den Himmel in alle Schattierungen von Rosa und Purpur tauchte. Das Wasser spiegelte die Farben, wenn auch leicht gedämpft.

Es würde mehr als einen Hauch von Licht brauchen, um auch nur die Oberfläche zu erwärmen. Ein Schauer überlief mich. So nass und nahezu nackt, wie ich da stand, wurde mir jetzt schon kalt. Ich durfte nicht länger trödeln. Ich leckte meine Schwimmbrille von innen an und zog die Kappe über die Ohren. Und dann lief ich in die Wellen, bis es tief genug war, um einzutauchen und loszuschwimmen.

Mein Körper fühlte sich gut an. Die zehn Kilo, die ich zugenommen hatte, gaben mir etwas mehr Auftrieb, und das machte es leichter. Als ich durch die Wellen glitt, fühlte ich mich meiner Großmutter nah und wünschte, sie hätte hier bei mir sein können.

Das Wasser brannte, und ich war noch steif, aber ich wusste vom Training, dass meine Muskeln und Gelenke lockerer werden würden, sobald ich richtig warm war, und dann würde es leichter werden. Instinktiv sprintete ich los, und nach etwa einer halben Stunde sah ich, als ich Luft holte, wie Henry mir ein Zeichen gab.

Ich schwamm näher zum Boot und trat Wasser, um hören zu können, was er sagte.

»Du bist zu schnell. Mach langsamer.«

Ich schüttelte den Kopf. »Ich muss warm werden.«

»Charlie sagt, so verlierst du zu viel Kraft. Du musst sie dir besser einteilen.«

Ich nickte, aber als ich wieder horizontal im Wasser lag, ignorierte ich seinen Rat. Ich verlor das Gefühl in meinen Händen und Füßen, und ich wusste, wenn ich weitermachen wollte, musste ich schneller schwimmen. Es gab Leute, die den Kanal in nur sechs Stunden durchquert hatten, und obwohl mir klar war, dass ich nicht so lange mit voller Kraft schwimmen konnte, war ich überzeugt, dass ich ein schnelleres Tempo halten konnte, als Charlie für mich eingeplant hatte. Er hatte eine Menge Erfahrung, aber er war kein Schwimmer. Er würde nie wissen, wie es sich wirklich anfühlte. Es widersprach unserer Abmachung, aber ich kannte meinen Körper und wusste, dass ich mehr Gas geben musste, um warm zu werden.

Ich schlug härter und zog schneller und sagte mir, dass ich noch in der Aufwärmphase war. Meine Hände und Füße schmerzten vor Kälte, ein merkwürdiges Gefühl, fast wie ein Brennen, aber das schob ich beiseite. Ich dachte an Grandma, Granddad und daran, nach Frankreich zu kommen.

Nach zwei Stunden hielt Charlie das Boot an, und ich trat Wasser und wartete auf den Nahrungsstab. Granddad stand neben Henry, als der sich vorbeugte und versuchte, den Becher mit Brühe nah genug an mich heranzubringen, dass ich ihn erreichen konnte.

Der Richtungswechsel von horizontal zu vertikal machte mich schwindlig, und ich hatte Mühe, das Boot und den Becher klar zu sehen. Ich nahm die Schwimmbrille ab und rieb mir über die Augen.

»Myrtle«, rief Henry.

Ich sah zu ihm hoch; er war vielleicht zwei Meter entfernt. Iris winkte, aber ich winkte nicht zurück. Das Wasser war immer noch ruhig, und die Sonne stand jetzt am Himmel. Ich roch die Abgase vom Bootsmotor, und mir wurde übel.

»Wo wohnst du?«, rief Iris mir zu.

»In London«, antwortete ich.

»Charlie will die ganze Adresse hören, Schätzchen.«

»Pott Street, Wohnung vier«, sagte ich. Das Sprechen war gar nicht so einfach, weil mein Mund vom Salz geschwollen war.

Ich sah, wie Iris und Henry einen Blick wechselten. Die Strömung machte es schwer, auf der Stelle zu bleiben.

»Wie heißen deine Großeltern?«, rief Henry.

»Martha und John.«

»Nachname?«

»Roberts«, antwortete ich.

Ich wandte den Blick vom Boot zum offenen Meer und wünschte, ich hätte nicht angehalten. Aus dem Schwung gerissen, merkte ich, wie erschöpft ich war. Wahrscheinlich wollten sie mir noch mehr Fragen stellen, aber ich musste in Bewegung bleiben, also setzte ich die Schwimmbrille wieder auf und begann zu schwimmen. Doch während ich mich anfangs wie ein Seehund gefühlt hatte, der durchs Wasser glitt, war es jetzt, als würde ich durch zähen Schlamm schwimmen.

Als ich zum Luftholen den Kopf wendete, sah ich sie alle an der Seite des Bootes stehen und winken. Ich schwamm weiter, ohne sie zu beachten, bis das Signalhorn des Bootes ertönte. Charlie wollte mit mir sprechen, und ich wusste, ich musste anhalten. Ich richtete mich im Wasser auf und wartete darauf, dass sie mir sagten, was los war.

»Myrtle«, rief Charlie.

Mein Kopf war kaum über Wasser; das Wassertreten fiel mir schwer, und ich spürte, wie ich an Wärme verlor.

»Komm näher«, rief er.

Ich schwamm ein paar Züge Richtung Boot.

»Wie fühlst du dich?«, fragte er.

»Müde, aber ich will weitermachen.« Das hatte sich bestimmt seltsam angehört, denn ich stolperte über meine eigene Zunge.

Auf einmal gaben meine Beine nach, und ich sackte unter Wasser. Ich ruderte mit den Armen und kam hustend wieder hoch. Obwohl meine Schwimmbrille beschlug, konnte ich sehen, wie alle hektisch auf dem Boot hin und her rannten. Ich schüttelte den Kopf und nahm an, dass irgendwas mit Granddad war. Sie sahen beschäftigt aus, und da ich nicht noch mehr Energie mit Wassertreten verschwenden wollte, begann ich wieder zu schwimmen, in einem trägen Freistil, aber immerhin bewegte ich mich.

Ich dachte, ich hätte einen Durchhänger und müsste einfach nur dagegen anschwimmen. Ich zählte meine Armzüge: eins, zwei, drei, atmen. Als ich den Kopf nach links wandte, sah ich das Boot. Mein Großvater in seiner leuchtend orangen Schwimmweste war nicht da, wo er sein sollte. Ich schwamm nur mit den Beinen weiter, den einen Arm nach vorn gestreckt – eine Übung, die wir oft beim Training machten –, um nach ihm Ausschau zu halten, aber er war nirgends zu sehen. Alle anderen wirkten völlig panisch, und ich machte mir Sorgen. Was, wenn ihm etwas zugestoßen war?

Henry winkte wie wild, und ich schwamm ein wenig näher. Der Wind frischte auf und schlug die Oberfläche schaumig. Ich versuchte wieder Wasser zu treten und suchte das Deck nach Granddad ab, aber es fiel mir unglaublich schwer, und da wusste ich, dass etwas nicht stimmte. Ich spürte, wie mein Körper unter Wasser sank, und als ich mit den Beinen schlug, bewegten sie sich nicht so, wie ich wollte, sodass ich nicht an die Oberfläche gelangte.

Irgendwo vor mir hörte oder spürte ich ein Platschen. Mühsam schaffte ich es, mich mithilfe der Arme hochzudrücken und Luft zu holen, doch dabei gelangte mir Wasser in den Mund, und ich hustete und spuckte.

Dann sah ich plötzlich nur noch das leuchtende Orange der Schwimmweste meines Großvaters. Aber das war seltsam, denn wieso sollte er im Wasser sein? Er konnte doch gar nicht schwimmen.

»Martha!«, hörte ich ihn rufen.

»Granddad«, sagte ich, wobei ich erneut Wasser in Nase und Mund bekam. »Geh zurück an Bord!«

Ich wusste nicht, was auf Charlies Boot los war, aber wenn Granddad im Wasser war, dann lief irgendwas gründlich schief. Die orange Weste kam näher. Ich gab mir alle Mühe, wenigstens zweimal mit den Beinen zu schlagen, um den Kopf aus dem Wasser zu bekommen und Luft zu holen, aber sie reagierten nicht. Meine Füße waren so kalt, dass ich sie nicht mehr spürte, und als ich an mir hinunterschaute, sah ich, dass die Haut an meinen Beinen nicht rot war, sondern blass.

Irgendwie schaffte ich es, mich hochzuziehen, und sah gerade noch, wie Harriet vom Boot ins Wasser sprang.

»Halte durch, Schätzchen!«, rief Iris. »Harry kommt und holt dich!«

Da wurde mir klar, dass ich in Schwierigkeiten war. Und obwohl ich weitermachen wollte, wusste ich, dass ich es nicht konnte. Ich versuchte, auf das Boot zuzuschwimmen, aber meine Energie reichte dafür nicht aus.

Ich glitt erneut unter Wasser und staunte, wie ruhig und friedlich es dort war. Nur ich und das tiefe, dunkle Meer.

Etwas kratzte mich an der Schulter, dann wurde es heller, und dann war mein Kopf über Wasser. Mein Großvater in Schwimmweste, Anzug und Schuhen griff nach mir und paddelte wie ein Hund durchs Wasser.

»Martha«, rief er. »Ich bin hier. Ich bin hier.«

»Myrtle«, sagte ich. »Ich bin Myrtle.«

»Alles ist gut, meine Liebste. Ich bin hier. Ich bin hier bei dir«, sagte er.

Danksagung

Es gibt eine Menge Leute in meinem Leben, denen ich zu großem Dank verpflichtet bin, und es wäre unmöglich, sie hier alle aufzulisten. Aber einigen von ihnen möchte ich dennoch namentlich danken: meinen ersten Lesern Kimmy, Ursula, Richard, Ailsa, Helen, Derek, Jena, Silvana, Liz, Frase und Ann; Antanas Sileika, einem großartigen Schriftsteller und Mentor; den Leuten vom Team Ph. D. und vom Bankhouse Massive, für ihre Unterstützung und ihren unerschütterlichen Glauben an mich; Neil und Kes für ihre Ermutigung und ein zweites Zuhause; den Leuten von der New York U Crew, die selbst nach über zwanzig Jahren immer noch einen mit mir trinken gehen, insbesondere Drew und Glaze; meinen Bristol Girls Kate und Helen und allen anderen, die mir einen Drink oder ein Essen spendiert, mich in ein Taxi gesetzt oder mir sonst wie geholfen haben, über all die Jahre meinen Kram auf die Reihe zu kriegen. Auch wenn wir, während ich dieses Buch geschrieben habe, nicht immer in derselben Stadt gewohnt haben: Glaubt mir, eure Unterstützung hat mir geholfen, diese Worte zu Papier zu bringen.

Und schließlich ein großes Dankeschön an Melanie für ihr Lektorat und an Janie, Sarah und an die anderen von Anansi, dafür, dass sie dieses Buch über den großen Teich gebracht haben.